二人の
アメリカ人少年と
メキシコで
最も危険な
麻薬カルテル

WOLF BOYS
ウルフ・ボーイズ

Dan Slater
ダン・スレーター

堀江里美 訳
Satomi Horie

青土社

ウルフ・ボーイズ　目次

第3部　あふれ出たもの

第4部　予言

ウルフ・ボーイズ　二人のアメリカ人少年とメキシコで最も危険な麻薬カルテル

アメリカ合衆国
メキシコ
ラレド警察
59
ソーンダーズ通り
シエテビエホ
サンベルナルド通り
マーティン高校
サカテ川
クラーク通り
35
ダウンタウン・ラレド
ラステカ
リンカーン通り
ナイトクラブ〈エクリプス〉
イダルゴ
ヌエボラレド
ゲレロ通り
サントニーニョ
83
ユナイテッド・
サウス高校
ボーイズタウン

ユナイテッド高校
リオ・グランデ川
59
オレンジ・ブロッサム・ループ通り
アメリカ麻薬取締局（DEA）
デル・マール通り
N
W
E
S
テキサスA&M
国際大学
ラレド
35
0
1/2
1
マイル
0
1
2
キロメートル
カサブランカ湖

オクラホマ州
アーカンソー州
ジョージア州
ミシシッピ州
アラバマ州
アメリカ合衆国
テキサス州
ルイジアナ州
フロリダ州
ラレド
ヌエボラレド
メキシコ湾
ヌエボレオン州
タマウリパス州
キューバ
N
W
E
S
サンルイスポトシ州
カンクン
ユカタン州
キンタナロー州
メキシコシティ
ベラクルス
プエブラ州
ベラクルス州
カンペチェ州
タバスコ州
ゲレロ州
ベリーズ
オアハカ州
アカプルコ
チアパス州
グアテマラ
ホンジュラス
エルサルバドル

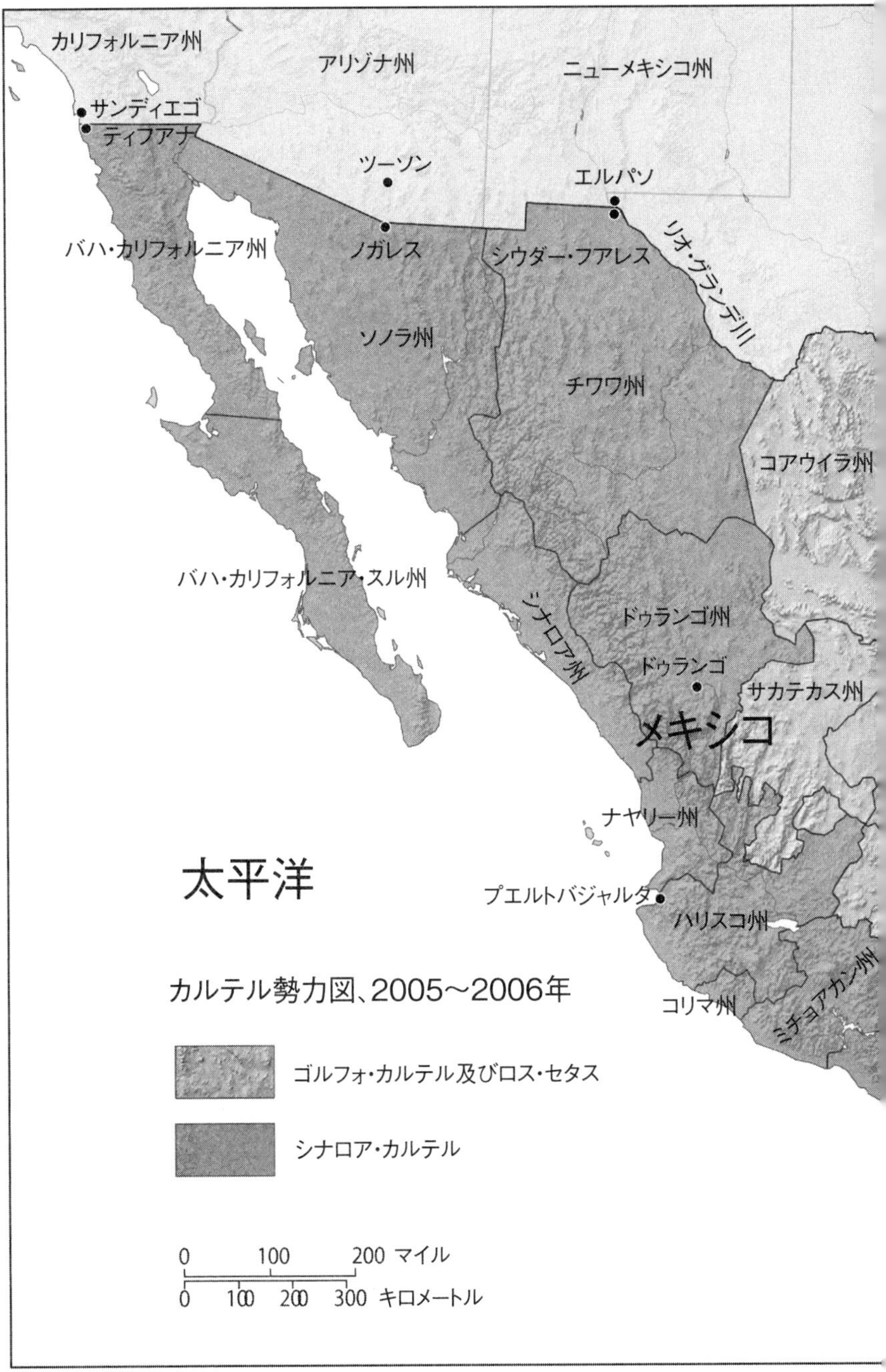
カリフォルニア州
アリゾナ州
ニューメキシコ州
サンディエゴ
ティフアナ
ツーソン
エルパソ
バハ・カリフォルニア州
ノガレス
シウダー・フアレス
リオ・グランデ川
ソノラ州
チワワ州
コアウイラ州
バハ・カリフォルニア・スル州
シナロア州
ドゥランゴ州
ドゥランゴ
サカテカス州
メキシコ
ナヤリー州
太平洋
プエルトバジャルタ
ハリスコ州
ミチョアカン州
コリマ州
カルテル勢力図、2005～2006年
ゴルフォ・カルテル及びロス・セタス
シナロア・カルテル
0
100
200 マイル
0
100
200
300 キロメートル

主な登場人物

ガブリエル・カルドナ　カルドナ家の次男。一九八六年、
　テキサス州ラレド生まれ
ラ・ガビー　ガブリエルの母
ルイス　ガブリエルの兄
ラウル　ガブリエルの叔父。運び屋
バート　本名ロサリオ・レタ。ガブリエルの地元仲間
ウェンセス・トバー　ガブリエルの地元仲間
クリスティーナ　ガブリエルの恋人
リチャード・ハッソ　ラステカ出身の密輸商人

ロバート・ガルシア　ラレドの警官。メキシコ生まれ
ロニー　ロバートの妻
エリック　ロニーの連れ子
トレイ　ガルシア夫妻の息子
チャッキー・アダン　ロバートの相棒
アグスティン・ドバリナ　ラレド警察署長
アンヘル・モレーノ　連邦検察官
J・J・ゴメス　DEA捜査官
クリス・ディアス　DEA捜査官

メメ・フローレス　タマウリパス州ヌエボラレドの犯罪
　組織のトップ
ミゲル・トレビーニョ　〈ロス・セタス〉の司令官《コマンダンテ》。
　Z40《セタ・クアレンタ》
オマール・トレビーニョ　ミゲルの弟
オシエル・カルデナス・ギジェン　〈ゴルフォ・カルテ
　ル〉の最高幹部。〈ロス・セタス〉の創始者
エリベルト・ラスカーノ　〈ロス・セタス〉の最高幹部
エフライン・テオドロ・トーレス　〈ロス・セタス〉の
　最高幹部。Z14《セタ・カトルセ》
エル・タリバン　〈ロス・セタス〉の司令官
マリオ・アルバラード　〈ロス・セタス〉系の密輸商人

エルサ・セプルベダ　ミゲルの元恋人
マイク・ロペス　〈ロス・セタス〉系の密輸商人
ノエ・フローレス　マイク・ロペスの片親違いの弟
ロッキー　〈ロス・セタス〉の元メンバー

ラ・バービー　〈シナロア・カルテル〉の傘下にある
　〈ベルトラン・レイバ・カルテル〉の幹部
ホアキン・グスマン　〈シナロア・カルテル〉の最高幹
　部。通称チャポ

チュイ・レセンデス　〈シナロア・カルテル〉系の密輸商人
モイセス・ガルシア　〈メキシカン・マフィア〉系の密輸商人
レネ・ガルシア　モイセスの兄
ブルーノ・オロスコ　ヌエボラレドの警官
ポンチョ・アビレス　〈シナロア・カルテル〉の少年メンバー
イネス・ビジャレアル　〈シナロア・カルテル〉の少年メンバー
アルフレド・コルチャド　ジャーナリスト
デイヴィッド・アルマラス　〈カンパニー〉の弁護士

略称一覧

NAFTA　北米自由貿易協定

〈アメリカ〉

DEA　麻薬取締局
ATF　アルコール・タバコ・火器・爆発物取締局
ICE　移民・税関捜査局
FBI　連邦捜査局
FBN　連邦麻薬局
CIA　中央情報局
JJAEP　少年司法特殊教育プログラム
TYC　テキサス州青少年委員会

〈メキシコ〉

OCDETF　組織犯罪麻薬取締タスクフォース
PRI　制度的革命党
GAFE　空挺特殊部隊

本文中の［　　］は訳者による註、（　　）と本文脇の註釈は著者による補足を示している。

プロローグ

テキサス州南部が夕闇に包まれる頃、ガブリエル・カルドナはアジトのキッチンに立って、本番直前の指導をしていた。「近づいて、パン！」と彼は新入りに言った。「頭を撃て。ただし両手で。脳天に、パン！　それで相手はくたばる。でなけりゃ、パン、パン、パン、パン！　胸に四発だ。そのあと頭にもぶちこんどけ、念押しの意味で」

新入りはうなずいて、さっそく準備に取りかかった。

なんの成果も出せないまま四日間が過ぎていた。一度、別人を殺しかけるというミスをしたほかは、この借家――オレンジ・ブロッサム・ループという通りに建つ洒落た煉瓦造りの平屋――で、特になにをするでもなく過ごした。ファストフードを食い、芝を刈り、ウォルマートに生活用品を買いにいき、盗聴されている携帯で女としゃべった。彼らは若く血気盛んで、絶対に成功するという信念に燃えていた。そしていま、ふたたび殺しの準備をしているのだった。

「よし、仕事にかかるぞ！」とガブリエルは声を張りあげ、金曜の晩を迎えた高校フットボールのコーチみたいに手を叩いて戦意を煽った。彼が生まれ育ったのは、ここからだいぶかけ離れた町はずれのリンカーン通りに建つあばら家だった。三ブロック南はテキサス州ラレドとメキシコとの国境というその場所で、彼の母親は彼を含む四人の息子を年二万ドル以下の収入で育てあげた。母親のフォード・エスコートを借り、ジーンズにノーブランドの白いTシャツを着ていたのはすでに過去の話で、いま彼のクローゼットにはヒューゴボス、ラルフローレン、ヴェルサーチ、ケネスコールといったブランド物があふれている。髪はいまだにニディアの店で切ってもらっていて、それはずっと変わらない。だがいまは新車を乗り回す。フォルクスワーゲン・ジェッタ、ダッジ・ラム、メルセデスのSUV。シルバーのベンツは改造中で、もうじき仕上がってくる予定だ。

彼はキッチンを行ったり来たりしながら脂のにじんだファストフードの紙袋を捨て、シンクに放置された皿を洗った。

成功にはそれ相応のストレスがつきものだということに、彼は若くして気づき始めていた。取り巻きやら、上《うわ》っ面《つら》だけのワナビーやら、友人面《ゆうじんづら》した地元の連中が群がってくるうえに、ある刑事からはしつこく目をつけられている。そしてこの競争だ。彼の新しい片腕となったリチャードは日に日に危険な存在になっていく。母方の叔父のラウルは根っからのトラブルメーカーで、国境の向こう側のクラブに繰り出してはでかい口を叩き、甥っ子の名声を盾にトラブルを切り抜けるような日々を送っている。そんなことを続けているかぎり、長くは生きられないだろうに。それから、クリスティーナだ。かわいらしい顔とほっそりとした腰つきの彼女は、恋人がなにかに追われるように休みなく働いているあいだ、見捨てられたように感じていた。

半年後に二〇歳になるガブリエル・カルドナは、あるグローバル企業で管理職の地位を手に入れようとしていた。二つの文化に精通したバイリンガルのビジネスマンとして、彼は国境の両側で難なく仕事をこなすことができた。ハンサムで生真面目で、リーダー然とした彼は、肌はキャラメル色で、唇はふっくらとして、陰のある黒い瞳が悲しげなカトリックの聖人を思わせた。母親の家の壁を覆いつくす色褪せたリトグラフに描かれているような聖人だ。運命の決定者である神は、彼を屈強で引き締まった体につくった。彼は神の御使《みつか》いであり、地元のストリートの支配者であり、しかも堅気《かたぎ》ではなかった。この不良《チュコ》をめぐって、プレッピーな女の子たちまでもが競い合った。

ミスをしたこともある。だが行動する人間というのはそういうものだ。自分が忠実な兵隊であることを、肝っ玉のでかさで証明してきた。テキサス州ラレドのクソみたいな町では、〈カンパニー〉のメンバーであることは成功の極みであり、そのステータスがものをいうのだった。彼のボスであるコマンダンテ・クアレンタ――あるいは単に、「フォーティ」――は、まさしくメキシコで最も恐れられている麻薬組織のボスだったが、ガブリエルのことが好きだった。かわいい部下を守りたいと考えていた。フォーティは最近になってガブリエルに、現場から身を引くように言った。後方に回り携帯で指示を出すだけにして、やむを得ない場合をのぞき参加しなくていいと。しかも、かわいさのあまり、ガブリエルを刑務所から出してやったこともあった。それも一度ではなく過去八か月で三度、数十万ドルの保釈金を積んで。

法の番人はガブリエルを何度でも自由にしてくれるし、カンパニーは何度でも金を払ってくれる。これ以上に確実な話があるだろうか。

一年前、フォーティの指示でテキサス州、つまりアメリカの現場に送り込まれるようになったとき、ガブリエルは気が進まず、自分の故郷である未来もなにもない辺境の地と、冷酷な戦士として成功した麻薬マフィアの地とのあいだで板挟みになった。権力者が殺人に眉をひそめる土地でミッションをこなすことを思うと、暗い気持ちになった。だが、そこはフォーティの頼みだ。ラステカ出身のガキが司令官《エル・コマンダンテ》から直接命令を受けるのは、たとえそれが自爆任務であれすごいことだった。

ガブリエルはそんな瞬間をずっと思い描いていた。とてつもなく大きな責任を背負い、仲間から称賛されるような前進を遂げるチャンスだ。ここ数か月は、朝食時にはいつも「ロシュ」と呼ばれる強力な鎮静剤とレッドブルをいっしょに飲んだ。そう、リスクは永遠に名を残すための代償だった。フォーティだけを見ていればいい。ストイックで、シリアス。自分がやらないことを人にやれとは決して言わない。仲間に義理堅く、敵に対しては容赦しない。「理念にもとづき、理念のために」生きる善良な男だった。ガブリエルは大きなものの一部であり、真のウルフ・ボーイは決してノーと言わないのだ。

その晩、車はすでにきれいに掃除されて武器が積み込んであった。準備はすべて整った。いよいよだ。なにかが始まる。未来が見えるようだった。ライバルの〈シナロア・カルテル〉との抗争はコストを押し上げ、利益を締めつけ、国境の裏社会の経済を急速に悪化させた。密輸ビジネスもこのままというわけにはいかないだろう。それにくらべて殺し屋は安定した仕事だった。金も貯まるし、メキシコのどこか奥地で、街をひとつ任されることになるかもしれない。もし宿敵であるシナロアのラ・バービーを始末することができたら、ナンバー3の座も夢ではない。リチャードもついてきてくれるだろうし、クリスティーナも機嫌を直してくれるだろう。彼女は怒っていた。とはいえ、ついさっきふたりは〈アップルビー〉で、建設的な話をしてきたのだった。家まで送っていったとき、彼女は彼に抱きしめてほしいと言った。「もっと強く」と彼女は言った。

彼はさっきよりも速い足取りで歩き回りながら、こぶしを手のひらにこすりつけ、丸刈りにした頭の古傷をさすった。そこには過去の戦闘でくらったショットガンの破片がまだ残っていた。もしリーダーとしての評判を確立することができるとしたら、もしこの一年間の成果を出すことができるとしたら、それはいまだろう。戦闘の最も重要な場面で、大量のスポットライトを浴びながら、彼は果たして数百人の男たちによって真のボスに選ばれるのか、あるいはどこにでもいる使い捨てのヒスパニックとして、飢えた虎たちの前に放り出されるのか。

フォーティは、二〇〇六年に戦争は終結すると言った。次期メキシコ大統領はすでに買収済みで、国はいずれ俺たちのものになるだろうと言った。すべてがカンパニーのものになるだろうと。

そのとき、外が急に騒がしくなったかと思うと、バンッと音がして、正面のドアから音響閃光弾《スタングレネード》が投げ込まれた。ものすごい衝撃がガブリエルの脳味噌を揺るがし、彼はぐらりとよろめいた。閃光が網膜に焼き付き、三秒間、なにも見えなくなった。**1**、**2**、**3**。

彼はカーペットに突っ伏し、後ろから手錠をかけられた。死ぬかもしれない、と思った。逃げきれるかもしれない、とも思った。

可能性の世界はどこまでも広がっていた。

第1部

愚直な働き者たち

なにか珍しいものや貴重なものを追い求めるときは、最も度胸のすわった者に称賛が与えられる。それは身体的、精神的な強さや、持久力や、奇襲にあったときの戦闘能力や、未知なるものを前にしたときの動じなささをもとに判断される。

――『アステカ』、インガ・クレンディナン

1　よそ者

ロバート・ガルシアは二九歳のとき、初めて成功を疑った。なにか成し遂げても、そこには必ず損失や、障害や、知りたくもなかった知識がくっついてくるように見えた。奨学金をもらえることになったのに、大学に行く気がしなかった。戦いに勝ったのに、ボーナスをもらえなかった。恋をしたら、不名誉除隊処分になりかけた。そして一九九七年の秋はロバートの前途有望なキャリアで最も輝かしい時期になるはずだったのに、彼はそれを深い悲しみとともに迎えた。これを「陰と陽」と彼は呼んだ。

二〇年前、ノーマとロバート・シニアの息子として、ロバートはメキシコのピエドラスネグラスからテキサス州の国境の町、イーグルパスにやってきた。国をまたいだ約一キロ半の旅だった。それまでロバート・シニアは家族を養うためにアメリカで不法移民として働いていたが、あるとき収入を明らかにしてテキサス州に金を落としていることを示し、家族用のグリーンカードを手に入れた。ロバート・シニアは妻のノーマ、息子のロバート、そしてその妹のブランカとともに、米国市民ではないが、「居住外国人」としてアメリカに来ることができるようになった。移住後に、ノーマは次女のディアナと、次男のジェシーを産んだ。

長男のロバートは、アメリカの小学校に三年生から通いだした。放課後や週末は、父といっしょに地元の農家でキュウリやタマネギやカンタロープメロンの収穫をした。春から夏にかけて、母はワークウェアのディッキーズでお針子として働くために娘二人とジェシーとともにイーグルパスに残り、父はロバートを連れてほかの季節労働者たちとともに、甜菜《てんさい》のシーズンを迎えるオレゴン州やモンタナ州で過ごした。ロバートは行く先々の学校で、季節労働者の子供向けのプログラムに通った。浅黒い肌をしているが人種的にはどうとでも解釈できそうな外見のおかげで、北部のコミュニティはたいがい居心地がよかった。そういう場所ではフード・フェスティバルが開催され、道路脇の屋台ではインディアンが土産物を売っていた。草木に覆われた風景は、砂ぼこりの舞う岩山のようなテキサス州南部をいっとき忘れさせてくれた。アメリカは美しい場所だった。

イーグルパスは土地が安かった。郵便番号などなく、人々は好きなところに家を建てることができた。ガルシア一家は部屋が二つきりの掘っ立て小屋で生活しながら、一生暮らせる家を建てた。作業は小間切れで、少し貯まったらバスルームにタイルを貼り、また少し貯まったらバスタブを買うというぐあいだった。冬は暖房代わりに樽に石炭を入れて燃やしていたので、ロバートは毎朝、煙臭いまま学校に行った。

家はいつ完成するのか、なんてことは誰も訊かなかった。作業が一家の結びつきを強くした。

ほかの移住者たちが近くに住み着くようになると、ロバート・シニアは小さな売店を建て、近所の子供相手にスナックやソーダを売った。彼はよりよい暮らしを求めて家族をアメリカに連れてきたが、心はいつまでもメキシコ人だった。イーグルパスで移民仲間と隣り合って暮らしていることに誇りを持っていた。レーガンが政権につく頃には、ただの空き地だった一帯も郊外の町らしく変わりつつあり、手づくりの家が新芽のように建ち並んでいた。近所の人たちは増築や配管工事などで助けが必要になると、

「ロバート親子」を頼りにした。

ロバート・シニアは長男を大人のように扱い、弟や妹たちはロバートを二人目の父親のように敬った。贅肉のない骨ばった体つきで、眼鏡をかけた彼が堂々と歩く姿は、一七三センチという身長よりも大きく見えた。高校では予備役将校訓練隊（ROTC）に志願し、マーチングバンドでバスクラリネットを担当した。高校を半年早く卒業すると、ファストフードの〈ロング・ジョン・シルヴァーズ〉で働きながらじっくり考えた。奨学金をもらって大学でデザインを学ぶか、別の道に進むか。

一七歳にして彼は自分をよくわかっているようだった。非常に活発で、自信家。アドリブの才能があった。礼儀正しく上下関係を重んじるが、他人になにを言われようが、忠告されようが気にしない。内向的で気が短く、何事にも彼独自のやり方があった。学校で学んだのと同じくらい父からも学んだ。また、軍隊生活に対して魅力というか、彼の一家に多くを与えてくれた第二の故郷に対する愛国者の義務も感じていた。ふつうの学校教育は、自分には必要ないと判断した。だから一九八六年の夏――同じ年、二〇〇キロほど南東に下ったテキサス州のもうひとつの国境の町ラレドで、ロバートの人生を変えた少年が生まれている――英語を話さない両親は非常に残念がったが、ロバートは奨学金を蹴り、陸軍に入隊した。

彼は高校在学中にROTCにいたことから、基礎訓練に初めから一七歳の小隊長として参加し、年上の男たちの指導をした。年齢差や身長差を補おうとして必要以上にタフに振る舞い、「リトル・ヒトラー」というあだ名をつけられた。基礎訓練が終わるとバージニア州フォート・ユースティスで船舶エンジニアとして働き始めたが、そこで出会ったある上級曹長の口添えで、スペインやイギリスの基地で働くことになった。配属先の基地で野球とウェイトリフティングに励み、リトル・ヒトラーの腕はロープのように強くなり、肩は厚みを増していった。ひょろひょろだった首は肩にすっかり埋もれていた。

ポルトガル沖のアゾレス諸島にある小さな海軍施設で、ロバートはヴェロニカというアリゾナ出身でブロンドの「グリンガ」［アメリカ人を指す「グリンゴ」の女性形］に出会った。ヴェロニカ、通称ロニーは海軍軍人の娘で、基地で唯一の女性整備士だった。手強い女だった。ある日、タグボートの油圧装置を修理しているとき、ロバートは彼女に忍び寄ると、シャフトに差すグリースまみれの手で彼女の首をひっぱたいた。彼女はパッと振り返って、バカ野郎と言い放った。それから「引っ込んでな！」と言い、一週間後に、ふたりは息子を授かった。

ロニーは二〇歳で、すでに軍人と結婚して二歳の息子がいた。彼女の両親は娘婿を嫌っていた。彼らが経営するアリゾナ州のバーで、タダ酒ばかり飲んでいたからだ。娘が稼ぎ手で、しかもひとりで子育てしているのも気に食わなかった。そこへ登場したのがロバートで、彼は酒もタバコもやらないし、彼女のためならなんでもした。

だが軍隊では姦通は重い罪になる。軍法会議の判断しだいでは実刑や不名誉除隊処分になった。上官たちはロニーとロバートに被告人の権利を読み上げた。ふたりは関係を認めた。怒り狂ったロニーの夫はポルトガルまで飛んできて基地をうろつき回り、酒に酔って喧嘩をし、ロニーの家の窓を割った。誰もが彼を嫌っていた。だから上官たちはこの三角関係の仲裁をするための会議を開き、ロバートとロニーは戒告のみで許された。夫がロニーの母に電話をかけて、「あんたの娘は淫売だ！」とわめいたとき、父親は受話器を奪い取ってこんなふうに言い返した。「おまえを産んだのは女ですらない！　二台の貨物列車がぶつかったはずみに渡り労働者《ホーボー》のケツから出てきたのがおまえだ！」。そこからは、別れ話はスムーズに進んだ。

一九九一年、ロバートの四年間の任期が終わりに近づいた頃、湾岸戦争が始まった。彼はほかの兵士たちが再入隊して一万ドルのボーナスをもらうのを目にし、自分も喜んで再入隊する気だった。ただし、米国政府からボーナスの代わりに市民権を与えようと提案されるまでは、だ。ロバートは市民権にあまり関心がなかった。父と同じように、自分はつねにメキシコ人だと思っていたし、居住外国人であれば、アメリカのパスポートを持つ権利もあった。それでもやはり彼はボーナスの支払いを拒否されたこと――それと、ほかの兵士たちがもらった金の代わりとして市民権を提示されたこと――を侮辱だと感じた。四年間もこの国に仕えて、自動的に市民権をもらえないのはおかしいんじゃないか？　だから彼は再入隊を断って、ボーナスも市民権ももらわずに除隊し、ロニーと息子たちとともにテキサス州に戻った。そしてディーゼルエンジンの整備士の職に就いたのがラレドという、どちらにとってもなじみのない国境の町だった。

初めて来る人は、三五号線を南下してサンアントニオを通り過ぎたらすぐに国境にぶつかると思うかもしれないが、ハイウェイはさらに南へと続いている。「テキサス・ヒル・カントリー」と呼ばれる丘陵地帯がどこまでも広がっていて、地球の最果てに向かって車を走らせているような錯覚に陥る。二〇〇キロほど走ってもそこはまだアメリカで、ホテルやファストフード店がひょろひょろしたネオンサインを掲げる街に着き、北を振り返ると、いま通ってきたのがただのつまらない緩衝地帯だったような気分になる。三五号線から西に数ブロックはずれると、線路のまわりに倉庫がびっしりと建ち並んでいる。東側はアッパーミドルクラスが暮らす郊外の住宅地だが、無秩序に広がっていく団地やゲットーや、コロニアと呼ばれるメキシコ人居住区の勢いに押され気味だ。さらに三キロほど南下すると、国境検問所で三五号線はぶつりと途切れる。北の終点であるミネソタ州ダルースからは二五〇〇キロほど南に位置する。

ロバートとロニーは小さな町の人間だった。人口二万人にも満たないイーグルパスのような場所に比べたら、一二万五〇〇〇人が暮らす広大なラレドは大都会だった。

「しょうがないね」とロニーはため息まじりに言った。「一年か二年、がんばってみようか」

数か月後、仕事中に負った手の怪我がまだ治りきらないとき、ロバートはラレド警察の募集広告を見かけた。一般企業で働くよりも公務員のほうが性に合っていた。だが警察官になるには、米国市民でなくてはならない。警察職に就けることのほかに市民権を得る利点は思いつかなかったし、軍隊に冷たくあしらわれて以来、愛国心というものは特に感じなくなっていた。彼は悩んだ。父ならどうするだろうか？　父ならきっと黙って家族にとって正しいことをするだろう。キャリアを築き、前に進む。だからロバートは勉強して試験を受け、米国市民になる宣誓をおこなった。

彼が入署したとき、ラレド警察はおよそ二〇〇人の警察官を抱えていた。銃は各自で購入し、制服はジーンズと、デニムシャツに妻たちが警察のワッペンを縫いつけたものだった。パトロールは各々が広大なエリアをカバーしなければならず、応援を呼んでも、駆けつけてもらえるかは運しだいだった。とはいえ家庭内の揉め事とか、ときどき武装強盗があるほかに、町で暴力を目にすることは少なかった。川向こうのさらに大きな町、二〇万人が暮らすヌエボラレドも同じような状況だった。麻薬や移民を違法に運ぶ行為が蔓延していたが、密輸業者の強さがどこで決まるかというと、暴力や脅迫で縄張りを支配することよりも、捜査当局や政治家とのコネの広さや、メキシコ側で政府の庇護のもとに活動する能力にかかっていた。政治家や警官は賄賂と引き換えに、取引の仲立ちをしたり、揉め事を解決したりしてくれた。

メキシコの麻薬産業はかなり組織化されていて、製造と密輸という二つの階層で成り立っていた。メキシコの西マドレ山脈《シエラ・マドレ・オクシデンタル》の肥沃な高地には「ゴメロ」と呼ばれる栽培農家がいて、彼らと契約した密輸グループが荷物を北の国境の町まで運んだ。シナロア、ドゥランゴ、チワワの三州は標高や雨量や土壌の酸性度の組み合わせが理想的で、ケシが大量に収穫できた。こうしたケシ畑――一部は一〇〇年前に中国人が植えつけたものに由来する――からは、年間数百万トンものアヘンが産出された。スラングで「モタ」と呼ばれるマリファナも、もうひとつのメキシコ産ドラッグだ。一九六〇年代にアメリカでマリファナが大流行したとき、それは主に太平洋沿岸のシナロア州やソノラ州で作られていたが、やがて産地はナヤリー州、ハリスコ州、ゲレロ州、ベラクルス州、オアハカ州、キンタナロー州、カンペチェ州にまで広がった。かんがい農法の場合は二月から三月にかけて、自然にまかせて育ったものは七月から八月にかけてが収穫期となる。すべての商品《メルカ》は秋、遅くとも一一月までには国境に届いていなければならなかった。アメリカ人は休暇中に仕事をしないからだ。

一本の巻き角のような形をしたメキシコは、南北に走る二つの巨大な山脈に支えられている。東の山脈は緑色のメキシコ湾に面し、もう一方の山脈を西側に下れば青い太平洋に出る。これらの山脈に挟まれたメキシコ高原は中央部の標高が高く、ユカタン半島に向かって角のように細くなっていく。はるか昔に複数の火山がこの台地を切り刻み、マツ、オーク、モミ、ハンノキなどが無秩序に生い茂る無数の谷間を作り出した。沿岸部は蒸し暑い熱帯気候だが、メキシコ高原は年間を通して春のような気候が続く。それが人間には大いに適していたに違いない。

そのかわり、メキシコの未来には征服、独裁、反乱、汚職、犯罪が満ちていた。

一九九一年にロバートとロニーがラレドにやってきたとき、メキシコとアメリカをへだてる三一四一キロの国境の主要な玄関口――東から西へ順にマタモロス、ヌエボラレド、シウダー・フアレス、ティファアナ――は、両国にまたがる「密輸ファミリー」によって牛耳られていて、彼らが「クオタ」や「ピソ」と呼ばれる税金を徴収し、その金がこんどは麻薬や不法移民を運ぶルートを確保するための賄賂として使われた。ファミリー同士の争いが勃発し、それが高じて暴力に発展することもあったが、カルテルはまだ存在しなかった。

ラレド警察の警官はパトロール中に大量の麻薬を押収していたし、署の前に遺体が放置されているのを見たこともあったが、目をふさぎたくなるほどのひどい光景ではなかった。時給九ドルに時間外手当までもらえる若い警官たちは自惚れていた。より広い世界が存在することに無自覚で、身のまわりで起きることがすべてだった。フロリダやコロンビアやメキシコシティやグアダラハラやワシントンDCのような場所は別世界で、しかもたえず変化していた。麻薬戦争にかんする政府の方針も流動的だった。ラレドにいたロバートや同僚たちは、パトカーで行けない場所のことをほとんど知らなかった。

昇進するにつれて、ある者はSWATを目指した。またある者は児童保護サービス（CPS）のような州の機関の試験を受け、家庭内で起きる悪夢に向き合うのが平気な自分に気づいた。ロバートは地域社会に与える影響力という意味で、麻薬関連の仕事が好きだった。麻薬犯の逮捕にはその字面以上の意味があり、単に違法薬物を持った男をひとり、街角から取り除いただけではなかった。その男は薬物を手に入れるために暴力行為や強盗を働いている。もしそいつが大物ディーラーなら、若者に配達をさせたり、アジトをかまえて商品や金を隠したりしているかもしれない。ロバートは一グラムのコカイン、あるいは一ポンドのマリファナを所持した男を捕まえたり、ラレドの中毒者たちにヘロインを売るアジトに突入したりしたかった。容疑者を地元の刑務所に連行するところを『ラレド・モーニング・タイムズ』紙に撮られたかった。そんなときは「ストリートから犯罪を一掃」している気になった。テレビをつければナンシー・レーガン風の誰かが「ドラッグにノーを！」と言っていて、そんなときは自分がスーパーマンになったような気がした。

ロニーが軍を辞めるときに年金を一括でもらってくれたおかげで、暮らしの負担はだいぶ軽くなった。ふたりはラレド南部に現金でトレーラーハウスを買った。日々の支払いはロバートの給料でカバーした。それでも、彼らは二人の子供を抱えて新しい町でがんばろうとしている若い夫婦だったから、喧嘩のタネは腐るほどあった。血縁やコネで職業や人付き合いの輪が決まる町で、約一〇〇〇人しかいない白人のうちのひとりだったロニーは、ロバート以上によそ者だった。専業主婦だったからよけいに孤立感を覚え、ラレドの暮らしは不満だらけだった。それが喧嘩のいちばんの原因だった。彼女はそんな状況から抜け出したかった。仕事を探しにいき、運よく雇ってもらえることになった診療所では、こんなふうに言われた。「とにかく、きみがよそ者だという点が気に入ったよ」

ロバートがあとになって学んだのは、警察官の顔と、父や夫としての顔を使い分けることだった。だが二〇代の頃は、家に帰ればマチスモのスイッチが入った。俺は男なんだから俺に従え。**俺は今夜でかける。おまえがなんと言おうと**。自分自身もボス気質のあったロニーは、いつしか喧嘩するのにもうんざりして、折れた。「わかった」とある夜、彼女は夫に言った。「いってらっしゃい」。妻が抵抗をやめたことにびっくりしたロバートは、あとで帰ったときなにをされるか気が気でなかった。結局、一時間後に大急ぎで帰ってきた。こんなにかんたんなことだったの？とロニーは思った。

ロバートの空威張りは、妻には不評だったが、弟のジェシーにとって兄はヒーローだった。自分も兄の業績に見合うことをしなければ両親を喜ばせられないように感じていたジェシーは、一一年生のときに高校を中退して、ラレドのロバートとロニーの家で暮らし始め、そこで高校の警備員の仕事を見つけた。自分も警察官になりたいと思っていたが、彼はまだ若かった。ロバートは弟に、ラレドのコミュニティカレッジで刑事司法の準学士号を取るようにアドバイスした。だがロバートだって大学には行かなかったし、ジェシーはとにかく仕事に就きたかった。イーグルパスに近いウバルデの警察学校でいくつか欠員が出た。そこで一九九七年の夏、ロバートはジェシーに金をいくらかと、かつて仕事で使っていた三五七マグナムを渡した。ジェシーは警察学校を修了したが、筆記試験で不合格になり、二度目の試験にも落ちた。三度目も不合格となれば、テキサス州で警察官になる道は永遠に閉ざされる。

その一方でロバートは数百人の麻薬犯を挙げ、犯人追跡中のカーチェイスで車を一四台も大破させ、軽い骨折を一〇回以上やったあと、その年の最優秀警察官として表彰された。

一週間後、ジェシーはバスでウィスコンシン州に向かった。両親がその秋はそこの工場で働いていたのだ。両親と週末を過ごした際、鬱の兆候は特に見られなかったが、そのあとジェシーはイーグルパスの実家に戻って、ロバートの銃で自分の心臓を撃ち抜いた。

ジェシーの死後、さまざまな噂が持ち上がった。ガールフレンドを孕《はら》ませたに違いない。ドラッグをやりすぎたんだろう。借金があったんじゃないか。ロバートは拳で壁を一枚、ぶち抜いたあと、イーグルパスじゅうを歩き回って、ジェシーについてなにか知っている人間を探そうとしたが、あるとき父に「放《デ》って《ハ》おけ《レ》」と言われた。調べるな、と。だからロバートはジェシーが大切にしていたもので、自分が取り寄せてやったマルボロのジャケットを持ってきて、深い悲しみをそれで包み込んだ。

年間最優秀警察官にチャンスが訪れた。麻薬取締局（ＤＥＡ）からロバートに、フェローとして働かないかと打診があったのだ。連邦職員であるＤＥＡ捜査官の給料がもらえるわけではない。身分は警察官のままで、給料はラレド警察から受け取ることになる。大学を出たＤＥＡ捜査官の基本給は、フェローの約二倍だ。さらに捜査官には、大がかりな手入れがあるたびに高額のボーナスが支給され、その額は一件につき五〇〇〇ドルから一万ドルにのぼることもある。フェローが基本給以外に唯一もらえるのは時間外手当で、早朝や深夜に働いて年に一万ドルとか一万二〇〇〇ドルが加算される程度の話だった。表彰されたが、弟を失った。昇進したが、給料は変わらない。とはいえ、これによりロバートはこの国のあらゆる場所で麻薬関連の捜査や逮捕ができるようになった。彼はロニーに、こんなふうに言った。「出張で、あまり会えなくなるが、いまだけだ。しばらくがんばってみようと思う」。長男のエリックは三年生で、次男のトレイは一年生だった。それはつまり、ひとり親になるということだとロニーは知っていた。「わかった」と彼女は言った。「四年間ね」

麻薬戦争は正しいと信じる若い警官にとって、ＤＥＡに入ることはキャリアにおける大きな一歩だった。そして彼は期待を大きく裏切られることになる。

2　揺らめくろうそくの炎

そこで一時停止。ガブリエル・カルドナの人生を巻き戻してみる。音響閃光弾とアジトよりも前、テキサス州刑務所とカンパニーの弁護士よりも前、罪が罪に問われないあの世界にまで戻す。悪党がゆっくり楽しめるようにレストランから客を追い出してくれる警察《ラ・ポリシア》、無駄な犠牲、新しい兵隊の訓練。一台のピックアップトラックのなかにいる縛られた男たち、ガブリエルのボスの弟を殺した男たちの悲鳴と、そそり立つ炎のシューシューという音。数か月前、トレーニング・キャンプに着いたばかりのガブリエルは、覚悟はあるがまだ冷酷《フリオ》ではない。彼の才能が〈新しい人々《ラ・ヘンテ・ヌエバ》〉の目を引きつける。

さらにさかのぼること一〇年、一九九〇年代半ばのテキサス州ラレドまで時間を戻す。アメリカで最も貧しい町に最も古くからあるゲットーにも、それまでと変わらない程度には希望があふれていた。この町に暮らす新しい移民やメキシコ系アメリカ人の故郷であるお隣の国は、七〇年間続いた一党独裁時代を経てようやく民主化への道を歩みだした。ラレドは世界一の経済圏において最も忙しい交易所になろうとしていた。

九月になれば朝の気温は摂氏三七度ぐらいにまで下がり、それを地元の人たちは冗談で「夏の終わりの寒波」と呼んだ。ミセス・ガブリエラ・カルドナ――子供たちからは「ラ・ガビー」と呼ばれていた

――はベッドから静かに起き出した。酔っぱらいは酒が抜けるまで寝かせておくに越したことはない。バスルーム――天井が毎年少しずつ崩れているが、まだ持ちこたえている――に行く途中、クイーンサイズのマットレスで並んで寝ている四人の息子たちの足をひっぱたいた。「学校《エスクール》！　学校《エスクール》！　学校《エスクール》！」と彼女は訛りのある英語で叫び、息子たち――一二歳、一〇歳、六歳、四歳――に水をパシャッとかけた。ラ・ガビーにはトラブルメーカーの弟や甲斐性なしの夫がいたにもかかわらず、近所の人たちからは、カルドナ家は生活力があると思われていた。川向こうのヌエボラレドにはラ・ガビーが家族から受け継いだ古い家があって、その家賃収入がときどきあった。しかも彼女は働き者で、つねになにかしらの仕事に就いていた。ソーシャルサービスが家に訪ねてきたこともなかった。

息子のことで悩みが出てきたとしても、それは次男ではないだろうと母は思っていた。次男のガブリエルはほかの子たちよりも本を読み始めたのが早く、『セサミストリート』シリーズを読破し、『セルフィッシュ・セルフィッシュ・レックス』〔わがままな恐竜の子供が主人公〕という、分け与えることの大切さを教える絵本に夢中になった。バットマンの靴で走り回り、小学校と日曜学校のどちらも皆勤賞で、聖書も読んだ。教師たちは彼のことを寛大で、年下の子供たちの面倒をよく見る子だと評した。

「ほらほら、アヒルちゃんの時間だよ！」とラ・ガビーは急かした。

学校がある日の朝はいつも、ガブリエルは兄のルイスといっしょにシャワーを浴びた。そのあいだラ・ガビーがキッチンから大声で、体を洗う順番を指示した。「頭《カベサ》、首《クエージョ》、脇《アルカス》の下、おちんちん《ウィウィ》、お尻《コーラ》、足《ピエス》」。それから息子たちの髪を梳かしてリッキー・マーティンみたいなポンパドールにしてやった。彼女はそれを息子たちが自分でできるようになるまで繰り返した。「分け目は横で、残りはこっちに流して、こうやって前をふくらませるんだよ」。それからガブリエルは弟たちが着替えるのを手伝い、卵とチョリソのタコスの朝食を食べ、ノートをつかんで家を飛び出すと、そこには酸っぱい実を落とすオレンジの木が生えていて、その木陰で子猫が次々に生まれて、リンカーン通り二〇七番地の錆びた門のそばに糞をしていくのだった。

国境の川、リオ・グランデを見下ろす断崖の上に位置するエル・アステカ——略して「ラステカ」と呼ばれる、六ブロックから成る地区だ——には二五〇年の歴史があった。道は狭く、歩道との段差がかなりあるせいで、なんとなく閉塞感のある場所だった。早朝は、ガブリエルのお気に入りの時間帯だった。夜明けとともに静寂があたり一帯を包み込んで、警察や国境警備隊が交代の時間を迎える。混沌とした夜のラステカよりも朝のほうがよかった。夜になればバラバラと飛び回るヘリコプターのサーチライトや、麻薬の運び屋や密入国斡旋業者《コヨーテ》たちが警察を振り切ろうとしてタイヤを軋らせる音で通りは活気づいた。

アメリカ最大の密輸ルートである三五号線は、カルドナ家のおよそ一〇〇メートル先から始まっている。ガブリエルと兄のルイスが学校へ行く途中——サカテ川に沿って北上し、三五号線の地下道を抜けて西に向かうとJ・C・マーティン小学校にたどり着く——にすれ違うのは、北に向かう麻薬を梱包する夜勤を終えた男たちや、ホテルまで乗せてくれる車を探す不法移民や、保釈保証代行業者《ボンズマン》の事務所の外に毎日できる順番待ちの列だった。これらはラステカの経済が健全に機能していることを示す光景だった。それに、フレンドリーな町というのがそうであるように、寛大さがコミュニティを形作っていた。父親やボーイフレンドや、おじや兄弟たちはダラスまで無事荷物を届けて帰ってくると、あちらこちらに分け与え、ピザを買ってやるのだった。ラ・ガビーも息子たちによく言っていた。「おまえたちも、おこぼれをいただいてきな！」

叔父のラウルは運び屋だった。ヘロインとコカインを同時に注射するという、いわゆるスピードボールをやるような男で、しょっちゅう刑務所を出たり入ったりしていたが、ガブリエルやその友人たちにフットボールを教えてくれた。ガブリエルはクォーターバックだった。ロサリオ・レタという同じラステカ出身の友人――ガブリエルの三歳下で、キッチンテーブルよりも背が低かった――は、年上の仲間に認めてもらうためにいつも必死だった。激しいヒットを食らってすっ飛ばされても、ほくろのある上唇をアボカドみたいに膨らませてニッと笑った。ふたりは『モータルコンバット』のような暴力的なテレビゲームで遊び、2パックのようなラップミュージックを聴いた。

　学校が終わると、ガブリエルとルイスはサカテ川のぬかるんだ土手で遊びながら帰った。魚みたいなにおいを放ちながら家に着くと必ず、ラ・ガビーが延長コードを手に、鼻をひくひくさせて待ちかまえていて、ふたりにお仕置きをするのだった。とはいえラ・ガビーは、根は思いやりのある人だった。ガブリエルとルイスの親友であるブレイク兄弟がラ・ガビーへの手土産にビッグレッド・ソーダやコカ・コーラを一本持ってやってきたときはいつも、ふたりが泊まっていくことを許した。ブレイク家の母親がヘロインで再逮捕されたあと、ソーシャルサービスが兄弟をブラウンズビルの養護施設に連れていってしまったときは、声をあげて泣いた。

　カルドナ家の父にはいいところもあった。失業中の警備員だった彼は、息子たちを連れて公園でバーベキューをしたり、自転車の遠乗りに連れていってやったりした。ギターを弾き、歌を歌った。週末になると一家は歩いて国境を越え、ヌエボラレドの親戚のところに遊びにいった。空気がさわやかなアメリカとは違って、メキシコには野性的なにおいが漂っていた。焼いた牛肉《カルネ・アサーダ》や、馬や、使い古した革のにおい。いとこたちとエアガンで「銃撃ごっこ」をして遊んだ。ガブリエルは顔に弾を食らっても決してひるまなかった。みんなが彼を「ロコ」［「クレイジー」の意味］と呼んだ。

国境の南側では、アメリカ人であることがガブリエルの特別なステータスになった。一九九四年に発効した北米自由貿易協定（NAFTA）によって、メキシコ、米国、カナダのあいだでさまざまな輸入品への関税が撤廃された。いまやウォルマートはなんのペナルティもなくメキシコに原材料を輸出し、メキシコ人労働者を使って製造し、できた製品を逆輸入してアメリカの消費者に届けることができたが、それと同時にメキシコには大手の小売店が次々とできて、昔ながらの小規模な商店は廃業に追い込まれた。アメリカのものが並んだスーパーマーケットやアメリカ式のデパートがメキシコじゅうにできたのだ。アディダス、コダック、コカ・コーラ、チートス。スピーカーから流れるのはウィリー・ネルソン［アメリカのカントリー歌手］だった。当日仕上げのドライクリーニング店がこれまでにないペースで増えた。アメリカから安いトウモロコシや小麦が入ってきてメキシコの農家に打撃を与えると、メキシコ人は仕事を求めて北に押し寄せ、「マキラドーラ」と呼ばれる外国資本の工場で働き、そこでアメリカの消費者文化にどっぷり浸かった。マクドナルドやピザハット、さらにはタコベルの看板までもが、モンテレイからメキシコシティにかけて夜空を煌々と照らし出した。アメリカのものはなんでも理想化され、メキシコのものはとりあえず値引かれるような風潮があった。

一家で親戚を訪ねたあとラレドに戻ってくると、ガブリエルの父は決まって不安定になり、それから暴力的になった。メキシコにいる家族の目を通して自分を見てしまったせいだった。アメリカ人のくせにあっちとたいして変わらない暮らしをしているじゃないか。ガブリエルとルイスの目の前で、酔った父は男相手にやるように母を容赦なく殴った。あるとき、ガブリエルがほっぺたにくっきりと手のひらの痕をつけて登校すると、教師は大丈夫かと訊いた。ガブリエルはうなずいた。ルールはわかっていた。**ばらすんじゃないぞ**。

ある夜、ついにラ・ガビーがキッチンナイフで夫を刺し、家から完全に追い出した。ガブリエルは強い母を誇りに思った。母を働かせて酒ばかり飲んでいる父を恨んでいたし、そんな父が出ていったところで大きなものを失ったようには感じなかった。むしろ深い喪失感を抱いたのはその数日後、ガブリエルの一〇歳の誕生日に、2パックが銃創がもとで死んだときだった。2パックは彼の「犬《ベロ》」［「仲間」の意味］だった。それから何年経とうが、引き金を引いた男に対する怒りは消えなかった。


中学生のとき、ガブリエルは数学と英語で優秀な成績をおさめて賞状をもらった。彼に憧れていた複数の女子が、七年生のときの彼が代数では向かうところ敵なしだったことを覚えていた。彼は数学に強く、記憶力がずば抜けていた。あるとき英語の授業で、歌を一曲覚えて披露するという課題が出た。ガブリエルはダイヤ風の鼻ピアスに、青いバンダナを頭に巻いたかっこうで教室にあらわれた。彼が2パックの『How Do U Want It?』を歌いだすと教室中が笑い転げた。

フットボールでは二シーズンにわたってクォーターバックを務め、そのあいだチームは負け知らずだった。夢は弁護士になることだった。九年生になる前の夏休みには、テキサス州の季節労働者を支援する団体を通じて人材派遣センターに登録し、週に一〇〇ドルを稼いだ。ラ・ガビーにいくらか渡し、自分にはポロ・ラルフローレンのポロシャツとトミー・ヒルフィガーのブーツを買った。ブラウンズビル行きのバスチケットを買い、引っ越したガールフレンドに会いにいったこともあった。ふたりでサウスパドレ島［テキサス州南端のリゾート］に行ってピザを食べた。そんなガブリエル・カルドナは、エネルギーの行き着く先が必ずしも刑務所ではない、ラステカでは珍しいタイプの若者に見えた。この勤勉な一四歳の少年を見ても、まさかその夏に稼いだ八九六ドル一〇セントが彼にとって最初で最後の合法的な収入だったとは誰にも想像できなかっただろう。

　そのあいだにもＮＡＦＴＡは国境貿易にとてつもない変化をもたらし、毎週何万台ものトラックがラレドを通過していった。ラレドは一九九〇年に人口が倍増し、ラスベガスに次いでアメリカで二番目に急成長した都市になり、同時に西半球一の内陸港になった。『フォーチュン』誌の格付けで全米上位一〇〇〇社のうち約七五パーセントの企業がラレドの運送関連施設に出資し、北に運ばれるメキシコ製品を倉庫に一時保管していた。

　とはいえ、最低賃金しかもらえない倉庫の仕事がいくらか増えたのを別とすれば、この新しい収益が労働者階級のふところにまで届いているようにはまったく見えなかった。平均所得が全国平均を三〇パーセント下回り、住民の三八パーセントが貧困ライン以下の生活を送るなか、ラレドはあいかわらずアメリカで一、二を争う貧しい都市で、ＮＡＦＴＡが可決されたあとも多くの人の暮らしぶりはほとんど変わらなかった。ものがさかんに行き交うかつてない熱狂をよそに、ラレドはいつまでたっても整備されない巨大なドライヴインのままだった。

　二五万人が暮らすこの町が、報告書の数字が示すほど貧しく見えないとしたら、それはブラックマーケットが表の世界を陰で支えているからだった。ラレドでは小規模ビジネス――香水屋、おもちゃ屋、中古車販売店、レストランなど――の多くが、資金洗浄《マネーロンダリング》の隠れ蓑になっていた。カリフォルニアのギャングで、テキサス州でも幅を利かせている〈メキシカン・マフィア〉は、「マキニータ」と呼ばれるスロットマシン場や、いつもにぎわっているドライヴスルーの酒屋〈マミ・チューラ〉――ビキニ姿のティーンが接客し、ストリッパーのようにチップをもらう——を経営していた。ほかにも〈テキサス・シンジケート〉や、頭文字を取って〈ＨＰＬ〉と呼ばれている〈エルマノス・デ・ピストレロス・ラティーノス〉［「ラテン系ガンマン兄弟」の意味］のような力のあるギャングが商売をしていた。そして町でいちばん背の高い建物が、ＤＥＡのビルだった。

ガブリエルにとって、メキシコを訪ねることはもはや楽しみではなくなっていた。彼の家は豊かではなかったが、なにも持たないいとこたちによそいきの服で会いにいくのは気が重かった。彼らのなかにはスリを働いたり、洗車をして稼いだり、観光客の小銭目当てに路上パフォーマンスをしたりする者もいた。たしかに、いとこと教会を抜け出して、チューインガムをくっつけた棒で募金箱の金を釣り上げたりするのは楽しかった。それなのに、メキシコは汚いと感じてしまうのだった。ごみのまわりを飛び交うハエ。あたりには小便のにおいが漂い、煉瓦の壁はギャングの落書きだらけで、フェンスには風で飛んできたビニール袋が傷ついた鳥のようにからみついていた。座る場所や歩き回る場所にもいちいち気をつけなくてはならないのが苦痛だった。そんな考えは、あとで彼にある程度の金ができたときに変わるのだが、とにかくいまは比較的よく見えるという理由で、アメリカのほうを高く評価していた。

高校が始まると、彼はフットボールのＪＶチーム［いわゆる二軍で新入生が中心］でクォーターバックを希望した。かつてラレドのチームが州のプレーオフで三回戦を突破したことはなかったし、例年、奨学金を獲得したフットボール選手がひとりもいないアメリカ最大の都市になってしまうという、不名誉な特徴がラレドにはあった。それでも彼は生粋のラレドっ子だった。身長は約一七〇センチで、足はそれほど速くないが、気合なら誰にも負けなかった。ガブリエルは『*Friday Night Lights*』［映画化されていて、邦題は『プライド　栄光への絆』］という、テキサスの高校フットボールを取材した有名なノンフィクションを読んだことがあって、その世界の一員になることを夢見ていた。アメリカを象徴するような瞬間、まさに著者のH・G・ビッシンガーが書いたように、「黒いサテン地を広げた空を、揺らめくろうそくの炎のように柔らかく繊細な明かりで包み込む満月」の下でプレーする瞬間を夢見ていた。栄光が退屈な人生を満たしてくれることを夢見ていた。

成長した少年はハンサムで、才能があって、人気者だった。彼のエゴは拒絶をほとんど知らなかった。だからコーチが彼を試合に出さず二年生の肩を持ったとき、彼は辞めた。それはあとになってさまざまな意味が付与されることになる決断だった。もしスターターになれていたら、彼はチームを去ることもなく、放課後も練習のために学校に残り、フットボールを続けるためにちゃんと進級していたかもしれない。ところがその日、練習を飛び出した彼はラレドのストリートギャングの世界とつながりのある兄弟と落ち合い、初めてマリファナを吸い、車に乗って民家にいたずらをして回った。

数日後、どこかのテロリストがニューヨークのビルをぶっ壊していった。

3 パパは麻薬関係

9・11が起きて間もない頃、ロバート・ガルシアはかかりつけの診療所で二度目のステロイド注射を受けていた。彼のふさふさした黒髪はいろんなことを乗り越えてきた。軍隊生活、不名誉除隊処分の恐れ、若くして父親になったこと、結婚生活の苦悩、巡査時代のストレス。そしていま三三歳にして、彼の豊かな髪の毛は次々に抜け落ち、二五セント硬貨大の禿げがいくつもできていた。

それが麻薬のせいであることは明らかだった。

フェローとしてDEAにやってきたロバートの仕事は、まず三五号線を「チェックポイント」まで移動することから始まった。そこはラレドの四七キロほど北に位置する第二の国境検問所のようなもので、通りかかる車両を国境警備隊がランダムに調べていた。とはいえ調べられるのはヒスパニックが運転する乗用車やトラックであることが多かった。三五号線はほかの州間高速道路と絡み合いながらサンアントニオ、オースティン、ダラス、オクラホマシティ、デモインなどを通ってミネアポリスまで通じている。だがすべての始まりはこのチェックポイントであり、どこよりも大がかりな手入れがおこなわれるのがこの場所だった。ときにはトン単位の麻薬が押収されることもあった。ロバートは巡査時代にも市内で小さな手入れをいくつも経験している。それがDEAに入ってからの数か月で、彼の視野はだいぶ広がった。いったいこの大量の麻薬はどこから来るのか？

　ＮＡＦＴＡが実施されてから六年後の二〇〇〇年までに、メキシコ・米国間の貿易量は約三倍の二四七〇億ドルに増え、ヌエボラレドとラレドとを結ぶ四つの橋を毎週六万台ものトラックが北へ向けて通過していった。一台のトラックを止めて調べるたびにグローバルな商取引の足を引っぱることになるため、ＮＡＦＴＡによって貿易摩擦が緩和されたのは、密輸業者にとってもありがたいことだった。吹雪のような白い粉が、いまは採れたての柑橘類の山や、プラスチック製のバナナ、五ドルのサングラス、スパイス瓶といった無数の商品といっしょに梱包されて運ばれていた。ときには密輸業者が貿易コンサルタントを雇い、新体制のもとではどの商品が最もスムーズに国境を越えられるか決めることもあった。鋼鉄よりも生鮮食品のほうが速く通過できるかもしれない、というぐあいに。

　これは麻薬取り締まりの常套手段だが、ＤＥＡは通りすがりの密輸業者を逮捕したあと、司法取引を持ちかけた。罪を軽くするかわりに、デトロイトやブルックリンやボストンといった北部のバイヤーの逮捕に協力するよう求めるのだ。積み荷が止まっているあいだのタイムロスを解消し、北部のバイヤーに取引が正常におこなわれていると思わせるため、押収したトラックはＤＥＡのジェット機で北に運ばれる。ただし時間に余裕がある場合は、ロバートのようなおとり捜査官が運転して受け渡し場所までドラッグを運ぶ。こうした捜査をＤＥＡでは「管理された配達《コントロールド・デリバリー》」と呼んでいた。

　まだ若く、浅黒い肌のせいで中東系と間違われやすかったロバートは、その融通がきく外見のせいでおとり捜査官として重宝がられた。ＤＥＡに入ってからは、つねに各地を飛び回っていた。メキシコやジャマイカから来た密輸業者たちとおとり捜査をおこなうこともあった。髪を長く伸ばし、ジェシーのマルボロのジャケットを着た。ラレド――「ターゲットに富んだ環境」だ――のＤＥＡで二年間働くと、ニューヨークにおける八年分の事件に出くわすと言われていた。

ロバートのように出先機関から貸し出されているだけで正式な連邦捜査官ではないフェローのなかには、賃金の違いに不満を持つ者もいた。だがロバートはそんな格差をちっとも苦にしていなかった。彼はメキシコ生まれの警官だが、いまは米国で連邦捜査官とともに働き、ニューヨーク・シティなどでおとり捜査をしながら得たものを、いずれラレド警察に持ち帰る予定だ。たしかに金を稼ぐことだけが目的だとしたら、この仕事に始終腹を立てていることになるだろう。だが、なんでわざわざ不満を抱く必要がある？

ロバートは仕事の合間に観光客らしいことをする時間を無理やり作っては、母に写真を送った。自由の女神。エンパイア・ステート・ビルディング。ハードロック・カフェ。大規模な手入れをいくつも成功させ、ほかの捜査官たちと記念撮影をした。

現金二〇〇万ドル！

コカイン一トン！

そうした摘発は、初めのうちはやりがいがあった。だが時が経つにつれて、自分の手柄であれなんであれ、それが麻薬取引全体に及ぼす効果がほとんどないことにうんざりしてきた。彼が週に一回、管理された配達《コントロールド・デリバリー》をしたところで、ドラッグの供給量に与える影響はなきに等しいのだ。麻薬戦争に楽観的な人々でさえも、取り締まることができるのはせいぜい取引量全体の一〇パーセント程度だと認めていた。実際の摘発率は五パーセントとか二パーセント程度ではないかとロバートは推測した。いずれにせよ、その数字が好転した年はなかった。あらゆる文脈から切り離して個別に見たときだけ、夜のニュース番組で報じられる摘発に意味があるように見えてくるのだった。需要あるところに供給あり、ということを彼は思い知った。法律で禁止？　そんなのは絵空事にすぎなかった。

取り締まりの成果が出ていないことを知ってからというもの、彼には政府の金の注ぎ込み方が不思議でならなかった――麻薬戦争を戦うための資金がどこから来るのか気づくまでは。9・11以後、DEAのラレド事務所はそれまでのように現地採用を当てにするのではなく、全国から捜査官を募るようになった。八人だった捜査官は四〇人に増えた。DEAは主要な存在ではあったが、街で唯一の麻薬捜査機関ではなかった。ラレド警察、テキサス州公安局、郡保安官事務所、司法省のアルコール・タバコ・火器・爆発物取締局（ATF）、移民・税関捜査局（ICE）、連邦捜査局（FBI）、国土安全保障省といったすべての機関が同じターゲットを追いかけ、麻薬マネーを活動資金にしていた。押収した現金や設備で、予算の半分――ときにはそれ以上――を調達することができたのだ。まさに陰と陽だった。

取り締まりを強化したにもかかわらず、麻薬取引は急激に増えたが、この戦争の経済政策について議論するのはかんたんなことではなかった。なにしろ、ある密売人が服役する刑務所は押収した金で運営され、彼を逮捕した捜査官が乗る車は押収した金で買ったもので、その残業代は押収した金で支払われ、おとり捜査そのものが押収した金を資金源にしていたりするのだ。勝手に資金調達してくれる戦争を政府が嫌がるわけがなかった。麻薬戦争を奨励することのマイナス面はほとんどなかった。政治家が麻薬をめぐって競い合うのが党派を超えた日常風景になってしまうのも当然だった。

捜査機関同士が事件や資金を奪い合っていないときは、摘発や起訴という功績をめぐって争っていた。なによりも重要なのは、摘発したことを真っ先に政府に報告することだった。DEAのなかでさえ、捜査官とフェローが陰口を言い合い、情報提供者を横取りし、取り締まり全体の効率を上げてくれるはずの情報を共有しようとしなかった。DEAはオープンフロア型のオフィスを採用していたが、隣に座る捜査官がどんな案件に関わっているのか把握していることは稀だった。効率を重んじるエンジニア気質の人間からしたら、麻薬戦争が拡大するほど無駄が増えるというのは無視できることではなく、ロバートには過去一〇年間をかけてしてきたことがすべて徒労だったように感じられた。

ロバートがDEAにいるのは四年のはずだったが、それがずるずると延びるにつれて彼は消耗していった。一家でラレドに新しくできたロス・プレジデンテスという分譲地のベッドルームが三つある家に引っ越した頃から、ロバートの髪の毛はまだら状に抜け始めた。かつては大義名分のもとに戦っていることを誇りに思っていたが、いまでは国境地帯の取り締まりが、「ドラッグにノー！　不法移民にノー！」という目的の達成のためというよりは、州当局のシンボルにすぎないことを彼はよくわかっていた。国境は劇場であり、そのステージを使ってさまざまな物語を語ることができた。摘発——成果の目安としては誤解を招きやすいが、とにかくわかりやすい——は現職政治家の票につながり、飢えたメディアの餌にもなり、国境が制御不能であるように描きたがる野党の声を中和してくれる。しかも9・11が政府の財布の紐をゆるめ、国境の物語に新しく実入りのいい筋書きを付け加えてしまった。「密輸されるテロリスト」だ。

「中東のテロリストがいつやってきてもおかしくない！」と、ラレドを擁するウェブ郡の保安官は、耳を貸す人さえいれば誰彼かまわず叫んだ。手錠をかけたこともない男が国境の川で記者会見をひらき、まるで自分がハルマゲドンと闘う最後の砦であるかのように話すのを、ロバートはいらいらしながら見ていた。保安官は布の切れ端を振って、これは地元の農場近くの雑木林で発見された「イラク軍の記章」である、などと言った。

DEAに来て四年目に、ロバートは診療所で円形脱毛症のためのステロイド注射を受けながら、初めて声に出して言った。「麻薬戦争なんて壮大なでっちあげだ」

闘いが「でっちあげ」であるのは二〇〇年前から変わっていない。アメリカが悪習を規制しようとした最初の取り組みは、結果的に価格を規制しただけで、経済的な意味しかなかった。一八〇二年、マイアミ族のリトル・タートル酋長がトーマス・ジェファーソン大統領に向けて、アルコールがインディアンのコミュニティにもたらす影響についてスピーチをおこなった。「父よ、この毒を取り入れることは、私たちのあいだでずっと禁じられてきましたが、町では禁止されていないせいで、多くのハンターがこの毒のために毛皮だけでなく、しばしば銃や毛布までをも手放し、貧窮した状態で家族のもとに帰っていくのです」

立法者たちは、インディアンの土地にアルコールが流れ込むのを食い止める法律を作った。だがインディアンのウィスキーに対する需要はなくならず、ウィスキーと引き換えに彼らが差し出す毛皮は東部で非常に高く売れた。インディアンにウィスキーを販売することを禁じた法律は、インディアン特別保護区でのアルコールの価格を吊り上げただけで、セントルイスでは一ガロン二五セントのウィスキーが、数百キロ離れた現在のアイオワ州の毛皮商のもとでは六四ドルで売られるようなありさまだった。初期の禁酒法で最も得したのが毛皮商たちで、なかでもアメリカ一の富豪だったジョン・ジェイコブ・アスターの〈アメリカ毛皮会社〉は毛皮の取引量全体の七五パーセントを掌握していた。

アスターの会社は、インディアンの禁酒法に例外を認めるよう議会に働きかけた。ミズーリ川上流までボートで毛皮を買い付けにいく男たちには、長旅を乗り切るためにウィスキーの個人使用が必要だと主張したのだ。すると例外が認められ、ボート乗り専用の許可証が発行されたが、それは言ってみれば密輸の許可証だった。一八三一年の時点で、インディアンの土地に持ち込まれるウィスキーのうち許可を受けているのは一〇〇ガロンあたりわずか一ガロンという状況だった。

その一〇年後に〈インディアン事務局〉が、スー族の土地では年間一〇〇人以上のインディアンが酔っぱらい同士の喧嘩で命を落としているという報告を出した。このままウィスキーの売買が続けばすべての村が飢えに苦しむことになるだろう、と。インディアン事務局は、ミズーリ川を不法にのぼってくる酒を取り締まるために移動調査官を任命した。調査官が任期中に摘発した酒の量はそれほど多くはなかったものの、彼の存在によってミズーリ川をやってくるアルコールの流れはスローダウンし、それをきっかけにようやくインディアンたちは毛皮の価格を上げ、毛皮商たちは政府に不満を訴えた。

初期の禁酒法から学べることははっきりしている。需要あるところに供給あり、というわけだ。なにかを規制しようとするときに問題となるのは、どこにそのしわ寄せが来るのか、ということくらいだった。ブラックマーケットの消費者なのか、供給者なのか、あるいはその両方なのか。誰がインディアンになるのか。

ストレスによってできたロバートの禿げは一度目のステロイド注射のあと消えたが、すぐにまたあらわれた。さらに何度か注射を受けると、髪の毛はふたたび生え始めた。麻薬の積み荷といっしょに彼はニュージャージーからシカゴ、サンフランシスコへと飛び回り、でかいヤマがあれば取りつかれたように働いた。DEAの彼のデスク——写真やメモが散乱している——に掲げられたホワイトボードはまるで延々と続くが決して解けない数学の証明問題のようになっていた。彼はバインダーに、自分が追いかけている密売人だけでなくその親族の資料も集め、さらにすべての住所を記憶していた。

DEAでの任期が六年に延びたあたりから、ロバートは息子たちが家に連れてくるクラスメイトまで疑いの目で見るようになった。息子の友人がいればその家族全員について詳しく調べ、父親やおじがロバートの手で逮捕されていないか確かめずにはいられなかった。さらに検索システムで近所をかたっぱしから調べて、半径一マイル［約一・六キロメートル］以内に暮らす全家庭の犯罪歴を洗い出した。すると隣の家――そこの双子の息子はエリックとトレイの遊び友達だった――がメキシコの密売人と取引をしていることがわかった。

ロバートが月の半分も家を空けているあいだ、子育てはロニーがした。メキシコ系の家庭では、男が肉体労働をして、女が家事をするのが一般的だった。ロニーは夫の文化の賛成できるところは取り入れたが、その伝統については無視した。息子たちも料理や掃除や洗濯の仕方を覚え、みんなで家事を分担した。

ロニーとエリックとトレイは三人でよくしゃべり、よく笑った。ところがロバートが帰ってきた瞬間に、力学が変わった。彼は機嫌がひどく悪かった。誰かが物音を立てただけで叱りつけた。血のつながったトレイは父に従った。だが連れ子であるエリックはそれほど父を恐れてはいなかったので、よく陰で父の真似をして笑った。

黙れ！

罰として腕立て伏せ二〇回！

夫婦は息子たちに、父の職業を人にしゃべらないよう言い聞かせた。ロバートは気分転換に家の手入れをして過ごすことが多かったので、一家は近所の人たちに彼が建築関係の仕事をしていると伝えていた。ところがある日、授業で家族について発表をしているときに、エリックがうっかり「パパは麻薬関係」と言ってしまった。教師からロニーに電話がかかってきた。「あのですね、ちょっと心配なことがありまして」

4　気高く戦うこと

ロヒプノール、ルーフィー、デートレイプ・ドラッグ。かつてはスパニッシュ・フライとも呼ばれた。ラレドの若者たちはこのパーティードラッグのことを、製造元であるスイスのエフ・マン・ラ・ロシュ社にちなんで「ロシュ」と呼んだ。強力な安定剤《トランキライザー》であるロシュは米国では違法だが、メキシコではかんたんに入手でき、処方箋に五ドル払えば一〇〇錠五〇ドル程度で買うことができた。

ある午後、ガブリエルがマーティン高校の外でぶらぶらしていると、アシュリーという少しだけ年上の女の子が仲間と車で通りかかり、乗りなよと声をかけてきた。女の子たちはガソリンスタンドに寄ってスプライトを何缶か買うと、ボンネットに錠剤をバラバラと広げた。

ラレドには二種類の女の子がいた。「フッドラット」と「フレサ」だ。フレサ——スペイン語で「苺」の意味〔「気取った」という意味もある〕——はプレッピーな女の子のことで、比較的裕福な北側に暮らす色の薄いラティーナであることが多い。フレサはリップグロスのみだが、フッドラットは真っ赤な口紅を塗る。フレサがセーターや、ファーを使ったブーツみたいなアイテムを好むのに対し、フッドラットはナイキのスニーカーとカットオフしたTシャツで闊歩する。また、フレサはショーツを脱ぐ前に「わたしは軽い女《ブタ》じゃない」などと言って気が進まないふりをするが、フッドラットはごちゃごちゃ言わずに自分を差し出す。アシュリーはフッドラットだった。生粋の地元っ子で、ラステカのなかでもソーシャルサービスが放っておかないような荒んだ家庭環境で育ったが、根は優しい女の子だった。

　彼女の仲間のひとりがガブリエルに錠剤を差し出すと、アシュリーは言った。「だめだめ！　この子はやらないから」。だがガブリエルにやるなと言ったところで、確実にやることになるだけだった。彼も見よう見まねで錠剤を砕き、ソーダに混ぜて飲み干すと、ドーン！

　こうしてひとつのルーティンができあがった。アシュリーとガブリエルはステレオを全開にして車を走らせ、何時間でもしゃべった。一錠だったロシュは二錠に増え、三錠に増えた。てっとり早くいい気分、くつろいだ気分になれた。おしゃべりになり、心配は消え、恥じらいもなくなった。アシュリーはガブリエルの女《ルカ》になった。友達以上、恋人未満。彼女はそんなもどかしさを歌ったネリーとケリー・ローランドの『ジレンマ』という曲を彼に捧げた。

　その錠剤はレイプではなく、もっぱら気晴らしのために使われ、効き方は人それぞれだった。感情的になって泣きだす人もいれば、おかしくなって幻覚を見て、橋から飛び降りるような人もいた。ガブリエルの場合は、ロシュをやるとリラックスして感覚が鈍くなった。日曜日の夜は、みんながサンベルナルド通りに集合した。そこは三五号線を西に一ブロック入ったマーティン高校と隣接する通りで、車好きの溜まり場になっていた。改造したシボレー・S10やダッジ・ラムのオーナーが、本体よりも金のかかったバタフライドアやフォージアートのホイールを見せびらかしにきた。誰がどの車の持ち主なのかわかっていくうちに、ガブリエルの頭のなかにはラレドの大物密輸商人のリストが自然とできあがっていった。ロシュで気が大きくなった彼は、車の流れに逆らうようにしてサンベルナルド通りのど真ん中を歩いた。轟音を立てて通り過ぎていくローライダーを次々によけながら歩いていると、世界はちっとも危険な場所ではないように思えた。

やはり一年生のとき、ガブリエルが廊下を歩いていると、〈モビーダ〉いうギャングのメンバーがわざとぶつかってきた。モビーダのなかには中学校時代のフットボール仲間がたくさんいた。だがガブリエルの兄ルイスは、ライバル関係にあった〈シエテロス〉のメンバーで、モビーダはガブリエルがシエテロスとつるんでいるのをよく思っていなかったのだ。彼は数週間に一度、ニディアの店で髪を切ってもらっていた——が、そこはモビーダの縄張りだった。ある日、彼が店にいるのを見かけたメンバーが、おまえはどこの人間なんだと訊いてきた。「ガキの遊びには興味ねえんだ」と、彼は前に叔父のラウルが口にしていた言葉を真似て言った。「俺は自分の地元、ラステカの人間だ」。するとモビーダのメンバーたちは、それなら問題ないと言った。ところが彼らはすぐに考えを変えたらしかった。

同じ午後、ガブリエルはルイスに、母親のエスコートの鍵を貸してくれと言った。学校に行かなければ、モビーダの連中との対立を避けられると思ったのだ。駐車場を歩いていたとき、背後で彼を罵る声がした。振り返ると、二、三〇人のモビーダのメンバーが襲撃をかけようと、彼に向かって歩いてくるところだった。距離が縮まっていくなか、家からルイス——背が低く、がっちりした体つきだ——が飛び出してきて、ガブリエルと敵の集団とのあいだに進み出た。モビーダのリーダーはルイスに殴りかかったが、ルイスはひょいと頭をひっこめてアッパーカットでやり返し、相手を殴り倒した。するとモビーダのリーダーは立ち上がって歩き去ると見せかけて振り向きざまにルイスを殴りつけ、眉のあたりがぱっくり切れた。

喧嘩が終わったあと、ガブリエルは自分を恥じた。人に自分の喧嘩を戦わせるなんて許されないことだとわかっていたから、二度とこんなことは起こさないと胸に誓った。

ガブリエルはシエテロスとつるむようになり、彼らのパーティーに顔を出し、自分が役に立つチャンスを探した。シエテロスは三八〇口径や九ミリ拳銃などの武器を必要としていた。ラレドの警官のなかに、車のトランクに銃を並べて売っている男がいた。若者たちが吟味できるように警察が発行するカタログまで持っていて、とっておきの商品が入荷すると電話で連絡してくるのだった。その警官――リンカーン通りの、カルドナ家の一ブロック先に住んでいた――は擲弾発射機《グレネードランチャー》や、それを試すための閃光弾まで持っていた。

一世紀以上にわたってラレドは、政治家が特定の支持者を優遇する昔ながらのパトロン・システムと呼ばれるもので成り立っていた。マーティン高校の名前の由来になったJ・C・マーティンは一九五四年から一九七八年までラレド市長を務めた。庇護者《パトロン》として独自の道を歩んだマーティンは、住民の大半がヒスパニックという町で移民に優しい政策を実施することにより権力を保った。IDカードは不要とし、公営住宅を大量に建て、社会福祉には制限を設けなかった。自分の邸宅を取り囲む道路を舗装しただけで道路計画課に数百万ドルが流れ込むようにしてしまう男だった。どうしようもなく腐敗しているが、票を集める政治家だった。

ラレドで最も貧しい地区――マーティン高校の所在地である西部、ラステカがある中南部、サントニーニョという最も貧しいゲットーを擁する南部――は、どこも川と国境という地理的条件に縛られていた。一九九〇年代に市の人口が倍増し、二五万人近くまで膨れ上がったあとも、不動産はラレドに古くから暮らす資産家たち――マーティン家、ブルーニ家、キラム家、ウォーカー家、ロンゴリア家――に牛耳られていたために、価格はテキサス州でも最高水準のままだった。それによってミドルクラスの成長は横這いで、貧困層にいたっては土地の売買から締め出されていた。

ラレド中部や南部に点在する政府公認のゲットー――ラステカ、シエテビエホ、カンタラナス、ハイツ、サントニーニョ――のほかにも、「コロニア」と呼ばれるコミュニティやキャンプが、ラレドを取り囲むように存在した。第二次世界大戦後に、開発業者たちが農地にならない土地を使ってこうした電気、ガス、水道などのインフラがなにもない非法人の分譲地を作り出し、移民向けに不動産を販売した。移民たちからすれば支払額は少ないが、払いきるまで所有権がもらえなかった。

市議会に市の代表者というのは存在せず、政治的に重要な選挙ブロックを代表する議員もいなかった。どちらかといえば、もっと小さな区画ごとに市会議員がひとりずついるようなイメージだった。市会議員はコミュニティセンターを建て、あるときは子供たちが遊ぶ公園を改善し、一〇〇票程度で繰り返し再選した。市長でさえ、市内全域に関わるような条例案を出すことはできなかった。

「ここの住民はほとんどがヒスパニックで、少数派のグリンゴまでもが同化しています」と話すのは、テキサスA&M国際大学のレイ・ケック学長だ。ヨーロッパ系移民の息子でグリンゴであるケックはラレドのすぐ北で育ち、プリンストン大学を卒業後にラレド出身のヒスパニックの女性と結婚したあと、コネチカット州にあるホッチキス・スクールという全寮制の私立中学校で教えた。「人種間の摩擦がほとんどないために、よりわかりやすく自然な形の服従システムが存在し、社会的流動性が停滞しがちです」

ラレドのすべての学校に提携するコロニアがあり、そこの子供たちはバスで学校に通ってきた。犯罪が政治問題化するたびに、地元のメディアはコロニアを責め立て、そこが悪の巣窟であるかのように描いた。ラレドで幅をきかせる犯罪一家がしばしば上流階級の出身であることは無視された。ラ・ガビーはそれを知っていたし、ロバートとロニーのガルシア夫妻も知っていた。ユナイテッド・ノース高校やアレクサンダー高校の生徒がトラブルに巻き込まれても、まずニュースにならない。親が弁護士や裁判官とつながっているからだ。どこかのホセが郡刑務所に入る一方で、金持ちは説教を聞かされるだけで放免となる。

ラレド独立学区――マーティン高校、J・W・ニクソン高校、シガロア高校が含まれる――の生徒の九七パーセントが「経済的に恵まれない状況」にあると考えられ、残りの三パーセントは単に無回答だった。マーティン高校の校長は、同校には二種類の生徒がいることを認めた。麻薬ビジネスに進む者と、それを追いかける側になる者だ。警察官、捜査官、弁護士、裁判官、裁判所職員、保護観察官、そしてもちろんディーゼルエンジンの整備士や、トラックヤードのオーナー、押収品を政府に代わって保管する倉庫業者まで――麻薬が禁止されることで生まれる職業を挙げればきりがなかった。

とはいえ、誰もがなにかしらに手を染めているように見えた。たとえばラレドの市会議員は「袖の下」を生活費にしていた。裁判官は自分の政治活動をサポートしてくれる密売人には手心を加えた。なかでもいちばん儲かるのが保釈金ビジネスだ。保釈保証代行業者《ボンズマン》はしばしば検察官と報酬を山分けすることで押収車の回収や顧客獲得を手伝ってもらっていた。ウェブ郡刑務所の看守が謝礼目当てに、逮捕者の保釈金を引き下げるのに協力することもあった。しかもその看守の息子はラレドの地区検事長で、ただしその地区検事長は取引にはいっさい関与していなかったりするのだ。

小高い丘の上――ココナッツができない種類の椰子の木に囲まれ、国内最大の内陸港と重要な密輸ルートに隣接する――にあるラステカ地区は悪魔の潜む場所《デビルズ・コーナー》として知られ、ブラックマーケットの担い手として揺るぎない地位を確立していた。不法移民。麻薬。自動車。武器。現金。そんな裏社会の総合大学において、勇敢で機知に富んだ少年は引く手あまただった。

ガブリエルが二年生になる前の夏休みのことだ。ある夜、シエテロス主催のパーティーで、リーダーと交際している女が悲鳴をあげて床にへたり込んだ。みんなが助け起こそうとすると、女は酔った「チビ」に顔をぶたれたと証言した。

一二歳でいまだに身長が一五〇センチ程度しかないロサリオ・レタは、自分のファーストネームが女の子っぽいことを気にしていた。テレビアニメ『ザ・シンプソンズ』のファンだったこともあり、最近、「バルトロメオ」［「バート」のラテンアメリカでのキャラクター名］と改名したばかりで、友達や家族は彼をバートと呼ぶようになった。

バートの家は大家族で、ラレドの典型的な貧困家庭だった。建設作業員の父親と美容師の母親はどちらもメキシコ生まれで、二人合わせて週四〇〇ドルの収入のほかに、月二二〇〇ドル分の食料配給券《フードスタンプ》をもらっていた。バートは八人きょうだい――四男四女――の上から二番目として、ヒューストンで生まれた。カルドナ家の向かいに住み、J・C・マーティン小学校に通っていたが、彼が二年生のときに家が全焼した。レタ家はラステカの北に位置するシエテビエホ地区に引っ越し、窓もドアもない老朽化した木造枠組みのトレーラーハウスに落ち着いた。ベッドルームはきょうだいと共用で、バートのお気に入りのアイテムは地元の新兵募集センターからくすねてきた海軍特殊部隊《ネイビー・シールズ》のポスターだった。夜になり、家族がみんなでテレビを観ながら眠りにつくと、バートはよく家を抜け出してシエテロスの溜まり場になっている近くの公営団地《ハウジングプロジェクト》まで歩いていき、マリファナを吸ったり、ビールを飲んだり、二四時間明るい防犯ライトの下でバスケットボールをプレーしたりした。

バートがそんなふうに夜遊びをするのは、自分の人生を生きたいからだった。必要なものを得られないことや、妹や弟たちにたくさん食べさせるために、夕食をあきらめなければならないときがあることにうんざりしていた。なにかを得るには働かなければならないことを彼は知った。働く気はあった。彼はシエテロスに入り、リーダーのお気に入りになった。

だがいまこうしてパーティー会場の裏庭でブランデーの〈プレジデンテ〉をらっぱ飲みしていると、リーダーがやってくるなり銃を取り出してバートの頭に突きつけた。リーダーの女を侮辱したというのは叩きのめされる理由になるし、しかも顔をひっぱたいたとなれば、まずいことになって当然だった。シエテロスの何人かが、バートを近くの空き地で撃ち殺すことについて話し始めた。するとひとりがこう言った。殺すのは賢いやり方じゃない、パーティーに来ている女の子たちがしゃべるかもしれない、と。

ガブリエルは近くに立って、幼なじみのために止めに入る機会をうかがっていた。フットボールではいつも自分よりでかい少年たちとプレーして、認めてもらおうと必死だったタフな友人のために。向こうは数人がかりでバートを殴り始め、バートはやり返そうとしたが無駄だった。結局、ガブリエルが止めに入り、バートを引き離した。

それ以降、ガブリエルとバートはシエテロスから距離を置くようになり、ふたりで過ごすことが多くなった。ある晩、彼らがラステカにあるガブリエルの家近くを歩いているとき、モビーダのメンバーが走行中の車から銃撃してきた。

過去に二回、銃撃されたことがあったガブリエルは、銃弾がヒュッと耳元をかすめていく音を聞いて、『マトリックス』を想像した。あのワンシーンのようにここで手を上げて、そこで伸ばせば、銃弾をつかめるような気がした。間一髪で助かり、ぶるっと身震いしたあと、戦闘態勢に入るのだ。ところが今回は、背中と頭にショットガンの弾を食らった。単に弾が飛んでくるのと、実際に当たるのとではまるで違うことに、彼はようやく気づいた。小さな弾が入ってきた瞬間はよくわからなかったが、焼けるような痛みと、冷や汗。それから屈辱と、唇を震わすほどの怒りと、誰かに優位に立たれたという耐えがたい感覚に襲われた。

「少年二人を車から狙った銃撃事件が発生」と、『ラレド・モーニング・タイムズ』紙は報じた。

警察は現場から薬莢を回収し、捜査中であると発表した。俺のケツでも調べとけ、とガブリエルは退院後に思った。その後、ライバルのひとりの脚を撃って復讐を遂げたときが、一五歳の少年にとって大きなターニングポイントになった。彼は「肝っ玉のある男《バト・デ・ウエボス》」として知られるようになった。引き金を引《ガティ》く度胸のある男《ジェーロ》、というわけだ。なにより重要なのは、こんどこそ自分の喧嘩を戦ったということだった。仲間はみんな彼とつるみたがった。集まりに顔を出さなければ、みんなが口々に彼の居所を尋ね合った。尊敬は人を酔わせる。彼は銃を持ち歩くようになった。

見た目も変わった。体毛のない褐色の胸はあいかわらず平べったかったが、肩はだいぶ盛り上がっていた。唇はぽってりとして、鼻は鼻筋が通って力強く、手は骨ばっていた。リッキー・マーティン風のポンパドールは、エミネム風にサイドを刈り上げた今風《いまふう》の髪型に変わっていた。

一〇代の少年らしく、世界に対する姿勢や心がまえ——一人前の男としての人格——が形成されていく時期に、人生のほろ苦い現実や、それを気高く乗り切る方法を教えてくれるのはロールモデルたちだった。リンカーン通り二〇七番地の母の家の隣にある掘っ立て小屋で、ガブリエルとルイスは『ブラッド・イン・ブラッド・アウト』という映画を繰り返し観た。これはイースト・ロサンゼルスに生きる血のつながった若者たちの物語で、彼らは対立するギャングとの壮絶な戦いのあと、別々の道を歩む。パコは兵役を経て刑事になり、ミクロは刑務所に入りギャングのリーダーになる。ガブリエルにもパコのメッセージは理解できた。生まれが貧しくても、成り上がることができるというメッセージだ。だがいちばん共感できるのはミクロだった。彼が自分の流儀を貫き、ギャングのリーダー――「刑務所一のワル」――になるさまは、英雄譚《えいゆうたん》のようにガブリエルの心に訴えかけた。

彼は掘っ立て小屋の壁に、2パックのリリックや詩を殴り書きした。シャツを脱ぎ、マリファナを吸い、『Hit 'Em Up』や『Still Ballin'』や『Hail Mary』みたいな曲に耳を傾けた。どれもストリートライフや復讐についての歌だ。2パックは服役中に代表作を書いた。まさにそのリリックどおりの人生を送り、腐った警官と闘い、襲撃を生き延びた。ガブリエルはそんな音楽と踊り、シャドーボクシングをした。

五発程度じゃ俺を消せない――俺は撃たれても微笑んでいた……。

「そのトゥパックとかいうのを消しなさい！」と、母屋のほうからラ・ガビーの怒鳴り声が飛んできても、ガブリエルは無視した。くるくる回りながらパンチを繰り出していると――ずり下げたジーンズからはトミー・ヒルフィガーの格子縞のボクサーショーツがのぞいている――アイデアが次々に頭に飛び込んできて、いくつものルールがひとつの流儀へと結晶化されていった。それはつまり、つねに「銃身の前」にいなくてはいけないということ。

誰よりも先に行け！

仲間《ホーミー》のために死ね！

掘っ立て小屋には、ガブリエルと仲のいい連中がよく出入りしていた。いつものメンバー――ガブリエル、バート、もうひとりの親友で、鼻がでかいせいでトゥカン［オオハシのこと］と呼ばれているウェンセス・トバー――だけでなく、ラステカやシエテビエホの仲間たちとのあいだで雑誌『ＶＩＢＥ』を貸し借りして、ヒップホップにおける東海岸《イーストコースト》と西海岸《ウェストコースト》の抗争《ビーフ》の行方をつぶさに追った。彼らは人を殺すことも厭《いと》わないヒップホップ界の大物、シュグ・ナイトやロサンゼルス市警察の腐敗ぶりについて読みながら、そういう誰もが知りながら遠いところにある世界に、自分たちが暮らす世界を重ねた。その音楽は単にギャングスタ・ラップと呼ばれているのではなく、現実だった。

そんな想いをさらに強くしたのは、ヒューストン出身のチカーノ・ラッパーでＳＰＭ（サウス・パーク・メキシカン）としておなじみのカルロス・コイが、『Thug Girl』や『Illegal Amigos』のような大ヒットを飛ばしたときだった。ＳＰＭについて、『ヒューストン・プレス』紙はこんなふうに書いている。「彼をヒーローとして崇めていたのは、頭を剃り上げ、だぶだぶのプリントシャツとジーンズに身を包んだ褐色の肌の若者たちだった。彼らは庭師や道路作業員や屋根職人や皿洗いの息子で、二つの文化の板挟みになりながら、どちらからも軽んじられてきた」。ＳＰＭは、そういう若者たちの怒りや絶望だけでなく夢の代弁者になった。「すべてのクレイジーなマザーファッカーども」のためにラップした。自分も彼らと同じように道に迷い、助けを必要としていることをリリックで伝えた。彼のフォロワーたちが「世界の底辺にいるようなどうしようもないやつら」ばかりなのは、それが理由だった。彼が助け、変えていこうとしたのはそういう若者たちだったからだ。高校をドロップアウトしたのも、仲間の母親にクラックを売ることにうんざりして、自分が「ろくでもない不法入国者」であるような気がしたからだった。高校一年生のときすでに一七歳だったので、一八を迎えて未成年者との淫行でムショ行きになるのも嫌だった。

小屋は、ガブリエルとルイスが女友達をもてなすのにも使われた。リンカーン通りに面した外壁には、〈バド・ライト〉のボトルに欲情するカーヴィーなチカーナのポスターが貼ってあった。

二年生になったとき、補導員がガブリエルのポケットからタバコの巻紙と銃弾を見つけた。それが、彼がマーティン高校に来た最後の日になった。

5　がんばり屋

ロニー・ガルシアは引き続きラレドで奮闘していた。町には家庭内暴力があふれ、警官でなくともそれを目の当たりにすることができた。診療所の受付係として数年間働いたあと辞めて、テキサスA&M国際大学の事務や採用に関わる仕事に就いた。そこでできた友人は、トレイの親友の母親だった。その友人は転職を考えていて、看護師の試験に合格したとき、お祝いをしに出かけたいと夫に告げた。夫はだめだと言った。それでも彼女は出かけた。その夜、妻の帰りを家の前で待ちかまえていた夫は、彼女の喉を掻き切って殺してしまった。

夫は一生を刑務所で暮らすことになった。トレイの親友だった八歳の息子は、祖母の家と、ロスプレジデンスに新しく建てたガルシア家を行ったり来たりした。母親が死んで最初のクリスマスに、みんなでプレゼントを開けているときだった。少年が急に泣き崩れた。ロニーは何時間も少年を抱きしめてやった。それでもやはり、どうしたらいいのかわからなかった。ロニーはアリゾナにいる両親に電話をかけた。「ロバートはちっとも家に帰らないし、この子をどう慰めたらいいのよ！」と嘆いた。すると父はこんなふうに言うのだった。「いいかげんにしたらどうだ、このがんばり屋のビッチが」。それは身内だから通じる荒っぽい言葉で、突き放すような言い方ではなかった。「もっと余裕を持て。全員になにもかもしてやることはできないんだから」

決して平穏ではない結婚生活のなかで、ある揺るぎない倫理観がロバートとロニーをたがいにつなぎとめていたが、それはその倫理観がふたりを集団から、それも特にロバートが属している集団から孤立させているからでもあった。スピード違反の切符から逮捕に至るまで、ラレドの警察官は規則を曲げ、強い者になにかと便宜を図るが、そういう駆け引きにロバートは参加しなかった。たとえそれが夫婦にとって、警察官や捜査官同士の付き合いの輪を狭めたとしても、ロニーは夫の清廉潔白なところを尊敬していた。

DEAでは証拠保管室の麻薬や現金や車が、別の場所で使われるケースがいくらでもあった。誘惑が潜んでいるのは、ラレドの多くの捜査機関に言えることで、次はどの同僚が落ちるのか、ロバートにもわからなかった。ずっとクリーンだった捜査官が、子供たちが大きくなり、よけいな金がかかるようになったとき、押収した現金の一部を自分の懐に入れてしまうかもしれない。あとで数えたとき逮捕された売人が、「いやいや、もっとあったはずだ」と言おうが、相手は犯罪者なので、盗んだ捜査官はいっさい罰を受けない。そしてこれが破滅への第一歩になる。なぜなら一度やりおおせた捜査官は、もう一度やるからだ。彼は二度目も逃げ切るかもしれない。だがたいていは三度目で、気がついたら検察官の前で陳述しているか、同僚に別れの挨拶をしていることになる。その捜査官は警察に代々勤めてきた家の息子かもしれないし、あるいは父子で計画したことかもしれない。自分の手の甲のようによく知っていると思っていた相棒かもしれない。だがよくよく見れば、その手の甲は五年ごとに変わっているのだ。

ガルシア家の考えはこうだ。不公平なシステムではあるが、チャンスは存在する。たかり屋にはなるな。地域社会に尽くせば、きっと同じ分だけ返ってくる。つべこべ言わず仕事に就く。だめなら別を見つける。自分自身を教育する。とにかく進み続ける。そこには政治観やイデオロギーのようなものはいっさいなかった。むしろ彼らの基本理念は自立した夫婦の、怠惰な生き方への耐性のなさから来ていた。

ガルシア家は信心深くなかった。かといって拝金主義でもなかった。敬意や権力というのは気まぐれで、とらえどころがないものであることを、ロバートは身をもって知っていた。仕事にやりがいがなければ意味がない。銃を憎んではいないが、好きでもない。ジェシーが自ら命を絶って以来、銃には興味がなかった。猟に出かけるより料理をするほうが好きだったし、車をいじるより日曜日のバーベキューで使う燻製器を溶接するほうがよかった。ガレージを改造した男の隠れ家兼書斎で、彼はバーカウンターに立ち、大きなスクリーンでフットボールの試合を流したり、古いジュークボックスで音楽をかけたりして友人たちをもてなした。

週末を、ロバートはできるだけ息子たちと過ごした。朝からトレイとレスリングのまねごとをした。連れ子のエリックからすれば、弟と父の仲のよさは腹立たしかった。一三歳のとき、エリックは両親の部屋に行って、ラストネームをガルシアに変えられないか訊いた。するとロニーが答えるよりも早く、ロバートがノーと言った。おまえが一八歳になったら、好きなようにすればいいと。

「この人でなし」とロニーは夫に言った。

そうなのかもしれない。だが名前は関係ない、というのがロバートの本心だった。重要なのは、どう育てるかということだ。自分はきょうだいのなかで最年長で、父――ロバート・シニア――のことを決して「パパ」と呼ばなかった。ロベルトの愛称であるベトと呼んだ。そのよそよそしさは、愛情の深さとはまったく関係がなかった。敬意の問題だった。赤ん坊を育てたければ、実際よりも大きな子供のように接する。ともに働き、家を手伝わせたければ、大人の男のように接する。ロバートにとって甘ったるい感傷は、よい子育ての必須条件ではなかった。

ロバートがエリックとトレイを威圧してしまうのはそれが理由だった。多くを語らず、感情を表に出さない。それでも彼なりのやり方で思いやりを示していた。息子たちといっしょになにかに取り組んでいるときは、学校やふだんの暮らしについて質問した。三人でバスルームにタイルを貼り、家のまわりに塀を築いた。正面の庭には木や花を植え、スプリンクラー装置を取り付けた。裏庭にはウッドデッキや、バーカウンターや、新しい納屋を作った。トレイはスポーツマンだった。一方、グリンゴのエリックはメキシコ人の弟以上にスペイン語がうまくなり、どちらかというと職人肌だった。「なんでもできるようになる必要はない」と彼は息子たちに言い聞かせた。「自分に関係のあることだけ知っておけばいいし、そうすれば他人にいくら払えばいいかわかる。さもないと払いすぎることになる」

同じ分譲地で寄り集まって暮らす隣人たちからすれば、ガルシア家のしつけには目をみはるばかりだった。彼らが自分たちの家でも同じようにしたいと思っていることをほのめかすと、ロバートはよくこんなふうに言った。「材料をそろえておいてください。僕らが行って料理しますよ」

毎日のようにラレドの若者を刑務所送りにしているせいで、彼は父親業をするにあたっても、並々ならぬ警戒心を抱くようになっていた。これについては、ロニーも夫のやり方に合わせた。ほかの親なら子供にまかせてしまうところも、ふたりは細かく管理した。息子たちは誰とどこに行くのか知らせなければならなかった。友達やその親の携帯番号。送り迎えの時間。そういうものをちゃんと記録に残した。弟のほうは父親に似て、嘘をつきたくてもつけなかった。ところが高校生になったエリックは違った。

「どこに行くんだ、エリック」

「出かけてくる」

「誰と?」

「友達と」

「いつ帰ってくる?」

「そのうち」

ラレドのなかでも荒れている学校のひとつ、ユナイテッド・サウス高校に通うエリックは、両親が思っている以上に、白人であることで苦労していた。英語の授業はスペイン語でおこなわれた。男子生徒はバギージーンズに映画『スカーフェイス』のTシャツを着て、ギャングのハンドサインを送り合い、我が物顔で闊歩した。エリックはもともと好戦的な子供ではなかったので、いじめにあい、それに腹を立てていた。ロバートは息子たちに、喧嘩を売られても平静さを保つこと、手を出していいのはやむを得ないときだけだと言い聞かせたが、そんなに単純なことではなかった。


エリックの親友は一三歳で父親になった。七年生のガキどもが親のトラックを運転して学校にやってきた。もちろんエリックはまわりがやりたい放題やるのをなにもかも真似したいわけではなかったが、クラスメイトたちが規則に縛られることなく自由を謳歌しているのが羨ましかった。エリックには、ラレドでは誰も自分を見ていないような気がしていた。ただひとり、リトル・ヒトラーと呼ばれた父以外は。

一六歳になったエリックはマリファナを少し吸い、酒も少し飲むようになった。クラスメイトたちはそれ以上にやっていた。その年、ユナイテッド・サウス高校は一四人の生徒を麻薬や暴力を理由に退学処分にし、すべての玄関に麻薬犬を配置した結果、ジョージ・W・ブッシュ政権の〈落ちこぼれ防止法〉のもとで、「恒常的に危険な学校」という栄誉ある称号を獲得した。『ラレド・モーニング・タイムズ』は次のように書いている。

ユナイテッド・サウス高校は、町の南側にあるメキシコとの国境に近く、堅実な中流階級の地区に位置する。しかし生徒の一部はコロニアから通っている。コロニアは地方自治体に属さない国境周辺のコミュニティで、公共インフラが整っていないところに貧しい人々が暮らしている。

水道が通っていないために、何日も体を洗わないで登校してくる生徒もいると、ユナイテッド・サウス高校でドラッグ・カウンセラーを務めるデイゴ・カルモナは語る。なかにはメキシコのヌエボラレドの重武装した麻薬カルテルのメンバーの下で働いたり、なんらかのつながりを持っていたりする生徒もいる……。

「だから教師もやりにくいんです。なかには怖気づいてしまう教師もいますから」とカルモナは語る。

コロニアのなかに不法移民がいることは事実だが、メディアは大げさに書きすぎている。有力な犯罪一家が「堅実な中流階級の地区」出身というのはよくあることで、やはり移民である親たちは次の世代により豊かな生活を送らせようとして子供たちを甘やかした。大学のリクルーターとしてそういう高校をたびたび訪れていたロニーは、この現象をじかに目にしていた。たいていはコロニアの子供たちのほうが、裕福な家庭の子供たちよりも素行がいいのだ。その違いは、両親が共働きである点にあると彼女は思っていた。ガルシア家の近所や北側のわりと裕福な家庭は専業主婦が多かったが、それによって必ずしも監視の目が行き届いているわけではなかった。

二〇〇三年秋のある午後、誰かがエリックにロシュを渡し、半分に割って呑むように言った。ところが彼は丸ごと一錠呑んで、数学の時間に椅子から転げ落ちた。数分後に警備員が駆けつけたとき、エリックはまだ通路に横たわっていた。

ロバートは学校の廊下で息子と対面した。駐車場まで来ると、ふたりはさっそく押し合い怒鳴り合いを始めた。家に帰ると、ロバートはエリックに三種類の薬物検査を受けさせた——三種類も！

仕事から帰ってきたロニーは、キッチンから様子を見ていた。またか、と思いながら。その年の春、ロバートがおとり捜査で家を空けているとき、エリックがふらふらの状態で学校から帰ってきて、壁に穴ができるほど強く冷蔵庫のドアを開けたことがあった。「どうしてあんたは感情を抑えられないの？」。トレイも見ている前で、ロニーは訊いた。エリックから「うるせえ、ビッチ」と返ってきたとき、決して小柄ではないロニーは拳を後ろに引いて息子の顔を思いきり殴りつけた。彼女はその一件を自分と息子だけの秘密にした。ロバートのリアクションがエリックを永久に遠ざけてしまうことにならないように。

「ご心配なく！」とエリックは紙コップに次々に小便をしながら、見えない観客に向かって叫んだ。「担当するのはロバートです！　なにがなんでもこの事件の真相を解明してくれますから！」

義理の息子がわめきちらすのを聞きながら、ロバートは思った。自分の家のことはわからないものだ。腕のいい大工でも自分の家の家具は壊れていたり、町一番のメカニックでもハイウェイでエンストを起こしたりするようなものか。エリックが制御不能になっていくのをながめながら、ロバートは自分に熱意が足りないから息子たちは過ちを犯すのだろうかと考えた。監視して、厳しく育てなくては。だが家に閉じこめておくわけにもいかないし、放っておいても勝手にやらかす。陰と陽だ。エリックがわめきながら夢中で殴りかかってきたとき、ロバートはタックルして彼に手錠をかけ、パトカーを呼んだ。少年拘置所に一晩、ぶちこんでおくように命じた。通報したのがほかの警官だったら、冗談だと思われたかもしれない。

6　裏社会の総合大学

「わたしの一日は午前五時に始まります、医療送迎サービスの電話交換手をしているので」とガブエリラ・カルドナは、ダニー・バルデス判事に説明した。次男が矯正施設を無断欠席していることについて答えるために、少年裁判所に呼び出されたのだった。「判事さん、わたしにはあの子がなにをしてなにを見ているのかわかりません。ヌエボラレドに行ったきり、朝四時まで帰ってこなかったりするんです」

一九八七年、若き裁判官だったダニー・バルデスは、マーティン高校のカフェテリアで初のギャング・サミットを開催した。ギャングのリーダーが集まって握手をし、ピザのランチをいっしょに食べたが、一週間後にはまた敵対関係に戻っていた。だがギャング・サミットが巻き起こす希望に満ちた最初の興奮は素晴らしいPRになるので、マーティン高校やユナイテッド・サウス高校のような場所では春の恒例行事になっていた。バルデス判事は、子供たちを更生させる方法をほかにもいくつか知っていた。たとえば少年拘置所で一週間過ごしてもらうことも、子供を立ち直らせるためには効果があった。だがラレドの少年拘置所にはベッドが二四床しかないために、罪を犯してもほとんどが両親のもとに返される。巷《ちまた》では、「親さえ出ていけば、釈放してもらえる！」と思われていた。

二〇〇〇年代初頭までに、メキシコとつながりを持つストリートギャングが急激に増えたことで、バルデス判事はいま、若者の暴力犯罪による検挙率が全国で最も高い地域のひとつと向き合っていた。ギャングはかつて拳で戦ったが、いまは武器を使う。この町ではほぼ一日おきに子供が暴力犯罪で捕まっていた。

とはいえバルデス判事が法廷で目にするのは、主に片親の家庭が崩壊していく様子だった。親の関与が大きな役割を果たしてくれることを彼は知っていた。非行を繰り返す子の親に対しては、たとえば週に一、二回、午前中だけでも子供と座って授業を受けることを命じるようにしていた。この方法は、親が学校についていくことが非現実的でないかぎりは有効だったが、たいていは非現実的で、ガブリエラ・カルドナの場合も例外ではなかった。

息子の無断欠席の件で、バルデス判事はラ・ガビーに二〇〇ドルの罰金を科し、火曜日と水曜日はガブリエルといっしょに矯正施設に行くように命じた。さらにガブリエルには、軍隊の青少年教育プログラムを受けるように命じた。非行や不敬がどんな結果を招くかを思い知らせる週末の「ブートキャンプ」だ。

「なんに対する不敬だよ」と、リンカーン通りの小屋に戻ってきたガブリエルは仲間たちに訊いた。

「そりゃアメリカだろ、ばーか」

少年たちはけらけら笑った。ラレドでは毎年二月になると、ジョージ・ワシントンの生誕を一か月間かけて祝ったが、彼らのようなラステカの子供たちはそれになんの敬意も抱いていなかった。アメリカを動かす基本原理は経済戦争と、ほかの社会に対する略奪行為だと彼らは信じていた。復員軍人の日《ベテランズ・デー》は、第一次大戦で自由のために戦って散った命を追悼する日だとされている。だがなんの自由だ?と彼らは問いかけた。石油は自由と関係ないだろうが!

メキシコのテレビ局〈テレビサ〉では、捕らえられた両側の密輸商人たちがカメラの前で大量のマリファナやコカインや現金や銃のなかを行進する様子がよく流れた。戒《いまし》めにはほど遠く、子供たちの目には手錠をはめられた男たちが「重要人物《ペサード》」であるように映った。

ガブリエルがラ・ガビーとともにバルデス判事の前に出頭する一八か月前、タバコの巻紙と銃弾が原因で彼は〈ララ・アカデミー〉に送られた。そこはラレドのパンク寸前の矯正システムにおける第一ステージだった。ララ・アカデミーでは、第二次世界大戦の退役軍人が戦争の恐ろしさや教育の大切さについて語った。南太平洋から命からがら逃げてきたことや、天皇に捧げた命は永遠であると信じる日本の神風特攻隊と対峙したときのことを事細かに語った。奇妙な考え方だが、9・11の自爆テロはあの神風作戦と似ている、と退役軍人は言った。そして最後に、環境が与える影響は非行の言い訳にはならない、という言葉で締めくくった。

ある月曜日の朝、ガブリエルは週末に飲んだ酒が抜けきらない状態でララ・アカデミーにやってきた。それによって彼は矯正システムの第二ステージとなる〈少年司法特殊教育プログラム〉（JJAEP）に移された。ここはトレーラーハウスを利用した教室がバスケットボールのコートを取り囲むように長方形に並んでいて、生徒は各自のペースで学習に取り組む。JJAEPを監督するダニー・バルデスなどの担当判事たちが悩んだのは、高校と刑務所の中間あたりに位置するこの施設をどこまで刑務所らしくするかということだった。たとえば、ビデオカメラで生徒を監視することは議論を呼んだ。監視カメラは安全対策として妥当か、あるいは行き過ぎた監視社会の象徴か？　それはなんともいえなかった。実際にカメラがとらえたのは休み時間にセックスをしているところや、放課後に女子がフェラチオをしているような映像ばかりだったからだ。

一方、そこの教師や指導主事の態度ははっきりしていた。お行儀よくできない生徒は、〈テキサス州青少年委員会〉（TYC）が運営する少年院に送り込む。そこまで来てしまったら、次に待つのは刑務所だ。

ガブリエルがマーティン高校に二年生として再入学を試みたとき、校長は彼に、まずJJAEPで遅れを取り戻してから、高校に戻って同期のみんなといっしょに卒業したほうがいいとアドバイスした。校長から拒絶されたことに腹を立てたところで、ガブリエルはすでに裏社会の仕事で忙しく、学校での失敗をくよくよ嘆いている暇はなかった。彼はバートやほかの仲間たちとともに、ラレドで盗んだ車をメキシコのマリオ・フローレス・ソトという男に売っていた。男はメメ・フローレスと呼ばれていて、ラステカのある一家を通じて知り合った。

メメはヌエボラレドの犯罪組織のトップだった。それまでガブリエルは、北に向かう麻薬が金を生むところしか見たことがなかった。その逆もあることをメメは教えてくれた。メキシコに密輸される車や武器への需要だ。ガブリエルは九ミリ拳銃を卒業し、アサルトライフルのミニ14のようなもっと大きな銃を持つようになっていた。

ロシュ——最近量が増え、一日五錠摂っていた——のおかげで気が大きくなったガブリエルは、手順に従い効率よく車やトラックを盗み、相棒が同じだけのリスクを負っていないと見ればたちまち不満を覚えた。機会さえあればいつでも飛び込んでいく用意のある男として認められたいま、ガブリエルの目には、兄のルイスのような仲間たちはリスクを冒すことなく利益を得たがっているように映った。あるとき弟からガソリンスタンドでトラックを盗むように言われたルイスは、ふと自分を取り戻したくなった。ガソリンスタンドに入っていったものの、足を止めることなくトラックの横を通り過ぎて夜にまぎれた。

怖いもの知らずの性格や仕事への意欲で、ガブリエルに匹敵する唯一の仲間がバートだった。ガブリエルがラステカでフォード・F150の改造車を盗んだ日、バートはビーチサンダルを履いていたにもかかわらず全速力でそのピックアップトラックの後ろに回り込み、荷台に身を投げ出した。見ていた近所の人たちがみんな笑った。


そうして、JJAEPをずる休みしたことでブートキャンプ行きを命じられたガブリエルは、ラ・ガビーに送ってもらい、初日のセッションにやってきた。寝不足で前の晩の酒が残っていたが、乗り切ってやると心に決めていた。水筒――規則に書いてあった――を忘れたために脱水症状で気絶しそうになりながらも、行進や走り込みや腕立て伏せや腹筋運動をこなした。休憩のとき、どこかの議員が彼らに向けて言った。「きみたちの約半分は高校を卒業しない。善人が悪い場所に行き着くのを数えきれないほど見てきた。ここにいるきみたちにはそうなってほしくない」

ガブリエルはその土曜日の晩もパーティーに繰り出し、翌朝、ブートキャンプに行こうとしなかったために、母親は警察を呼んだ。ブートキャンプの軍曹はガブリエルが警官の護送付きでやってきたのを見て、その日は特に厳しく当たった。

さっさと戻れ、遅い！

聞こえない！

もっと速く！

整列！

やる気を引き出すために怒鳴ることは効果的だと考えられていた。こういう子供たちには権威のある大人が欠けているからだと。だがこの軍曹は、命令に従う気のないやつにはいてもらいたくないと言った。やめたければやめていいし、やめたらＴＹＣの少年院でこれと同じブートキャンプに参加するだけだと説明した。するとガブリエルは、「オーケイ」と言って外に出た。そして少年院に移送されるのを待つそぶりを見せた。軍曹がなかに戻ると、ガブリエルはラステカに向かって走りだしたが、その先に待つのは少年院だった。ひと月後の二〇〇三年の暮れに車から銃を撃ってバートとともに逮捕されたあと、ガブリエルはついに少年院の敷居をまたいだ。そこで数週間過ごしたあと――彼にロシュを教えたアシュリーが食堂の床をブラシで掃除しているのを見かけた――保護観察官はこの一七歳の少年にチャンスを与えることに決め、彼を〈回復を目指す青少年の家〉なるリハビリ施設に送り込んだ。ところがこの施設でガブリエルが目にしたのはどうしようもない麻薬中毒者ばかりだった。自分の居場所ではないと感じた彼は逃げ出した。

そんなことをしているあいだも、彼には自分がギャングの予備軍であるなどという自覚はなかった。どちらへ進むか意識して選んでいるわけでもなかった。「どっちにしよう」なんてことはなく、いつも「オーケイ、やってみよう」でしかなかった。学校を追い出されてララ・アカデミーへ。ララ・アカデミーを追い出されてＪＪＡＥＰへ。ＪＪＡＥＰを追い出されて少年院へ。その頃にはもう手遅れで、システムによって次から次へと厄介払いされているような状態だ。なにものも彼が滑り落ちていくのを止めることはできそうになかった。

ガブリエルからすれば、こんなふうに非行を繰り返して矯正施設と裏社会を行ったり来たりする日々の先に、なにかがあるような気がしていた。学校でのトラブルは失敗などではなかった。ロシュで霞んだ頭のなかでは、働くことへの意欲が激しく燃え、その錠剤の強力な作用で解き放たれたエネルギーが野心を形作っていた。彼は銃を密輸して金を稼いだ。車を盗んで金を稼いだ。忙しくないときは、ラステカの廃墟と化した劇場に相棒と忍び込み、地元の業者がそこに保管していた売り物の洋服などを盗んだ。呼ばれていると感じたら迷わず飛び込んでいくのが、ガブリエルの信念だった。特定の集団に恩義を感じたことはなかったが、自分がなにか尊敬に値する本質に向かってゆっくりと進んでいるような気がしていた。

メメから受ける仕事は、もはや「ガキの遊びとは違う」のだとガブリエルは思っていた。ケチな商売や、ばかげた抗争とは違う。ヌエボラレドにいるメメやその仲間はみんなシリアスで、流儀を守り、自分のケツは自分で拭く男たちだった。メメの相棒はヌエボラレドの刑務所にいて、その独房には革張りの応接セットやキッチンや薄型テレビまであるという。友人がしょっちゅう訪れ、看守にビールを買いにいかせているあいだに女たちに奉仕させるなんてこともあるらしかった。こんなヤバい話があるだろうか。

だから、ガブリエルはリハビリ施設を飛び出し、ウェブ郡のタマネギ畑を猛スピードで駆け抜け、砂煙を舞い上げながらラステカに戻ってきたとき、なんの当てもなくシステムから逃げてきたわけではなかった。彼は仕事に戻ってきたのであって、それは母や、おばや、おじや、兄弟にとっても金銭面でプラスになる仕事だった。しかも犯罪者として生きていくことはつまり、ひっきりなしに新しい人たちと出会い、魅力的な裏社会の一員になることでもあった。弁護士になりたいとか、カリスマ性で観客を沸かせたいとか、六歳や八歳や一〇歳のときの夢がなんであれ、彼はいま別のところで才能を発揮しようとしていた。

それは二〇〇四年のことで、裏社会でささやかれていた噂によれば、「自殺的な哲学」を持った新勢力がヌエボラレドを席巻しつつあったときだった。その集団は、一部では「新しい人々《ラ・ヘンテ・ヌエバ》」と呼ばれていた。

　ガブリエルから見て、地元でもひときわ目立つ男がひとりいた。ラステカで密輸貴族の地位にいちばん近いところにいたリチャード・ハッソだ。ガブリエルより少し年上のリチャードは、ガブリエルの家の向かいに妻の家族と住んでいた。リチャードはギャングの下で働いているわけではないというか、その必要すらなかった。彼は六歳にして、密入国を斡旋する祖母の手伝いを始め、八歳のときには、父親がヒューストンまでコカインを運ぶのについていった。

　一六歳になると、リチャードはＲＪ運送というダミー会社を作った。バラ積みしたメキシコ製の陶器や、プラスチックのスクラップを運ぶのを専門とする会社だが、それらの積み荷は国境で安く手に入れることができるもので、マリファナを積んでいるのをごまかすために使われた。彼は何トンものマリファナをジョージア州やノースカロライナ州のような場所に送り届けた。そうした州の陶器やプラスチックのスクラップを扱う企業をネットで調べ、それを買い手として目録に書き連ね、運送証券には女友達の電話番号を載せて、秘書らしいセクシーボイスで「ＲＪ運送です」と名乗らせた。

　リチャードはフレイトライナーの大型トラックを中古で買っては、よく似た別のトラックから許可証とナンバープレートを盗んだ。積み荷を入れるコンテナは一個八〇〇〇ドルで買うのではなく、ある男から借り、男は二週間待ってから、コンテナが盗まれたと警察に届けた。その頃にはもう、リチャードは一回か二回分の積み荷を北に運び終え、コンテナは警察がかんたんに見つけて持ち主に返してくれるような場所に放置してあるのだった。一七歳までに、リチャードがアメリカに運んだマリファナの量はおよそ五トンに達した。

だがマリファナはほんの始まりにすぎなかった。一九歳になったリチャードは、姉の夫の紹介で、もっと儲かる商品も扱うようになった。コカインだ。リチャードは新しいトラックを何台も買い、保険や許可証にも金を払い、週給一〇〇〇ドルでフルタイムの整備士を雇い、サンアントニオに倉庫を借りて、そこで義理の兄と日がな一日過ごすようになった。ゲスのジーンズにポロ・ラルフローレンのブーツという地元好みの服装はやめて、DKNYのスラックスにスティーヴ・マデンの革靴というビジネスカジュアル――本人いわく、「プレッピーな男子学生風」――が彼の制服になった。そんな彼がガブリエルに、「ボディガード」兼「使い走り」兼「運び屋」にならないかと声をかけてきた。ガブリエルがまだメメのもとで働いているときだった。

リチャードは、ガブリエルが求めるものをいくつも体現していた。彼は、やはり堅気ではない一家の娘と結婚していた。コカインの取引相手で南フロリダの供給を仕切るキューバ人の紳士と、マイアミビーチでパーティーをしたこともあった。ラステカにいるときの彼は、オーシャン・ドライヴ［マイアミの歓楽街］みたいな場所で繰り広げられる異国の物語を聞かせてくれた。〈マンション・ナイトクラブ〉でクリスタルのシャンパンをらっぱ飲みしたこと、最高級の服で着飾った、見たこともないような美しい女たちがいるだけで空気が甘く感じられること。どれもでたらめではなかった。ガブリエルとルイス――彼もリチャードのもとで働いていた――は、サンアントニオでのリチャードの立ち居振る舞いを目にしていた。〈プラネタ・バー・リオ〉や〈リトモ・ラティーノ〉のような超有名クラブのVIPセクションが、リチャードと義理の兄とその取り巻きのためにつねに押さえられているのを彼らは目にした。そのテーブルにはつねにスコッチの〈ブキャナンズ〉やテキーラの〈パトロン〉が置いてあるのや、リチャードがセキュリティの責任者やウェイトレスやクラブの支配人や、慎重さが求められる取引のために事務所を使わせてくれた人物などに数百ドルが入った封筒を手渡すのを見ていた。あるとき、彼が母親を連れてロス・ティグレス・デル・ノルテのコンサートを観に〈プラネタ・バー・リオ〉へ行くと、希望するステージ近くの席がすでに埋まっていた。するとリチャードはそのカップルに二〇〇ドルで席を譲ってもらった。ボルボ、シボレー・アバランチ、GMC・デナリ、ジープ・グランドチェロキー。ヴェルサーチ、ヒューゴボス、ラコステ、プラダ、GBX、フェンディ、ロレックス、カスタムジュエリー。メキシコ料理の名店で、一晩中マリアッチにリクエスト曲を演奏させて楽しむ家族とのディナー。リチャードはまさに夢を生きていた。

彼には、そのコカインハウスを愛する「週末かぎりの恋人たち」がたくさんいた。高級ホテルの〈エンバシー・スイーツ〉の支配人からも愛されていた。はめをはずしてたびたび家で喧嘩になったが、妻や子供たちは何不自由のない暮らしをしていた。ラ・ガビーの友人でもある彼の義理の母は新車のSUVに乗っていた。リチャードがトイザラスで五〇〇〇ドル分の買い物をするたびに、レジ係の誰かがうちの子を養子にしないかと持ちかけた。フッドラットたちが色めきたつのは、リチャードがハマーでラステカを通り抜けるときだった。アサシンのクロームホイールが太陽を受けてナイフみたいにキラキラ輝いた。リチャードの妻の友人たちでさえも彼に堂々と色目を使った。ハンサムといっても、ガブリエルほど強面《こわもて》ではなく、かといってそれほど繊細でもない顔立ちの彼は、人なつっこくて、いっしょにいて安心できるような魅力のある男だった。彼が歯を見せてにこやかに笑うと、相手は、「とびきりいいものを見せてあげるよ」と言われている気分になった。

ラステカでは、シボレー・タホやキャデラック・エスカレードみたいな派手な車を洒落たリムやステレオやスモークガラスでカスタマイズして乗っていると、「できる男」として一目置かれた。だがもしそんな車を複数台持っているとしたら、その男は「大物」として特別な尊敬を集めた。地元の目から見れば、リチャードはみんなの手本となる青年で、「自分のすべきこと」をしている若き大物だった。ラステカにおいては、自分のすべきことをするのが最高の美徳とされた。ガブリエルは彼を羨望の目で見ていた。

ガブリエルはリチャードの下で働くうちに、成功というものには派手な装飾品——ヴェルサーチやメルセデス——だけでなく、振る舞い方が重要だとわかってきた。権力はどう働くのか。それはどんなふうに確立され、どうやって維持されるのか。リチャードはビジネス的な思考ができる男だった。社交性があり、彼の商売を支える北部のバイヤーにはつねに目を光らせていた。リチャードは自分の暴力性を人々に知らしめておく一方で、自分はできるかぎり手を下さないようにしていた。ガブリエルはリチャードがじっくりと信頼を築いていく様子や、それが一瞬で崩れる様子を見てきた。リチャードは自分の妻が彼の商品をくすねたときも、とことん追及した。これほどの大金が絡む世界では、忠誠心ほど儚いものはなかった。

リチャードはサンアントニオの倉庫を拠点に週に一万五〇〇〇ドル、ときにはその二倍を稼ぎ出していた。にもかかわらず、ガブリエルには週に三〇〇ドルを渡し、クラブでおごってやればじゅうぶんだと考えているようだった。オースティンまで運んでやったのに？　リチャードは、ガブリエルがいまの報酬では少なすぎることに気づかないほどバカだと思っているのだろうか。だとしたら次の荷物が消えたっておかしくはないし、一度あることは二度あるかもしれない。

プロ同士が対等な立場でおこなう従来の密輸取引——ラレドの供給元が運び屋を雇って北部のバイヤ

ーに荷物を届けさせる――では、どの立場であっても利益をだまし取るのはきわめて難しかった。供給元と運び屋はどちらも「レター」と呼ばれるもので自衛していた。供給元が避けたいのは、運び屋が麻薬を別のバイヤーに横流しして売上を丸ごとポケットに入れたあと、輸送車が事故に遭ったとか、積み荷を押収されたとか言い出すことだ。一方、運び屋が避けたいのは、供給元――密告者でないともかぎらない――が輸送車の特徴を警察にタレこむことだった。運び屋はレターに輸送車の特徴を書いたら封筒に入れて封をし、供給元に渡す。これを供給元が開けていいのは、取引になにか問題があったときだけだ。もし運び屋が事故に遭ったとか押収されたとかいう話をたずさえて戻ってきたら、レターを開けて、そこに書かれた車の特徴と警察の記録や報道を照らし合わせて真偽を確かめることができる。だが取引が計画どおりに行ったら、供給元はレターを未開封のまま運び屋に返さなければならない。

通常は、リチャードも運び屋を雇うときにレターを使っていたが、ガブリエルのときは違った。ガブリエルは古い友人だし、小口の荷物しか運ばせていなかったからだ。

そこでガブリエルは、幼なじみの「トゥカン」ことウェンセス・トバーとともに五〇ポンド［約二三キログラム］のマリファナをリチャードからくすね、コネを頼りにはるばるイリノイ州のスプリングフィールドまで行って売りさばいた。さらにこんどは二〇〇ポンド分を盗み、サンアントニオまで届けた。ところがこのときは、ガソリンタンクに入れたスティール製の箱のなかにマリファナが隠してあった。ふたりはチェーンソーを買い、治安のよい地域に車を停めた。火花を散らしながらタンクを真っ二つにしようとした。住人が次々と庭に出てきてその様子を見ていた。やがて火花がガソリンに引火して、火はトラックに燃え移った。野次馬は子供たちを家のなかに追いやり、ガブリエルはあわててバケツやホースを探しにいったが、炎はあっというまにトラックを飲み込んで、ふたりは逃げ出した。ガブリエルはウェンセスに数週間ほど地元から姿を消すように言った。リチャードには、ウェンセスは逮捕されたと説明した。

トゥカンがブタ箱に？　それはじゅうぶんにありえる話だった。

ウェンセスはテキサス生まれで一〇歳までラステカで育ったが、父親が密輸の嫌疑をかけられて逃亡するはめになり、国境を越えてメキシコに移った。そして一五歳のとき、ラレドに戻ってきた。やはりある時期をララ・アカデミーやＪＪＡＥＰで過ごしたあと、マーティン高校への再入学を申し込んだ。校長は彼に立ち直る最後のチャンスを与えた。だが、ある二年生が女の子をめぐって喧嘩をふっかけてきたとき、ウェンセスが殴った拍子に相手の顎がぱっくり切れてしまった。相手はウェンセスがブラスナックル［メリケンサック］を使ったと主張し、それは真実ではなかったものの、ウェンセスは郡刑務所に数か月間収容され、その後は加重暴行の罪を認めて保護観察になった。こんな噂が流れた。ウェンセスのやつ、第二級の重罪を犯しながら保護観察処分だけで出てきたらしい！

「仕事を見つけなさい！」と彼の母親は怒鳴った。ウェンセスは町の西側にあるエクスペディター社の倉庫で肉体労働の仕事に就いたが、最低賃金で働くことが気に入らなかった。彼の頭にあったのは、そこそこの車を乗り回して、葉っぱを吸って、北側のプレッピーな女の子たちを楽しませて、派手なアクセサリー——ごついチェーンのブレスレットが地元では好まれた——を買えるだけの金を持つことだった。

ガブリエルと同じく国境の両側で生きてきたウェンセスには幅広いネットワークがあって、それがこの先、ふたりに必要になってくるものだった。リチャードとの関係はそう長くは続かないと思われたからだ。

ガブリエルのソーシャルライフはいまや、ほとんどが国境の向こう側を舞台としていた。ヌエボラレドのナイトクラブにはメキシコやアメリカのティーンエイジャーが遊びにきていて、汗まみれのタンクトップが胸に貼りついたフッドラットたちが誘うように踊っていた。尻のはみ出たショートパンツに親指をひっかけて、ダディー・ヤンキーの『ガソリーナ』に合わせて腰をがんがん振っていた。彼女たちはバドワイザーをがぶ飲みし、いい一週間だったことを示すようにバスケショーツのポケットをこれ見よがしに膨らませた男がいれば、誰彼かまわず腰をこすりつけた。長い髪を編み込んだフレサたちが隅のほうで〈ブーンズ・ファーム〉みたいな安ワインをすすっているあいだ、フッドラットたちはＤＪが次のラップダンス・タイムを告げるのを待った。点滅する紫のストロボがぶんぶん回る腰に降り注ぎ、目の奥でビートを打ち鳴らし、みんなの歯を白く浮かび上がらせた。

国境地帯の若者たちのあいだには、キャップをかぶる文化が定着していた。ヌエボラレドのラ・アマリアという、メメが支配する地区に行くときは、よくＬＡドジャースのキャップをかぶっていった。わずかばかりの金を持ったアメリカ人は――しかもメメのような名の知れたギャングとつながりがある者は特に――ヌエボラレドのクラブシーンではそれなりに影響力があった。たいていのアメリカ人が行くのは、チェーン展開する〈セニョール・フロッグ〉みたいなセキュリティがしっかりした、チャラチャラした店だった。一方、〈フィフティセヴン・ストリート〉のようなクラブはセキュリティが甘く、自然と強面の客が集まってきた。

間違った相手を怒らせでもしないかぎり、メメ・フローレスの下で働いているガブリエルにとって――リチャードの下で働きながらどちらも続けていた――クラブはたいていのことが許される聖域だった。ある夜、ロシュをキメて無敵の気分でいたガブリエルは、〈フィフティセヴン・ストリート〉で敵対する少年に近づいていき、「調子はどうよ、このクソ野郎が」と声をかけた。そいつはかつての友人だった。だが銃を交換する話で一度揉めたあと、敵意を向けてくるようになり、あるとき突然殴りかかってきて、さらにガブリエルの弟を脅したのだった。そのバカを信用していたこともあった。それがいまはこのざまだ。ふざけるな。

ロシュによって自制心の最後の糸を断ち切られたガブリエルはそいつを外に呼び出し、自分よりでかい相手を気絶寸前まで殴り続けた。仲間たちですら見たこともないような強烈な殴りっぷりだった。相手の少年は車でラレドまで運ばれたあと、ヘリでサンアントニオに搬送された。それによりガブリエルは素手で相手を半殺しにした男として評判になった。

アメリカ側のラステカでは、ガブリエルのビジネス関係がすでに消えかかっていた。荷物が消えたことを疑わしく思ったリチャードが、ガブリエルに仕事を回さなくなってしまったのだ。密輸というのは手強いゲームであることをガブリエルは学んだ。動き続ける駒、それらに対する責任。

リチャードのもとを離れることになったのは痛手だった。だが彼にはまだメメ――車と銃だ――がいて、それがどこにつながっていくのかは誰にもわからなかった。

第2部

カンパニー

昇進の過程には、わかりやすく数字で表すことができる目安があった。捕らえた捕虜の数だ。戦闘ごとに数えられ、その質も採点された。捕虜は生贄として披露されることになるからだ。

――『アステカ』、インガ・クレンディナン

7　目付け役の元祖

六月の暑さが猛威を振るう朝、テキサス州南部の空は熱で凝り固まり、洪水時には必ず冠水する平地がカラカラに乾いていた。始まりは、住民たちのあいだに動揺が生じたことだった。これはアイデンティティの問題かもしれない。自分はアメリカ人なのか、メキシコ人なのか。こちら側で暮らすべきか、あちら側に行くべきか。どちらのラレドを選ぶかはそれほど重要なことなのか。

舞台は一八五三年、アメリカが米墨戦争で勝利をおさめた数年後のことだ。一八四〇年代半ばにジェームズ・ポークは政治家としてのキャリアを一変させて大統領選に勝利したが、それは彼がテキサス併合に賛成する国民感情を見抜いたからだった。ポークは「マニフェスト・デスティニー」の名のもとにメキシコを攻撃しながら西部を開拓し続け、一八四七年にカリフォルニアとニューメキシコを獲得した。その六年後、つまり住民がリオ・グランデの北側——アメリカの領土——にとどまるか、川を渡ってメキシコ側に行くかという選択を突きつけられていた頃、創刊されたばかりの新聞『ニューヨーク・タイムズ』の記者がラレドにやってきて、アメリカ人外科医がバーで二人の男を射殺した事件を取材した。

それによると外科医は国境の南に逃げたが、捕まって足枷をつけられ、アメリカに送り返された。その後、ラレドで絞首刑にされたという。『ニューヨーク・タイムズ』の記者は畜牛の強奪や野営する軍隊、暴力や荒っぽい商売をいくつも目撃した。フロンティアの堕落した生活が人格に与える影響について彼は考察した。「人々は慣れきってしまい、暮らしに無頓着で、心は荒み、礼儀など気にかけない。彼らの注意はもっぱら着るものや食べるものを得ることに注がれる。武器を携帯するのは、ごく一部の者によって全員が強いられることになった習慣であり、それが人々を疑り深く短気にしている」

米墨戦争が終結して以来、両国は税関検査官や国境警備隊を増員し続けてきたが、それによってラレドとヌエボラレドは賄賂が横行する関所の町に変わった。リオ・グランデの河口――大河がメキシコ湾に注ぐ場所で、ラレドの約三〇〇キロ南東に位置する――は世界で最も忙しい港のひとつになりつつあったが、ラレドとヌエボラレドは依然として交易所であり続け、それはつまり、なにかが新たに規制されるたびに密輸の機会が増えるということだった。コーヒー、砂糖、ベーコン、さらに綿花までもが密輸された。南北戦争が始まると、メキシコ湾には南部の綿花と積み荷を交換しようとするヨーロッパの船が列を成し、それは南軍の財政を支えた。北軍の軍艦が綿花貿易を阻止して南軍の資金源を断とうとすると、かわりに密輸業者がラレド経由で綿花を運んだ。

密輸はどちら側からもおこなわれた。一八二一年に、メキシコがスペインからの独立に続いてタバコを禁止したことは、結果としてアメリカのタバコ業者に莫大な利益をもたらした。米墨戦争終結後も続く対立のなかで、メキシコ政府はサミュエル・ベルデンというニューオーリンズのタバコ商人から五六五ベールものタバコを押収した。ベルデンはアメリカのミラード・フィルモア大統領に請願書を出し、自分のために米国政府が仲裁に入ることを求めた。さらにほかの業者からも苦情が複数申し立てられた。現代のメキシコの密輸業者が商品を押収されたときに望めるものと比べたらはるかにましだが、ベルデンは結果に満足しなかった。二〇年以上を経た一八八五年、ベルデンが被った五〇万ドルの損失のうち一二万八〇〇〇ドルを米国政府が補償することになった。

一九世紀後半、ラレドでは石油や鉱石やタマネギなどの新しい産業が発展し、この産業革命がラレドをそれなりに重要な場所に変えた。二国間をつなぐ橋。移民を運ぶ鉄道。フランスやレバノンの商人。スイスの鞍職人。ポーランド人の食料雑貨店。チェコの皮なめし工。イタリア系のホテル。一八八〇年に、バドワイザーを製造するアンハイザー・ブッシュ社がいち早くフランチャイズ展開をおこなったのもラレドだった。それでも依然としてこの町は交易所であり続けた。戦争や政策はつねにどこか別の場所で生み落とされ、ラレドは裏の意味ばかりが培養される国境地帯のペトリ皿だった。そんな町に及ぼした影響の大きさで、麻薬貿易に並ぶものはなかった。

一八七〇年代から一八八〇年代にかけて、南北戦争の退役軍人たちは戦場で覚えたモルヒネを切望し、医師はコカインに麻酔剤としての有用性を見出した。パーク・デイヴィス社〔現ファイザー社の前身〕などの製薬会社率いる医薬品業界が、消費者の「ドープ」や「コーク」への関心を育てたことで、麻薬は健康問題になった。

二〇世紀初頭の一〇年間に複数の州が規制を試みるなかで、連邦法で禁止にすべきだという声が高まっていった。そして一九一二年、アメリカ合衆国と一〇を超える国——フランス、イタリア、清国(現・中国)、日本、ロシア、イラン、シャム(現・タイ王国)など——がオランダのハーグで万国阿片条約に調印した。これは世界初の麻薬にかんする国際協定で、参加国にはアヘン剤を抑制し、「麻薬中毒者《ホップヘッド》」を社会からなくすことがゆだねられた。その二年後、アメリカは〈ハリソン麻薬法〉を成立させ、麻薬へのアクセスを制限した。

アメリカで最初の麻薬取締官たちは低賃金で地位も低く、財務省の「庶務課」の奥深くで、マーガリンの品質保持のようなより重要な仕事をさせられた。ところが最高裁が、ハリソン法は医師が「維持投与」目的でアヘンやコカインを処方することまでをも禁止するという判決を下すと、麻薬取締官たちは数千人の医師を逮捕して診療所を閉鎖に追い込んだ。そのことは中毒者たちをいかがわしい売人のもとに走らせ、実入りのいいブラックマーケットを誕生させた。

アメリカの薬物政策は公衆衛生にかんする倫理観やパニックに根差していた。だが一九一六年に可決されたメキシコの麻薬取締法は、ある部分では安全保障上の懸念――というよりは外国人嫌い――から生まれたものだった。過去数十年間に、メキシコの太平洋沿岸の都市には中国からの移民が次々にやってきた。五〇ドルを払ってカリフォルニアに密入国する者もいれば、メキシコにとどまる者もいて、その一部は内陸に向かい、シナロア州やソノラ州に住み着いた。そして彼らはマドレ山脈《シエラ・マドレ》の気候が、自分たちがよく知る仕事に適していることに気づいた。ケシの栽培だ。

一九一六年以後、アヘンの栽培農家や密輸商への需要がアメリカで高まっていたにもかかわらず、非合法な麻薬市場を取り仕切る監督者がいなかった。その穴を埋めたのがエステバン・カントゥ大佐だった。彼はメキシコ革命で騎兵隊を率いてインディアンのヤキ族への攻撃をおこなった男で、メヒカリ渓谷一帯の実権を握っていた。バハ・カリフォルニア半島の北部に位置するメヒカリは、アメリカ人に人気の観光地だった。カントゥは一八〇〇人の私兵を訓練し、安全性に不安を抱きつつメヒカリの歓楽街を訪れるアメリカ人に、秩序が保たれているような印象を与えてやった。

カントゥは主な収益を、不徳行為――売春、麻薬、賭博――に税金をかけることで得ていた。たとえば、ある賭博場は毎月一万五〇〇〇ドルを彼に支払い、ある中国系のアヘン密売人のシンジケートはビジネスを始めるのに四万五〇〇〇ドルを支払い、さらに毎月一万ドルを納めた。こうした税は不徳行為を徳化する、とカントゥは主張した。法律で禁じられた商取引をあえて保護することで、その税金は公共事業や教育の財源となり、不徳行為を売りにした観光産業を、無責任で腐敗した中央政府への依存体質から解放することになるというのだ。

功利主義者でアウトローだったカントゥ大佐は略奪や脅迫のような行為をしなかった。メキシコ初のブラックマーケットの目付け役として、この国に数世紀にわたって存在してきた役割を刷新したのだった。

一五一九年にスペイン人がメキシコを征服するよりも前、商人たちはオルメカ、トルテカ、アステカといった文明の支配層に属する戦士たちに「貢ぎ物」を納めていた。アステカは、アストランというメキシコ北西部にある伝説上の土地から来たとされる流浪の民で、現在のメキシコシティ周辺の肥沃な湖沼地帯を支配する都市国家の傭兵として始まった。やがてアステカは自分たちの都市国家を築いた。一四世紀から一五世紀にかけて、アステカ帝国はメキシコのほぼ全域に領土を広げた。アステカの支配下で、高度な文明を持つ都市同士が商人による経済活動を盛んにおこなっていた。統治者が市場を管理し、諍《いさか》いがあれば裁定した。

一五一九年にエルナン・コルテスがメキシコ湾に面したベラクルスに上陸すると、スペイン人はアステカの支配層の戦士を次々に抹殺し、帝国を徹底的に破壊した。スペイン人による征服や彼らが持ち込んだ疫病を生き延びた先住民たちを待ち受けていたのは、まったく新しい世界だった。エンコミエンダ制によって、先住民たちは一定区域ごとに割り当てられるエンコメンデーロという「現地貴族」のスペイン人に仕え、エンコメンデーロはスペイン国王に逐次報告することが定められた。

スペインの支配下で、先住民たちのあいだではリュウゼツランを発酵させて作るプルケという酒の摂取量が増えていった。彼らはそれをつぶれるまで飲み、自制心を失い、暴力的になった。プルケは「四〇〇匹の兎」［アステカ神話に登場する酩酊の神、センツォン・トトチティンのこと］の魔法をかけると言われていた。スペイン国王は、怠け者の先住民が貢納する分だけの作物しか作らないことを懸念して、エンコメンデーロに〈レパルト・デ・エフェクトス〉なる権限を与えた。これは馬やチョコレートなどの輸入された贅沢品を先住民に高値で販売する独占権だ。それによって小麦のような高値で売れる輸出品の生産を強制的に加速させたのだった。一七世紀、一八世紀には、各地に潜在する産業はカシキスモとして知られるシステム――「カシケ」と呼ばれる地域ボスが定めるルール――で統制されていた。カシケを務めるのは屈強な戦士を率いる部族長だったが、それは一九世紀に入るとエステバン・カントゥ大佐のような軍人に変わった。

カントゥ大佐がメヒカリをメキシコ初の不徳行為特区として組織化した頃、米国政府は貿易政策に重大な変更を加えた。それはカントゥのような性向の男たちを一転して犯罪者に仕立て上げてしまう変更だった。

二〇世紀初頭、アメリカでは保護貿易主義者と自由貿易主義者たちが、閉鎖経済か開放経済かをめぐって議論していた。南北戦争以来、閉鎖経済の特色である関税は米国政府の歳入の約半分を担ってきた。だが一九一三年に開放派が勝利すると、議会は合衆国憲法修正第一六条を批准し、所得税を導入した。この税はアメリカの資金調達の仕方をがらりと変えた。一九二〇年には、国家歳入のうち関税が担うのはわずか五パーセントにまで落ち込み、一方で所得税は国家予算の半分以上を担うまでになっていた。この政策の転換は国境においてさまざまな変化をうながした。

取り締まる側からすると、この経済政策の変更によってアメリカ関税局は、関税を徴収して経済安全保障を担う一部門というよりは、密輸の阻止という責務を負った治安部隊として活動するようになった。一九二五年から一九三〇年のあいだに関税局の職員は六倍に増えた。一方、犯罪者の側からすると、密輸とは関税を回避することから、差し止めを回避することに変わった。取り締まりが強化されたことで禁制品の価格は高騰し、メキシコでは闇取引を支える国境の町が拡大していった。一九三〇年に、議会は財務省の一機関として連邦麻薬局（ＦＢＮ）を設置した。ＦＢＮはアヘンやヘロインと戦い、一九三七年の〈マリファナ課税法〉によってマリファナの犯罪化を順調に推し進めた。その頃にはもう、カントゥ大佐はリタイアしてカリフォルニアにいた。闇取引の黄金時代はまだ始まったばかりだった。

アメリカの禁酒法がアルコールを地下に押しやったとき、メキシコ湾岸からやってきたひとりの青年が、ウィスキーやソトル（アガベに似た植物を原料とする密造酒）をテキサスに密輸し始めた。フアン・ネポムセーノ・ゲーラは一九四〇年代に入ると、こんどは賭博や売春やアヘンにも手を出すようになり、ある密輸業者のグループに加わった。そこにはヘロイン王のハイメ・エレーラ・ネバレスや、コカインに進出した最初の密輸業者のひとりであるアビレス・ペレスや、戦時中のアメリカで制限されていたタイヤや砂糖やコーヒーなどをラバの隊列で密輸したドミンゴ・アランダなどがいた。

ヘロインにはまだコカインを上回る需要があった。ニューヨークとシカゴを拠点とするユダヤ系とイタリア系のアウトローたち——ラッキー・ルチアーノ、バグジー・シーゲル、フランク・コステロ、マイヤー・ランスキーなど——の一団が、シーゲルの愛人だったヴァージニア・ヒルをメキシコに送り込んだ。ヒルは役人に取り入ってヌエボラレドのナイトクラブを買収し、ヘロインを北に送り届けた。一九四八年、ＦＢＮはアメリカに出回っている違法薬物の半分がメキシコから来たものだと断じた。ネポムセーノ・ゲーラは密輸業者のネットワークを組織し、これがのちに〈ゴルフォ・カルテル〉［「ゴルフォ」は「湾《ガルフ》」の意味でメキシコ湾を指す］として知られるようになった。

一九五〇年代から一九六〇年代にかけて、いつしか麻薬密輸組織は一党政治をおこなってきた政権、制度的革命党（ＰＲＩ）と手を組むようになった。当時、米国がメキシコの麻薬や腐敗についてとやかく言うことはなかった。ケネディ時代で、冷戦の真っ只中にあったからだ。キューバ、ソ連、ベトナム。９・11後のアメリカと似て、自国の安全保障ばかりが注目を集めていた。ＣＩＡのメキシコシティ支部は、彼らにとってラテンアメリカで最も重要な作戦基地だった。メキシコシティはソ連の諜報活動やキューバの工作員の拠点でもあったのだ。メキシコの秘密警察である連邦調査局（ＤＦＳ）は犯罪の温床になっていて、国家規模で麻薬取引を保護していた。だが一方で、ＤＦＳはＦＢＩやＣＩＡと情報を共有していた。アメリカが汚職や取引に目をつぶるのは、ＤＦＳの協力を得るための条件だった。

ケネディ大統領が〈進歩のための同盟〉――ラテンアメリカのつながりを強め、左派グループと闘うことを目的とした数十億ドルの援助プログラム――を提唱してようやく、メキシコ政府はＦＢＮを受け入れて各地に支部を置かせた。しかしながらそれは形ばかりの態度で、メキシコの司法長官は次のように言った。「事件を買収すること」は認めない、ＦＢＮの捜査官はメキシコの法廷で証言できない、密輸商人を逮捕するのは麻薬を引き渡す前でなければならない――麻薬を取り締まる意味がわからなくなるようなルールだった。

ここにはひとつの教訓があり、それはその後の五〇年間で何度も繰り返された。つまり独裁的な政府が外国から受けた小さな援助のお礼に、数百万の民にとっての唯一の収入源を本気で規制すると考えるのは果たして現実的だったのか、ということだ。じつのところ現実的ではなかった。米国の援助なり投資なりは、協力するような姿勢を買っただけで、やがてメキシコ政府はふたたび、できるかぎり安全な方法で麻薬産業を規制するようになった。つまり賄賂と引き換えに、密輸業者に密輸ルートを売るのだ。しかもアメリカは供給源を断つためと言ってメキシコ各地に捜査機関の支部を作りながら、自国内の需要はほとんど無視していた。

一九六九年、リチャード・ニクソン大統領はアンチドラッグのボールを拾い、それを使うことにした。彼の〈阻止作戦《オペレーション・インターセプト》〉によって国境でおびただしい数の車両が調べられ、商取引は停滞した。このアイデアは、メキシコのビジネスマンが両国の健全な商取引関係に興味を持つよううながして、メキシコ政府が麻薬の取り締まりに本気で取り組むよう圧力をかけるというものだった。ところがこの計画はとんでもなくコスト高だった。麻薬の押収量をほんの少し増やすために経済をめちゃくちゃにするなんて、ニクソンは狂ったのか？

一九七〇年代、メキシコでは麻薬マフィアのボスたちの第二世代が台頭しつつあった。メキシコの東側では、フアン・ネポムセーノ・ゲーラがいとこのフアン・ガルシア・アブレゴと組んで、メキシコ湾岸やテキサス州の国境検問所付近で縄張りを拡大し続けていた。西側の太平洋沿岸、西マドレ山脈《シエラ・マドレ・オクシデンタル》周辺の州では、〈グアダラハラ・カルテル〉の密輸商人たち――エルネスト・フォンセカ・カリージョやラファエル・カロ・キンテロなど――が縄張りを分け合っていた。グアダラハラの一味を率いていたのがメキシコの麻薬マフィアのゴッドファーザー、ミゲル・アンヘル・フェリクス・ガジャルドだった。一九四六年生まれで「エル・パドリーノ」（ゴッドファーザー）と呼ばれた彼は、もともとシナロア州の警官で、州知事のボディガードも務めた。エル・パドリーノと当局の密接な関係は、まるで彼こそが政府であり、麻薬取引が石油のように国営化された産業であるような錯覚を引き起こした。一党政治をおこなう制度的革命党（ＰＲＩ）は、メキシコ革命の余波を受けて一九二〇年代に結成された。ほかに数々の欠点はあれど、ＰＲＩには大きな犯罪要素を抱えた国を動かす資質がじゅうぶんにあった。あらゆる官職の任命権がＰＲＩにあり、警察内でも党のコネによってキャリアが決まった。政治家なり警官なりが、ＰＲＩの恩恵を受けていない犯罪者と関わることはご法度だった。続ければいずれ殺されるからだ。ＰＲＩの麻薬産業に対する取り組みは、密輸業者が賄賂を気前よく何か所かに渡せば、メキシコシティから国境に至るまで、あらゆるレベルで商売が守られることを保証していた。エル・パドリーノやネポムセーノのような男たちは連邦調査局にいくら、連邦司法警察にいくら、司法長官と警察署長にはいくらと賄賂を支払っていたのだった。

これは〈パクス・マフィオサ〉（マフィアによる平和）として知られる状態で、そのなかでＰＲＩは犯罪者たちにいくつかの原則を守るように求めた。暴力は有権者やアメリカ人観光客や米国政府に悪い印象を与えるため、密輸業者は程度の差はあれ静かに商売をしなければならない。その取り決めはつまり、道路に遺体を放置しないとか、メディア好みのスキャンダルを起こさないとか、下っ端の売人を定期的に収監させるとか、麻薬で得た金を貧しいコミュニティに投資するとかいうことだった。

ＰＲＩはブラックマーケットを手なずけることで暴力を最小限に抑えたが、この比較的平和な状態は長続きしなかった。

一九七三年、ニクソン大統領は麻薬を取り締まる複数の機関を、麻薬取締局（ＤＥＡ）というひとつの上位機関に統合した。それと同時期に、当時世界屈指のアヘン生産国だったトルコを説き伏せてこの麻薬を禁止させたが、かわりにメキシコ産アヘンの価値は高騰した。一九七七年、アンチドラッグのアジェンダには金銭面でも政治面でもメリットがあるかもしれないと考えたメキシコは、米軍がケシやマリファナ畑に除草剤を散布することを許可した。この〈コンドル作戦〉は成功したように見えた。メキシコの司法長官の格納庫に三九機のヘリコプターと二二機の小型機と要人用ジェット機が一機増えたことに加え、作物も一掃できたようだった。あらゆる植物を枯らすパラコートのような強力な除草剤によって、アメリカのマリファナ市場におけるメキシコのシェアは七五パーセントから四パーセントに、ヘロイン市場では六七パーセントから二五パーセントにまで落ち込んだ。メキシコ人の栽培農家が自分たちの土地からぞろぞろと出ていく映像は、アメリカ人に強烈な印象を残した。それまで見えにくかった敵の顔に「暗い顔の、銃を持った外国人」というイメージを貼りつけたことで、徐々に戦争の条件は整っていった。

メキシコにとっては協力関係を宣伝するいい機会になったが、コンドル作戦が終わるとアメリカの出番を減らしていき、今後DEAのパイロットがメキシコの領空を護衛なしで飛行することは認めないと伝えた。連邦調査局——アメリカはこれをまだ諜報活動のよりどころにしていた——は、エル・パドリーノが中心となって麻薬産業をコントロールする仕組みとふたたび癒着した。

ワシントンDCでは、麻薬戦争はあいかわらず二の次にされることが多かった。禁止主義の支持者ではなかったジミー・カーター大統領の関心は、中東産の石油への依存を減らし、メキシコ産の石油にかんする合意を取りつけることだった。とはいえ、ワシントンDCで麻薬が優先順位の上のほうに戻ってくるのは、それが国家の安全に関わるときだった。一九八〇年代前半、中央アメリカからフロリダ州までの海を越えるコカインの密輸ルートができたことによって、マイアミは戦場と化した。一九八二年、ジョージ・H・W・ブッシュ副大統領は〈南フロリダ・タスクフォース〉を設置することを発表した。複数の機関が協力し、密輸を阻み起訴することに重点を置いたものだった。アメリカ東部や南西部の政治家たちは、そのやり方は問題を解決するどころか誤った方向に導くと訴えた。麻薬はすでにカリフォルニア州やアリゾナ州やテキサス州を通って入ってくるようになっていたからだ。そこでこのタスクフォースのコンセプトをほかの五つの地域にも広げた。ロサンゼルス、エルパソ、ニューオーリンズ、シカゴ、ニューヨークだ。

コカインの密輸ルートがメキシコに移るにつれて、同国の麻薬市場におけるエル・パドリーノの支配力は徐々に崩れていった。一九八五年、エル・パドリーノはDEA捜査官の「キキ」ことエンリケ・カマレナを拷問して殺害したことで非難され、カマレナの顔は『タイムズ』誌の表紙にまでなった。DEAは〈レジェンダ作戦〉と呼ばれる大規模な捜査をおこない、カマレナの死に責任を持つすべての人間に法の裁きを受けさせようとした。それによってエルネスト・フォンセカ・カリージョやラファエル・カロ・キンテロ――どちらもエル・パドリーノの仲間で、グアダラハラ・カルテルのメンバーだ――を含む数人のカポ［マフィアのボス］が逮捕された。また、連邦調査局（DFS）は解体され、メキシコの密輸商人たちは独力でやりくりしながら、誰であれそんな取引をする力を持った相手と新たな保護協定を築くことになった。

アメリカ人にとっては、カマレナの悲劇は皮肉にも前進のように見えた。一方で、カマレナ殺害に対して過剰反応ともいえる派手な行動に出たことが、麻薬戦争の新たなパターンを生んだ。カルテルのボスをひとり逮捕したとか、それが脱獄したとかいう事件と同じように、たったひとりのDEA捜査官が殺されたことはどちらかといえば小さな事件で、メキシコで起きていることに対するアメリカの目を曇らせた。

カマレナの死と同じ年、メキシコシティを襲った大地震によってペソが急落し、そのためメキシコの警官たちはドルの誘惑に逆らえなくなった。それ以前の一ドルが二四ペソだった時代は、警官が密輸業者から賄賂をもらって手を汚すことはそれほどなかった。ところがペソの価値が下落するにしたがい、警察幹部たちが麻薬組織のために警護や密輸といった実際の労働を提供するようになった。

一九八七年、エル・パドリーノ——メキシコに浸透していた密輸業者を罪に問わない風潮が崩れてきたのを感じ取った——は、メキシコの麻薬組織のトップをアカプルコに集めて、密輸ルートを彼らのあいだで分割した。

ティフアナを通るルートは、アレジャーノ兄弟にまかされた。

フアレスは、アマド・カリージョ・フエンテスという、航空機を使った革新的な密輸方法で「天空の王」として知られた男のもとに行った。

太平洋沿岸は、エル・パドリーノの子分だった「チャポ」ことホアキン・グスマンにゆだねられた。チャポは一九六〇年代にシエラ・マドレの山間で育った。幼い頃の彼は、テーブルに座って長方形に切った画用紙で五〇ペソ札の束を作り、山に遊びにいくときは、「ちゃんと見張っててね」と母に告げてから家を飛び出していったという。そこでマリファナとケシ農家に囲まれて育ったチャポ——チビという意味だ——は三年生のときに学校をやめて働き始めた。

メキシコ湾岸を含むメキシコ北東部は、引き続きゴルフォ・カルテルとフアン・ガルシア・アブレゴが仕切ることになった。

エル・パドリーノによる麻薬産業の「民営化」は、独立した子会社が競い合う新しい状況を生み出した。妥協点を見つけて便宜を図る中央権力がいなくなると、これらのシマを取り仕切る男たちはいつしか話し合いの場で紛争を解決するのではなく、より積極的な方法を取るようになっていった。一九八〇年代後半から一九九〇年代前半にかけて、チャポ・グスマンとティフアナのアレジャーノ兄弟のあいだで縄張りをめぐる小競り合いが何度かあった。誘拐や自動車爆弾による攻撃などもおこなわれた。一九九三年、アレジャーノ兄弟が雇った殺し屋たちが、チャポを暗殺するべくグアダラハラの空港に集まった。しかしながらチャポは逃げおおせ、かわりに凶弾に倒れたのはカトリック教会の枢機卿だった。これによって事件は不幸にも世間の注目を集めることになり、ＰＲＩは遺憾の意を表した。

一方で、ＰＲＩは衰退の一途をたどっていた。

メキシコでは州選挙で野党が次々に勝利していた。それは一九八九年に始まって一九九〇年代に加速し、年を追うごとに、州知事のような地方政治家に野党が増えていった。そうした政治家が密輸業者と新たなネットワークを築くこともあった。それでもしばらくのあいだ、ＰＲＩは汚職にあたる合意をこまめに取り付けることで、麻薬産業を多少なりともコントロールし続けようとした。ラウル・サリナス――当時のカルロス・サリナス大統領の兄――は一九九〇年代前半、保護区をあくまでも個人的に、競りにかけて売り払った。言ってみれば、密輸業者を強請《ゆす》る権利を地方役人に下請けに出したのだった。それでも、密輸業者を選定して保護を請け合う権限をＰＲＩが独占していた状態は徐々に崩れていった。

一方、密輸商人たちはもはや誰に金を渡せばいいのかわからなくなっていた。果たして賄賂を一か所に渡すだけで、ほかからの協力まで保証してもらえるのか？　この新しい環境で、効果のない保護をお上《かみ》に外注するよりも、私兵を雇ったほうがいいと考える密輸商人は多かった。そもそもどのお上なのか。

一九九五年には、メキシコの犯罪組織の九〇〇にのぼる武装部隊のなかで、構成員の約半数が現職あるいは退職した警官や捜査官であるという事態に陥っていた。

アステカの戦士から始まってカシケ、エステバン・カントゥ大佐、そして現代のカポにいたるまで、五〇〇年をかけてこの麻薬密輸国家は作られた。貧富の差、需要と供給、国の安全保障、自由貿易、倫理観を押し付けてくる北の強国の存在――そこから生まれる戦争がどんなものであれ、それは戦争を定義する従来の行動律で説明できるものではなく、新しいカルテルの理念に自制の文字はなかった。

多くの人が今日のメキシコ麻薬戦争を、二〇〇六年に新大統領がカルテルへの攻撃を開始したことと結び付けようとするかもしれない。ある人は、そこからさらに一〇年前、メキシコの政治システムが地方分権化して、近代史上最も凶悪な犯罪組織が動きだしたときに始まったと言うかもしれない。

ある人は、それはある会食から始まったと言うかもしれない。

8　バンク・オブ・アメリカ

世界の強国の目には、メキシコで一党政治をおこなう政権は時代遅れで醜悪な獣《けだもの》と映っていた。そこで一九九三年――ＰＲＩの前に七〇年の歴史で初めて、実力を持った政敵があらわれた年だ――二月のある晩、メキシコシティを見下ろす財務相の邸宅にリムジンが次々にやってきて、寡頭政治を支持する三〇人の大富豪を降ろしていった。そのポランコという高級エリアには、カルロス・サリナス大統領も住んでいた。

その夜の議題は、ＰＲＩという追いつめられた獣にどうやって餌をやるかということだった。サリナスがふたたび出馬することはできない。再選は憲法で禁止されていた。一方で、左派の存在はＰＲＩにとって深刻な脅威になりつつあった。次の大統領選では、これまでのように政府からの資金提供に頼るわけにはいかない。順調に行けば、メキシコはＮＡＦＴＡを経て経済を拡大することになるはずで、もはや党と国家が癒着しているように見られるわけにはいかなかった。集まった寡頭資本家《オリガルヒ》たちは、選挙資金改革というのは左翼的な考えではあるが、彼らが稼ぐことになる大金のためには小さな代償であるという意見で一致した。なにしろメキシコそのものが公開会社になれば、彼らの企業の株式は、海外の裕福な複合企業《コングロマリット》にとって魅力的な買い物になるのだ。

一九八八年の就任以来、サリナス大統領は二五二もの国有企業を民営化してきた。規制当局に優遇してもらうかわりに、オリガルヒたちはそうした企業に大金を注ぎ込んだ。サリナスは彼らの気前のよさに応えて、数々の独占事業のお膳立てをした。その晩のゲストたちのなかには、誕生したばかりのセメント王やソフトドリンク王もいた。まもなく世界一の金持ちになるカルロス・スリムは、電話王だ。スリムが半国営電話会社のテルメックスを買収したあと、サリナス政権は電話料金が二四七パーセント値上がりすることを許可したのだった。

そうだ、野獣を救おう、ということでみんなの意見は一致した。オリガルヒたちが自らPRIに資金を提供することになった。

選挙資金としてはじき出された数字は五億ドル。二五〇〇万ずつ出してはどうかと、誰かが提案した。するとテレビ界の大物が五〇〇〇万でいいじゃないかと言いだした。一部のゲストは渋い顔をした。誰もがそのテレビ王ほどうまくいっているわけではなかった。彼のテレビ局、テレビサは視聴率九五パーセントという数字を持っていた。

カルロス・スリムは、どんな金額でもそれに従うと言った。しかしながら彼らがこうやきもきするのはなぜなのか。選挙資金を個人から匿名で集めることをなぜしないのか。

国民の半数が貧困のなかで暮らす国では、疑問があって当然であることをスリムは知っていた。ここにいる三〇人の有力者たち——民営化前はみんな中流のビジネスマンだった——が、どうしてPRIのために二五〇〇万ドルずつ工面することができるのか。彼らはどんな見返りを得たのか、あるいはこれから得るのか。こんな会食をひらいたバカは誰なのか。汚職の疑惑が表面化すればスキャンダルになるのではないか。

スリムはメキシコの歴史について、ほかの仲間たちが忘れていたことをちゃんと心得ていた。ノーベル文学賞を受賞したメキシコの詩人、オクタビオ・パスが言ったように、一九一〇年から一九一七年まで続いたメキシコ革命は、対立する概念のぶつかり合いだった。ナショナリズムと帝国主義、労働と資本、民主主義と独裁。国が管理する経済と自由市場との戦いだった。メキシコの北部に暮らすインテリたちは、強い中央権力を求めた。南部の農民たちは社会正義のために戦った。

保守的な北の軍勢が勝利した。一九一七年以後、新しいメキシコ政府が目指したのは、縄張り争いや地域ボスによる支配というカシキスモの歴史によって分裂した国の秩序を保つことだった。しかしどうやってそんな安定を実現するのか？　それは憲法のなかに無意味なフレーズをいくつか盛り込むことで達成された。左派をなだめるために、新しい統治者たちは、「大統領の任期は六年限りで再選不可」と定めた。新しい憲法の論理にもとづいて、一党が平和的な継続を請け合う。ＰＲＩの権力を抑制するのは、ある意味むなしい社会主義者のレトリック――それはディエゴ・リベラのような芸術家が政府に委託されて描いた壁画のなかに祀られている――だったが、そのおかげでリベラル派は、最も重要な問題は無視されているにもかかわらず気が楽になった。ラテンアメリカ屈指のジャーナリストであるアンドレス・オッペンハイマーが言うように、皮肉にも、新しい革命政権は新たな独裁を敷くことで法と秩序を保ち、独裁と反乱というメキシコの歴史的な流れを食い止めたのだった。

そしていま、一九九四年に発効されるＮＡＦＴＡへの期待から、メキシコには外貨が流れ込み、ウォール街も米国政府もサリナスとそのオリガルヒたちの味方についた――その逆も同様だ。ヨーロッパの投資家たちは旧ソ連圏の新しい市場に参入することに心を注いでいたので、ラテンアメリカで起きていた自由市場改革にはほとんど注意を払わなかった。サリナスとスリムのメキシコの未来はもっと身近なところに転がっていた。アメリカだ。しかしながら米国政府との約束を果たすためには、安定を実現しなければならない。でもまあ、それは問題ないだろうと考えられていた。なにしろメキシコで革命が起きる可能性は紙っぺらのように薄くなっていたのだ——この会食がおこなわれるまでは。

オリガルヒたちがぞろぞろと出ていった。ひとり二五〇〇万ドルという金額に落ち着いた。数時間後、『エル・エコノミスタ』という経済紙の発行人が——ジャーナリストというよりもビジネスマンという立場で——企業向けロビー活動をおこなうグループ主催の朝食会に参加した。そこには例のセメント王とデパート業界の大物もいて、前の晩におこなわれた資金集めの晩餐会についておおっぴらに語った。そのニュースはすぐさま『エル・エコノミスタ』や『ニューヨーク・タイムズ』、『ウォール・ストリート・ジャーナル』、『マイアミ・ヘラルド』の一面で報じられ、NAFTAの成立を脅かした。サリナスはメキシコを自由市場の民主社会に押し上げようとするどころか、マフィア風の秘密結社を特徴とする寡頭政治にさらに踏み込もうとしていたことがこの会食で明らかになったのだ。その反動はとんでもなく大きかった。またしてもペソが下落し、メキシコの株価が暴落し、南部のチアパス州では先住民の農民たちが武装蜂起した。

ビル・クリントン大統領にとって、NAFTAは一〇〇年に一度の大仕事で、クリントン式繁栄の目玉だった。憤る労働組合や、国内の製造業者や、ロス・ペローのような政敵たちの反対を押し切ってメキシコに五〇〇億ドルの緊急援助をし、NAFTAを存続させた。たとえメキシコ大統領の実兄であるラウル・サリナスがゴルフォ・カルテルと共謀し、PRIの幹事長で義理の兄にあたるホセ・ルイス・フランシスコ・マシューーを暗殺させたと言われても、たとえラウルの妻が一億二〇〇〇万ドルの入った銀行口座から大金を不正に引き出そうとしてスイスで逮捕されても、ワシントンDCにいるNAFTA

の支持者たちは、メキシコが犯罪国家として急成長していることについてあれこれ思い悩む理由はほとんどないと考えた。

　米国政府はメキシコとコロンビアを比較することを努めて避けようとした。メキシコの密輸商人を並べても、パブロ・エスコバルの力には遠く及ばない。チャポ・グスマンは刑務所にいる。エル・パドリーノもそうだ。そういう男たちは、コロンビアでパブロ・エスコバルがしたように選挙に出馬したりしない。米国政府は自分たちの追跡が一九九三年のエスコバルの死につながったことをいまだに誇りにしている。だがエスコバルの名声が、彼の本当の遺産を覆い隠している。アメリカが彼の追跡に国力を注いだ結果、明らかになったのは、たったひとりの麻薬王を殺すこと自体が目的であったこと、そしてエスコバルは麻薬戦争とは切り離されたシンボルにすぎなかったということだった。彼の規格外の伝説に本人以上に投資したのはほかでもない、米国政府であり、彼らにはエスコバルを殺すためにコロンビアを引っかき回したことを正当化する必要があったのだ。そしていま、メキシコはエスコバルが何人も存在する国になろうとしていた――メディアに取り憑かれた社会がそれにふさわしい犯罪者を連れてこようと躍起になった結果、大量殺人犯や汚職警官の名が世界史に刻まれてしまうような国だ。

　ところがメキシコでは、無数に存在する警察官だけでなく、兵士までもが汚職に弱かった。一九八六年にＦＩＦＡワールドカップを警護するために創設された空挺特殊部隊（ＧＡＦＥ）は、メキシコ軍のエリートたちで構成される特殊部隊だった。一九九〇年代になると、ＧＡＦＥの兵士はジョージア州のフォート・ベニング基地やノースカロライナ州のフォート・ブラッグ基地の学校で、米国陸軍大将のバリー・マキャフリーの監督のもと訓練を受けた。〈陸軍米州学校《スクール・オブ・ジ・アメリカズ》〉として知られるこのプログラムは、ラテンアメリカ諸国の軍隊を訓練し、国家転覆を試みる共産主義に反撃できるようにすることを目的としていた。エルサルバドルやグアテマラで対ゲリラ戦を経験した指導者たちのもとで、約三二〇〇人のGAFE隊員――グリーンベレーと同規模だ――が、機動展開や空中攻撃、狙撃、待ち伏せ攻撃、小部隊戦術、情報収集、捕虜の救出、通信などを学んだ。一九九三年の暮れ、オリガルヒたちの悪名高い会食の余波が続くなか、メキシコ政府は南部のチアパス州で起きた武装蜂起［一九九四年一月一日、マヤ先住民族を中心とするサパティスタ民族解放軍が蜂起した］を鎮圧するためにGAFEの出動を要請した。数時間の戦闘で三〇人もの反乱者が犠牲になり、その遺体は耳と鼻を削ぎ落とされて川岸に陳列された。

チアパスの反乱のあと、GAFE隊員によって、DEAやFBIと連携した対麻薬組織班が作られた。ところがその一部が自分たちの麻薬密輸グループを結成し、ここに新たな「ポリスマフィア」が誕生した。

レーガン政権がマイアミとコロンビアに重点を置いたことで南フロリダの海外ルートが絶たれ、一九九〇年代半ばには、アメリカに届くコカインの九〇パーセントがメキシコ経由で入ってくるようになっていた。「バンク・オブ・アメリカ」［金が大量にある場所のこと］にコカインを届ける裏道としての価値が上がるにつれ、メキシコのコカイン取引における利益率はぐんぐん上昇した。メキシコ人はその立場を利用して、いつしか南米産コカインの「オーナー」になっていた。かつてはコロンビア人やペルー人やボリビア人のために運び屋をして一キロあたり二〇〇〇ドルをもらっていたのが、いまはコロンビアから一キロ二〇〇〇ドルで買い、それを国境では五倍、ダラスでは一〇倍、ニューヨークでは二〇倍の値段で売ることができるのだ。さらにクリントン政権が米国産のメタンフェタミン――これもまた軽くて高価な商品だった――を駆逐することに力を入れたために、この麻薬の製造も国境の南側に移った。ミレニアムが近づくなか、メキシコは麻薬取引のボルドー地方になりつつあった。

二〇〇〇年までに、アメリカとメキシコの国境を挟んだ貿易額は四倍の二五〇〇億ドルに達した。だがこの新しいビジネスにおけるヌエボラレドのシェアは突出していて、ティフアナやフアレスの二倍以上の取引があった。メキシコ各地でますます厄介な存在になっていたカルテルはみな、NAFTAが東部のゴルフォ・カルテルにもたらした新しいパワーがほしくてたまらなかった。

ゴルフォ・カルテルのリーダーで、FBIの最重要指名手配犯リストに初めて載ったメキシコの密輸商人でもあるフアン・ガルシア・アブレゴが一九九六年に逮捕されてアメリカに引き渡されると、ゴルフォ・カルテルは二人の男が指揮をとることになった。オシエル・カルデナス・ギジェンと、「チャバ」ことサルバドル・ゴメス・エレーラだ。

かつて自動車整備工として働きながら連邦司法警察の情報提供者もしていたオシエルには、警察を利用してライバルに対抗するスキルがあった。彼はゴルフォ・カルテルの稼ぎ頭だった。一方、チャバ・ゴメスは密輸ルートのコントロールを担当していた。だがチャバが金を要求してくる回数があまりにも多すぎるようにオシエルは感じていた。「おい、オシエル、五万ドルくれ」。そんなやりとりがあると、自分がチャバに雇われているような気分になった。「こんな相棒にはうんざりだ」とオシエルは思ったのかもしれない。「自分じゃ稼ぎ出せないような金額を要求しやがって」

オシエルがゴルフォ・カルテルのもうひとりのリーダーを消すために雇ったのは、GAFEの若い兵士だった。アルトゥーロ・グスマン・デセナはゴルフォ・カルテルの新しい実動部隊〈ロス・セタス〉の最初のメンバー――Z1《セタ・ウノ》――になった。

「どんな人間がほしい？」とグスマン・デセナは訊いた。

「最高の武装集団がほしい」とオシエルは答えた。

「そんなのは軍隊にしかいない」

「じゃあそれがほしい」

　仕事の噂が広まった。リクルートの手法はかなり大胆で、陸軍の無線に割り込んで「鞍替え」の利点を兵士に知らせるというやり方まであった。GAFE隊員たちはオシエルのことを「亡霊《ファンタスマ》」とか「エンジニア《インヘニエロ》」とか「友殺し《マタアミーゴ》」として知っていた。元同僚たちがロス・セタスと名乗って、ドルを稼ぎまくっていたという話も聞いていた。

　採用に至った典型的な例が、「マミート」として知られるZ7のケースだ。一九九四年にマミートはGAFEに入隊し、のちに対麻薬組織班に配属された。一九九九年に、汚職容疑でメキシコ政府から起訴されると、マミートは軍を脱走してタマウリパス州――ヌエボラレドを擁するメキシコ北東部の州だ――に行き、オシエルの仕事を見つけた。内容は負債の取り立てや、暗殺の実行や、ゴルフォ・カルテルのために麻薬の輸送を監視することなどだった。

　二〇〇二年にZ1がメキシコ軍によってレストランで射殺されると、Z3ことエリベルト・ラスカーノがあとを引き継いだ。映画スターのような風貌と戦闘の才能が際立つ彼は、「死刑執行人《エル・ベルドゥーゴ》」と呼ばれた。彼はロス・セタスを、やはりGAFE出身の「カトルセ」［スペイン語で14］ことZ14の、エフライン・テオドロ・トーレスと指揮した。

　ロス・セタスはほどなくして約五〇人の元兵士と数人の民間人を集めた。スペイン語でZを意味する「セタ」という名前の由来については諸説ある。無線のコールサインだと言う人もいる。あるいは、オシエルが自分の部隊をセタスと呼ぶのは、「靴《サパトス》」（zapatos）の頭文字だからだと信じる人もいる。「靴がなくては歩けない」というのが彼の持論だった。かつて靴も履けなかった子供が、いまはブーツを履いた軍隊を指揮していることに酔っていたのかもしれない。セタスは黒い戦闘服と防弾ベストを着用した。袖章には、タマウリパス州のシルエットにZが重ねられ、それを「ゴルフォ・カルテル特殊部隊」という文字が取り囲んでいた。オシエルは、支配権を確立せよと指示し、セタスをヌエボラレドに送り込んだ。

かつてメキシコの警察は情報屋を使い、地元の麻薬組織のボスが「縄張り《プラサ》」(plaza)――密輸ルートとなる町や地区のことで、そこを支配する警察組織に税金を納める仕組みだ――でどれだけ稼いでいるかを調べ、それに応じて月々の賄賂の額を決めていた。「コマンダンテ」といっても、それは麻薬組織のボスのことではなく、検察や軍隊やPRIの後ろ盾という権力を持った警察署長《ポリス・コマンダー》のことを指した。麻薬組織のボスは賄賂を欠かさず払い、ライバルを払いのけることができるかぎりボスでいられた。ところがロス・セタスは、ゴルフォ・カルテルに代わってメキシコ北東部――コアウイラ州、ヌエボレオン州、タマウリパス州――を掃除しながら、古い汚職システムをがらりと変えてしまった。

ある日、カルロス・イノホサという若い連邦検察官は、ほかの地元当局の人間たちとともに、あるミーティングに呼ばれた。

「商売の邪魔をするな」と、セタスの指揮官であるカトルセは告げた。「ラ・コンパニアは自由に仕事をする」。〈ラ・コンパニア〉――英語では「ザ・カンパニー」――とは、ゴルフォ・カルテルとその実動部隊であるロス・セタスを合わせた、より大きな企業体を指す言葉だった。

検察官であるイノホサの仕事はこれまでずっと、苦情を聞いて、誰を刑事告発するか判断することだった。検察局とカルテルのあいだの連絡係も務めていた。あらゆる密輸業者と知り合いで、賄賂の回収もしていた。ところが、そんな時代は終わったと告げられたのだ。賄賂はもはや交渉するような問題ではなくなる。それを聞いた多くの警官が鞍替えした。公僕のふりをするのをやめて、すぐさまカンパニーに加わった。カトルセがイノホサに近づいてきた。「で、おまえはやつらと俺、どちらの下で働く?」カンパニーに入るのに必要な条件はなにか、イノホサは気になった。

おまえがカンパニーのために収益を生み出すかぎりいていい、と言われた。収益を生み出さなくなったときは、もういらない。ただそれだけだった。そうして眼鏡をかけたイノホサはカンパニーの会計士になった。カンパニーの運び屋や取引相手から金を集めた。カルテルの新しい同僚たちは彼をホティージョと呼んだ。「ちっちゃなオカマ」という意味だ。このあだ名が、彼が裏方であることをばかにするものだったのか、実際に同性愛者であることを指していたのかはわからない。

二〇〇〇年代初めにセタスがやってきたとき、ヌエボラレドのブラックマーケットはすでに様変わりしていた。かつての密輸ファミリーが、より大きな密輸グループに取って代わられていた。それらもファミリーがもとになっていたが、そこに地元で見つけた新しいメンバーが加わっていた。麻薬の取引量が急増するなかで、ヌエボラレドを切り分けて、税収の旨味を分け合っていた。そして彼らはいま、選択を迫られていた。カンパニーに密輸税を払い、セタスの支配下で仕事をするか、あるいは地球上から消し去られるか。

一つ目のグループのリーダー、ロス・チャチョスは縄張りを明け渡すことを拒んだ。彼は水路でうつ伏せになっているところを発見されたが、服は着ておらず、豹柄のTバックをはいているだけだった。

二つ目のグループ〈フローレス・ソト〉は、ガブリエル・カルドナから車や武器を買い付けていたメメ・フローレス率いるギャングだった。メメはヌエボラレドにおけるセタスの大使になり、車や武器の調達を任されたほか、セタスに頼まれればなんでもした。

三つ目のグループ〈ロス・テハス〉には、国境の裏社会で注目株の二人がいた。オマールとミゲルのトレビーニョ兄弟だ。しかしながらテハスのボスはセタスに協力したがらなかった。そこでセタスは代わりにミゲル・トレビーニョに近づいた。

ミゲル・トレビーニョは一三人きょうだいのひとりとして、ヌエボラレドの労働者階級が多い地域で育った。彼は裕福な家の雑用をして小遣いを稼ぎ、父は牧場を経営していた。一家が食べるのに困ったことはなかった。トレビーニョの息子たちはみんな狩りを教わった。ミゲルがティーンエイジャーの頃、一番上の兄から麻薬ビジネスを学んだ。ダラスまで三五号線を行ったり来たりするうちに、一キロのコークや八〇ポンド［約三六キログラム］のマリファナの価値を一〇割増しにしてくれる六五〇キロメートルの道のりについてすっかり詳しくなった。

一九九三年、ミゲルはカーチェイスの末にダラス警察に捕まった。彼は当時一九歳で、ピンクのキャデラックのステアリングコラムが壊れていたのだった。六七二ドルの罰金を払ったことで、逮捕は回避された。ところが一番上の兄がテキサス州でマリファナの密輸によって有罪となり、禁錮二〇年の判決が言い渡されたとき、ミゲルは怒り狂った。アメリカはメキシコ人をゴミのように扱う。ミゲルは首の後ろに「Hecho en Mexico」――メイド・イン・メキシコという意味だ――とタトゥーを入れ、さらに腕にはくねるように下りていくコブラを彫った。ヌエボラレドに戻って警官として働きながらテハスに情報を流したあと、こんどは弟のオマールといっしょにテハスに加わった。ミゲルに任されたのはイダルゴという地区で、ヌエボラレドの中北部の運び屋にとって足場となるきわめて重要な場所だった。すぐ東に鉄道の線路があって、それが川を越え、マーティン高校をかすめながらラレドの西側を駆け上がるように伸びていた。一九九〇年代の終わりから二〇〇〇年代初頭までは、ミゲル・トレビーニョもオマールもヌエボラレドの裏社会の片隅を飛び出したら、まったくの無名だった――が、それが変わろうとしていた。

「麻薬マフィアのメンバーはしばしばボスへの忠誠心を示す行動を取るが、それはカモフラージュにすぎない」とリカルド・ラベロは、オシエル・カルデナスの伝記のなかで書いている。「忠実で誠実な行動を取るからといって、実際にそうであるとはかぎらない。たとえその組織にルールがあっても、そこにはなんの価値もない。この非常に不安定な環境で、彼らが進み続ける根拠は『冷血《フリアルダー》』だ」。ミゲルはGAFE出身ではなかったが、彼の価値観、あるいはその欠如が、ビジネスに対するセタスの冷血で手加減しないやり方とうまく噛み合ったに違いない。セタスでの自分の役割を固めるために、ミゲルはテハスのリーダーを殺し、そのあとリーダーの家族も抹殺した。

ミゲルとオマールのトレビーニョ兄弟は、セタスがヌエボラレドを支配するためにやってきた際に加わった大勢のなかの一部にすぎなかった。だがトレビーニョ兄弟は、ギャングのなかでのしあがった者たちに共通する行動をとった。冷酷さによって力を手にしたのだ。三〇代前半のミゲルは、ヌエボラレドを厳しく支配することでセタスでの地位を上げていき、敵と見られる人物に遭遇したときはつねに用心しすぎるくらい用心した。

二〇〇四年のある夜、アメリカ人の少年二人を、彼は敵と間違えた。

9　新しい人々

「ここでなにをしてる？」。ランボーみたいな風貌の男がもう一度、英語とスペイン語が混ざり合ったようなしゃべり方で訊いた。斜めがけにしたベルトから手榴弾をひとつ取り、テニスボールのように手から手へ投げて遊んでいる。

「なにも」とガブリエルは言った。顎が痛み、目はうつろでぼんやりしていた。

「おまえたちはどこの人間だ？」

「テキサスの大学生」とガブリエルは言った。「マクドナルドでバイトしてる」

「ほう。専攻は？」

「法律」

「嘘つけ！」

「ええ、実ははい、嘘です」

男はガブリエルに一歩近づいた。「妙に落ち着いてるな。異様なくらい。なぜだ？」

「さあ」

「このクソガキが。何様だと思ってるんだ。誰のところで働いてる？　あの車は誰に売るつもりだった？」

その夜、ガブリエルとウェンセス・トバーはジープ・チェロキーをヌエボラレドまで運んできた。ウェンセスが言うには、あるメキシコの警官と新しいコネクションができて、そいつがＳＵＶを一台一〇〇〇ドルの相場よりも高く買ってくれるということだった。ネットワークを拡げたいとつねに思っていたガブリエルは、やろうぜ、と即答した。ふたりはヌエボラレドの警察宿舎へと車を走らせ、その警官を呼び出した。ぽかんとした顔で見つめ返された。だから立ち去った。あたりは暗くなっていた。第一国際橋を渡ってテキサス州に帰るためにふたたびゲレロ通りを走っているとき、メキシコ警察のピックアップトラックに止められた。ガブリエルとウェンセスは手錠をかけられて茂みに連れていかれ、じっとしているように命じられた。警官はどこかに電話をかけた。〈新しい人々《ラ・ヘンテ・ヌエバ》〉がラレドで大掃除をしていることはガブリエルも知っていた。過去の売人を消し去って、地元の麻薬売買をすべて中断させているのだ。もしドラッグを所持していて、それが彼らの把握していないものであれば、つまり何者かがそいつに売っているか、そいつが無断で売っているということだ。入手元を吐くまで拷問される。ガブリエルは自ら進み出て手錠が体の前になるようにはめてもらい、ジーンズのなかに手を突っ込んだ。そしてビニール袋を茂みに捨てようとしたが、考え直し、かわりに五錠あったロシュをすべて呑み込んだ。

やがて黒いサバーバンの一団が、パトカーのようにライトを点滅させながら道路脇に停まった。彼らは警官には見えず、全身黒ずくめだった。ガブリエルとウェンセスは目隠しをされ、車の後部座席に乗せられた。一〇分後に別の場所に着くと車を降り、建物のなかに通された。目隠しがはずされ、目が慣れてくると、そこは狭く窓のない部屋だった。煉瓦造りの馬小屋のような空間だ。ひらかれたドアの向こうには円形の車回しが見え、どうやら大規模な農場というか、小さな家がいくつも集まった村の集落のような場所にいるようだった。彼らはふたりきりにされた。サバーバンが次々に到着した。銃の有無はすでに調べられたが、ガブリエルはまだ携帯を持っていたので、兄にかけた。

「よう、どうした？」と兄が出た。

「こっちで捕まっちゃってさ」とガブリエルは言った。「いま牧場みたいなところにいるんだ、ひょっとしたら……」。それに続く言葉を吐き出そうとするが、なかなか出てこない。

サバーバンから次々に男たちが降りてきた。ヘッドライトの光のなかで土けむりが舞い上がり、それがこちらに向かって流れてきたあと、消えた。「なに？」と兄が言う声がしたが、ガブリエルは携帯を閉じた。影のなかから男たちの一団がゆっくりとあらわれ、その先頭にいるのが片方の太腿に銃のホルスターを、もう片方にナイフを着けた人物だった。ミゲル・トレビーニョだ。

「誰としゃべってた？」とミゲルは訊いた。

「誰ともしゃべってません」

「嘘をつくな」。ミゲルは首を反らし、見下すような鋭い目で彼を見つめた。「ふざけてるのか？」

「ふざけてません」とガブリエルは言い、確認を求めるようにウェンセスのほうをちらりと見た。鋼《はがね》の心をくれるロシュの助けを借りていないウェンセスは怯えきっているらしく、しらふでガブリエルを見返す目玉は、それ自体が分別を持ち、眼窩から飛び出して逃げたがっているように見えた。ガブリエルは口をぎゅっと結んだが、抑えきれなかった。急に笑いだした。

驚いたミゲルは、強烈なフックをガブリエルに食らわせた。ガブリエルは倒れ込んだが、すぐに起こされた。さらなる質問に対し、さらなるでたらめな答えが返された。

さきほどの手榴弾が登場した。ミゲルは馬小屋から出ていった。

するとガブリエルはウェンセスに、おまえが好きだよ、友達になれてよかったと告げた。心臓がバクバクしていたウェンセスには、ガブリエルがどうしてそこまで落ち着いていられるのか理解できなかった。俺は死にたくない！　だがガブリエルは続けた。こんなことになって残念だが、もっとひどい死に方だってあるもんな。ふたりはミゲルが外で仲間と相談しながら、つかんだ手榴弾をピッチャーのように腰に当てているのをながめた。

　そのときふとガブリエルにある考えが浮かんだ。メメだ。

「セロ・ドスの下で働いてる！」とガブリエルは叫んだ。メメ・フローレスのコードネーム、02を持ち出して。

　ミゲルが振り返った。「なに？」

「彼に車やトラックを届けてる。フゲーテの運び屋もしてる」。フゲーテとはおもちゃ、つまり銃のことだ。

　ミゲルは笑った。「なぜなにも言わなかった？」

「相手が誰なのかわからなくなったし、間違った相手になにか言いたくなかった。ヌエボラレドはまだ混乱してるから」

「混乱はもうない。我々が唯一の支配勢力だ」

　ガブリエルはうなずいた。ミゲルの説明によれば、ふたりが取引しようとした警官は敵《コントラ》で、昨日、「地図から消された」ということだった。

　三〇分後、メメが到着した。

「ああ、うちで働いてるやつだ」とメメは言った。「放してやってくれ」

ガブリエルとウェンセスは手錠をはずされた。

メメは少年たちにミゲルのことをロス・セタスの「司令官《コマンダンテ》」だと紹介した。メメはウェンセスに会ったことはなかったが、ガブリエルがパートナーと呼ぶ人物なら俺が保証する、とミゲルに伝えた。ガブリエルは忠実な兵隊で、彼に車や銃をテキサスから供給してもらっているのだと説明した。

ガブリエルの頭のなかで、いくつかの事実がつながった。盗んだトラックや密輸した銃はすべて最終的に〈新しい人々〉、つまりロス・セタスのもとに行っていたのだ。ガブリエルもウェンセスもこのときまでミゲル・トレビーニョのことを知らなかったが、彼が新しいカルテルのなかで高い地位にいることはわかった。

「クアレンタと呼んでくれ」とミゲルは少年たちに言った。彼のコールサイン、Z40《セタ・クアレンタ》を指すものだ。彼はガブリエルの背中をバンと叩いた。悪く思うなよ、と。

その夜、ミゲル、ガブリエル、ウェンセス、メメの四人はヌエボラレドを車で巡回した。ゴムや木の枝が燃えるにおいにつられてガブリエルが外を見ると、みすぼらしいメキシコ人の一団が身を寄せ合うようにしてドラム缶に手を伸ばし、小突き合いながら暖を採っていた。運転手がレストランに予約の電話を入れると、彼らが着く頃には客はひとりもいなくなっていた。

食事の席で、ミゲルはガブリエルのメメのもとでの働きぶりを聞き出し、少年たちがテキサス州で活動するうえでの法的な問題について尋ねた。ウェンセスはしらふで、さきほどの死にかけた経験からまだ回復しきっていなかったためにあまりしゃべらなかった。一方、ガブリエルはチャンスだと感じた。ミゲルとのコネクションを、さらにでかいものに変えることができるかもしれない。ガブリエルはミゲルに対し、まるで対等であるかのように自信たっぷりにしゃべった。ロシュが効いていたにもかかわらず、彼の若い頭は詳細や日付をちゃんと覚えていた。まるで履歴書を読み上げるように、自分が犯した違法行為をいくつも挙げていった。ドラッグ、武器、襲撃。

ミゲルは耳を傾けた。こういう若者は使えるかもしれない。

その一年前の二〇〇三年、ゴルフォ・カルテルのリーダーでロス・セタスを創ったオシエル・カルデナスがメキシコで逮捕された。DEAが主導した捜索は数年にわたり、オシエルの愛人たちの追跡や、TV番組『アメリカズ・モスト・ウォンテッド』（アメリカの最重要指名手配犯）との連携——DEAの報告書のなかに「メディア攻勢」作戦として出てくる時期におこなわれた——などを経た末の逮捕だった。セタスはヘリコプター部隊を使ってオシエルを脱獄させようとしたが、悪天候になり、操縦士のひとりが手を引いたためにその試みは失敗した。

もしオシエルが脱獄などかんたんにできると思ったのだとしたら、それは国土を挟んだ彼のライバルで、シナロア・カルテルのリーダーであるチャポ・グスマンが、二〇〇一年にメキシコで最も警備が厳重な刑務所から脱獄したからであったに違いない。オシエルが刑務所にいて、チャポがふたたび自由にうろつき回るようになったことで、カンパニー——ゴルフォ・カルテルとセタス——は初めて本物の脅威に直面した。チャポは東に勢力を拡げたいと考えていて、ファレスも越え、最も金になる国境地点であるヌエボラレドまで手に入れようとしていたのだった。

二〇〇四年の初めにミゲル・トレビーニョがガブリエル・カルドナとウェンセス・トバーに会ったとき、彼はすでにチャポの野望に気づいていたのだろう。さらに、ラレドで密輸をしていたあるアメリカ人がセタスの申し出をはねつけ、かわりにシナロア・カルテル側についたことも知っていたはずだ。

一九八〇年代に、エドガー・バルデス・ビジャレアルはラレドのなかでも裕福な北側で育ち、ユナイテッド高校のフットボールチームでラインバッカーを務めた。金髪と青い目という外見から「ラ・バービー」と呼ばれた彼は、金持ちの子女から成る〈メキシカン・コネクション〉という麻薬売買のギャングに所属していた。その後、大学には行かずに密輸グループに入り、初めはマリファナを、そのあとはコカインを、ジョージア州やそれよりも遠くの州へと運んだ。一九九七年に密輸の罪で起訴されると、ラ・バービーはヌエボラレドに移った。二〇〇二年に、ゴルフォ・カルテルとセタスがヌエボラレドにやってきて彼のボス――チャチョスのリーダーで、Tバック一枚で死んでいるところを発見された男だ――を殺すと、ラ・バービーは謀反を起こした。

DEAの報告書にはこうある。

エドガー・バルデス・ビジャレアルはゴルフォ・カルテルからコカイン一〇〇キロを先に受け取り、あとから代金を支払った。次にはコカイン三〇〇キロを受け取り、これについても全額後払いをした。次には五〇〇キロを受け取りながら、二五〇キロ分しか支払わなかった。その後、バルデス・ビジャレアルはゴルフォ・カルテルを説得して一〇〇〇キロを受け取った。これについてはバルデス・ビジャレアルはいっさい支払わなかった。これによって負債が生じたことは盗みとみなされ、対立を生むきっかけとなった……。

自分のもとに送り込まれたセタスの暗殺者を一人殺したあと、ラ・バービーはアカプルコに逃げ、シナロア・カルテルの支部にあたる密輸ファミリーに合流した。毎月四〇トンものコカインをメキシコ南部のシワタネホの港から輸入していたベルトラン・レイバ兄弟だ。〈ベルトラン・レイバ・カルテル〉のナンバー2は大理石を扱う会社をテキサス州サンアントニオに持っていて、組織はそれを利用してコカインをアトランタやニューヨークのバイヤーのもとまで運んでいた。ラ・バービーはチャポやベルトラン・レイバ兄弟とともに、ヌエボラレドをめぐって戦うことを決意した。

ラ・バービーがベルトラン・レイバやシナロア・カルテルの支援を受けて兵隊を集めていることや、戦争が近いことをミゲルは知っていた。

そしていまレストランで、ミゲルはガブリエルにラレドで誰を知っているか尋ねた。その口調からして、裏社会の大物について訊いているのは明らかだった。

ガブリエルは毎週日曜の夜にサンベルナルド通りに繰り出したときのこと、年上の仲間にどの車がどの密輸商人のものか尋ねたときのことを思い出した。うなずいて、いくつか名前を挙げた。モイセス・ガルシア、チュイ・レセンデス、リチャード・ハッソ。

感心したミゲルは、メキシコ南部にあるトレーニング・キャンプについて口にした。ガブリエルは興味を示したが、ウェンセスはほとんど黙っていた。ミゲルとメメは、キャンプに行くことについてはいずれ連絡すると言った。

ガブリエルとウェンセスはラレドに戻った。彼らが出会った恐ろしく危険な集団、〈新しい人々〉と呼ばれるロス・セタスは、ノーという返事を受け付けないやつらだった。

二〇〇三年の暮れ、ロバート・ガルシアはDEAでのストレスの多い六年間を終えて、ラレド警察に戻ってきた。彼は連邦捜査機関で一定期間働き、しかもたいていの人よりも長い期間がんばった。それが終わったこと、あちこち飛び回る生活とおさらばできることが嬉しかった。三五歳になり、ロニーや息子たちと過ごす時間が増えることを楽しみにしていた。トレイは高校一年生に、兄のエリックは三年生になっていた。

だが一九九〇年代にパトロールしていた田舎町のような平和な環境に戻ることを彼が想像していたのだとしたら、それは間違いだった。殺人や麻薬がらみの犯罪が増え、ラレドはアメリカの自動車盗難の中心地になりつつあり、少年犯罪は手がつけられなくなっていた。

ラレドの新しい警察署長、アグスティン・ドバリナが、設備の整った彼のオフィスにロバートを呼び出した。部下に両脇を挟まれ、ドバリナ署長は冗談めかした口調で、きみにはもっとのんびりした部署に行ってもらうつもりだと告げた。

「どこですか？」とロバートは訊いた。

殺人課にもうひとり刑事が必要なのだ、と彼らは言った。

もし彼らが反発されることを予想していたとしても、そうはならなかった。麻薬から殺人に変わるというのは、ほっとする話だった。ロバートは殺人課の刑事がなにをするのか知っていた。遺体が見つかる。遺族を助け、なにが起きたかを解き明かそうとする。仕事の正当性を信じるために、無理やり汚職警官に目をつぶる必要もない。殺人は政治とは無関係だ。それに仕事のプレッシャーというか、その勝つか負けるかといったわかりやすい性質も魅力的に感じられた。殺人犯を捕まえて刑務所にぶち込むことができるか、否か。

「カルテルがらみの事件」とのちに彼が呼ぶようになるもののことは、その仕事を受けたときはまだ頭になかった。ラレドの捜査当局はゴルフォ・カルテルやロス・セタスやシナロア・カルテルのことを知っていた。メキシコで起きているカルテル同士の抗争にかんする諜報活動も広くおこなわれていた。だがそうした抗争がラレドに影響を及ぼすと考える理由はなかった。ミゲル・トレビーニョの名前はラレドの捜査当局にまでちゃんと届いていたが、彼もまたヌエボラレドの裏社会の「下働き」で、誰であれその地域を支配する組織のために働く地元の犯罪者のひとりにすぎないと考えられていた。

二〇〇三年末にラレド警察に戻るとき、ロバートは二つのカルテルの衝突がテキサスにまで波及するとは思ってもみなかった。それによって彼の新しい仕事がありふれた殺人事件捜査の枠を超え、町そのものを賭けた戦いになるとは思ってもみなかった。

ロバートがまもなく出会うことになるラレドの若者、ガブリエル・カルドナも、やはり未来について無知だった。彼は九年生のときからずっと、行き当たりばったりの人生を送ってきた。メメ・フローレスとのつながりやミゲル・トレビーニョとの最初の面談が、自分をどこに導くのかわかるはずもなかった。一七歳にして、すでに車を何台も盗み、銃を密輸し、麻薬を転がして、いくつかの戦闘にも参加したことがあった。頭の切れる不良だが、ロシュ漬けになり高校をドロップアウトした彼は、自分よりも大きな、遠くの土地で起きている政治的なゆがみに気づいていなかった。

ガブリエルは次の一年で、カルテルの洗礼を受けることになる。ミゲルとの最初の面談でわかったのは、裏社会の師匠であるメメ・フローレスが、ガブリエルが考えていたよりも「深くこのゲームに関わっている」ことくらいだった。

ガブリエルもロバートも知らなかっただろうが、徐々に激しくなっていく一連の事件を通して彼らが飛び込もうとしていたのは、近代史上稀に見る悲惨な戦争の幕開けとなる戦いだった。それは暴力の基準を、アメリカ大陸が先コロンブス期以来——というよりは、かつて——経験したことがないところまで引き上げてしまうような戦争だった。

カルテルのメンバーとしてグローバルに働こうとしているガブリエルと、殺人課の刑事としてふたたびローカルに働こうとしているロバートは、一見すると別々の道を歩んでいるように見えた。

彼らはおたがいに向かってまっすぐに進んでいた。

10　狼《ウルフ》の育て方

毎朝八時半になると、新聞や雑誌やテレビの記者が〈ラ・パロキア〉にぞろぞろと入っていく。ここはメキシコのベラクルスにある創業二〇〇年のコーヒーハウスで、メキシコ湾を見渡せる位置に建っている。〈ラ・パロキア〉のコンクリートの正面《ファサード》は忙しい港の歩道に面していて、そこにはアイスクリームやソーダや土産物のカートや屋台が軒を連ねる。世界中からやってきた貨物船の艀《はしけ》から、電化製品や家具に混じって何トンという量の南米産コカインが降ろされる。

このコカインはベラクルスから飛行機で、サンフェルナンドやレイノサやマタモロスといった北部の町に運ばれる。週に一度、飛行機が運んでくる四〇〇キロの積み荷をプラサのボスたちが受け取る。彼らは二五キロずつ入ったスーツケースを開けたら、一キロずつ煉瓦状の塊に梱包し直し、それを輸送車に積み込む。運転手たちはブラウンズビルやラレドといったテキサス州の国境の町まで車を走らせ、さらにヒューストンやダラスといった流通の拠点へと届ける。

そしてこのメキシコ最大の麻薬の玄関口のひとつである――したがって最も腐敗した町のひとつでもある――ベラクルスでは、犯罪者のエリート層がメディアをコントロールしていて、それが起きているのが〈ラ・パロキア〉なのだった。午前九時頃までには、テーブルは政治家やビジネスマンや、誰であれ地元のジャーナリストから話を聞いてもらいたい人たちで埋まった。ジャーナリストたちの多くは、彼らの正式な雇い主である報道機関とは別の存在からも金を受け取っている。人造石《テラゾー》の床に靴磨きの少年たちがうずくまり、男たちが卵料理のウエボス・ランチェーロスをかき込む横を、看護師がうろついて一回五ペソで血圧を測っている。白い制服を着たウェイターたちが濃いめのコーヒーのグラスにスチームドミルクを注いで、レチェーロという名物ドリンクを作っている。これから四時間かけて、その日のニュースが集められ、捏造され、交渉を経て金が支払われる。

ベラクルスのプラサはセタスのリーダーのひとりであるZ14――カトルセ――が仕切っていた。サンフェルナンド――ベラクルスから国境までの途中にある――のようなもっと小さなプラサだと、国境の町への玄関口として稼ぎ出されるのはおそらく年に五〇〇〇万ドル程度。マタモロスのような国境の町だとその二倍程度だと考えられる。だがコカイン輸入の代表格であるベラクルスにおいては、カトルセのような有能なボスであれば年間数億ドルを稼ぎ出すことができた。そこでミゲル・トレビーニョは二〇〇四年にベラクルスに赴き、プラサの運営にかんして学べることをすべて学んだ。

次のようなことをおそらくミゲルは学び、ヌエボラレドに帰ってから実践した。

セキュリティ：カンパニーの慣習においては、新しいプラサのボスが最初にしなければならないのは治安部隊を訓練し、武装させることだ。典型的なプラサの維持費は、平時で月に約一〇〇万ドル、戦争が起きているときはその二倍から三倍になる。経費には賄賂や人件費、家屋、装備が含まれる。装備とは、五〇口径のライフル、数千個もの弾倉《マガジン》、手榴弾、バズーカ、一六万ドルかけてカスタマイズした防弾仕様のSUVなどだ。

カトルセは、すべての新入りをＧＡＦＥ隊員が訓練することにこだわる。訓練生は銃器の使い方、茂みの歩き方、敵対するカルテルとの戦い方、死亡あるいは負傷したパートナーの救出方法、ボスの世話の仕方、走行中の車からの飛び降り方、カンパニー独自のコード表を使った無線でのしゃべり方などを学ぶ。訓練は二、三か月に及ぶ。訓練生の給料は週一三〇ドル。セタスの隊員を一人育てるのに給料と装備とで八〇〇〇ドルかかる。修了した隊員には週二五〇ドルの基本給に加えて歩合給が支給される。

福利厚生：カトルセは隊員たちに、「ラ・ポージャ」と呼ばれる投資プログラムを用意している。グループで金を出し合い、一キロ一万ドルというカンパニーの国境価格で積み荷に出資できるというものだ。もしその一キロがブラウンズビルやラレドにたどり着けば一万二五〇〇ドルで売れ、ヒューストンなら一万四五〇〇ドルで、ダラスなら一万八〇〇〇ドル、アトランタなら二万四〇〇〇ドル、ニューヨークでは三万ドル以上になる。先物取引のように、商品にはひとつひとつ名前が付いていて、「アトランタ価格」や「シカゴ価格」のように都市名で呼ばれる。カンパニーのメンバーはリスクと報酬について独自の予測を立てることで、まるで会社の株式を保有しているような気分になる。

賄賂：捜査当局のなかで最も重要な二人の人物――連邦犯罪抑止警察のボスと、連邦ハイウェイ警察のボスだ――が月に六〇〇〇ドルから一万ドル、警部補だと月三〇〇〇ドルの賄賂を受け取る。多くのジャーナリストが政治家の「お抱え」で、そのうち約五パーセントはカルテルの「お抱え」でもある。〈ラ・パロキア〉では政治家たち――その多くはカルテルから金をもらっている――が記者に金をつかませ、自分たちの政策に媚びへつらう記事や、ゴーストライターによるゲストコラムを書かせる。テレビや新聞、雑誌の記者は月に一三〇〇から三三〇〇ドルの賄賂を受け取る。これは彼らの給料のおよそ八倍にあたる。
ミゲルはベラクルスで、じゅうぶんに報酬を与えられたメディアがきちんと仕事をこなすのを目にした。「税金」を逃れようとした罰として、ある有名なサンドイッチチェーンの二店舗が同じ日に焼き払われたとする。するとベラクルスで最も広く読まれている新聞は、翌日の社説でワイン造りについて書く。真っ昼間に数件のバーでマシンガンが乱射されるようなことがあったとしても、翌日の一面には街の野良犬にかんする思慮深い考察が載ったりする。ジャーナリストがどんなことに報道価値があると思うかは予測がつかないのだ。

収益：主な収益源は「クオタ」や「ピソ」と呼ばれる密輸税だ。プラサを通過するのに密入国者が支払う税金は、メキシコからの場合は二五〇ドル、中米諸国からの場合は五〇〇ドル、ヨーロッパからの場合は一五〇〇ドルだ。密入国を仲介する「コヨーテ」は一〇〇ドルを支払う。運び屋はマリファナ一キロあたり五〇ドル、コカイン一キロあたり五〇〇ドルを支払う。現物で支払われる場合もあり、一〇〇キロごとに五キロの税が課される。一キロのコークを、赤ん坊の便秘薬のような粉を混ぜて二、三キロに水増ししたあと、ベラクルスの人間に少量ずつ——商品は「グランピージャ」［ホチキスの針のこと］と呼ばれる——売れば一キロあたり五万ドルがカルテルのもとに入る。
さらにプラサのボスは地元の商店などからも税金を取る。食料雑貨店なら月に一〇〇〇ドル前後。薬局なら月に三〇〇ドルで、バーやナイトクラブや売春宿ならその二、三倍だ。ピソはみかじめ料であるだけでなく、当局の監視の目をやわらげてくれる意味もある。カルテルに税金を支払わなければ、暴力あるいは法的な問題が生じて、市の監査官に衛生法違反をでっちあげられたりする一方で、真面目に払っていれば、その食料雑貨店はアルコールを二四時間売ることができたり、ナイトクラブは未成年の客を入れたり、レストランは衛生法にかんする手続きを省いたりすることができる。

ある商店には毎月二万ペソ（約一三〇〇ドル）の電気料金の請求が来るが、州が運営する電力会社の担当者が、請求額の三分の一しか支払われていないことに気づく。するとその商店は請求額を改ざんしてもらうために電力会社のマネージャーに一〇〇〇ペソを支払い、さらに請求額が改ざんされることを保証してもらうためにカトルセに三〇〇〇ペソを支払う。一部の人たちにとっては、無政府状態のなかで味わえるこうした旨みが、ピソを擁護する理由になっている。

スパイ：「豹《パンテーラ》」――女性の情報屋――はカトルセのビジネスにとってきわめて重要な存在だ。税収はダンサーやバーのホステスたちに再投資され、彼女たちは危険な会話を盗み聞きしたり、罪を犯した人物にかんする情報を提供したり、証拠写真を隠し撮りしたりする。ホテルの従業員やタクシー運転手も強力な情報源になる。

銀行業：カトルセはパンチョ・コロラドという男に一二〇〇万ドルを渡した。コロラドはベラクルス州で〈ADTペトロセルビシオス〉という石油サービス会社を経営する大物で、国営石油企業のPEMEX《ペメックス》が外部委託している事業に入札していた。彼はリゾートも複数経営し、すべての人に働く価値があるという考えから障害者を雇うような寛大な男で、〈ラ・パロキア〉ではいつも笑顔を浮かべている。彼がカンパニーの一二〇〇万ドルを使って買ったのは、石油関連の事業契約の承認に影響力を持つ州知事の座だった。事業契約が承認されると、ADTは資本の返済を求められる。カトルセが支払った諸経費は、クリーンな政府資金の形になって返ってくるというわけだ。

ミゲルはヌエボラレドに戻った。新しいチャンスに飛びかかる用意はできた。兵隊を集め、規律の文化を根付かせ、領土を支配するのだ。

一方、タマウリパス州にあるトレーニング・キャンプでは、二〇〇四年の夏、新人たちに偽の襲撃が仕掛けられ、彼らの悪い癖が取り除かれようとしていた。この目的のために、数百人のコントラ――襲撃でかき集めてきたシナロア・カルテルに属する敵だ――が用意されていた。

「ようこそ、諸君」とメメ・フローレスは、キャンプに到着したばかりの新人たちに告げた。「これがラ・コンパニア、メキシコの真の覇者だ」。七〇人ほどの若者がいて、年は一五歳から三〇歳までとばらばらだが、全員がジーンズにTシャツという同じかっこうで木のベンチに腰かけ、メメの目を見つめていた。じっと耳を傾けていた。メキシコ人の新兵たちにとってカンパニーの一員になることは、家族との約束を果たすことであり、尊敬すべき男たちとメキシコを旅して、ひとかどの人物として両親や妻のもとに帰れるということだった。どんな夢であれ、この日だけは、すべてが実現可能であるように思えた。

〈アディエストラミエント〉、あるいは略してディエストラと呼ばれるトレーニング・キャンプには、メキシコ人のほかにイスラエル人やコロンビア人のスタッフもいた。その一週間前に、ガブリエル――キャンプで数少ないアメリカ人のひとりだった――はサバーバンの隊列に詰め込まれ、メキシコを南下してモンテレイ近くのトレーニング・キャンプにやってきた。ミゲルとの面談でキャンプに来るように言われてからひと月が過ぎていた。ウェンセスは誘われなかった。運ばれていくとき、ガブリエルは指示どおりジーンズと白いTシャツを着て、持ち物は携帯や財布も含めてすべて置いてきていた。

新人たちはひとつの宿舎に二五台ずつ並べた硬い簡易ベッドで眠り、朝食には毎回パン一斤とバナナ一本を与えられた。彼らは泳ぎ、障害物を乗り越えた。ぬかるみ、トンネル、ロープ、壁。週に二回、真夜中に指導員に叩き起こされて、新しいサッカー場の雑草むしりをさせられた。朝のランニングで最下位になった者は腕立て伏せを一〇〇回することになっていた。午後はサッカーをしたあと、みんなが交代でボクシングをした。闘い方を知らなくても恥じることはない。ここへは学びにきているからだ。

彼らは武器について学んだ。ヘッケラー&コッホ社のサブマシンガンMP5のダブルグリップの握り方、グロックや三八口径やFNハースタルの撃ち方、アサルトライフルAR15に、形勢が不利になることなくマガジンをリロードする方法。コロンビア人の傭兵からは戦闘技術を教わった。交差点で車両を捕捉する方法。走行中の車から車へと飛び移る方法。ドアハンドルの裏の留め具をはずして装甲車を撃ち抜く方法。できるだけ目立たないように歩きながら正確に撃つ方法。走っている敵《コントラ》を、フットボールの試合でワイドレシーバーを誘導するような要領で撃つ方法。こういう過酷な基礎訓練のなかで、七〇人中半分以上の新人が選り分けられ、見張りやパトロールのような非戦闘業務の訓練に回された。そして約二〇人の新人がそのまま「シカリオ」、つまり暗殺者としての訓練を受けることになった。

こういう実戦を伴わない訓練で優秀な成績を収めていたガブリエルは、初めての実技でデモンストレーションをする役に選ばれた。AR15を抱えて家のなかに駆け込み、そこに潜んでいるコントラを殺すのだ。ほかのメンバーは家のなかに案内され、隣の部屋から見学する。メメはコントラに、もし生き延びれば解放してやると告げる。

家の外でガブリエルは深呼吸してから、両手でしっかりとライフルを握って突入した。ドアを通り抜けた瞬間、メメが飛び出してきてライフルを手から叩き落としたかと思うと、それをコントラのほうに蹴り飛ばした。ガブリエルはライフルをめぐってコントラと取っ組み合った。メメがふたりを離し、新人たちに語りかけた。

「襲撃で転んだり銃を落としたりした場合、絶対に武器を取り返そうとしてはならない。襲撃の最も不利な点は、不慣れな場所にいるということだ。おまえたちは周囲の状況についてよく知らない。家のどの位置にコントラたちがいるのかわからない。突入の瞬間、おまえたちにわかるのは、男に殴り倒されたということだけだ。制圧しなければならないのはそいつだけかもしれないし、ほかにもいるかもしれない。わからない。だがそれでいい。仲間があとから突入してくる」。そこでメメは叫ぶように言った。

「いいか！　持ち主のいなくなった銃を決して奪い合うな！　かわりにナイフを使って、その手でコントラにとどめを刺せ」

新しいコントラが連れてこられ、もしメメの裏をかいてAR15を奪い取ることができれば解放しようと告げられた。演習が始まると、メメはライフルをわざと落とし、コントラのほうに蹴り飛ばした。コントラがあわててライフルを奪おうとするなか、メメは脚からナイフをはずして、コントラの両腿やみぞおちや胸を彼が息絶えるまで刺した。メメが立ち上がって息を整えるあいだ、二人の新人が死んだコントラをどこかへ引きずっていった。残っていた二〇人かそこらのメンバーのなかで、数人が家を出て、ほかの仲間たちとともに非戦闘員としての訓練を受けることになった。

殺せると証明してみせた新人たちには、ひとりずつパートナーが指名される。歩くとき、撃つとき、食べるとき、トイレに行くとき。つねにパートナーとたがいの見張り番をする。ガブリエルのパートナーはイスラエルという名前の少年で、ガブリエルは子供の頃に行っていたヌエボラレドの教会に彼がいたことを覚えていた。カルドナ家が週末になると国境を越えて親戚に会いにいっていた頃のことだ。シカリオたちは森のはずれに集まった。一〇メートル先には一本の線が引かれている。その向こうの森にはコントラが二人ずつ腰のところでたがいに結び付けられた状態でいて、彼らには第一ラウンドを乗り切れば、つまり銃撃から逃げ切ることができれば解放されると伝えてある。ガブリエルはパートナーとともに線のところまで走った。散り散りになるターゲットに目は向けたままだ。ふたりは止まると、教えられたとおり左足を前に出し、わずかに腰をひねり、左手で銃身のグリップを握り、左肘を心臓の高さまで上げてＡＲ15の狙いを定め、三〇発をぶっ放した。ダダダダダーッ。それからポジションを保ったまま、引き金にかけた右手の親指をグリップの右側にずらして引き金の上のボタンを押し、ダブルマガジンをはずす、と同時にほかの四本の指を伸ばして落ちてくるマガジンをキャッチする。マガジンをつかんだら手のひらを返して親指を下に向け、逆サイドをライフルに差し込み、さらに三〇発をダダダダダーッとぶっ放す。ターゲットが次々に倒れ、一〇秒間で合計六〇発の銃弾が放たれた。彼らは左右に分かれて持ち場を離れ、後ろから次の二人組がやってくる。こうやってテリトリーを守り、敵を食い止めるのだと説明された。誰かがマガジンを落とすと、「バカ野郎！」という怒鳴り声が飛んできて、彼とそのパートナーはカンパニーに腕立て伏せ一〇〇回の借りができ、そのあいだも仲間たちは攻撃を続け、コントラたちが一〇人単位で死んでいった。

メメの教訓は別として、拷問や殺人の授業となると、カンパニーのインストラクターたちは教えるよりも実例を示すことのほうが多かった。彼らはよく、「目で見て実際にやってみろ」と口にした。そしてこのアプローチは競争心を育てた。ある新人はこんなふうに記憶している。「誰もがほかのやつを出し抜きたいと思ってる。みんなが一番になりたいと思ってる」

カンパニーの訓練には心理学が取り入れられ、それはGAFEの隊員がフォート・ベニングやフォート・ブラッグなどの米軍基地で訓練を受けるときにもおこなわれていたことだった。ディエストラに一か月間隔離され、冷酷なメソッドで人を殺す訓練を受けるあいだ、インストラクターたちは新人たちに「カネと女」への憧れを思い出させる。仕事もなく、教育もろくに受けず、未来もない。むしゃくしゃした若者たちから外の世界――家族や友人やガールフレンド、ベッドや衣服――を取り上げることで、コマンダンテたちは彼らを精神的に孤独な状態に追い込む。屈辱によってやる気を引き出すのだ。彼らは忘れ去られ、故郷から遠く離れたところにいる。だがこうして兵隊になった。そしていざプラサにやってきたときは、彼らは目的を持ち、怒りをすべて吐き出す。

キャンプが終わりに近づき、これまで教わった武器をいっさい使わずに殺すときがついに来た。拳銃《コルタ》も、ライフル《ラルガ》も、ナイフ《クチージョ》も使えない。これはカンパニーが新人の精神力を見極めるときだった。恐怖を捨て、冷酷な人格を、ほかの用途に使われるときの自分から切り離せるか。それをしてもまだ眠ることができるか。

新人は道具を選ぶ。シャベル、鍬《くわ》、大槌《スレッジハンマー》、山刀《マチェーテ》。実例として、あるコマンダンテはマチェーテを選び、抑留者の首をはねた。蹴ることすらしなかった。適切に使えば、鍬なら二、三発、シャベルでも数発で済む。頭に向かってまっすぐに振り下ろすようにすれば、相手の苦しみも少ない。

その次は道具を脇に置き、素手で殺す。相手の体が力尽きるのを初めて感じた経験は、ある新人の言葉を借りれば、「マジで別物だった」という。

11　俺が正解です

縦割りの組織構造で、能力のある若者がスピード出世するカンパニーは――ラレドにある将来性のない最低賃金の仕事や、メキシコ側の若者を待ち受けるさらにいっそう暗い未来とは違って――全力を尽くせば、待遇や職の安定、発言力や名声といった面でいつか認めてもらえるだろうという甘い考えを彼らに抱かせた。

カンパニーの幹部――司令官《コマンダンテ》と呼ばれる各プラサのボスやその片腕たち――は、若い殺し屋《シカリオ》たちのことを、いくぶん見下して兵隊《ソルダード》と呼ぶ。命令を実行する残忍な使い走りというわけだ。そして兵隊は正式には「エレ」と呼ばれた。狼《ロボ》の頭文字Lのスペイン語読みだ。ニューヨークやナポリで生きる若いマフィアと同じように、カルテルのウルフ・ボーイたちも宗教的な目的などいっさいなく、金と権力のためなら死をもいとわなかった★。

ウルフ・ボーイの大半は、ラレドのメキシコ系アメリカ人の若者たちの言い方を借りれば、「ストレートのメキシカン」だった。だがゴルフォ・カルテルとその実動部隊であるロス・セタスが統合されたひとつの部隊としてメキシコ東部で台頭し、西部のシナロア・カルテルからの攻勢に備えるなかで、少数ながらアメリカ人の若者もセタスに加わり、カンパニーのウルフ・ボーイになった。ガブリエルも、そういう初期のアメリカ人新兵のひとりだった。ウェンセス・トバーはトレーニング・キャンプにはまだ参加していなかった。だがウェンセスは下っ端ながらも自力でカンパニーのメンバーになり、メメ・フローレスのためにテキサスから銃を密輸していた。

ガブリエルやウェンセスが生きる限られた世界では、カンパニーのメンバーの身分には途方もない価値があった。ベト・キンタニージャという歌手はハードコア・ノルテーニョ——メキシカン・ヒップホップをポルカのリズムに乗せたような音楽だ——のキングで、カンパニーの用心棒たちの歌でヒットを飛ばし、それらの曲はレイノサからピエドラスネグラスにかけてほぼすべてのティーンエイジャーの車から爆音で流れた。

もちろん、魅力のなかで大きな割合を占めているのが金だ。シカリオの週給は五〇〇ドル。歩合制のミッション——通常のパトロールとは別に与えられる単発の仕事だ——にはたいてい一件につき一万ドルの報酬が支払われ、ターゲットが重要人物ならさらに増えた。たとえば地位の高い警官、政治家、カルテルのライバルなどであれば報酬がより高額になるが、それは仕事の難易度が上がるからだけでなく、リスクも高まるからだ。殺されたのが重要な人物であればあるほど、その家族や仲間が復讐に出る可能性も高まった。ガブリエルがアメリカの市民権を持っていることは、同じ立場にいる「ストレートのメキシカン」よりもほんの少しだけステータスを高めることになっていたものの、使いやすいウルフ・ボーイの基本条件とは、もっと普遍的なことだった。理想的なウルフ・ボーイは、ガブリエルのように子供や真剣に愛する女とのつながりを持たず、つねにストリートにいることができて、どこへでも行けた。良心の呵責に苦しむことがなく——若さのせい、環境のせい、気質のせい、麻薬のせい、あるいはそれらの組み合わせで——無慈悲で自由な、ブラックマーケットにおける資本主義の飛び道具として、カンパニーの考えに反する者、ビジネスを脅《おびや》かす者、組織の名を汚す者、リーダーに楯突く者に対して配備された。それからの二年間に、シナロア・カルテルが東に進出し、ヌエボラレドとラレド間の国境の権利を賭けてカンパニーと戦闘を繰り広げるなかで、ウルフ・ボーイは増員され、命の値段は安くなっていった。

　ガブリエルは二〇〇四年の秋にヌエボラレドのプラサに配属され、カンパニーでの人生が始まった。自分の役割と責任や、のしあがるためにはなにが必要なのかを学んだ。コマンダンテ・レヒオナル（州の司令官）と、ふつうのコマンダンテ（プラサのボス）と、コマンダンテ・デ・マンド（中間管理職）と、エンカルガード・デ・セグリダー（治安責任者）の違いを学んだ。単なるシカリオ、あるいはエレであるガブリエルの直属の上司がメメ・フローレス——ヌエボラレドの治安責任者《エンカルガード・デ・セグリダー》になっていた——で、メメの直属の上司がプラサのボスであるミゲル・トレビーニョだった。一方、組織の序列でガブリエルより下に位置するのが鷹《アルコン》（見張り）と警備《グアルディア》（パトロール）で、プラサ内の活動を監視したり、運び屋たちの動きを追ったり、警察の動向についてレポートしたりする少年や女たちだった。

　さらにカンパニーには大規模な財政部門もあって、プラサごとに会計士が数人ずついた。ある者は売店《ティエンディータ》——地元のメキシコ人に麻薬を売る小さな「ドラッグストア」だ——の経理を任された。バーや薬局のような地元の商店から税金を集めるのが担当の会計士もいた。プラサごとに、カンパニーの二大主力製品であるマリファナとコカインのそれぞれにひとりずつ会計士が割り当てられていた。これらの会計士は国境の両側の運び屋と連絡を取り合い、プラサの会計主任に報告をした。

　州の司令官《コマンダンテ・レヒオナル》は、自分の州にあるすべてのプラサの帳簿を定期的に検査する。そのたびに、プラサの会計主任——コマンダンテ・レヒオナルの直属の部下となる——が呼び出される。どこそこに来い、帳簿を持ってくるように、と指示が来る。数字に問題があれば、すべての会計士が集められ、解決が図られる。もし解決できなければ、プラサの会計士はプラサのボスによって殺されることになり、さらにプラサのボスがコマンダンテ・レヒオナルによって殺される可能性もある。噂によると、あるときモンクローバ［コアウィラ州中部の町］では帳簿があまりにも黒すぎて、招集があったときミーティングの場に誰もあらわれなかった。やむを得ずプラサのスタッフ全員が入れ替わることになったという。

仕事を始めたばかりの頃、ガブリエルはメメやほかの上司からメキシコでの殺しや襲撃に駆り出されるたびに緊張していた。顎を食いしばり、AR15がペーパーバック程度の重さにしか感じられなかった。ミッションから気持ちをそらすために、銃の機能や構造に意識を集中させた。突入のときが来るまで、汗ばむ手をパンツにこすりつけて待った。歩合制のミッション――通常のパトロールとは別に与えられる単発の仕事――のときは、しばしば地元のメキシコ人警官がターゲットをおびき出すとか、現場付近を立入禁止にするなどしてガブリエルをアシストしてくれた。あるときなどは、警官たちが周辺を巡回しているすきにガブリエルがレストランに入っていき、敵《コントラ》の頭を撃ち抜いた。

命を奪う行為が当たり前のことになっていく一方で、いくつかの仕事は彼の心に重くのしかかった。カンパニーが経営する売店のひとつでコークを扱っていたヌエボラレドの売人が、売り上げを実際よりも少なく報告していたことが発覚した。ガブリエルとメメは彼の車を尾行した。メメは拳銃で殴って男を引きずり出し、自分のジープ・チェロキーの後部座席に乗せると、ガブリエルに押さえているように言いつけ、ある家に向かった。家に着くと、メメは男のシャツを引きはがし、両目や太腿や足にガムテープを巻きつけて、ベッドの上に放り出した。売人は、金は払うが時間をくれと言い続けた。あと少し商品があれば、損失を埋め合わせることができるからと。メメはガブリエルに立ち去るように言った。翌日、ガブリエルがメメにどうなったのか尋ねると、メメは「シチューにして殺させた」と答えた。

ガブリエルはその男のことを気の毒に思った。戦争でライバルを殺すのとは話が違う。そういう場合、殺す相手は敵対する組織の人間だ。トレーニング・キャンプで殺したのはすべてシナロア・カルテルというライバル組織の人間だった、というか、少なくとも新人たちはそう教えられた。だがこの売人の場合、彼の売店が、ヌエボラレドだけで一〇以上あるカンパニー直営のドラッグストアのひとつにすぎないとしたら、消えた金とはいくらくらいの話だったのだろうか。とはいえ、こういう厳しい態度によって、組織の本気度を示しているのだとガブリエルは思った。「Por y sobre la verga《ポル・イ・ソブレ・ラ・ベルガ》」というのはカンパニーのモットーで、年上のメンバーたちは繰り返しそれを口にした。そのまま読めば、「ムスコにもとづき、ムスコのために」のようなくだらない意味だ。だが本来の意味は、「理念にもとづき、理念のために」に近い。ルールはルール、というわけだ。

コントラという言葉は通常、シナロア・カルテルとつながりのあるライバルや、シナロアから金をもらっている警官を意味した。だが「コントラ」の定義にはかなり柔軟性があることをガブリエルは知った。コントラは金や商品を盗むとか、売上を過少報告するなどしたカンパニーの売人や運び屋であることもあった。あるいは、カンパニーの幹部の元恋人と大胆にもデートした男である場合もあった。セタスのルールにおいては、どんなささいなことも死の理由になった。

仕事だけがカンパニーの目的ではなかった。派手に遊ぶこともカルテルの暮らしでは大きな部分を占めた。ヌエボラレドのプラサが「炎上」するとき、つまり連邦警察の手入れがあるときは、警備《グアルディア》と鷹《アルコン》休暇《フランコ》――誰が政府に情報を漏らしているのか確かめるためにプラサに残った者たち――以外の全員が、休暇を取って散り散りになった。休暇中は、カンパニーの男たちの多くが「ラ・ソナ」、あるいは「ボーイズタウン」と呼ばれる壁で囲まれた売春街に引きこもる。そこではラテンアメリカじゅうからやってきた娼婦が働いていて、なかには遠くブラジルやペルーの出身者もいた。ボーイズタウンはヌエボラレドにひとつあるほか、そこからおよそ二〇〇キロ南東に位置する別の国境の町、レイノサにもひとつあった。どちらのボーイズタウンもカンパニーによって運営されている（あるいは金を脅し取られている）が、一般客にもひらかれていて、メキシコ人だけでなく、ヒューストンやダラスからバスツアーでやってくるグリンゴたちからもひいきにされていた。ボーイズタウンのバーでは、客にひとりずつ娼婦がつき、一回三〇ドルから八〇ドルで相手をする。ボーイズタウンには美しい女がたくさんいて、ガブリエルには彼女たちがなぜそんなところで働いているのか理解できなかった。

メキシコ人のウルフ・ボーイたちの多くが、ボーイズタウンの上客だったが、ガブリエルには金を払ってセックスをする意味がよくわからなかった。それよりもヌエボラレドのナイトクラブで散財するほうがよかった。なかでもいくつかのクラブは特に「エレ・クラブ」と呼ばれ、ウルフ・ボーイズを相手に商売していた。〈ルクソール〉や〈エクリプス〉といったクラブがそれだ。

〈エクリプス〉では、ＤＪクリが定期的に「釣りの時間」を告げる。「次は釣りの曲だ！」。マイクに向かって、「さあ、釣ってこい！」と叫ぶ。

ある夜、ガブリエルはダンスフロアに見えない釣り竿を投げて、ラレド出身のクリスティーナという一五歳の女の子を釣り上げた。彼女はユナイテッド高校の一年生だった。ユナイテッド高校は、カンパニーと対立する運び屋で、ヌエボラレドから逃げてシナロア・カルテルに合流したラ・バービーの母校でもある。クリスティーナはしゃくれた顎とくすんだ色の金髪が特徴で、鼻の穴が思いきり横に広がっていた。彼女とガブリエルはちょくちょく会うようになった。

クリスティーナは、ウェンセスのガールフレンドの友達だったことが判明した。ユナイテッド高校に通い、ラレドでも比較的裕福な北側の住宅地に住んでいたが、父親が密輸がらみの罪で八年の刑を食らったせいで、一家の暮らしは楽ではなかった。それでも、ガブリエルの目に映っていたのは美しい「フレサ」で、柳の枝のように細い体にぴったりしたタンクトップと透ける素材のブラウスを着たプレッピーなスタイルは育ちがよさそうに見えたし、そんな子と付き合っていることが彼の自尊心をくすぐった。

クリスティーナの女友達は男に対する理想が高く、お高くとまっている子が多かったが、クリスティーナは本気の恋人がほしかっただけで、それをはっきりとガブリエルに伝えた。あなたが安心させてくれれば、わたしもあなたのことを前向きに考えることができるから、と。彼女の前では、ガブリエルのなかの兵隊も穏やかになった。「みんな俺のことを冷酷なやつだと言うけど、おまえといるときは違う」と彼は言った。

メキシコで働きだして数か月が過ぎた。

ガブリエルはヌエボラレドの警官を買収する方法を学んだ。シナロアの敵に対して有利になるネタを仕入れ、カンパニーの諜報活動をおこなう司令センターと情報をやりとりした。「やってて楽しいわけじゃない」とガブリエルは、殺しについて兄のルイスと話すときによく言った。だがまだ若く、がむしゃらに金を稼がない人生には意味がないように感じてしまう彼は、戦いの連続のようなこの暮らしを愛していた。ターゲットを追跡しながらメメと密に連絡を取り合うときの、誰かに頼られているような感覚が好きだった。そしてなにより、ラ・ガビーや兄弟たちに金を渡せること、仲間を楽しませるために浪費できることが嬉しかった。地元の輪はますます大きくなっていった。みんなラステカやシエテビエホ出身の、ケチな犯罪ばかりしていた頃の相棒たちだった。

地元の仲間は、いまや国境の裏社会で最も尊敬される男たちとつながりを持つ友人のために手足となって働き、頼まれればいつでも使い走りをしたり、車を出したりした。ガブリエルが友人たちを連れてお気に入りのランチスポットである〈ラ・シベリア〉に行くときは、乗ってきた車を道のど真ん中に停めた。ガブリエルは入り口の男に、「メメのところで働いてる」と伝えた。彼らがランチを食べるあいだ、交通は完全に停止したが、誰もクラクションを鳴らしたり、文句を言ったりすることはなかった。警官がひとり立って、運転手たちにUターンして迂回するように伝えているだけだった。

ガブリエルがカンパニーに入ってヌエボラレドで過ごした最初の数か月間は、戦争が起きているような雰囲気はあまりなかった。あたり一帯はカンパニーによってコントロールされているように見えた。だが二〇〇五年の春になると、カンパニーとシナロア・カルテルが規模を大きくしていくなかで、これまで以上に激しい対立が国境に及び、ヌエボラレドにおけるカンパニーの支配力はもはや絶対ではなくなった。ガブリエルはそれまで享受していた「罪に問われない」特権が、いくらか弱まったことに気づいた。四月一日、盗難車を運転していたこととコカインの所持で逮捕された彼は、ヌエボラレドの刑務所に一〇日間入ることになった。

権力や権限の移り変わりが早いのが、カルテルの世界の特徴だった。「メメのところで働いてる」という言葉に、もうかつてのような影響力はなかった。一方で、ガブリエルが刑務所にいた一〇日間は、〈新しい人々〉のメンバーという身分が彼の身を守り、それなりの特権を与えてくれた。ゴキブリだらけではあるが自分専用の寝台をもらい、洗濯済みのブランケットを金で買うことができた。でかいバケツからすくった薄いライススープにポテトと豆という食事ではなく、フライドタコスやビーフシチューを食べた。刑務所を支配することが、カルテルがプラサを支配するうえでいかに重要であるかということも知った。刑務所では、さまざまな犯罪者のネットワークが入り乱れて誰かと誰かをつなぎ、情報を共有し、新人を発掘し、なかにやってきた敵を殺した——これはつまり誰かの死が、殺人ではなく「刑務所内での喧嘩」で片付けられてしまう可能性があるということだった。

　二〇〇五年五月のある日曜の午後——賄賂によって刑務所から出してもらった一か月後のことだ——ガブリエルはヌエボラレドにあるメメの家で目覚めた。そこは「城《エル・カスティージョ》」と呼ばれる派手な造りの邸宅で、ガブリエルはよく泊まりにきていた。目が覚めると同時に、クリスティーナのことを思った。彼女は怒っていた。仕事や刑務所で彼に余裕がなかったせいだ。連絡を取らないまま一週間が過ぎていた。最後に電話したときは、こんなふうに脅された。「いますぐ会いにこないなら、もうこの関係は忘れて！」

「ウェンセスに電話しろ」とメメがガブリエルに言った。「こっちに来るように伝えてくれ」

「行きたくない」と、ウェンセスは電話越しにガブリエルに言った。

「なんでだよ。おまえに選択の余地はないだろ」

　実は、自分がメキシコ側に運ぶことになっていた大量の武器が行方不明になっているのだと、ウェンセスは説明した。だからその結果を恐れていると。ガブリエルとしても、例のコークの売人の件のあとでは、武器の紛失が処罰に値するかもしれないという話を信じないわけではなかった。だが、メメが彼に友人を嵌《は》めるようなことを頼むはずがないという確信があった。

「心配すんなって」とガブリエルは言った。「俺もいるから」

ヌエボラレドのはずれへと車を走らせながら、メメはガブリエルとウェンセスに、これから「ヌエボラレドの男たち」に会いにいくと告げた。真面目にやれよ、と彼は言った。これはミッションで、金を稼ぐチャンスだと。「この機会を生かせ。ほしいものは全部言え。アサルトライフル、防弾ベスト、現金、車。連中はきっとくれるから」

一〇分後、ウェンセスとガブリエルは、豪邸の裏にあるパティオに立っていた。一台の黒いサバーバンがドライヴウェイにバックで入ってきて、鼻先を外に向けて停まった。なかから男が二人、出てきた。ひとりは道路のほうに向いて立ち、もうひとりは車のまわりを一周した。さらに二人が降りてきて、パティオのほうに歩いてきた。彼らは軍隊のような戦闘服を着て、迷彩柄のハットの紐を顎の下で結んでいた。ガブリエルは強い印象を受けた。地元では黒ずくめのかっこうが定番になっていたが、ここにいる男たちは、まさに兵士だった。彼はバートの部屋にあった海軍特殊部隊《ネイビー・シールズ》のポスターや、かつてふたりで遊んだテレビゲームを思い出した。

男たちが近づいてくると、ガブリエルはその片方がコマンダンテ・クアレンタ――フォーティ――つまり、ミゲル・トレビーニョであることに気づいた。たとえ命令を下すのがメメであっても、自分がミゲルの下で働いているということをガブリエルは知っていた。だが、彼とは一年近く前のあの夜から会っていなかった。ウェンセスとふたりで敵方の警官に車を売ろうとしてしまったときのことだ。

「おひさしぶりです、セニョール」と少年たちは言った。

「よく来たな、うちのガバチョども」とミゲルは、彼がアメリカ人を指すときのスラングを使って言った。首を反らし、見下すような目で少年たちをながめた。「セニョールと呼ぶな。セニョールは天国にた。

いるやつの呼び方だ。コマンダンテと呼べ」。彼はふたりに、どいつが俺の兵隊だ、と尋ねた。

ウェンセスが黙り込んでしまうと、ガブリエルがしゃしゃり出て言った。「俺が正解です」

ミゲルはガブリエルの胸に触れて、にやりとした。「こいつ、俺並みに冷酷な心臓の持ち主だな」。それからウェンセスの心臓あたりに触れた。そちらは早鐘を打っていた。「怖いか？」

「さっき少しキメてしまって」。ウェンセスはどもりながら、ここへ来る途中、メメにすすめられてコカインを一ラインだけ吸入したことを説明した。さらに、大量の武器を紛失したことで自分は始末されるのではないかと思っていると正直に告げた。

「心配するな」とミゲルは言って笑った。「よくあることだ」。それからミゲルはガブリエルのほうを見た。「で、おまえは自分が腕の立つやつだと思っているか？」

「はい、コマンダンテ」

「これまでに何人殺した？」

「わかりません」

ミゲルは笑った。「わからないくらい大量に殺したということか？　俺がこれまでに何人殺したか知ってるか？」

「いえ、コマンダンテ」

「八〇〇人以上殺してる」

ガブリエルとウェンセスは、ミゲルとメメについて家のなかに入り、セタスのコマンダンテたちのミーティングに出席した。

彼らはしばらく話したあと、シナロア・カルテルとの戦争は、メキシコ国内だけでなく米国でも戦う必要があるという結論に落ち着いた。シナロアのコントラがメキシコでカンパニーの積み荷を盗んで国境の向こう側に持ち出し、テキサス州での地位を確立しつつあったが、そこでは法と秩序を重んじるアメリカの文化が盾になるというか、少なくとも報復はあまり魅力的ではなかった。さらにシナロアが、テキサス州南部に金が流れ込むようにしたことで――彼らはそれを同盟関係にあるチュイ・レセンデスというラレドの運び屋を通しておこなっていた――カンパニーの運び屋が次々に寝返っていた。テキサス州のコントラと離反者は根絶やしにすべきであるという決定が、セタスの幹部たちによって下された。そしてそれは、米国側での強い存在感があって初めてできることだった。

コマンダンテたちはガブリエルとウェンセスのほうを見て、「根性のあるアメリカ人」を八人探してくるように言った。トレーニング・キャンプに参加して、プラサでいっしょに活動することができる人間だ。

どのプラサだろうか、とガブリエルは考えた。

そのときまで、彼が知る唯一のプラサはヌエボラレドで、そこは彼が暗殺を実行するあいだ、警官が見て見ぬふりをしてくれるどころか、しばしば殺しの手伝いをしてくれるような場所だった。彼とウェンセスは、ただうなずいた。はい、わかりましたと。

少年たちが帰る頃になって、コマンダンテたちの意図が明らかになった。ミゲルがふたりに一万ドルを渡して中古車を二、三台買うように言い、さらに歩合制のミッションを二件、命じたのだ。報酬は一件一万ドルで、場所は――ラレドだ。

ラレド？　テキサス州の？

当局が殺人を重く受け止める場所で任務をこなすのは、あまり喜ばしい話ではなかった。だがこれはフォーティ、つまりミゲル・トレビーニョの頼みで、そこに込められた意味をガブリエルは理解した。出世するには、米国で仕事をしなければならないということだ。

ターゲットのひとり――ブルーノ・オロスコというヌエボラレドの警官で、カンパニーから離脱して、いまはラレドのチュイ・レセンデスに協力していた――は、その年の初めにウェンセスのいとこを殺した男でもあった。一度は怖気づいたウェンセスも、がぜんやる気が出たようだった。

やります、とガブリエルはミゲルに告げた。そして忠実な兵隊をもっと連れてきます、と。

どいつが俺の兵隊だ？

俺が正解です。

彼はいまなにかの一部になり、ウルフ・ボーイは決してノーと言わないのだった。

★「ウルフ・ボーイ」は著者が考えた言葉である。

第3部

あふれ出たもの

最初に敵を捕らえた者は、「若きリーダー」あるいは「捕獲者」として、それにふさわしいフェイスペイントで区別され、未熟な少年が着る短いものではなく、丈が長く見栄えのする下帯を身に着ける権利や、無地のマントの代わりにデザイン性のあるケープを羽織る権利が与えられた。自意識が強くナルシシズムに浸りがちな青年期には、これは決して小さくない報酬だった。

——『アステカ』、インガ・クレンディナン

12　アジトにて

真夜中が迫り、満月が川面を赤く燃え上がらせる頃、トレビーニョ兄弟は集金に出かけた。

ブー、ブー、ブー。

マリオ・アルバラードの携帯がふたたびテーブルの上を滑りだした。三度目の着信で、彼は電話に出た。

「しくじったな」とミゲルは言った。「おまえはここを離れるべきではなかったのに。なぜ出かけた？」

「出かけるなとは言わなかったじゃないか」とマリオは勇気を奮い起こして言った。

「このクエンタは払ってもらう」と、ミゲルはマリオの借金に触れて言った。「おまえは我々に大きな借りがある。こっちでオマールに会え。おまえのハマーを持ってくるように。借金のカタにするから」

マリオ・アルバラードという名前の若いアメリカ人は電話を切った。彼の前に、二つの道があらわれた。一つ目は、密輸ビジネスに別れを告げて、姿を消すこと。だが一〇〇万ドルの借金《クエンタ》だ。トレビーニョ兄弟は、その大金の代わりにマリオの家族に危害を加えるかもしれない。

そんなことを自分は本気で望んでいるのだろうか。

二つ目の選択肢はこうだ。メキシコに戻って、ミゲルたちと真正面から向き合い、希望に賭ける。彼らがマリオの首よりも金のほうが重要だと考えて、マリオの片腕であるワヨを信頼してくれることを願うのだ。そしてワヨが大急ぎで借金を返すあいだ、マリオは担保として自分を兄弟に差し出す。

マリオ・アルバラード……。

コカインやマリファナを北に密輸する運び屋は、大半がカンパニーから手数料をもらって働く下請け業者だった。だがマリオ・アルバラードはアメリカ人で、誰に雇われているわけでもなかった。彼はコカインやマリファナを、メキシコのトレビーニョ兄弟から直接買っていて、それはカンパニーから直接買っているようなものだった。カンパニーに雇われているというよりは、パートナーのような関係だったのだ。たしかに、カンパニーが毎週およそ一〇トンものコカイン——一キロ一万一五〇〇ドルという二〇〇四年の国境価格で約一億ドルに相当する——をアメリカに送り込むなかで、彼は大勢いる運び屋のひとりとして、そのごく一部を運んでいたにすぎない。ダラスを拠点とするさらに大口の運び屋もいて、たとえばホセ・バスケスは毎月一〇〇〇キロをダラスに運んでいた。だが、カンパニーに雇われているホセのもとに入るのは、積み荷の三パーセントにすぎない。二〇〇〇万ドルの取引でホセが受け取るコミッションの六〇万ドルと同じ金額を、マリオはより少ない積み荷と低いリスクで稼ぎ出す。「直のコネクション」を持つフリーランスのマリオにとって、積み荷は自分の「所有物」であるから、国境からダラスまで——あるいは国境からニューヨークまで——のあいだに発生する儲けはすべて懐に入れることができた。リスクがあるとすれば、それはたとえば、マリオが雇った運転手たちのひとりが捜査当局の検問にひっかかることだった。三年にわたって、この特権はマリオのやる気の源になってきた。小さなうぬぼれを胸に各地を飛び回り、車を買って改造し、北のバイヤーたちのネットワークを拡げてきた。そんな自分の地位を、ふだんは誇りに思っていた。だが今夜、兄弟から身を隠そうとしていた彼にとって、それはまるで死刑宣告のように感じられた。

すべての始まりは二〇〇二年、マリオが一八歳のときだった。彼はダラスでコカインをちびちびと売りながら資金を工面しては、ヌエボラレドに狩りをしにいっていた。現地のガイドはアドルフォ・トレビーニョという男——みんなからフィトと呼ばれていた——で、彼に五〇〇ドルを支払い、その広大な農場で一週間、鹿狩りをさせてもらった。マリオはそこでフィトの二人の兄、オマールとミゲルに出会った。フィトとオマールはミゲルを「マイケル」と呼んでいたが、そんなふうに呼ぶのはそのふたりだけだった。

ミゲルは狩りがうまく、いっしょにいて楽しい男で、射撃について気前よく教えてくれた。〈ロロ〉というキャラメル入りチョコレートに目がないらしく、間食によく食べていた。仕留めた獲物と記念撮影するときは、首を反らし、うっすらと笑みを浮かべて、右手の小指と人さし指を立てて——山羊の頭、つまり悪魔を意味するハンドサインだ——ポーズをとった。瞳は黒く、頬骨が秀でた顔立ちで、背は高くないが胸板は厚く、腕や太腿も筋肉で盛り上がっていた。トレビーニョ兄弟は、外食をするにも銃を持ち歩き、制限速度の二倍の速さで運転したが、警察はなにも言わなかった。

マリオはメキシコに狩りをしにくるたびに、ヌエボラレドのナイトクラブに遊びにいった。そこは居心地がよく、グリンゴである彼のドル札は、ダラスとは違って、戸惑うくらいに歓迎された。ある夜、黒い戦闘服に身を包み、サバーバンの隊列で町を巡回するミゲルとオマールに出くわした。いまや、この兄弟が狩りよりもでかいことに首を突っ込んでいることが明らかになった。向こうもマリオに気づいた。「よう、調子はどうだ?」とミゲルが訊いた。

マリオは「働きたい」と思った。

オマール・トレビーニョにコカインを買えないか訊いてみると、何キロでも好きなだけ売ってくれるという。

仕組みは単純で、ヌエボラレドで一キロ一万一五〇〇ドルで買うか、ダラスで一万八〇〇〇ドルを出して買うかの問題だった。マリオ自身で国境を越えて運ばなければならないが、そのリスクに見合うだけの価値はあった。彼は五万七五〇〇ドルの現金をたずさえてヌエボラレドに戻り、兄弟から五キロのコカインを買った。マリオとその片腕のワヨはヌエボラレドにアジトを借りた。国境を越えてダラスまで商品を運ぶ準備として、最初の梱包をおこなう部屋を決め、そこを「ダーティー・ルーム」と呼んだ。最初の梱包が終わると、ふたりは服を脱いで、コカインを「クリーン・ルーム」と呼ぶ二番目の部屋に運び、シャワーを浴びて新しい服に着替えてから、仕上げの梱包をおこなった。マリオは最初の取引で二万五〇〇〇ドルの利益を上げ、すぐさまこの新しい商売の拡大に取りかかった。

ピックアップトラックを何台か買い、パネルやライトを取りはずした。うまくやるコツは、車体を叩いたときになかが空洞になっていることをうかがわせる響きが損なわれない場所に隠すことだ。やがてマリオは週に一〇キロ買うようになり、それは二〇キロ、三五キロと増えていった。マリオが信用できる手堅い顧客であることがわかると、兄弟は後払いを認めるようになった。

ほどなくしてマリオは、銃と引き換えに麻薬を手に入れる方法を見つけた。メキシコに銃を密輸すれば、密輸した分だけ兄弟が買い取ってくれる。AR15一二挺分の利益――テキサスの展示即売会で合計一万八〇〇〇ドルで買ったものを、メキシコにいるトレビーニョ兄弟に三万ドルで売るのだ――がコカイン一キロに化け、さらにそこから、マリオの代わりに銃を買ってくる「代理購入者」への手数料も支払われた。アサルトライフルを南に一二挺運ぶたびに、コカイン一キロが無料になり、それをダラスで売った場合に得られる一万八〇〇〇ドルがそっくりそのまま利益になるというわけだった。いつのまにかマリオは週に五〇キロをダラスまで運ぶようになった。使う車は、ビュイック・リビエラや、リンカーン・ナビゲーターや、フォード・エクスペディションや、ダッジ・ラムだった。ヌエボラレドの治安がさらに悪くなり始めた二〇〇四年には、リオ・グランデを渡ったラレド側に新しいアジトを借りた。裕福な北側でも特に高級なトパーズ・トレイルという通りに建つ、かわいらしいピンクの家だった。

勤勉な運び屋はビジネスに欠かせないものだったので、マリオはカンパニーという組織の構造にすっと受け入れられた。ヌエボラレドのバーベキューパーティーに招待されたときは、人脈を拡げたくてうずうずしている新進気鋭のコマンダンテたちが、マリオを取り込もうとあれこれ話しかけてきた。のしあがるため、歓迎されるメンバーであり続けるためには利益を生み出す必要があることを、カンパニーの幹部たちはよくわかっていた。

「だめだ。彼は俺の業者だ」。もっとうまい話があると言って同僚がマリオを引き込もうとしたとき、ミゲルはそう言った。

マリオは深く関わるようになってすぐに、カンパニーと取引することのマイナス面についても知るようになった。たとえば、「ホワイト」を動かしたければ、実入りのよくない「グリーン」［約五四四キログラム］も動かさなければならなかった。ある日、ダラスで目覚めたマリオは、玄関先に一二〇〇ポンド［約五四四キログラム］のマリファナが勝手に届けられているのを見つけた。置き場所がなかったので、八〇ポンドずつ梱包されたそれを、母親の家のガレージに隠したが、そこには仮釈放中のいとこが滞在していたことをマリオは知らなかった。結局、仮釈放中の条件違反でいとこを探しにきた警官がそれを見つけ、マリオの母親は、いとことともに一二〇〇ポンドのマリファナの所持で逮捕された。刑務所から電話をかけてきた母に、とにかく黙っているように念を押した日のことは、思い出しても憂鬱だった。さらに何度か、ミゲルが質の悪いコカインを送ってきたこともあったが、それでも代金を支払わなければならなかった。〈人々《ラ・ヘンテ》〉でいるのは、よいことも悪いこともあるのだとわかった。しかも悪いことは、とことん悪いことになる可能性があった。

しかしながら、彼が最も恐れる結末がひとつあった。それがついに起きたのは二〇〇四年の暮れのことで、彼はミゲルに電話をかけ、「うちの子牛たちが溺死した」と告げた。九〇キロのコカインが、彼の部下がニューヨークまで運ぶ途中で押収されてしまったのだ。それをツケで買っていたマリオは、カンパニーに一〇〇万ドルの借りができた。そこでヌエボラレドに行き、ミゲルに理解を求めた。もう一度、同じ量を仕入れて、損失を埋め合わせたいと頼んだのだ。だが、ミゲルはその提案を受け入れず、マリオを一晩、拘束した。朝になり、パニックに陥ったマリオは許可なく外に出た。

そしていま、トパーズ・トレイルにある洒落たピンクのアジトで――コカインを運ぶためになかをくり抜いたテレビや、マリファナの匂いを隠すための大量のタイヤクリーナーやガラスクリーナーといった密輸道具一式に囲まれて――マリオとワヨはある結論に達した。マリオの身柄はトレビーニョ兄弟に預け、信用のためにハマーも差し出す。ワヨはラレドに残って指示を待つ。

「手錠をかけさせてもらう」とミゲルは、ヌエボラレドに戻ってきたマリオに言った。「また逃げ出すかもしれないからな」

マリオはミゲルたちと狩りにいき、誰かのアジトへの襲撃についていったこともあった。ミゲルが混乱や銃撃戦にも平気で対処する姿を見ていた。彼が後ろを気にしたり、乗り込む前になかの様子を探ったりすることはめったになかった。護衛隊がついていたとはいえ、任務中のミゲルは誰よりも先に、いつも同じ気取った残忍な態度で、戦闘に飛び込んでいった。顎を上げて、つま先を外側に向けて。

トレビーニョ兄弟はマリオに商品を与え、国境を越えて届けられたそれを、ワヨがダラスに運んだ。あちらに一〇キロ、こちらに一〇キロと運ぶうちに、マリオの借金は一二万ドルにまで減った。さらに六万ドル分の貴金属を差し出して、その数字を半分にまで減らした。

四週間にわたって身柄を拘束されたあと、レストランで食事中に、ミゲルがこう告げた。「そろそろマリオを解放しようと思う」

マリオは大喜びした。借金を返したからといって、自由や命が保証されるわけではなかったからだ。カルテルの世界には、負債を抱えた人間を生かしておくことを嫌がる者もいる。金銭がらみで脅されたことがある者は、恨みを抱きやすい。たとえば、マリオが政府への情報提供者になろうと思い至ることがないともかぎらない。

だが、どうやらその可能性をミゲルは気にしていないようだった。シカゴやニューヨークの麻薬の大物たちにとって、逮捕された部下の密告から身を守ることはつねに重要なテーマだった。だが、ミゲルには巨大な防壁があった。全長三一四一キロに及ぶ国境が、アメリカの捜査の手からカンパニーを守り、独自のルールがまかりとおる世界でのさばらせていた。しかも、マリオはアメリカ人で、優秀なアメリカ側の運び屋を殺すことを正当化するのは難しかった。

だから、ミゲルがマリオを生かしておくのは理にかなっていた。だがこの運び屋が手に入れた猶予の代価を、最終的にはほかの誰かが払うことになる。

13　ガルシアのオーガズム

ロバート・ガルシアにとって、よい警官でいることは、要は彼が「メンタル・ファック」と呼ぶものをいかにうまくやるかということだった。彼はパトロールばかりしていた若い頃に、軽口を叩くことがいかに大切か知った。証人として呼び出されたときは、いつも早めに法廷に行き、被告側の弁護士と冗談を言い合った。過去の事件について笑い合ったり、相手が知り合いなら、いっしょに食事をしたときのことを振り返ったりした。それから反対尋問が終わって休憩時間になると、また被告人席に立ち寄り、「かんべんしてくれよ、さっきのあれは本気で焦ったぞ！」などと、さらに冗談を飛ばす。ロバートには、被告人が最初から最後までこんなふうに考えているのがわかった。この弁護士は俺の味方じゃなかったのか？　つまりそれが、メンタル・ファックだった。

被告人側の弁護士は、ロバートにいろんなことを教えてくれた。優秀な弁護士というのは、反対尋問の最初の段階では決まって感じがよかった。こちらが言うことをすべて信じているようなふりをした。ロバートはそれを、「コロンボ」［テレビシリーズ『刑事コロンボ』より］を仕掛ける、と呼んだ。相手に嘘の安心感を与えて、のちのち扱いやすくするのだ。

メンタル・ファックは結局のところ、コントロールの問題だった。彼は何日も何か月もかけて証言の準備をし、事件にかんする無数の事実や日付を頭に叩き込む。いくつかの事実がほかの事件と重なり合っていることもある。だからついに証言をする日が来たときは、ドアを突き破って証言台に駆け寄り、すべて吐き出したい衝動に駆られる。だが、彼はつねにゆっくりやるように自分に言い聞かせる。

検察官に名前を呼ばれる。ドアが左右にひらく。全員が振り返る。彼はふらりと入っていくと、ジャケットのボタンを閉め、証言台までやってくると、またボタンをはずす。椅子の位置を調整する。マイクの位置を調整する。水を頼む。質問にのんびりと答えていく。被告側の弁護士がどこに向かおうとしているのか見極める。答えるときは、弁護士が望むよりもゆっくりとしゃべる。

裁判は大がかりなショーだ。だが上手にコントロールすれば、華麗なダンスにもなりうる。

ロバートはパトカーに乗りながらコントロールの仕方を学んだ。警官になりたての頃で、まもなく同僚になる連邦捜査官たちはまだ大学にいた。毎日のように誰かを呼び止め、犯罪者たちとやり合ううちに、そういう連中との接し方を学んだ。肩の力を抜き、もっともらしく、メンタル・ファックを仕掛けているのが彼ではなく向こうであるようなふりをするのだ。それから、大卒の同僚たちがやってきた。警官としての経験がないまますぐにDEAやFBIに入ったやつらだ。彼らは街に出てもひどく緊張しているから、まるで警察ドラマの役者みたいに高圧的で気取った言葉を使った。そういう不安を、犯罪者たちは犬のように嗅ぎ取った。

署内で情報提供者や容疑者と取調室にいるときは、コントロールは相手の人間性を読み取れるかどうかにかかっていた。自尊心をくすぐられたいギャングのメンバー。警官になりたい元依存症患者。話を聞いてもらいたいだけの、くたびれたパーティーガール。相手の動機がわからなければ、こちらから仕掛けることはできず、逆に遊ばれてしまう。

殺人事件の容疑者のうち約一〇パーセントが、警察署で突然泣き崩れた。ロバートがなぐさめてやると、彼らは洗いざらいしゃべった。残りの九〇パーセントは、嘘で塗り固めた作戦とともに取調室に入ってくる。真実をしゃべらせようとして相手のでたらめにいちいち目くじらを立てたところで、無駄に時間を食うだけだ。犯罪者は嘘をつくにも限度というものを知っている。ロバートが学んだのは、相手にそれを超えさせることだった。ひたすら嘘をつかせ、叩いても出てこなくなるまでしゃべらせる。嘘のなかにも、ちっぽけな真実がまじっているからだ。そういう欠片を集めて、あとで確認や照合ができるようにしまっておくことが肝心だった。手強い相手の尋問では、数時間にわたって堂々めぐりや駆け引きをすることになるが、そのやりとりこそがロバートにとってはメンタル・ファック、つまり頭でするセックスのようなものだった。最後にはメンタル・オーガズムに達して終わり、取調室から出てきたときは無性にタバコが吸いたくなった。

DEAからラレド警察の殺人課に異動したことで、ロバートは元気を取り戻した。以前の彼はDEAが掲げる目標のために全身全霊を捧げたが、それによって大きな痛手を負った。しかも麻薬を取り締まることには意味がないとさえ感じていた。ゴールがあまりにも不透明だった。アメリカの需要を叩くことをせずに、流通量のほんの一部を食い止めるためにこれほど多くの予算を投じることに意義を見出せなかった。だが、あふれ出す暴力はまた別の問題だ。

ロバートが殺人課に移ったのは二〇〇三年の終わりで、ラレドではカルテル関連の暴力事件はなかった。ところが、新しい職場に来てわずか数日後に二人が殺される事件が起き、ひと月後にはある男が自宅前の芝生で襲撃に遭い、その直後には別の男が白いキャデラックのなかで殺されていた。犠牲者は全員が、ラレドで知られたギャングのメンバーだった。警察が捜査した結果、犠牲者たちには国境の向こう側の組織となんらかのつながりがあることがわかったが、それがどういうつながりなのかははっきりしなかった。犯行はプロの仕業で、容疑者はいっこうに浮かんでこなかった。一度だけ、二〇〇四年半ばに、ラレド警察はセタスの幹部を逮捕したが、そうとは知らずに釈放していた。二〇〇四年から二〇〇五年にかけて、ラレドの殺人発生率が急激に上がり、それについて全国ニュースが取り上げるほどだった。しかしながら実際の数字は報じられているよりも深刻であることを、ロバートは知っていた。情報提供者を通じて、カルテルによる殺人について聞いていたが、それらは解決するどころか、世間が知ることさえなかった。ラレドで殺された遺体は、メキシコで処分されていたからだ。

そして迎えた二〇〇五年六月、つい一週間前に、ある男が地元のギャングのメンバーの家にやってきて呼び鈴を鳴らし、間違えて一三歳の息子を撃ち殺した。向かいにある学校の監視カメラがその瞬間をとらえていたものの、画質が粗すぎた。こういう処刑スタイルの殺人の背後には、ヌエボラレドに存在する二つのカルテル――ひとつはゴルフォ・カルテルとロス・セタスで、もうひとつはシナロア・カルテルだ――のどちらかがいることをラレド警察は知っていたが、どちらなのかはわからなかった。情報屋たちへの聞き込みからはミゲル・トレビーニョの名前が挙がっていて、どうやら彼がセタスの現在のリーダーらしかった。ほかのカルテルのリーダーたちの名前もわかっていた。だがカルテル同士の抗争について、ラレド警察はなんの手がかりも得られていなかった。しかもラレドで遺体が発見されても、別の国にいる人間が指示した殺人を捜査することは難しかった。それが、捜査当局がアメリカに協力的でない国であればなおさらだ。

しかしながら二〇〇五年六月八日、小さいながら進展があった。白昼堂々おこなわれた殺人事件で、ガブリエル・カルドナという一八歳の若者を、ロバートが現行犯逮捕したのだ。現場はキラム・インドゥストリアル通りという、三五号線を曲がった町の北端に近い場所だった。

ふたりが会ったのはそれが初めてではなかった。その八か月前、ガブリエルが一八歳の誕生日を迎えた直後に加重暴行でラレド警察に逮捕されたときに、事情聴取したのがロバートだった。ガブリエルともうひとりのラレドの若者が、個人的に対立していた相手を車から銃撃した事件だったが、その試みは失敗に終わり、ギャングの抗争とも無関係であるように見えた。ロバートのなかでは、それほど目立つ事件ではなかった。その手の事件は日常茶飯事だったからだ。ロバートの記憶が確かなら、ガブリエルは刑務所で何日か過ごしたあと、保釈保証代行業者《ボンズマン》に一万か二万ドルを払って釈放されていた。

そしていま、ロバートがガブリエルに聞いたことや、キラム・インドゥストリアル通りの殺人現場を調べてわかったのが次のようなことだった。

ガブリエルが運転する一台を含む計三台の車に分乗したヒットマンたちは覆面パトカーを装い、交通量の多い通りのど真ん中で、ブルーノ・オロスコというメキシコの元警官の車を止めた。相手が偽の警官であることに気づいたオロスコは大声で助けを呼んだ。そこでウェンセス・トバーというもうひとりの若者が、サイレンサーを付けたAR15でオロスコを九発撃った。グループを率いていたのは、ガブリエルがマリーン、あるいはZ47として知っている男だった。マリーンは三台のうちの一台でうまいこと逃げた。ウェンセスもう一台で走り去ったあと、車をAR15とともに国境近くに捨て、森のなかに駆け込んで逃げた。ガブリエルも車を急発進して国境を目指したが、ちょっとしたカーチェイスを繰り広げたあと、ラレドのダウンタウン近くで捕まった。

その週は、物騒な事件が国境の両側で起きていた。メキシコ側では、ヌエボラレドの新しい警察署長の就任式がおこなわれた。「私は誰の恩義も受けていない」。印刷所の元経営者で商工会議所の会長でもあった署長はそんなふうに宣誓した。「怖気づくのは、その人が妥協してきた人間であるからだと思う」。そしてその三時間後には、新署長は自分の車のなかで殺されていた。一方、アメリカ側では、ラレドにあるメルセデスの販売代理店で、シナロアの一味がセタスのメンバーを撃ち殺した。その後、一三歳の少年が玄関に出たところ、父親と間違えられて家の前で殺されたのだった。

そしていま、ロバートは取調室でガブリエルと向かい合い、メンタル・ファックに向けて心の準備をした。

とはいえ、この若者をどう判断したらいいのかよくわからなかった。アメリカ人のティーンエイジャーが、自分はセタスとつながりがあると主張しているのだ。メキシコの麻薬密輸組織が殺しを実行するためにラレドのアメリカ人を雇うのは、なにも珍しいことではなく、たびたびあることだった。だが、そうした仕事をするのは、たいていは三〇代から四〇代の年季が入ったやくざ者で、アメリカを拠点とするテキサス・シンジケートやHPLやメキシカン・マフィアの構成員であることがふつうだった。そういうアメリカ人は、メキシコのカルテルに属しているわけではなく、国境を越えたコネクションを通じて殺人を請け負うギャングの一味として行動しているだけだった。だから初めはロバートもなかなか信じられなかった。一八歳のアメリカ人が、セタスの殺し屋として働いているなんてことが本当にあるのか？　あるいは、ガブリエル・カルドナはでたらめを言っているだけか？　ラレドの不良、特に若者たちは、裏社会での自分の偉業についてしょっちゅう嘘をつくからだ。

ガブリエルはキラムでの事件についてさらに説明した。それによると彼は前日、ラレドで友人にばったり会ったのだという。友人といっても、名前はわからず、「47」というコードネームでしか知らなかった。友人の名前を知らないというガブリエルの主張をすぐさまでたらめだと思ってはいけない。裏社会の人間同士がおたがいをコードネームでしか知らないのはよくあることだからだ。ガブリエルは先を続けた。それによるとその友人はガブリエルに、車を持っているか尋ねた。さらに、もし持っているのなら、ラレドである人物を誘拐して、メキシコ側に連れていくのを手伝ってほしいと言った。「男を拾って、あっち側に連れていくっていう話だけだったんだ」と、ガブリエルはその点をロバートに強調した。ターゲットについてガブリエルが知っていたのは、それがメキシコの警官、あるいは元警官であることや、シナロアと同盟関係にあるチュイ・レセンデスというテキサスの大物密輸商人の指示でセタスのメンバーを殺し、組織から指名手配されているということくらいだった。

ロバートからすると、チュイ・レセンデスの名前が出てくるのは作り話にしては具体的すぎるように思えた。当初の目的は誘拐することだったという話を、ロバートは信じないわけではなかった。だが、友人にばったり会い、これほど重大なミッション――誘拐であれ殺人であれ――にくっついていったというくだりは、フィクションのように聞こえた。

ともあれ、銃撃した本人ではないとしても、ガブリエルは自ら進んでしゃべるタイプの容疑者だった。そこでロバートは、ガブリエル自身の経歴へと話題を移した。

「セタスに入ってどれくらいだ？」とロバートは訊いた。

「五か月かそこらかな」とガブリエルは答えた。

ロバートは、ガブリエルがメキシコでやった犯罪についてしゃべってくれるかどうか考えながら訊いてみた。「向こうでこれまでに何人殺した？」

ガブリエルは、メキシコで三人殺したことがあると答えた。

「一度に三人を殺ったのか？」

「違う、二人はいっぺんに、一人は別のときに」

「警官か？」

「一般人」

「向こうで最後に殺ったのは誰だ？」

「ラ・ラタって呼ばれてるやつだった」とガブリエルは言った。「ねずみ《ラタ》」というのは、カンパニーがメキシコの軍人を指して言うときの言葉だった。

「角《クエルノ》〔AK47を指す〕で？　それとも九ミリで？」

「三八口径」

「近距離から？」

「近づいていくときに、向こうが振り向けばその場で撃つし、振り向かなければ頭を狙う。つまり――」

「それで相手を殺したあとは、どうするんだ？」

「警察が回収しにきて、捨てておいてくれる。『ギソ〔スペイン語で「シチュー」の意味〕にしておく』と言われて、それでおしまい」

「警察は護衛もしてくれるのか？」

「現場を保護して、人を立ち退かせて、なにかあればサイレンで知らせてくれる。あっちではだいたいそんな感じ」とガブリエルは肩をすくめて、投げやりな調子でしゃべった。しょうがないだろ、向こうではそういうことになってるんだから、というように。「賄賂をもらってないのは軍人ぐらい」

「じゃあ、向こうで車に乗ってるとき、警察に止められたらなんて言う？」

「警察に窓を叩かれたら、いちおう開けてやるけど、ほんのこれくらいでいい――」。親指と人差し指で隙間を作ってみせる。「――で、なんの用か訊いて、『降りろ』って言われたら、『なんで降りなきゃならないの？』って返して、『じゃあ、なにをしてるんだ』って訊かれたら、『仕事中。ラ・コンパニアのところで』って答える」

「ラ・コンパニア？」

「ああ。そしたら警察はなにも報告しない」

「武器は？」

「持ってるときは、ふつうに言う。『この銃が見えない？』って。そしたら向こうはそれ以上訊いてこない。こっちが武装してるのは、そうする理由があるからだと向こうもわかってるから。ただカネを要求してくるだけ。それでこっちは一〇ドルか一五ドル払う」

「教えてくれ。こっちでやんちゃしてたのが車からの銃撃になり、次はゴキブリみたいに人を殺すようになるなんて――そこに至るまでにはいったいなにがあったんだ？」

「週給五〇〇ドル、仕事は一件一万ドルで、権力をほしいままにできるって言われたんだ」

「でも、二つの組織のあいだで戦争が起きてるんだぞ。敵に捕まるのが怖くないか？」

「連中は俺がどこの誰か知らないし」

「かもな。でもいつかはバレる」

「ああ、いつかはね。でも自分のやってることはよくわかってるつもりだよ。だから問題なし。もし捕まっても、まあ手遅れだろうな。乗りかかった船だから」

「ってことは、いま自分がどういう状況にいるのかもわかってるんだな？」

「ああ、今回のことでこっぴどく懲らしめられるんだろ」とガブリエルは言った。まるで学校をサボったのがバレたような調子だった。

ロバートは怒りで冷静さを失いそうになるのを感じ、取調室を出て、監視カメラに映るガブリエルを観察した。

「こいつの話、聞いたか？」。ロバートは殺人課の相棒、チャッキー・アダンに声をかけた。

同じイーグルパス出身のチャッキーは、ロバートよりも二、三歳若く、国境警備隊所属の美人とのあいだにたくさん子供がいた。かつては有望な野球選手だったが、いまでは体重も増え、ビールを飲むときは別々に注ぐ時間がもったいないといって二本いっぺんにグラスに注ぐような男だった。働き者で生意気な性格の彼は、ロバートとは馬が合った。

「どう思う？」とチャッキーは訊いた。「HPLかテキサス・シンジケートあたりか？」

「セタスだと本人は言ってる」

「そう言ってるだけだろ」とチャッキーは疑わしげに言った。「とにかく、メキシカン・マフィアかそんなところじゃないのか？」

「いや。以前はシエテロスとかいう、ラステカとシエテビエホのケチなギャングにいたらしいんだが、いまはこっちでセタスの一員として、たぶんメキシコにいる誰かから指示を受けてるようだ」

監視カメラを通して、ロバートとチャッキーはガブリエルが鉛筆や紙切れをいじっている姿を観察した。殺人課に来てからの一八か月間に、ロバートは殺し屋とも何人かしゃべった。その大半がもっと年のいった犯罪者で、彼らは保釈を勝ち取るために必要だと思うものを差し出した。虚栄心が強いやつらが、余罪についてほのめかすこともあったが、決して具体的ではなく、今回とはまるで違っていた。警官が殺しの手伝いをするとか、遺体をシチューにするとか、はたまた週給のことや、「ラ・コンパニア」なんてことを話す人間はいなかった。ここにいる若者は、ロバートがこれまでに見てきた連中とは確実に違っていた。

ガブリエルは椅子の上で反りかえって、両手で髪の毛をなでながら独り言を言っていた。ロバートにはわかった。この若者は自分が国境の向こう側でしたことにかんしては、こちらが手出しできないのを知っていて、ロバートをいらつかせようとしているのだ。**なあ、おまわりさん、あんたは自分が全能だとでも思ってるわけ？　この件で俺を捕まえたところで、ほかの件はどうしようもないんだぜ！**　警察相手に粋がって、メキシコにいるときのように力を見せつけたいのだ。だが、ここはメキシコではない。彼はアメリカにいて、成人として殺人の嫌疑をかけられていた。ロバートたちが見ていると、ガブリエルは急に泣きだしそうな顔になった。殺人罪になる可能性の重みに耐えられなくなったらしい。泣き虫ときたか、とロバートは驚きながら思った。なんと頼りなく幼い殺し屋だろう。

ロバートは取調室に戻り、カトルセという男を知っているかとガブリエルに訊いた。Z14、つまりセタスの創立メンバーで、ベラクルスの支配権を握るエフライン・テオドロ・トーレスのことだった。カトルセの名前は、エリベルト・ラスカーノやミゲル・トレビーニョとともに、ラレド警察の捜査報告書にたびたび出てきていた。

「誰のことかわからない」とガブリエルは言った。ロバートがその名前を知っていることに驚きながらも、そんな重要人物と知り合いであることを得意がっているようにも見えた。

「じゃあ、ミゲル・トレビーニョは？」とロバートは訊いた。

「さあね、知らない」とガブリエルは真顔で言った。

「でも、あっちを仕切ってるのはやつじゃないのか？」とロバートはヌエボラレドのことを指して訊いた。「知らないわけないだろ」

「知らない」

ガブリエルは、ロバートにも証明できることをのぞいて、あくまでも白《しら》を切ることにしたようだった。

ロバートは頭に来た。こいつ、初めはカルテルでの生活を詳細に語ることでこちらの興味を引きつけておいて、こんどは身を引こうとしている。

ロバートはガブリエルの携帯を取って、画面をチェックした。「フォーティ・セヴンとフォーティから着信が何度もあるぞ」とロバートは言った。もし彼がセタスのコードネームのことを知っていたら、この情報はきっと役に立っていたはずだが、そうした知識はまだ彼のところにまで届いていなかった。彼は40――スペイン語でクアレンタ――がZ40、つまりミゲル・トレビーニョであることを知らなかった。

「フォーティ・セヴンってのはマリーンのことか？」とロバートは訊いた。

「そう」

「じゃあ、フォーティは？」

「フォーティ・セヴンの仲間」

ロバートはガブリエルの連絡先をスクロールしながら見ていった。「A1は？」

「それはアシュリーっていう女の子。昨日会った」

「C1は？」

「そっちはクリスティーナ、俺の彼女」

「じゃあ、ギソ屋は？」とロバートが訊いた。「連中が殺したやつらを消すところか？」

「ああ。でもそいつの名前は知らない」

「O2は？」とロバートは訊いた。彼は知らなかったが、それはセロ・ドス、つまりメメ・フローレスのコードネームだった。

「どこのファアンだ？」とガブリエルは答えた。

「ファアン」

「ファアン・ゴメス」

ロバート苛立ちをあらわにした。「ふざけるな」

「はいよ」とガブリエルは言った。「ふざけてないし」

「ロス・セタスの誰から命令を受けてる？」

「司令官」

「どの司令官だ？」

「エリセオ」とガブリエルは、エフライン・テオドロ・トーレス、つまりカトルセのことを考えながら言った。

「それは本名なのか、あるいはそう呼ばれてるのか？」

「自分でそう名乗ってる」

ガブリエルの携帯がふたたび鳴った。40だった。「このフォーティってのは誰なんだ」

「さあ」

「だいぶしつこくかけてきてるぞ」

14　企業のような襲撃部隊

ミゲルの護衛隊《エスコルタ》――彼が率いる襲撃部隊のことだ――は全員が武器を巧みに扱った。グレネードランチャーを取り付けたアサルトライフルＡＲ15には破砕性のグレネード弾が四個とダブルマガジンが九個、さらに四五口径拳銃とそれ用のマガジン四個を装備し、防弾ベストは金属板が二枚入った防弾性が最も高いレベルⅣのものだった。たとえこの装備でまだ安心できなかったとしても、司令官《コマンダンテ》の指示に疑問を抱く者はいなかった。彼は襲撃では真っ先に突入し、自分がしないことは決して他人にもさせなかったからだ。ミゲルは男のなかの男だった。護衛隊はどこまでも彼についていった。

日中は雨が降っているときだけが、ほっとひと息つけるときだった。太陽が戻れば、ふたたび敵《コントラ》の追跡と虐殺が始まった。コントラとは、タマウリパス州にいるシナロア・カルテルの兵隊や運び屋のことで、ベルトラン・レイバ・カルテルのラ・バービーやチャポ・グスマンのような大物の下で働いている者たちを指した。襲撃部隊を連れてあちこち移動しながら大地に黒ずんだ死体をばらまいていくうちに、ミゲルは殺人ロボットのような様相を呈していった。

襲撃のあとには「ギソ」、つまりシチュー作りがおこなわれ、メラメラと燃える石油入りのドラム缶に人間が丸ごと呑み込まれていった。ギソ屋はドラム缶の底を切り取り、それを地面に掘った深さ三〇センチほどの穴に設置する。そうすることで、死体が完全に燃え尽きる二、三時間後には、灰も石油も地面に吸い込まれているというわけだ。ときには焦げた死体――口を大きく開け、苦悶の表情を浮かべている――を早めに取り出すこともあった。それを地面に置き、真っ黒になった胸部を兵隊たちが小石でも蹴飛ばすみたいに足でつつくと、亡骸はぼろぼろに崩れて灰がぶわっと舞い上がった。それからギソ屋は灰の山をシャベルですくってピックアップトラックの荷台に載せる。これは死体を始末するのに便利な方法で、トラックでハイウェイを走って塵のようにばらまけばよかった。

ブルーノ・オロスコ殺しで引き金を引いたウェンセス・トバーは、いまやミゲルの護衛隊で最も新しいメンバーのひとりになっていた。キラム・インドゥストリアル通りの現場から逃げたあと、ガブリエルは捕まって拘束されたが、ウェンセスは国境を越えることに成功した。そしてヌエボラレドのホテルで体を休めていたところ、ラ・バービーの手下たちから襲撃を受けた。シナロア・カルテルの価値ある従業員を殺したことで、ターゲットにされたのだ。だがウェンセスはラ・バービーの手下たちの裏をかいて裏口から逃げ、ガソリンスタンドでミゲルと落ち合った。

「おまえがオロスコを殺したんだな？」と、ミゲルはチョコレートの〈ロロ〉の包装紙を剥きながら訊いた。

「はい、俺がやりました」

「キャンプにはもう参加したか？」

「いえ」

ミゲルは首を反らし、満足そうにウェンセスを見下ろした。「よく聞け」

「はい」

「おまえは腰抜け《パノチョン》ではないようだ」

ウェンセスは誇らしい気持ちでうなずいた。

ミゲルは彼に一万ドルを渡した。「なにがほしい？」

「どういう意味でしょうか」

「なんでもほしいものをやる」

「えっ？　たとえば、食べ物とか？」

ミゲルと取り巻きたちが笑った。

ウェンセスは考えてみた。「車を持ってないんです」

「どんなのがいい？」

「アバランチ」

ミゲルはウェンセスに電話番号を渡し、何日か休暇を取るように言った。「毎朝九時と毎晩九時にこの番号にかけろ。決して忘れないように。合流してもらう時期について指示がある」。それから彼はウェンセスに、カンパニーがまとめて部屋を借りているホテルの名前を教えた。

その晩、ホテルの前にパールホワイトのアバランチがやってきた。

一週間後、ウェンセスはミゲルの護衛隊に加わった。毎日、新しい家を襲撃し、一日に何か所も回ることも多かった。家に突入し、シナロアの連中を殺した。標的の家に近づいていくとき、ウェンセスはできるかぎり物音を立てないようにし、波のように押し寄せるアドレナリンに歯を食いしばって耐えた。それからブーツを踏み鳴らす音が大昔の鬨《とき》の声のように鳴り響く。彼らは裏口や正面玄関から突入し、ときには仲間が援護射撃をおこなうあいだに、ひとりがこっそり家に近づいて窓から手榴弾《ピーニャ》を投げ込むこともあった。

一日に一〇か所もの家を襲撃した。コントラを殺すなり捕らえるなりしたあとは、持っていけるものをかたっぱしから奪っていった。戦利品――麻薬、現金、銃、貴金属などだ――はテーブルに積み上げて、護衛隊のみんなで山分けした。現場の安全を確保したあと、ミゲルはまず、いちばん落ち着きのないコントラに近づいて質問をした。誰の下で働いている？　なにをしている？　誰それは知っているか？　誰それはどうだ？　彼は住所や名前を知りたがった。小さなノートに、あらゆる情報を書きとめた。次に襲撃する家をつねに探していた。会話の内容が薄くなってくると、ミゲルは右手を三八口径にかけて首を反らし、拍子を取るように左脚を前後に揺らした。彼が脚を揺らすのは、これから誰かが死ぬという合図だ。それからミゲルは、二番目に落ち着きのないコントラに近づいて質問し、パンッと撃ち殺す。ミゲルの目が次のターゲットを探し……パンッと銃声が響き渡る。彼が望むものを差し出したコントラはすぐに死んだ。そこで粘った場合は、耳や目や手足が吹き飛ぶことになった。

ミゲルを始めとするカンパニーのメンバーが集めた情報は毎日、ヌエボラレドにあるカンパニーの中央情報センターで記録される。「ラ・セントラル」と呼ばれるそのオフィスにはミゲル専用のバインダーがあって、人名や顔写真や所在地などの情報がつねにアップデートされていた。さらに彼は「豹《パンテーラ》」と呼ばれる女のスパイや見張りたちにも情報を提供させていた。彼女たちは敵と寝て、写真を撮り、住所を書きとめる。パンテーラたちは非常に重要なので、メキシコの連邦警察がある女をアメリカに引き渡そうとしたときは、それを阻止するために彼はプラサで公然と戦いを繰り広げた。

ミゲルは農家の息子で、ルーティンを重んじる男だった。メキシコを代表する喜劇俳優のカンティンフラスだけは別として、映画には興味がなかった。人は映画を観ると人生に対して非現実的になる、というのが彼の持論だった。『プロセーソ』というニュース専門の週刊誌で政治やカルテルのニュースを追いかけていたが、彼がそれらを話題にすることはなかった。仕事をしていない夜は、クルーネックの白いTシャツに、ジーンズか七分丈のズボン、足元はナイキかリーボックのスニーカーというかっこうが多かった。月に一度、ホテルを借り切り、部下たちが家族を招いて週末を過ごせるようにした。ドラッグはやらず、商品がプラサを通って運ばれていくときに、マリファナのにおいを嗅いだり、コカインの味を確かめたりして品質チェックをするだけだった。

そこはメキシコ北東部の畜産業がさかんな土地だったので、ミゲルは勤務中の部下たちに「カブリート」と呼ばれるローストした仔山羊のタコス——一度に二〇〇個ものタコスをデリバリーさせた——や、「カベサ・デ・バカ・エン・バルバコア」という料理で、牛の頭を丸ごと蒸し焼きにしてやわらかい頬肉を細かく裂き、それにタマネギとパクチーを散らしてトルティージャで包んだものなどを振る舞った。モンテレイの近くまで来たときは、自分のボディガードたちを街にやって、〈エル・レイ〉という有名なレストランから大量のカブリートを取ってこさせた。ミゲルはほかの親分《カポ》たちとは違い、金の力で部下を威圧しようとはしなかった。もし兵隊や彼らの妻や子供、あるいは愛人であれ、彼らがなにかを必要としていれば、なにも訊かずに必要な額を渡したり、カンパニーの医師をただちに派遣したりした。

休暇になると、彼らはタンピコやプラヤミルマルへと逃れた。そこはベラクルス州のすぐ北にあるコバルトブルーの海に面した沿岸の町で、椰子の葉で葺いたビーチハウスで大皿に盛った海の幸《マリスコス》やビールを楽しんだ。あるとき、ウェンセスが彼らの伝統にかまわずチーズバーガーを頼むと、ミゲルはゲラゲラ笑いながら「ここはバーガーキングじゃないぞ!」と言い、少年に新しく「アンブルゲサ」[「ハンバーガー」の意味]というあだ名を付けた。

週末は、弟フィトの牧場で鹿狩りをしたり、部下たちとバスケットボールをしたりして過ごすこともあった。最初の結婚でもうけた二人の幼い娘や、二番目の結婚でできたミゲルという名前の息子、あるいは現在の妻マリベルと、そこにいる息子（こちらもミゲルという名前だった）と娘に会いにいくこともあった。また別の週末には、ボディガードを伴ってラ・モリエンダに行くこともあった。そこは競馬がおこなわれ、馬たちが四分の一《クオーター》マイル［約四〇〇メートル］をおよそ一七秒で駆け抜ける場所だった。

クォーターホース……。

ミゲルはその優れた血統について研究していた。ミズ・ジェス・ペリー、ファースト・ダウン・ダッシュ、ウォークスルー・ファイア。種牡馬を共同で所有するシンジケートの株を買う方法を学び、血統のよい競走馬の子孫に投資した。シンジケート株は市場性のある商品で、換金性が高いことも優良な投資であることの特徴のひとつだった。馬の胚移植についても学んだ。種付けされた牝馬の胚を若い牝馬の子宮に移すことで、年老いた母馬の申し分のない遺伝子を受け継いだ仔馬をとる、ブリーダーのテクニックだ。ミゲルはブラックベリーのスマートフォンでオークションや馬の情報を追いかけ、競り落とすのに必要な費用と、その馬が稼ぎ出す賞金や種付け料とを比較して、一頭ごとの価値をはじき出した。馬はオークション前にインターネット上で公開されるので、彼はその写真をじっくりと見て品定めした。歩き方におかしなところはないか？　膝の動きは正常か？

ミゲルに代わって実際に馬を買うのは、彼の代理人が探してきた別の人物で、そういう表向きの顔となる彼のフロントマンが、メキシコにもアメリカにもいた。業界の慣例に反し、ミゲルはいったん馬を手に入れると自分好みの名前に変え、しかも車の名前ばかり付けた。ロールス・ロイス、ブガッティ、ジャガー、ポルシェ・ターボ、メルセデス・ロードスター。レースに出した馬を、フロントマンに売り戻すこともよくあった。一度契約を結んだフロントマンがミゲルの計画の歯車のひとつであり続けることを拒めば、その人物は始末され、新しいフロントマンがその座についた。

　競馬という趣味は、資金洗浄をおこなうにはうってつけの方法だった。まず、経費をいくらでもかけることができる。厩舎や餌。調教師。出走料や練習用の馬場。騎手やゲート係への賄賂。現金を消す方法はいくらでもあった。資金洗浄はたいていの場合、「一ドルに対し二〇セント」の経費で済めば——つまり、一ドルの資金を洗浄するのに二〇セント払い、八〇セントがクリーンな金になって返ってくれば——いいやり方ということになった。ところがこのやり方なら、それどころか儲けを出すことができるのだ。大きなレースになると、優勝賞金は平均して四〇万ドルにもなるが、ミゲルはメキシコで八百長をする方法を片手では足りないくらい知っていた。たとえば自分の騎手の手に、馬にショックを与える装置を握らせる方法。あるいは弱い馬を走らせるとき、金の力で馬場を必要以上に硬く仕上げてもらい、遅い馬に有利になるようにする方法。あるいはゲート係たちに一万ドルずつ握らせて、ほかの馬のゲートを開けるのを一〇〇〇分の一秒だけ遅くさせる方法もあった。

　ミゲルが収集したクォーターホースの数は数百頭にのぼった。コアウイラ州に新しい牧場を買い、そこを「夢《ラ・イルシオン》」と名付けた。彼が雇った調教師やブリーダーたちは、過密飼育が招くさまざまな危険——病気、怪我、喧嘩——に気をつけなければならないことを心得ていて、ミゲルに頼まれればなんでもやった。そして結果的に、優れた馬のオーナーのもとで働くことで、業界で名を上げることができるというわけだった。エル・コマンダンテは自分の本分をわきまえていて、恩着せがましくするのはなによりも無礼な行為だと思っていた。

　毎週日曜日には、ミゲルは母とともにバジェエルモソの教会に行った。

15　ガブリエル・カルドナの清らかな魂

ガブリエルは信心深い家庭に育ったにもかかわらず、宗教なんて無知な人間のためのものだと考えていた。アメリカの辺境にある貧しい地域で、人々がカトリックに服従するのをさんざん目にした彼に言わせれば、「カトリックの目的は宗教そのもので、それに服従する人々のことはちっとも考えていない」のだった。人々は弱さゆえに服従し、それによってさらに弱くなると彼は思っていた。イスラム教も同じ。天国で永遠の命が約束されているなんていうのは、ガブリエルに言わせれば、信者を集めるための洗脳だった。

セタスの司令官《コマンダンテ》たちはアルカイダを笑った。バカなやつらが幻想のために戦い、来世に備えてあらゆるものを犠牲にしていると。そもそも、彼らはなにに対してそんなに怒っているのか。女が服の下から肌をのぞかせることでもあるまいし、むしろそれは喜びをもたらすものであるはずだ。あるいは男同士がファックすることでもないだろう。エイズの人間を殺すならまだ理屈としてはわかるが、クリーンなホモはボーイズタウンではいいカネになる。それにテロリストたちがユダヤ教を恨むもっともな理由が見当たらなかった。カネを中心に回るよくできた宗教じゃないか……そうか！　貧しさがテロリストたちを怒らせたのだ。

それならガブリエルにも理解できた。絶望した怠け者には、不幸をあらゆるもののせいだと思い込ませることができる。近代化。人間の欲。アメリカ。服従しない女ども。絶望した人間は激しい怒りを抱えているが目標を欠き、居場所を必死に求めている。セタスの幹部たちはそんな心理をよくわかっていた。トレーニング・キャンプから生還してからというもの、ガブリエルは生きて死ぬのが人間なんだと考えるようになった。そこになんらかの意味があるのかもしれないが、そんなもの誰にもわからない。ただ、怒りがあらゆる人の原動力になっていることぐらいは彼も知っていた。それにどうせなら、リアルなものを手に入れることに怒りを集中させるほうがよかった。なぜならいまは、たとえ死に宗教的な意味があったとしても、ファストフードの仕事にもプライドがあるのと同じ程度の意味しかなかったからだ。重要なのはなにを成し遂げたかであり、職務をまっとうして死んだ勇気ある男として、家族や仲間たちから尊敬の念を持って記憶してもらうことだった。ハンバーガーをひっくり返しているだけの臆病者ではなく、銃弾が飛び交う戦場で命を落とした兵士として。

ガブリエルには自分なりの信条があり、それを彼は「引き寄せの法則」と呼んだ。要するに、手に入れたければ、手に入れると心に決めるのだ。金を稼ぐと心に決めたから、稼ぐことができた。メメ・フローレスのもとで働くと心に決めたら、そのつながりはいつのまにか想像を超えるものに変わった。クリスティーナのことだって、手に入れると決めたから自分のものになった。彼はそういう自己決定の信念を、自分がアメリカ人であるがゆえの特性だと考えた。生まれながらに持つ権利だと考えていた。彼が思うアメリカは、「世界なんかクソくらえ。とりあえず生きてどうなるか見てやろうじゃないか」という考え方そのものだった。

そして「世界なんかクソくらえ」と言い、ブルーノ・オロスコを仕留めると心に決めた結果、彼はいま刑務所にいた。この経験が彼の「引き寄せの法則」についてなにを物語っているのか、いまいちわからなかった。だがこのミッションがオロスコの死という点では成功したのを彼は知っていた。だから刑務所は、単にその成功の副産物であるようにも思えた。

ガブリエルは郡刑務所がどんな場所なのか知っていた。二〇〇四年の秋に、車からの銃撃で捕まったあと、ラレドのダウンタウンにあるウェブ郡刑務所に何日か入ったことがあった。だが、そのときは一般受刑者たちといっしょだったし、そこは「ギャング専用のデイケア施設と犯罪スクールを合わせたような場所」で、午後は全員がテレビ小説《テレノベラ》を観て、メキシコ人女優に恋をした。一六人部屋がいくつかあり、トイレは共同で、娯楽室にはテーブルとテレビ一台と電話があり、面会者がひっきりなしにやってきた。刑務所は文明化されていて、それほどひどい場所ではなかった。ところが今回のオロスコ殺しでは違った。ガブリエルが送り込まれたのは地元のウェブ郡刑務所ではなく、そこから一〇〇キロ以上北のテキサス州ピアソールにあるフリオ郡刑務所で、しかも電話や売店などの恩恵にあずかることのできない隅っこの独房だった。

フロアの反対側の一般受刑者のエリアには毎日、エホバの証人の信者がやってきて改宗を勧めていた。一般エリアには悪魔崇拝者を自称する男がひとりいて、毎日のようにエホバの信者に対し敵意をむき出しにして、憎しみに満ちた言葉を吐いた。「神なんかクソくらえ！　オレのチンポでもしゃぶってろ！」。ところがある日、ガブリエルが見ていると、エホバの信者がにこにこしながら鉄格子越しに片手を伸ばし、フロア全体に聞こえるような声でこう言った。「すべては赦されるのです、友よ」。すると呆然とした表情の悪魔崇拝者が駆け寄って、夢中で感謝の言葉を述べながらエホバの信者の手を両手で包み込んだのだった。自然に起きたこの逆転劇というか、信仰が無神論に打ち勝った出来事は、ガブリエルの心を動かした。

刑務所には聖書がいくらでも出回っていた。彼も一冊頼んで読んでみると、かつて日曜学校のクラスに毎週欠かさず参加していたときに習ったことをかなり覚えていた。

数週間が過ぎた。痩せて無精ひげが伸び、しかも髪の毛を伸ばしたのは子供のとき以来だった。叩きつけられる鉄格子のドアや、ガラガラと閉まる鋼鉄のシャッターの隙間から、疑念が忍び込んできた。自分の友人は誰なのか？　それは果たして自分を救ってくれるのか？　いまこうしてロシュの助けがないまま眠りにつき、喉を切り裂いたり、頭を吹っ飛ばしたり、死体を燃やしたりする夢を見ることをどうとらえたらいいのか？

ラレド警察の殺人課の刑事として働くロバートと相棒のチャッキー・アダンは、たとえカルテルがらみの事件がなくても大忙しだった。

二〇〇五年六月下旬の、ある平日の午後。ロバートとチャッキーはその数時間前に、カサブランカ湖近くの茂みに中途半端に隠された遺体を調べてきたところだった。現場はラレドをぐるりと回る環状二〇号線を降りてすぐの場所だった。死んだ少女は白いTシャツに、ピンクのサイドラインが入った黒いスウェットパンツというかっこうで、左頬に軽い打撲痕と、顎の下、目の上、それから耳の付け根に深い切り傷が確認できた。足を交差させた遺体は茂みのなかにきれいに横たえられていて、投げ捨てられたという感じではなかった。まるで誰かが下手なやり方でこの子を埋葬しようとしたようにも見えた。

少女の若い母親——湖付近の土地を探しにきた市民によって遺体が発見される直前に、娘の捜索願を出していた——は、ロバートとチャッキーがアパートメントにやってきたときも切迫した様子をほとんど見せなかった。母親が言うには、彼女とボーイフレンドが六歳の娘を最後に見たのは昨夜の一一時頃で、ふたりが寝ようとしたとき、少女はまだ起きていて、彼女がいつも眠っているソファベッドでテレビを観ていたということだった。

そのボーイフレンドはロバートにこう説明した。「あの子はひどいわがままで、とにかく話を聞かない。捜したけど、見つからなかったんだ」

母親は夢遊病なんていうことを言いだした。娘が無意識のうちにふらふらとアパートから出ていったんじゃないかというのだ。

ロバートはメモを見返した。少女は発見されたとき、靴も靴下も履いていなかった。足首が泥で汚れていたことや両腕に痣ができていたのとは対照的に、足の裏は両方ともきれいなままだった。眠りながら歩いた？　六キロ以上も？　ロバートとチャッキーは困惑した。

母親は涙を流して泣こうとした。

フリオ郡刑務所で、ガブリエルは聖書を読み、「マタイによる福音書」の一二章四三節に心を奪われた。汚れた霊は人から飛び出すと、砂漠をさまよい、休息できる場所を探すが見つからないという場面だ。汚れた霊はしかたなく元の人間に戻ったところ、魂がすっかりきれいになっているのを見て――しかもまだ新しいものや良いものに占拠されていなかった――さらに七つの汚れた霊を連れてきて住み着いてしまう。悪に代わる正しいものを持っていなかったガブリエルには、マタイの一二章四三節の言わんとしていることがわかった。悪は単に戻ってくるだけでなく、何倍にもなってやってくるというわけだ。

彼はクリスティーナに毎日電話をかけ、夕方五時には必ず家に帰るように言った。コレクトコールでかけるので、彼女の母親の電話料金はぐんぐん上がった。クリスティーナは手紙を送ってきた。ふたりで写った写真も入っていて、封筒にはラコステの香水が噴きつけてあった。彼女は恋をしていたし、彼も本気になり始めていた。もし彼女が五時に家にいなくて電話に出ないと、彼は怒りの伝言を残した。

隣の独房に新しくやってきた囚人は二〇歳の女性で、延々と泣き続け、教戒師に会いたいと訴えた。教戒師がなかなかやってこないと、女は看守に向かって自殺させてほしいと頼み込んだ。それからもいっこうに泣きやまず、その声は耐えがたいほどになった。ガブリエルはついに壁を叩き、なにがそんなに悲しいのか訊いてみた。その話はしたくない、と女は言った。そこでガブリエルは彼女に、保釈金はいくらか訊いた。

「なんの関係があんのよ」と女は言った。

「いいから言ってみな」

彼女の保釈金が五〇万ドルだと聞いた瞬間、ガブリエルにはピンときた。彼女がやってくる前に、囚人仲間のあいだで、ユリアナ・エスピノーサというラレドの女にかんする噂が出回っていた。ボーイフレンドが六歳の娘を殴り殺すのをなにもせず見ていたうえに、その亡骸をカサブランカ湖近くのメスキートの木の下に遺棄したらしいという話だった。死なせてほしい？　保釈金が五〇万ドル？　これが例の女ということでまず間違いなさそうだ。

ふつうは、男と女の囚人が隣同士の独房に入ることはまずない。だが、ここは小さな郡刑務所だった。ラレド警察はガブリエル自身の安全のために彼をここに送り込み、独房に隔離していたが、ユリアナがここにいるのも同じ理由だった。囚人たちは子供を殺した人間が好きではないのだ。

「なあ」とガブリエルは声をかけた。「起きたことは変えられない。失くしたものを悲しむのもいいけど、人生は続いていくんだぜ」。そして彼女に、ほかに子供はいるのか訊いた。息子が二人いるという答えが返ってきた。

「じゃあ、そいつらのために生きろ」と彼は言った。そして聖書の「ルカによる福音書」の二章一九節をひらくように言った。大天使ガブリエルがマリアに、はっきりとはわからなくても信じることを教えるくだりだ。ユリアナはガブリエルに、どうかしてる、と言った。とはいえ気持ちは落ち着いてきたようだった。ふたりは友人になった。彼女の独房にはシャワーがなかったので、ガブリエルは一日おきに彼女の監房に入れられて、そのあいだに彼女が彼の監房でシャワーを浴びた。

ユリアナのもとに、やはり刑務所にいたボーイフレンドから、サンドイッチの包み紙に書いたメモが何度か届いた。「好きで子供たちを叩いていたわけじゃない」と、あるとき彼は書いてよこした。また、あるときはこんなふうに書いた。「俺があの子の命を奪ったかのような話にはしないでほしい。あの子がどんな子で、ふたりとも手を焼いていたのはわかってるだろ」。彼はユリアナに、彼女の娘を死なせた罪をかぶってくれるように頼んだ。

「まだあの人を愛してるの」とユリアナはガブリエルに言い、メモをトイレに流し始めた。

「妄想は捨てろ！」とガブリエルは声を殺して言った。「そいつは口ばっかりのひでえやつなんだからら！」

「なにもわかってないくせに」

「わかってる！」と彼は言った。「息子たちがあんたを必要としてるんだろ！」

何日か言い争った末に、ついにユリアナは折れた。彼女が残りのメモを弁護士に渡すことに同意したとき、ガブリエルは自分の聖書をしっかりとつかんだ。**人は自分のおこないがことごとく純粋だと考えるが、主はその人の魂の値打ちを量られる**［「箴言」の一六章二節より］。

16　王国への鍵

連邦検察官のアンヘル・モレーノは、ロバート・ガルシアには真似できないくらい強く、アメリカの法の正義を信じていた。たとえば、ロバートはマリファナが合法化されようがされまいがどうでもよかった。自分には関係ないし、刑務所行きにするよりは交通違反と同じくらいの処罰でいいと思っていた。ところが、アンヘル・モレーノはそんな意見には耳を貸さない。ドラッグの合法化にかんする議論を、「リベラルのたわごと」だとしてはねつけた。とはいえ、そんなモレーノの法廷での粘り強さや、難事件でもとことん追及する姿勢をロバートは尊敬していて、彼はロバートの職業人生で最も重要な人物のひとりでもあった。ふたりは年に何度かいっしょにランチを食べたり、仕事あがりに飲みにいったりしていた。

検察官としてのキャリアは長く、白髪まじりで俳優のドナルド・サザーランドをヒスパニックにしたような風貌のモレーノは、七歳のときに家族とともに移民としてヌエボラレドからラレドにやってきた。それから海兵隊に入り、兵役を終えたのが一九七七年で、同じ年にロバートの一家もテキサス州のイーグルパスにやってきた。モレーノはマーティン高校を出たあと、ラレド短期大学、さらにテキサスA&M国際大学を経て、テキサス大学オースティン校のロースクールへと進んだ。そこで彼が学んでいた一九八〇年代半ばに、ガブリエル・カルドナが誕生している。

検察官になった若き日のモレーノは、死刑に相当する殺人事件や、汚職事件を担当した。連邦検事としてワシントンDCで一年間、新人のトレーニングをしたこともあった。テキサス州南部に戻ってからは、国境沿いで起きる麻薬関連の事件を扱った。二〇〇〇年、妻の反対を押し切って、コロンビアの司法制度を改革する米国務省のプロジェクトに志願した。麻薬王パブロ・エスコバルの死を受けて始まったプロジェクトで、彼は特に通信傍受や、証人保護プログラムや、港湾の保安対策などの制度を整える手助けをすることになる予定だった。妻は五歳の息子を連れて戦場のような場所で二年間も過ごさなければならないことに難色を示した。

ある夜、モレーノは妻とふたりで『プルーフ・オブ・ライフ』という映画を観た。ラッセル・クロウ演じる男が南米にやってきて、拉致された駐在員――メグ・ライアン演じる主人公の夫――を救出しようとする話だ。おもしろい作品だったし、ちょっとした刺激にもなった。その晩、家に帰ると司法省から電話があり、コロンビアでの任務に興味があるか改めて訊かれた。そのあとモレーノは妻に、申し出を受けようと思うと伝えた。

ところがコロンビアに来てみると、真の改革を実現するためのあらゆる可能性が、国務省の官僚主義によって抑え込まれていることにすぐに気づいた。どうやら国務省は、モレーノが八八〇〇万ドルの予算をできるだけ早く使い切って帰ってくることを望んでいるらしかった。結局、モレーノは予定よりも一年早くコロンビアを去った。ブッシュ政権に代わり、テキサス州に呼び戻されたのだ。とはいえ、赴任中に学んだこともあった。

コロンビアが、同じように麻薬の密輸や汚職によって引き裂かれたラテンアメリカのほかの国と異なるのは、この国を支える理想主義者たちの献身によるものだとモレーノは思っていた。コロンビアの検察官や警察官のなかでも腐敗していない少数派が定期的に自動車爆弾で攻撃されたり、自宅の前で撃たれたりするのを目にした。それでも彼らは毎日、休むことなく仕事にやってきた。たしかに、麻薬はあいかわらずコロンビアから流れ出していたが、モレーノはこの経験を終えた頃には、強い信念を持った者がたとえ少数でもいれば前に進むことができると信じるようになっていた。

　そんなのはこけおどしだ、とロバートは思っていた。麻薬戦争を楽観的にとらえているところが、検察官であるモレーノと警察官であるロバート・ガルシアとの意見が分かれるところだった。ロバートとは違い、麻薬戦争の欠陥ついて考えるだけで夜も眠れなくなるようなことがモレーノにはなかった。モレーノに言わせれば、禁止政策が大成功を収めていないからといって、それ以外の選択肢のほうが優れているということにはならないのだった。モレーノは酒を嗜む。だがコークの合法化？　ヘロイン？　人の一生をめちゃくちゃにしかねないものの項目を増やす理由がわからなかった。

　コロンビアから戻ったモレーノは、テキサス州南部を担当する検事の職に就いた。テキサス州の四つの裁判区のうち、南部地区が管轄するのは次の四つの区域だ。ブラウンズビル、コーパスクリスティ、ガルベストン、ヒューストン、マッカレン、ラレド、ビクトリア。モレーノはこの南部地区の「麻薬担当チーフ」として、〈組織犯罪麻薬取締タスクフォース〉(Organized Crime Drug Enforcement Task Force)、略してOCDETF《オーサデフ》を動かしていた。

　OCDETFの監督者としてモレーノは、カルテルに対して国境の両側で複数の機関が協力しておこなう捜査を組織した。捜査官や警察官たちに、連邦裁判所が扱うケースとして立件するのにじゅうぶんな証拠の集め方を教えた。捜査や通信傍受に必要な令状を取る手助けをした。摘発がおこなわれたあとは、被疑者と交渉して事件を事実審理に持ち込んだ。

取り締まったところで、麻薬の大半が国境をすり抜けているという現実を、モレーノもよくわかっていたが、それについてロバートほど気に病んでいるわけではなかった。あるいは、彼のような検察官が凶悪なカポや殺人犯や密輸業者としばしば司法取引をする一方で、下っ端のほうがはるかに厳しい判決を受けているという事実を、とんでもない茶番だと思っているわけでもなかった。彼としては、「麻薬のない社会」をしかるべきゴールとして受け入れるのなら、それを目指すうえでの現実も受け入れなければならないという考えだった。完璧な制度などない。モレーノにとっては、少しでもよい方向に向かうことに集中するほうがよかった。それに単体で見れば、ＯＣＤＥＴＦは犯罪を立件するには効率のいい機関だった。

ＯＣＤＥＴＦのプログラムは、一九八〇年初頭に南フロリダ・タスクフォースが設置されるきっかけとなった考え方から生まれた。目指すゴールは、麻薬シンジケートのトップを起訴して組織を解体することだ。要は、ＯＣＤＥＴＦは資金調達のメカニズムのひとつだった。各機関がどこに予算をつぎ込むか決める前に会議をして情報を共有させることで、捜査を効率よくおこなえるようにするのだ。複数の機関がそれぞれに同じターゲットを目指して同じことを繰り返したり、予算を無駄遣いしたりするのを防ぐ意味があった。

アメリカの組織犯罪の四〇パーセントが南西部で起訴されており、特にテキサス州南部に集中していた。ラレドの捜査官や警察官にとって、アンヘル・モレーノは連邦レベルで言うゲートキーパーのような存在だった。集めてきた証拠を「でかいケース」――捜査官にとっては自分を売り込むためのパッケージであり、給与の等級を上げてくれるものだ――に化けさせることは可能か、可能であれば起訴してもらうにはさらにどんな証拠が必要かを彼は教えてくれた。

本人が、「法廷における連邦政府の顔」と言うように、モレーノは裁判官よりも前に判断を下す裁定者だった。審判という王国への鍵は彼が握っていた。DEAやFBIなどの連邦捜査官が証拠を固めるために召喚状や通信傍受の令状を必要とするときは、合衆国憲法修正第四条――相当の理由がない捜索や押収を禁じている――の僕《しもべ》であるモレーノが、彼らの宣誓供述書を読んで可否を決めた。

そしていま、ロバートとモレーノはふたりでランチを食べながら、さまざまな事件について噂話をしていた。ロバートは少し前に逮捕したガブリエル・カルドナに触れ、ブルーノ・オロスコ殺害事件にかんしてわかっていることを説明した。ヌエボラレドの警察官でセタスのメンバーだったオロスコは、セタスを裏切り、ラレドのチュイ・レセンデスというシナロア・カルテルの男に情報を流していた。モレーノはチュイ・レセンデスのことを知っていたし、ラレドの捜査関係者全員が知っていた。チュイは、リオブラボーというラレドのすぐ東にある小さな国境の町を通る密輸ルートを管理していた。

ロバートはさらに説明した。カルドナはブルーノ・オロスコが殺される前日、〈ジェット・ボウル〉というラレドのボウリング場でマリーンことZ47と会って暗殺の計画を立てたと話しているが、皮肉なことに、そこではちょうどラレド警察がボウリング大会をしていたのだった。ふたりは笑った。さらに皮肉なことに、カルドナが泊まっていたラレドのモーテルではその日、国境警備隊の強制捜査があった。その〈ラ・アシエンダ〉というモーテルには不法入国者がつねに隠れているため、国境警備隊が定期的に手入れをしていた。カルドナは自分のフォルクスワーゲン・ジェッタのトランクにAR15を隠し持っていたが、国境警備隊が彼の部屋で見つけたのは、業務用サイズのセロファンひと巻きだけだった。

さらにロバートは、カルドナの尋問について詳しく語った。警官の手を借りた暗殺。ギソ。ラ・コンパニア。

「ラ・コンパニア？」とモレーノは不思議そうに言った。

「最近はゴルフォ・カルテルとセタスを合わせてそう呼ぶらしい」

その若者が言うには、彼はセタスのメンバーで、彼のように国境の両側で活動する人間がほかにもいるらしかった。

「本人がそう言ったのか？」

「自慢げにな」

モレーノはカルテルの活動についてもっと知りたがった。ロバートは少し前にラレドのサッカー場で起きた銃撃戦を捜査したことを話した。セタスの一団が、ラ・バービーの殺し屋の一団を撃ち殺そうとしたのだ。ラ・バービーの殺し屋のなかにも、ラレド出身のアメリカ人のティーンエイジャーがたくさんいた。チュイ・レセンデスと同じく、ラ・バービーもラレドの人間で、捜査関係者全員が彼のことを知っていた。

「ラ・バービーのやつ、自分で殺し屋を抱えるようになったのか？」とモレーノは訊いた。

ロバートは、ラレド警察がサッカー場の事件をきっかけに、複数のアサルトライフルや手榴弾を発見したことを話した。それに続く取り調べのなかで、ラ・バービーの手下のひとり――ラレド出身の二〇歳の殺し屋だ――が情報提供者になってもいいというようなことを言い出し、一本のビデオをロバートに渡した。それはまだ世に出ていないもので、セタスの四人のスパイが尋問されたあと、ラ・バービー本人の手で処刑されるところをとらえた映像のようだった。

その日の午後、ロバートはモレーノの事務所に寄って、例のビデオを見せた。そのなかでセタスのひとりは、タマウリパス州の司法長官とヌエボラレドの新しい警察署長の殺害計画について話した。別のひとりは、トレーニング・キャンプについて話した。さらにギソのことや、少し前にヌエボラレドの記者が暗殺された理由も話題にのぼっていた。

ビデオが終わると、モレーノは腰に手を当てて笑った。「こいつは実に興味深い」。ロバートが残虐行為を知性で処理し、社会の力学によって求められたときにだけ畏怖の念をあらわすのに対し、モレーノは日々相手にしている暴力的な犯罪者たちを、どこか愉快なものとして扱った。こういう仕事をしながら、その影響を受けずにいられるはずはないと彼は思っていた。ユーモアは、正気を保ったまま暴力を取り込んで消化するひとつの手段だった。

カルテルがテキサス州で誰かを殺すためにアメリカのギャングのメンバーを雇うのは、ロバートたちにとっては見慣れた光景だった。ただ、アメリカで起きる暴力事件にカルテルが自ら手を下していることはめったになかった。彼らとしても、政治的な反応を引き起こし、結果として国境の両側で取り締まりが強化されるようなことは避けたいからだ。とはいえ、カルテルが一匹狼の殺し屋を雇うときでさえ、手榴弾やアサルトライフルのような物々しい武器が使われる話は聞いたことがなかった。処刑動画、一〇代のアメリカ人の暗殺者――それらはどう見ても新しいものだった。

「そういうとんでもない連中がこちら側に潜んでいる」。ロバートもモレーノも同じ意見だった。

ＯＣＤＥＴＦが目指すゴール――アメリカが掲げる〈キングピン作戦〉［キングピンはボウリングの五番ピン。転じて最重要人物のこと］だ――は、こうした暴力をメキシコから指図しているトップの人間を追い込むことだった。ラ・バービーや、ベルトラン・レイバ兄弟や、チャポ・グスマン、あるいはカンパニーの最高幹部などがそれだ。ＯＣＤＥＴＦの目標は巨大なカルテルのボスを起訴することであり、捜査には莫大な費用がかかるため、検察官はOCDETFのケースとして支援や資金を要請する前にちゃんと確かめる必要があった。果たしてガブリエル・カルドナのような下っ端を逮捕することで、その命令系統を上までたどり、じゅうぶんな証拠を集め、最終的にボスをRICO法や共謀罪で裁くことは可能なのか。

ところがガブリエル・カルドナとカンパニーの幹部とのつながりを証明するものはなく、OCDETFのケースにはされなかった。モレーノとロバートは、たったひとりの若者の証言以上のものを集めてくる必要があった。しかも麻薬の密輸との関連がはっきりしないかぎりは、モレーノが頼み込んだところで、DEAに協力してもらうこともできなかった。

ガブリエル・カルドナにかけられた殺人容疑は、さしあたり州レベルにとどまることになり、それがメキシコの組織犯罪にまで及ぶことはなかった。

オロスコ殺害から三か月と一週間後に、治安判事はガブリエルの保釈金を六〇万ドルから七万五〇〇〇ドルに減額した。ミゲルが送り込んだ人物がそれを支払った。二〇〇五年九月一四日、一九歳の誕生日を迎えた翌日にガブリエルは出所し、刑務所のバスでラレドに戻り、自由の身となって最初の数夜をクリスティーナと過ごした。

「全部忘れて、初めからやり直そう」。再会を果たしたとき、クリスティーナはそう言った。「ふたりでいられたらそれでいい」

刑務所で孤独な夏を過ごしたことや、ユリアナの人生にいい影響を与えられたこと。あるいは子供時代の信仰にふたたび触れたことや、一九歳になったこと。あるいはロシュを体から抜くことができたこと。いろいろあったが、ガブリエルが考えていたのはこのカルテル人生のこと、それがあらゆるものを危険にさらしているということだった。それを考えると心が揺さぶられた。彼はひどい家庭で育ったわけではなかった。家族から愛されていた。彼を愛してくれる素晴らしい女の子もいた。彼が置かれているような状況を強い男性像の不在のせいにする映画をさんざん見てきたが、いまの彼は、それは一種の呪縛だと考えていた。

彼はクリスティーナに訊いてみた。「カルマード（おとなしい男）よりも、こんなカガパーロ（トラブルメーカー）のほうがいいと思うのはどうして？」

クリスティーナはそれについて深く考えたことがなかった。退屈していることと関係があるのかもしれない。ただそう感じただけなのかもしれない。彼女には父親像というものがなかったし、それは彼も同じだった。ガブリエルは独占欲が強く、そんなところもけっこう好きだった。誰かに守ってもらいたかった。ガブリエルは彼の兄やウェンセスとは違って——それどころか、ラレドじゅうにいるろくでなしの大半とは違って——決して自分の女を殴らないし、これからも絶対にしないと誓ってくれた。なぜカルマードよりもカガパーロのほうがいいか？　そもそもおとなしい男なんてどこにいるのか。

クリスティーナが育った北側のことを、ガブリエルが理想の場所のように考えているのを彼女は知っていた。彼はわかっていない。クリスティーナの家族に北側に引っ越すだけの余裕があったのは、単に父親が麻薬ビジネスに関わっていたからだった。そこに移ってから、父親は足を洗おうとしたが、北側の家を失いそうになると、ふたたび麻薬ビジネスに手を染め、いまは、やはり服役中だった。

クリスティーナがガブリエルを愛するとき、そこに恐れはなかった。それでも、ガブリエルのような人を好きになっていいのか考えてしまうことがあった。自信に満ちて、ハンサムで、優しくて、でも同時に別の顔も持つ彼のことを。彼女は彼がくれるお金を彼がどうやって稼いでいるのか詳しくは知らなかったが、いいことではないのを知っていた。すでに彼女とガブリエルの関係は、裏社会にかんする噂のひとつになっていた。とはいえ、ブルーノ・オロスコの件では、引き金を引いたのはウェンセスであってガブリエルではないことを誰もが知っていた。彼女はガブリエルのしていることが好きではなかったが、彼を愛していた。あの傲慢な態度は、きっと不安の裏返しなんだと彼女は信じていた。彼女が口にする言葉や表情の一つひとつが彼に影響を与えていて、そんなときは自分が少しだけ強くなったようで嬉しかった。

彼女はそういうことをはっきりと伝える方法を知らなかった。だから、年上の女友達の真似をして、こんなふうに答えた。「おとなしい男なんて、男じゃないから」

それから彼女は仰向けになり、自分を差し出した。じっとりとした空気がまとわりつくなか、ふたりはやがて感覚がなくなるまでファックし続けた。

翌日、刑務所にいるユリアナからガブリエルのもとに電話があり、あなたには感謝しているし、幸せを願っていると伝えられた。

ガブリエルがユリアナに取っておくように言ったメモは、結果的に、ロバート・ガルシアが彼女に次のようなことを白状させるのに使われた。

ユリアナの六歳の娘シャネアは、いとこの家に行きたいと言って癇癪《かんしゃく》を起こしていた。ユリアナのボーイフレンドはベルトをつかみ、シャネアを繰り返し叩いた。ユリアナは少しのあいだ見ていたが、やがて背中を向けた。それ以上耐えられなくなると、ベッドルームに引っ込んだ。そのあと、シャネアを風呂に入れていたとき、顔と頭皮に裂傷がいくつかできていることに気づいた。シャネアはおなかが痛いと言いながら眠りにつき、二度と目を覚まさなかった。ボーイフレンドは遺体を持って出かけ、手ぶらで帰ってきた。

ロバートは一家にかんする記録を調べた。するといくつかの兆候があった。過去一〇か月のあいだにソーシャルサービスが数回にわたってアパートメントを訪ね、暴力を受けている女性と、いくつかの危険信号を確認していたのだ。使用済みのおむつが散らばった床、電線が飛び出したケーブル、傷だらけの子供たち。とはいえ、ソーシャルサービスの役目は「家族を修復」する手助けをすることであって、ばらばらにすることではない。引き離したところで、シャネアのような子供はたいていの場合、元の壊れた家に何度でも連れ戻されてしまうのだ。

ユリアナの供述内容を知ったとき、ボーイフレンドはロバートに襲いかかり、ほかの警官たちが取調室に駆けつける事態になった。陪審員団は彼に終身刑と禁錮六〇年を言い渡した。ところがシャネアの実の父親の怒りはおさまらず、ユリアナのボーイフレンドのきょうだいで、遺体を棄てるのを手伝ったとされる男を殺してしまった。「目には目をということだ」とウェブ郡保安官は言った。検察官としても、復讐によるこの殺人を事実審理に持ち込むことには興味がなかった。陪審員団がこの男を有罪にするとは考えにくかったからだ。

一方、ユリアナは子供に怪我を負わせた件で有罪を認めた。判決が下る日、彼女は三男を帝王切開で産んだあとで、まだ回復途中にあった。裁判所は彼女に禁錮二〇年を言い渡し、赤ん坊は二人の兄とともに一時的に里親のもとで養育されることになった。運がよければ、いちばん上の息子がガブリエルの歳になる頃には出てこられるはずだ。

17　次の王者は誰か

二〇〇五年九月に出所したとき、ガブリエルは自分に対する扱いが変わったことに気づいた。タンピコという町の、メキシコ湾に面したプラヤミラマルでは、カンパニーの男たちとともに数日間の休暇に訪れたガブリエルに、ホテルの一室が用意されていた。クラブに行けば、あいつは腹が据わっているという声があちこちから聞こえた。

ガブリエルのいない三か月間にも、カンパニーはラレドで存在感を増していた。新人が増え、ヒルサイドの公立図書館の近所に新しいアジトができ、ラステカのリンカーン二〇七番地の母が暮らす家のすぐそばにアパートメントが一ブロック丸ごと借りてあった。アパートメントには食料、武器、車が保管され、ガブリエルがいないあいだに雇われた新しい殺し屋、新しいアメリカ人のウルフ・ボーイたちが暮らしていた。

こうした新人たちを鬱陶しく思うこともあった。彼らは粋がっているだけの「チャッキー」、つまりワナビーのように見え、たいした経験もないくせに、いざというときには頼りなかった。あるいは逆に、頭のねじがはずれたようなのもいた。あるチャッキーはコークを大量に吸い、鼻の穴にはつねに乾いた血がこびりついていた。また別のチャッキーはクールなやつだったが、そのガールフレンドはシナロア・カルテルの協力者として知られていた。その秘密が明るみになれば、ただで済むはずがなかった。

二〇〇五年の夏が色あせていくなか、ガブリエルとメメ・フローレスはタンピコのビーチからハイウェイの八五号線に乗ってタマウリパス州南部の山々を越え、モンテレイの市街地を抜けてヌエボラレドへと戻る途中だった。メメの防弾仕様のジープ・チェロキーを運転しながら、ガブリエルは神経を尖らせていた。敵《コントラ》があらわれたときは慣例に従い、部下であるガブリエルが銃で反撃しながらメメを逃がすことになっている。ふたりとも三八スーパーを身に着け、目をカッと見開いていた。ガブリエルは無線を傍受して行く手に敵がいないか確かめながら、コンソールにつないだ複数の携帯電話が鳴るたびに応えていた。チェロキーの後部には、床にボルトで固定した三脚に遠距離仕様のアサルトライフルが取り付けてあった。頭のなかで、予備の銃を隠したダッシュボード裏のコンパートメントを開ける手順を確認する。エアコンを全開にし、ギアをニュートラルに入れ、ドアをロックして、ブレーキを踏み込む。

彼はブルーノ・オロスコの件でしくじり、郡刑務所で三か月間過ごした経験から、アメリカで仕事をするのはメキシコよりも難しいことを思い知った。これからもメメの下で働き、車や武器の調達や、なんなら少量のドラッグの運び屋もしたいと思ってはいたものの、カンパニーからは抜けようと決めていた。テキサスでは、これ以上やりたくなかった。刑務所に逆戻りしたくなかった。ヌエボラレドに着くまでの四時間に、彼は今後について、メメに探りを入れた。

「おまえは下手したら、もっと物騒なプラサに配属されていた可能性もあったんだ。モンテレイとか、ミチョアカン州のどこかの町みたいな場所にな」とメメは説明した。「そういう場所では、毎日のようにコントラや連邦捜査官たちと撃ち合いだ」。その言葉が正しいのをガブリエルは知っていた。出所して以来、ガブリエルやラステカの仲間たちはウェンセスとたびたび連絡を取っていた。ウェンセスは南部のミチョアカン州みたいな場所から、「調子はどうよ」と電話をかけてきて、向こうでのミッションについて教えてくれた。すると翌日、それが新聞で報じられているのを見て、みんなは「やべえ！　あいつマジでやりやがった！」などと騒ぐのだった。「おまえが国境に配属された理由はだな」とメメは続けた。「難しい仕事をしてもらうのに、いちばん信用できる殺し屋《シカリオ》だからだ。カンパニーはおまえにいくつかのプランを用意してる。おまえはそれに選ばれたんだ」

「選ばれた？」とガブリエルは聞き返した。

「あらゆることを身につけてもらう」とメメは言った。「覚悟しろ。まもなくおまえは六か月間のキャンプに送り込まれて、司令官になる」

メメはガブリエルがここまで来るのに手を貸してくれた人であり、レイノサやマタモロスに彼を連れていき、仕事のやり方を教えてくれた人だった。彼の保証人となり、成長を見守ってくれた。おまけに、メメは優しかった。以前、いっしょにクラブに行ったときのことだ。ガブリエルはメメの服装を褒めた。「そのシャツ、すごくいいね」。するとその場で、ストリッパーたちがポールで回転しているすぐ横で、メメは自分のヴェルサーチのシャツを脱いで、ガブリエルの着古したゲスのシャツと交換してくれた。メメはガブリエルをかわいがった。しかも、メメはカトルセのお気に入りであり、アドバイザーであり、カトルセはセタスの最高幹部のひとりなのだった。

難しい仕事をしてもらうのに、いちばん信用できる？

司令官？

どいつが俺の兵隊だ。

俺が正解です。

もしガブリエルが組織の信頼性に疑問を抱いたことがあったとしても、メメの言葉がその見方を変えてしまった。彼を父親のように思うなんてばかげている。が、メメはガブリエルの恩人で、ビジネスの手ほどきをして、自信をくれた。だから、国境地帯に配属されたのはガブリエルが特別な存在だからだと言われたとき、なにも疑問に思わなかった。メメに出会ったのは、ガブリエルが車や武器を密輸していたときだった。叩き上げのカポたちにかんする裏社会の伝説は、まさにそういう仕事、まさにガブリエルがしていたような仕事から始まっているのだ。あのオシエルが車を手配してくれていた、とか、ミゲルが誰それのためにダラスまでクサを運んでいた、とか。人は手に入れると決めたものを手に入れるのだ。

チャッキーどものことだって、そう悪くはないとガブリエルは思った。たしかに、やつらはワナビーだ。だが、彼の代わりに腰を上げて仕事をこなしてくれる仲間でもある。それから自分の殺人罪のことを考えた。裁判の日が来るまでには、フルタイムでメキシコにいられるようになる可能性が高かったし、こちら側にいれば、誰も彼に手出しはできなかった。

ヌエボラレドに近づいたとき、ガブリエルはメメにプラサの運営に必要なものはなにか訊いてみた。メメは「いい質問だ!」と言って、しばし考えてから、一般論として次のような言葉で答えた。「つねに自制心を保つこと。すべての人に敬意を払うこと。自分のシカリオたちを褒めてやること。そいつらの体面を傷つけないこと」

ガブリエルはうなずいた。きっと、プラサの運営に必要なものはほかにもあるはずだ。でもそれはこれから時間をかけて学べばいいということだろう。

ふたりがヌエボラレドに戻ってくると、全員がある動画を見ていた。

変化を伴う出来事がつねにそうであるように、その動画のことはカンパニーの内部で徐々に全貌が明らかになり、階級を超えて隅々にまで知れ渡った。事の発端は、セタスの五人のシカリオがアカプルコに送り込まれたことだった。彼らの目的はラ・バービーから賄賂をもらっている警官たちを殺して、プラサを掌握することだった。彼らはルールを知っていた。クラブに行ってはならない、夜に出歩いてはならない、独りで行動してはならない。反抗なのか、若さゆえに海辺のリゾート地のナイトライフの誘惑に負けたのかは知らないが、出張中の殺し屋たちはクラブに行った。彼らの北部人《ノルテーニョ》らしい顔つきは、アカプルコの閉鎖的な麻薬コミュニティでは、よそ者として目を引いた。

一五分後には、警官がラ・バービーに伝えていた。セタスの人間があんたを殺すために町に来ている、と。翌日、ラ・バービーの手下がセタスのアジトを襲撃し、暗殺者のうち三人を取り押さえた。四人目は逃げる途中、裏庭に携帯電話を落としていった。五人目は街なかで公衆電話から姉妹に電話をかけているとき、ラ・バービーの手下にみぞおちを殴られ、休暇を楽しむために連れてきていた妻とその連れ子である二歳の娘とともにSUVに押し込まれた。逃げたシカリオは夜通し車を走らせた。彼によってヌエボラレドに知らせが届けられると、ミゲル・トレビーニョは落とした携帯電話に電話をかけてラ・バービーを呼び出し、部下たちを返すように頼んだ。「いくらでも希望の額を払おう」

「いらない」とラ・バービーは言った。「カネならある」

「わかった、じゃあプラサをやる。レイノサとヌエボラレド――おまえがいちばんほしがっている場所、戦いの争点になっている場所だ」

ラ・バービーはそんな手に引っかかるほど浅はかではなかった。「戦争は戦争だ」と彼は言った。「それなら、家族を解放しろ」

ラ・バービーは妻とその娘を一晩、拘束した。翌朝、彼は少女にバナナ入りのシリアルを作ってやり、プールで遊ばせた。「おまえの旦那から、愛していると伝えるように言われたぞ」。彼は未亡人になったばかりの女にそう告げると、家に帰れるように一〇〇〇ペソ——約七〇ドル——を渡した。

それから数か月後に明るみに出たＤＶＤ動画には、壁にテープで貼りつけた黒いゴミ袋を背景に、痣や傷だらけで血を流した四人の男たち——そのうち二人は上半身裸だった——が床に座る姿が映し出されていた。カメラの後ろに立っているラ・バービーが、捕虜たちにその身分や仕事の内容を説明するように言った。

「俺は軍隊に八年いた」と一人目の男は言った。「軍隊にコネがあって、パトロールの情報を入手できる」。男は、セタスがタマウリパス州の司法長官に腹を立てていると話した。司法長官が、賄賂を受け取りながら、カンパニーに対する軍事活動を承認しているからだ。さらに男は、ヌエボラレドの新警察署長はまもなく殺されるだろうと言った。去る六月に就任の数時間後に暗殺された前署長について言及し、注目を集めすぎたのが理由だという。

ラ・バービーは次に移った。

「俺はＧＡＦＥにいた」と二番目の男が言った。「いまはリクルーターをしてる」。セタスはＧＡＦＥの脱走兵ではない人間もリクルートして、四か所あるキャンプのどれかで訓練を受けさせていると話した。キャンプはヌエボラレド、モンテレイ、ミゲルアレマン、シウダー・ミエルにあるという。

「かつては鷹《アルコン》として働いてた」と三番目の男が言った。プラサ内に潜み、コントラを探す偵察係だ。「そのあとはキャラバンに配属されて、ミゲルたちの送迎をしてる。捕虜を捕まえたら、ミゲルやメメ・フローレスがそいつをギソに送り込むかどうか決める」

「ギソとは？」とラ・バービーが訊いた。

「誰かを捕まえたら、麻薬やカネの流れについて情報を引き出し、ほしいものが手に入ったら拷問して処刑する。それから農場みたいなところに連れていって頭を撃ち抜き、ドラム缶に放り込んで、軽油とかガソリンみたいないろんな燃料で遺体を燃やす」

ラ・バービーは、ヌエボラレドのラジオ局の女性記者が少し前に遺体で発見されたことについて訊いた。

「ルピタ・エスカミージャはニュース原稿の責任者で、いろんなことが全国ニュースにならないように管理してた。だが、あるときからその仕事を続けることを拒んだために、セタスが送り込んだ人間に殺された」

「じゃあ、おまえはどうだ？」と、ラ・バービーは四番目の男に尋ねた。その若い男はポジョと呼ばれていて、ガブリエルは子供の頃から知っていた。ところがポジョが答える前に、画面の外から銃があらわれ、彼の頭を吹き飛ばした。ガブリエルは生まれて初めて友人が殺されるのを目にした。映像はそこで終わっていたが、残りの三人も同じように撃ち殺されたと思われた。

カンパニーはラ・バービーの首に一〇〇万ドルの賞金を懸けた。噂によれば、ラ・バービーは太平洋沿岸のアカプルコに居を定めたということだったが、家族に会いにたびたびラレドにも来ていると考える者もいた。

出所から一週間が経ち、メメの言葉がいまだに頭のなかで鳴り響いていたガブリエル――夏中かかって刑務所のなかで信仰心を取り戻したあと、ふたたびロシュに頼るようになっていた――は、どんなことをしてでもカンパニーで成功してやろうと心に決めた。ラ・バービーを殺して、次のアメリカ人王者になるのだと決意した。

ガブリエル・カルドナが保釈金を払って出所した九月頃を境に、ＯＣＤＥＴＦでセタス幹部に対する捜査をおこなう可能性についてのアンヘル・モレーノの意見は変わった。きっかけは、ダラス出身のアメリカ人密輸業者が逮捕され、モレーノがいつものように本人から弁解を聞くための面談をおこなったことだった。

それに先立ち、匿名の通報を受けた警察が、ラレドの北側のトパーズ・トレイルに建つマリオ・アルバラードのピンク色のアジトに踏み込んでいた。アルバラードはカウチのなかに八〇ポンド［約三六キログラム］のマリファナを詰め、テレビの内側には数キログラムのコカインを隠していた。アルバラードのような男にとっては売買目的と言えるほどの量ではなかったが、刑務所に入るにはじゅうぶんな数字だった。なんとか取引をして刑期を短くしたいと考えた二二歳のアルバラードは、過去四年間にわたってセタスの幹部と直接取引していたことをモレーノに語り始めた。ミゲルとオマールのトレビーニョ兄弟や、彼らが率いるセタスの人脈を個人的に知っていると彼は言った。さらに兄弟と狩りをしたこと、いっしょに仕事をしたことがあるだけでなく、彼らに人質に取られたことまであるという。

モレーノは夏にロバートとのランチミーティングで話したことを振り返りながら、真剣に考え始めた。例のガブリエル・カルドナとマリオ・アルバラード――本人たちにつながりはないが、セタスの関係者という共通点がある――を使って、ＯＣＤＥＴＦの捜査をおこなう根拠とすることは可能か？　理論的には可能だ。ただし、ＯＣＤＥＴＦのケースとして承認されるには、少なくともあと一人の連邦捜査官に加わってもらう必要があった。選択肢はいくつもあった。ＦＢＩ、ＡＴＦ、ＤＥＡ、ＩＣＥ。どの機関もラレドで強力な存在感を示していて、モレーノはすべてのボスを知っていた。彼は各所を回って、支援を仰ごうとした。

ＯＣＤＥＴＦの捜査が目指すのは、カルテルの「大物」を捕らえることだ。だが、なにをもって「大物」とするのか？　政府が「大物」だと認識する要素は、世間の認識を形作っているのと同じ要素だった。つまり、メディアの報道だ。トレビーニョ兄弟はアメリカでは知名度が低く、セタスの統率力も、実はそれがエリベルト・ラスカーノや「カトルセ」ことエフライン・テオドロ・トーレスという、かつて特殊部隊にいた無名の男たちで構成されていることもあまり知られていなかった。

一方、ラ・バービーはイメージ戦略に以前から力を入れていた。メキシコの新聞にたびたび声明を出し、自分は合法的な商売をおこなう実業家であり、メキシコ政府にはセタスという「ならず者たち」をぜひとも排除していただきたい、と主張した。さらに、その夏を通してロバートとラレド警察は、いまや「バービーによる処刑動画」として知られるようになったものを公開しないことに決めていた。とはいえ、高まりつつある脅威について誤解がないようにするために、連邦機関――行方不明者の捜索を担当するＦＢＩなどだ――の一部の人間とは動画を共有した。その結果、ひとりのＦＢＩ捜査官が動画をリークして、それがどういうわけかワシントン州タコマの小さな新聞社にたどり着いたが、そこの記者たちはメキシコの麻薬カルテルについてあまり知識がなく、スペイン語も理解しなかった。そこでインターネットで「セタス」を調べると、アルフレド・コルチャドというメキシコ系アメリカ人ジャーナリストで、『ダラス・モーニング・ニュース』紙のメキシコシティ支局長を務める人物が書いたニュース記事が出てきた。彼らは動画をコルチャドに送った。コルチャドは映像のなかで述べられていることについて調べ、『ダラス・モーニング・ニュース』に記事を書き、動画をネット上に投稿した。「バービーによる処刑動画」は瞬く間に拡散し、メキシコやアメリカじゅうのテレビで繰り返し流れ、ラ・バービーを世界的な有名人にしただけでなく、彼の本業にかんする疑惑に答えを出してしまった。

ラレド育ちで、若い頃から密輸事件を起こしていたラ・バービーのことを、アメリカの当局は知っていた。ラレドの捜査機関でもミゲル・トレビーニョの評判は高まりつつあり、情報提供者たちは取調室にやってくるたびに彼の話をしたが、多くの者はまだ、ミゲルが二流プレーヤーだと信じていた。実際には、ラ・バービーは成功した密輸商人であり、有能な兵隊であるとはいえ、メキシコの麻薬マフィアのヒエラルキーのなかでは中堅に位置し、重要度でいえばミゲルのそれ以上でも以下でもなかった。にもかかわらず、むごたらしい動画や、それにかんする記事や、ラレド出身であることや、ブロンドのプレッピーな外見がすべて合わさって、ラ・バービーは麻薬戦争の新しいシンボルになった——ただし世間の目から見て、というのはつまり米国政府の目から見て、ということでもある。ワシントンDCが捕まえたいのはラ・バービーだった。DEAは、ラ・バービーの取り巻きのなかに内通者を確保していた。実はその内通者というのが、ロバートにビデオを渡した張本人であることも明らかになった。

そんなわけで、各機関のトップたちはアンヘル・モレーノが提案した対セタスの計画を辞退した。モレーノのほうが地方機関のボスよりも立場は上だったが、各機関の権限は彼らにあった。彼らはモレーノを尊敬していた。だが、なかには過去に面子をつぶされた苦い記憶を持つ者もいた。モレーノが彼らを通すことなく捜査官に指示を出したり、ヒューストンにいる彼らのボスに直接話を持っていったりしたことだ。とにかくターゲットはラ・バービーだと、彼らは確信をもって言った。

『ダラス・モーニング・ニュース』のメキシコシティ支局長、アルフレド・コルチャドは、「バービーによる処刑動画」を受け取って数回見たあと、ビセンテ・フォックス政権で麻薬対策本部長《ドラッグ・ツァー》を務める検察官のホセ・ルイス・サンティアゴ・バスコンセロスに会うためにタマウリパス州に向かった。動画のなかで、カンパニーから金を受け取っていると言われていたバスコンセロスはコルチャドに取材されることを嫌がり、三度キャンセルした。コルチャドがようやく取材にこぎつけたのは、バスコンセロスに会わせるようフォックス政権に働きかけたあとだった。

元ブロッコリー農家でコカ・コーラ社の社長も務めたビセンテ・フォックスは、二〇〇〇年にメキシコ大統領に就任した。改革を約束したにもかかわらず、彼は麻薬王たちを追及するのに、多くの人が手ぬるいと考えるようなアプローチをとった。アメリカの捜査当局は、メキシコの重要な犯罪者にかんする内部情報を次々にフォックス政権に送ったが、情報は放置されるか、でなければ当の犯罪者と共有されてしまう始末だった。コルチャドは本人を何度も取材した経験から、フォックスは単に、増大しつつあるカルテルの脅威を認めたくないのだと考えていた。フォックスはカルテルにかんする外国の報道のせいで、彼が打ち立てようとするメキシコのイメージ、盛り上がる民主主義というイメージを失墜させたくないと思っていたのだ。

「まったくのでたらめだ」とバスコンセロスが言ったのは、コルチャドがついに対面し、バスコンセロスが賄賂を受け取っているとしてセタスの殺し屋に名指しされるＤＶＤを無理やり見せたときだった。「彼らはどんな嘘もつく。拷問されているときはなおさらだ。いまに始まったことじゃない」と彼はコルチャドに言った。「これはきみ向けの内容じゃない。観光について書くことに専念したらどうだ？そっちのほうが安全だぞ」

18 仲間

二〇〇五年一〇月上旬、ラレドに帰ってきたガブリエルがニディアの店で髪を切ってもらっているとき、背の低い若者がふらりと入ってきた。サンダル履きに、ブラックジーンズに、メッシュのタンクトップというかっこうで、カンティンフラスのような口ひげを生やし、マリファナでハイになっている様子だ。ほんの少し背が伸びていたが、それでもいまだに一五〇センチをやっと超える程度だった。

「ひでえツラしてんな！」とガブリエルは狭い店内の奥から叫んだ。

「あいかわらずだな」とバートは言った。

刑務所に入る前、ガブリエルは幼なじみのバート・レタから何度か電話をもらっていた。バートのほうはマリファナの所持や、七年生の教室にショットガンを持ち込んで敵対するギャングのメンバーの胸をそれで叩いた加重暴行などの罪状が積み重なり、テキサス州青少年委員会《TYC》の少年院に一三か月間入っていたのだった。

ガブリエルやバートが生まれ育ったゲットーでは、暴力をふるったり、すぐにキレたりするのは当たり前のことだった。ガブリエルが思うに、無鉄砲でも、たとえ冷酷でも、「いい子」でいることは可能だったし、実際にストリートではそういう資質がもてはやされた。しかしながら、ガブリエルがバートのことを「いい子」だと思っていたのは、彼がとんでもなく義理堅いやつだからだった。彼はたびたび他人の罪をかぶることになっても、決して闇の仕事から手を引こうとはしなかった。

とはいえ、ガブリエルから見ても、バートは変わっていた。バートは他人の痛みに無頓着なだけでなく、自分の人生に対しても投げやりで、すべては冗談だと思っていた。加重暴行やドラッグの所持で逮捕されても、そういう挫折に対して、ふつうの人がラッシュアワーの渋滞で抱く程度の不安すら感じなかった。手錠をかけられて連行されていくときは、いつも彼のトレードマークである悲しげな仔犬みたいな表情を浮かべて、急にケラケラ笑いだすのだった。「あいつがありのままの自分を出せなかったのは、周囲に溶け込みたかったからだ」。ガブリエルは友人についてそんなふうに分析し、それを「背が低い男のコンプレックス」のせいだとした。バートは無鉄砲で冗談好きな外観の裏に、怒りを抱えていた。家族にろくに食べさせてもらえなかった貧しい少年の怒り、背が低く、仲間に「チビ」呼ばわりされてしまう少年の怒り、年上のギャング仲間にひたすら承認してもらいたくて、そのためにはリスクも厭わず、どんな犠牲も払っていいと思っている一六歳の怒りだ。

バートが二〇〇五年七月にTYCを出所するまでの数か月間、収監中のふたりはよく電話で噂話をした。誰がなかに入ったとか、誰が出てきたとかいう話だ。ガブリエルは、ユナイテッド高校のフレサと付き合っていることを話した。バートのほうは神話や詩集を読んで、自分でもいくつか書いてみたことを話した。感情を詰め込んで、自分の声を他人がしゃべっているように書くことができるんだと得意げに語った。TYCでは毎日のように受刑者同士の喧嘩があり、他人を操って争うように仕向けるなんていう話もした。それから彼は、〈スール13〉というカリフォルニアのギャングに入ったと自慢げに言った。「やめとけって」とガブリエルは言った。「スール13はあっちじゃ幅きかせてんのかもしんないけど、テキサスじゃたいしたことねえだろ」

こういう相手を見下したような物言いは、ふたりの間柄ではごくふつうのことで、ガブリエルはよくバートを怒らせるようなことをわざと言ってばかにしたが、そこには暗黙の了解があった。そういうとき、ガブリエルはバートにできるかぎりのことをしてやりたい、助けてやりたいと思っているのだった。誰がボスで、誰が「地元でいちばんヤバいやつ」なのかははっきりしているのだから。

「そうか?」とバートは言った。「もっとマシな当てがあるわけ?」

「ウェンセスといっしょに、でかいことをやってるんだ」とガブリエルは説明した。「おまえもそこから出たら、ひと稼ぎさせてやるよ」

そうしていま、行きつけの理容室で、ガブリエルはニディアにバートの散髪代を自分のつけにしておくように頼んだ。

それからというもの、バートはガブリエルのアパートメントとガールフレンドの家を行ったり来たりするようになった。そのガールフレンドが、バートがいないあいだにほかの男と付き合っていたことや、彼女が妊娠して、その男の子供を宿していることは誰もが知っていた。だが彼らの地元では子持ちの女と同棲するのはタブーとされていたので、からかわれないために、バートは自分の子供だと言い張った。

ニディアの店で会ってから数日後の午後、ガブリエルがラステカをドライヴしていると、自転車に乗るバートを見つけた。彼はバートをラレドのショッピングモールに連れていき、そこでラコステやヴェルサーチのシャツ、カルバン・クラインのジーンズ、ベルト、腕時計、コロン、ポロのブーツ、それから携帯電話を一台買ってやった。それからバートをある人々に会わせるためにヌエボラレドに連れていった。バートはすぐさま幹部たちに気に入られ、ミゲルは彼をそのままメキシコに置いておくことに決めた。

メメ・フローレスがガブリエルをカンパニーにリクルートしたのと同じように、ガブリエルも才能ある人材を発掘した。彼自身が有利な立場にあったとはいえ、アメリカ人を連れてきたのだ。バートがガブリエルに認めてもらいたかったのと同じように、ガブリエルもカンパニーの「父親たち」を喜ばせたかった。バートのような若い兵隊を届けたことは、出世を目論む彼にとっていい滑り出しになった。

その後の半年間にわたってガブリエルを駆り立てたものを理解するには、メキシコで活動することとアメリカで活動することの違いを知ることが重要だ。メキシコでは、カンパニーの上層部から直接指示が下される。メキシコにいるコマンダンテ・デ・マンド、つまり小さなグループを率いる下級司令官は部下を選べず、したがって上層部に対する説明責任もそれほど重くない。だが、アメリカのコマンダンテ・デ・マンド――ガブリエルに与えられた地位だ――の場合は、遠く離れたメキシコのボスたちのほかに監視する人間がいないぶん、信頼がより重要になってくる。ガブリエルはメメやミゲルから指示を受けるが、テキサスでは自分のチームのメンバーを自分でリクルートしなければならない。パートナーや部下を自分で選ぶのだから、彼らの行動への責任は、メキシコで同じようなグループを動かすときよりも重かった。

そういう力やプレッシャーは心地よかったし、ラステカの仲間たちから敬意を向けられるのは気分がよかった。特にガブリエルの元上司が仕事を探しにきたときは最高の気分だった。

それに先立つ六月、ガブリエルがブルーノ・オロスコ殺害事件で逮捕された頃、サンアントニオにあるリチャード・ハッソの麻薬倉庫がＤＥＡによって摘発された。マイアミにいるキューバ人バイヤーが

ＤＥＡに逮捕され、いつのまにか内通者になっていたことからリチャードの災難は始まった。そのキューバ人は信頼できる取引相手だったので、彼が最近詐欺に遭い、借りを返すためにさらにコカインが必要だと言いだしたとき、リチャードは素直に二二七キロの商品を用意した。そしてキューバ人はＤＥＡの盗聴器を身に着けた状態で商品を取りにきた。翌週、キューバ人が六〇〇万ドルを持ってあらわれ、さらに四〇〇キロの追加注文をしにきたとき、リチャードはパーティーに出かけていたので、義理の兄に倉庫でキューバ人と落ち合うように頼んだ。そして義理の兄が倉庫に行ってみると、そこにはＤＥＡ捜査官から成る逮捕チームがいたというわけだった。

リチャードはメキシコに逃がれ、その後、彼の名前を記した起訴状が提出された。本来なら摘発の際に倉庫にいるはずだった彼に、シナロア系列の供給元は疑問を投げかけた。六二七キロ――一〇〇〇万ドル以上だ――もの負債がリチャードに降りかかった。しかも義理の兄が政府の情報提供者になったときては手も足も出なかった。だが供給元はリチャードを許し、新しい輸送ラインの開拓資金として二〇万ドルを渡し、まずは「様子見に」と五〇キロずつ、二つの積み荷を運ばせた。リチャードはコストを削減するために経験の浅い運転手を雇い、結果として積み荷は二つとも押収されてしまった。そうなってはリチャードの過去の成功などもはや意味がなかった。

供給元はリチャードに、最後にひとつだけ選択肢を示した。モンテレイに移り、そこでビジネスをしながら損失を取り戻すという話だった。リチャードはじっくり考えた。よく知らないメキシコの町で？　つねに監視されながら？　家族を残して？　それは賢い選択かもしれないし、愚かな選択かもしれない。金を稼ぐか、死体で発見されるか。結局、テキサスに戻ることに決めた彼は、年季の入った密輸道具を売り払い、最後に残った一万五〇〇〇ドルで安売りのマリファナを仕入れてサンアントニオに行ったが、売れなかった。そこで彼は過去に組んだことのある相手に、運び屋の仕事がないか訊いてまわった。だが、彼らはリチャードが指名手配中であるのを知っていたし、密告者になった義理の兄のことも知っていた。みんなリチャードのことは好きだったが、もうそういう仕事はしていないと言って彼に背を向けた。激動の数か月間を過ごすうちに、気づけば彼が築いたものはすべて消えていた。彼はまだ二一歳だった。

実のところ、運び屋稼業は誰にとってもますます厳しくなっていた。ヌエボラレドをめぐる抗争によってコカインの国境価格は二五パーセント上昇した。メキシコ国内で積み荷を動かすのに、より多くの血が流されるようになったせいだ。ところがダラス、アトランタ、シカゴ、ニューヨークでの価格は、国境での相場の変動をたいして反映していなかった。そうなると景気低迷の煽りを最も食うのが、リチャードのような中間業者である運び屋たちだった。

リチャードには妻子がいて、金が必要だった。巻き返しをはかる必要があった。

運も尽きかけていた彼は、古い仲間であるガブリエルに訊いてみることにした。噂によれば、ガブリエルやウェンセスのようなラステカの若者がカンパニーのために襲撃をおこない、暗殺の仕事をしているらしかった。もしかしたらガブリエルの殺し屋クルーの一員にしてもらえるかもしれない。この手の鞍替えは国境地帯の裏社会ではよくあることだった。生き残るために、運び屋が人を殺し、殺し屋が密輸をする。

リチャードはラステカのジェファーソン通りにあるアジトまで歩いていくと、ドアを叩いてガブリエルとの面会を申し込み、奥にあるベッドルームに通された。ガブリエルは初め、ただリチャードを見つめて、彼が仕事をほしいと言ってきたことにびっくりしているようだった。かつてのボスが人生に行き詰まっているのを見て、ガブリエルが多少なりとも喜んでいるのが、リチャードには手に取るようにわかった。

「かつてあんたが稼いでたような額はもらえないよ」とガブリエルは言った。

リチャードはうなずいた。ウルフ・ボーイたちが大きな金銭的見返りを期待しているわけではないことを彼は知っていた。ガブリエルには密輸のノウハウがないために、セタスのコネクションを最大限に生かしきれていなかった。そんなガブリエルでも務めを果たすことができるらしい。もしガブリエルにカンパニーの人間を紹介してもらえれば、リチャードは最強のカルテルと直接つながることができる。もしそうなれば、万が一そうなってくれれば、あとは過去にシナロア系列の供給元と取引していたことが問題にならないことを願うばかりだ。

二度目のチャンスというのは、そうあるものではない。だが、もしそれを得ることができたら、ほかの男の影をちらつかせるようになっていた妻の信頼も取り戻せるかもしれない。子供のおもちゃ、車、パーティー、称賛と愛情——それらが全部いっきに、ゲームをリセットしたみたいに戻ってくるかもしれない。そのためにしなければならないことはなんだ？　暗殺に何件か同行する？　かまうものか。そういうやつらはどのみち死ぬのだから。もう一度、自分のすべきことをするときが来たのだ。

一方、リチャードと組むことについて検討するガブリエルには、彼なりの思惑があった。セタスのなかでのしあがって、メキシコに自分のプラサを持てるようになるには、カルテルのビジネスを前進させることのできるパートナー、つまり密輸に詳しい人間が必要だった。ガブリエルはリチャードの運び屋の仕事を手伝った経験から、それがいかに難しいビジネスであるかを知っていた。ただ、ひとつ気がかりなのは、リチャードの家族のことだった。いい殺し屋《シカリオ》とは妥協しない人間のことだ。自爆精神を理念とする組織にとって、妻子がいる人間は理想的な候補者ではなかった。それでも、未来がひらけるような感覚と、リチャード――もっと昔、向こうがやり手のハスラーで、ガブリエルが新米だったときは、彼に鼻であしらわれたように感じたこともあった――が初めて示してくれた敬意は、ガブリエルの心を動かした。彼はリチャードを採用することにした。

一方、ラ・バービーのほうもカンパニーに対して独自のアクションを起こしていた。九月に、彼はラウラ・モラーノ、通称「黒い未亡人《ブラック・ウィドウ》」と呼ばれる有名なパンテーラ、つまり女スパイに面会を申し込んだ。ブラック・ウィドウは、「タリバン」と呼ばれているセタスの司令官、イバン・ベラスケス＝カバジェーロと恋愛関係にあった。タリバンは、セタスの最高幹部であるエリベルト・ラスカーノの専属料理人からスタートして、現在はミゲルとともにヌエボラレドのプラサを管理していた。タリバンはヌエボラレドの地元警察に定期的に五万ドルを渡していて、ブラック・ウィドウはその受け渡しにも同行した。ふたりが寝るときはいつも、武装した五人の男たちが周辺の警護にあたった。ブラック・ウィドウはしばしば夜に外出しては、彼らに食料を調達してやった。

そしていま、ラ・バービーはヌエボラレドにいるセタスの内通者を通じてブラック・ウィドウをアカプルコの自宅に呼び寄せ、一〇〇万ドルを提示して、タリバンを殺害するお膳立てをしてくれないかと持ちかけた。ラ・バービーはできるだけ説得力がありそうなことを言った。「やつらは子供を殺すし、家族を殺すし、拉致もする」。ラ・バービーは、戦争を終わらせてヌエボラレドに平和が戻ることを願っている、と言った。ブラック・ウィドウはうなずいた。ノーと言えば殺されるのはわかっていた。だからイエスと言った。それから彼女はタリバンの家に行き、ラ・バービーの企みを伝えた。

ガブリエルはラレドのクラブの写真を載せたウェブサイトを調べていた。叔父のラウルによれば、おそらくラ・バービーはごくありふれた場所に潜んでいて、週末はラレドにある両親の家で過ごしているというのだ。ガブリエルはその家を監視した。ドライヴウェイにはフォード・エクスペディションが後部をガレージに向けて停まっていた。防弾仕様に見えた。運転席には人がいるようだった。ガブリエルはその家に執着したが、やがてミゲルから電話があって、「いいかげんにしろ！」と言われた。ラ・バービーは当分のあいだ捕まらないだろうし、仕事はほかにもあるのだからと。

二〇〇五年一一月の感謝祭の前日、ガブリエルはラレドでシナロアの敵を負傷させたが、殺すにはいたらなかった。翌日、ラレド警察が彼を捜しにやってきた。ラレドの交差点で接触事故が起きた際に、市民に向かって銃を突きつけたせいだった。彼はラステカのジェファーソン通りにあるアジトで逮捕された。昼前には彼の下で働いていたラステカの仲間たちが三万一〇〇〇ドルの保釈金を支払い、あっというまに出てきたあと、ヒルサイドのアジトでほかのウルフ・ボーイたちに合流した。そこにはメキシコのトレーニング・キャンプから戻ってきたばかりのバートも滞在していた。

ふたりはモイセス・ガルシアという、ラレドでは有力な密輸商人の動向を探り始めた。

19　黒い手の兄弟たち

「なあ」と、ガブリエルはヒルサイドのアジトがある北に向かって疾走する運転手付きのＳＵＶのなかで言った。「おまえが一瞬で片づけたのが信じらんねえわ。窓につかつか歩いてって、頭をぶち抜くとかさ」

「ああ、女のほうにも当たったんじゃないかな」とバートは言った。「男のほうは間違いなく頭に当たった。生きてはいないだろうな」

運転をしていたリチャードの妻が鋭く言った。「聞きたくないんですけど！」

彼女はリチャードの八歳年上で、ガブリエルとバートとは一〇歳違った。彼女が〈トルタメックス〉というトルタ［メキシコ風サンドイッチ］屋近くの食料雑貨店でガブリエルたちを拾うことになったのは、ほかに誰も電話に出なかったからだった。ふたりは笑った。あんたも共犯だろ！

ヒルサイドのアジトに帰ってくるとバートは興奮した子供のようにカウチに飛び乗り、みんなで夜のニュース番組がモイセス・ガルシアの死を正式に告げるのを待った。仲間たちはバートをからかった。

「初仕事なんだろ！　間違いなく夢に出るぞ！」

「まさか！」とバートは言った。なかには心が弱くて、良心の呵責を感じるやつもいることを彼は知っていたが、結果的に彼の場合は、「魚みたいにぐっすり」眠れた。

〈トルタメックス〉の駐車場から救急車でラレド医療センターに搬送される前、未亡人になったばかりの女はロバート・ガルシアに次のように語った。彼女が家族とともに食べ終えたとき、夫の携帯に家に帰るようにという連絡が入った。一家がレストランの駐車場から出ようとすると、彼らの白いレクサスの前に白いフォードのSUVがあらわれて出口をふさいだ。彼女は助手席に座っていた。後部座席には義理の兄がいて、その横には三歳になる彼女の息子がいた。するとSUVから若い男が降りてきた。色の薄いヒスパニックで、頭を丸刈りにして、背が低く、ずんぐりした体つきの男だった。それがつかつか歩いてくるので、夫に挨拶でもしにきたのかと思っていると、男はジャケットの内側に手を伸ばして発砲を始めた。

病院に運び込まれた未亡人は、銃弾の破片が背中と腹部にひとつずつ食い込んでいて、一〇段階評価でいうレベル9の痛みを訴えていた。ロバートが容疑者の写真を持って大急ぎで戻ってきたときは、彼女は大量の鎮痛剤を投与されていて、看護師からいまは適切なタイミングではないと言われた。

モイセス・ガルシアの母親は嘆き悲しんでいた。つい数日前に孫娘の洗礼を教会の信者席から見届け、新しい命の誕生と息子を失ったことを自分なりに受け入れようとしていた。彼女が選んだのは、サパタ・ハイウェイの路肩でチキンとライスのプレートを五ドルで売りながら息子の葬儀費用を集めることだった。

彼女の長男であるレネ・ガルシアは、ひたすら怒りに燃えていた。かつてギャングの世界には作法というか、約束事がいくつもあって、「家族を巻き込むな」というのは重要なルールのひとつだった。レネとモイセス――二六歳と二四歳――はラレド南部で育った。サントニーニョ――「聖なる赤ん坊」という意味だ――と呼ばれる地区が彼らの地元だった。そこには、ラレドのほかの地域よりも公然と犯罪がおこなわれる文化が根付いていた。若者だけで暮らしながらアジトやドラッグの売店《ティエンディータ》を経営し、子供が子供を産んで育てているような光景もよく見られた。ブロックごとに二つか三つの売店があったので、ラレド警察がサントニーニョに繰り出せば、それが何曜日の夜であっても個人使用目的の買い手を一ダースは捕まえることができた。彼らが一袋一〇ドルの新鮮なマリファナや、一〇〇ドルのエイトボール［八分の一オンス、つまり三・五グラム分のコカイン］を買って車に戻るところを狙うのだ。

レネとモイセスは小学生のときに地元でギャング団を名乗り、卒業後はメキシカン・マフィア――「ラ・エメ」［Mの意味］や「黒い手《ブラック・ハンド》」と呼ばれていた――というカリフォルニア発祥のチカーノ系ギャングのジュニアメンバーになった。ラ・エメの規約には、アステカの故郷とされる伝説上の地名を引き合いに出し、「我々はメキシコの地におけるアステカの戦士である」という一文があった。「我々の行動は、我々がさまざまな形で味わってきた苦難を映し出す。経済、政治、軍隊、社会、文化における苦難だ。いかなる性格の犯罪においても利益を上げるために尽くす。麻薬の密輸、暗殺の請負、売春、富裕層への強盗など、思いつくかぎりのことをする」。さらに、すべてのメンバーは「ビジネスや個人で得た利益」の一〇パーセントをラ・エメに納めることになっていた。特に狂信的なメンバーはラ・エメを宗教のようにとらえ、アステカの神々に祈り、古代ナワトル語をしゃべり、自分は戦士だと信じていた。

モイセスはレネの自慢の弟で、ダラスまで行くたびに、運試しのような密輸で「大当たり」を出してくる花形ハスラーだった。しばらくすると、ふたりはラ・エメの主導権をめぐる内紛を目の当たりにした。規律という旗の下に、組織は幹部たちを自ら間引いていった。分裂派のなかにさらに分裂派が生まれた。二〇〇〇年代初頭、モイセスはあるリーダーからの命令で同じエメのメンバーを処刑し、ヌエボラレド刑務所に二年間収監された。そして刑務所のなかでメメ・フローレスに出会った。モイセスはメメを通してビジネスを拡大し、カンパニーと取引をするようになった。

二〇〇五年一二月八日、〈トルタメックス〉の駐車場でモイセスが撃たれたとき、後部座席にいた兄のレネはラ・エメの仕業ではないかと疑った。サントニーニョ界隈にはつねに嫉妬が存在したし、モイセスは業界で急速に頭角をあらわしたことで妬まれていた。さらに金の問題もあった。モイセスはダラスでの取引で立て続けに失敗していたが、ラ・エメの兄弟たち《カルナル》はカンパニーへの負債を肩代わりすることを拒んだのだった。

そんなわけでレネはいま――母が食べ物やソーダを袋に詰めるあいだ、サパタ・ハイウェイを行きつ戻りつしながら――弟の死は組織の意志によるもので、責任はラ・エメの上層部にあると考えた。ただ、メンバーの抹殺はカルナルたちが内々におこなうべきことで、外部の組織にやらせることはあまりない。レネには、弟の暗殺はラ・エメがやったことではないように感じられた。なにしろ助手席にはレネの義理の妹がいて、後部座席の彼の隣には三歳の甥っ子がいたのだ。罪のない家族を危険にさらすのはカルナルたちのすることではなかった。

銃撃されたとき、近くにエメのメンバーの姿はなかった。白いフォード・エクスペディションから背の低い男がひとり出てきただけだった。男がポケットから取り出したのが携帯ではなく銃だと気づいたときは、もう手遅れだった。彼はチャイルドロックがかかった後部座席に閉じ込められていた。彼にできるのは甥っ子をかばい、銃声がやむまでひたすら叫び続けることだけだった。

義理の妹は一命をとりとめ、翌週には女の子が生まれた。

レネのもとにさまざまな噂が流れてきた。そこには犯人の名前も含まれていた。バート・レタ。レネは義理の妹に新しい車を買ってやりたかった。だが、悪名高い殺人事件と関連付けられてしまったいま、銃弾を浴びた弟のレクサスは売れなかった。母がサパタ・ハイウェイでチキンプレートを売っているところに、エメのリーダー――ブラック・ハンド本人だった――があらわれて、モイセスの葬儀への寄付を申し出た。ブラック・ハンドはレネの母親を抱きしめると、こんどは息子のほうにやってきて、なにが必要かと尋ねた。

「車がほしい」とレネは言った。

ブラック・ハンドは自分のシボレー・トレイルブレイザーと被弾したレクサスを交換するのはどうかと言った。レネはいいだろうと答え、レクサスの権利証とキーを渡した。ところが代わりに彼が受け取ったのは、トレイルブレイザーのキーだけだった。

「権利証は？」とレネは言った。「義理の妹が乗るから必要なんだが」

「彼女のことは放っておけ」とブラック・ハンドは言った。「すぐに別のカルナルを見つける。心配はそいつがすればいい」

レネはうなずいた。「どうして教えてくれなかった」と彼は訊いた。

「なんのことだ？」

「あいつが制裁を受けることをだ」とレネは弟の死に触れて言った。

「なあカルナル、俺たちが決めたことじゃない。やつはカンパニーにでかい借りがあったんだよ」。ブラック・ハンドはレネに、早まったことはしないように言った。「それで弟が戻ってくるわけじゃない」。

それから自分は間違いなくミゲル・トレビーニョを殺すつもりだが、まずは別のカルナルが川向こうのセタスから一万ドルとコカインを受け取りにいくので、同行してやってほしいと言った。その金は新しい密輸業務の着手金で、手にしたチャンスを現金化する前にミゲル・トレビーニョを殺してしまうのはばかげているから、と。

レネ——早くも彼はミゲル・トレビーニョとバート・レタに対面したら内臓《はらわた》を引きずり出し、その抜け殻を、「家族に手を出すな」というメッセージとともに第一国際橋から吊るす妄想にとらわれていた——は怒りで思考力が低下していたために、ブラック・ハンドの無意味な発言を疑うこともなかった。

「オーケイ。行こう」と彼は言った。

20　二流貴族

バンドが奏でるポルカのビートが、バジェエルモソの古い大農場に建つ別荘の吹き抜けに響き渡る。バジェエルモソは国境のすぐ南の、メキシコ湾から約八〇キロほど内陸に入った町で、そこのコマンダンテ・カトルセが所有する家にカンパニーの男たちが二、三〇〇人ほど集まって祝日を祝い、豪華賞品を当てようとしていた。

このよく晴れた一二月の晩に、〈ロス・トゥカネス〉のメンバーが情感たっぷりに音楽を奏でていた。ボーカルが交代しながら、バンドのヒット曲を次々に歌いあげる。彼らが歌うのは、いまや麻薬商人《ナルコ》の世界を象徴するものとなった「コリード」と呼ばれるバラッドだ。ロス・トゥカネスは歌の登場人物を演じることで歌詞に説得力を持たせ、新曲を出すたびに辛辣なユーモアをちりばめたパフォーマンスを見せてくれる。真っ黒な口ひげに鋭い目つきのリーダーは、ナルコ流の生き方を、メキシコにしぶとく残るマチスモや、パンチョ・ビジャやエミリアーノ・サパタのような自由の闘士たちと結びつける。それは携帯電話や、イタリア製のスポーツカーや、タイトなレザージャケットからこぼれ落ちそうな巨乳がもてはやされる世界になおも生き続ける民間伝承だった。

コリードは、正反対のものが同時に存在する現代メキシコのシュールな現実を称《たた》える。極度の貧困と、目にあまるほどの富。精緻を極めた儀礼と、低俗で野蛮な暴力。曲のテーマは、密輸や汚職や裏切りだ。どこかでまた勇敢な男が殺された。誰かのきょうだいが敵討ちにあった。捨てられた愛人が、捨てた男の花嫁を撃った。女はみんな残忍で嘘つきだった。貧しい少年たちは地主に脅され、学校を辞めてドラッグを売り始める。理由は山でフルーツを収穫するのに飽きたからだった。

活字メディアや学者やドキュメンタリー作家たちは、ロス・トゥカネスのようなバンドがマフィアを宣伝していることや、形勢をうかがっては、景気がよさそうな「テロ集団」に取り入ろうとすることを非難した。新しいコリードのバンドのプロモーションに、カルテルが資金を提供することもよくあり、これはバンドを最終的には資金洗浄の隠れ蓑として利用するためだった。しかしながら、このジャンルを擁護する人々は、コリードは現代社会の年代記であって、それを宣伝しているわけではないと言い張る。「俺たちは麻薬ビジネスの結果であって、原因ではない」と、かつてロス・トゥカネスのリーダーは音楽ジャーナリストのイライジャ・ワルドに語った。このとおり麻薬戦争が起きていて、人々が関心を寄せるのは暴力とロマンスだ。コリードはアメリカのギャングスタ・ラップ、あるいはジョニー・キャッシュやウディ・ガスリーが大昔に歌った「殺人《マーダー》バラッド」とどこが違うのか？

ポサダ「クリスマス前九日間におこなわれる祭り」の会場では、ウルフ・ボーイズも司令官《コマンダンテ》たちといっしょになってパーティーを楽しんだ。チキンや山羊の丸焼きにはタマーレス「トウモロコシ粉を練って蒸した料理」や手作りのトルティージャが添えられ、色とりどりのサルサをのせた大皿やハラペーニョ・ポッパー「ハラペーニョにチーズを詰めてフライにしたもの」が並んでいた。ビールやウィスキーやテキーラはすべて飲み放題だ。まるでラレドの北側のフレサたちが一五歳の誕生日《キンセアニェーラ》を祝うパーティーみたいだった。ただし、キンセアニェーラで大量の「ラバディータ」——「洗う《ウォッシュ》」という意味で、不純物を取り除いた上物のコカインだ——が振る舞われることはまずないが。

六〇台の車が景品として用意されていたが、その財源はカンパニーが恐喝で得た金だった。くじの当選者は、指定されたディーラーに行って賞品を要求するだけでよく、すでに代金は「支払い済み」で、あとは引き渡されるばかりになっていた。家やハマー、バッグに詰めた現金、貴金属、大量のマリファナやブロック状に固めたコカイン、腕時計、ブランド物の財布——そういったものがくじで振る舞われ、ポサダは大盛り上がりで続いた。

ゲストは服装で見分けることができた。コマンダンテたちはヒューゴボスの服に、ごついベルトのバックルのような牧場主《ランチェーロ》風の小物を合わせていた。平《ひら》の殺し屋《シカリオ》たちはラコステのシャツに色あせたジーンズという、メキシコのプレッピーみたいな服装だった。一方、ガブリエルやウェンセス、バート、リチャードのようなアメリカ人シカリオが選ぶのはもう少しクラシックなかっこうで、ヴェルサーチのシャツにカーキのパンツとワインレッドや茶色の靴を合わせ、髪はサイドを刈り上げたフェードカットが定番だった。彼らは自信にあふれ、自力でのしあがってきた若者たちらしく見えた。その考え抜かれた外見は、大きな組織のなかで成り上がった者に共通する雰囲気を醸し出していた。奇怪で強力な神への犠牲。自分をなげうって、他人の戦争を戦う若者たち。

ロス・トゥカネスの演奏は何時間も続いた。哀愁を帯びたバホ・セクスト［メキシコの伝統音楽に使われる弦楽器］の音色と、荒っぽいアコーディオンのソロに合わせて誰もが踊った。コリードのサウンドは、セクシーでお上品なアメリカの白人ポップスとくらべるとだいぶ粗削りだった。田舎っぽく、地方色の濃いこのジャンルは、流行に敏感なインテリ層からは冷ややかな目で見られていたが、カトルセやミゲル・トレビーニョのようなカンパニーの男たちは違った。

パーティーの主催者はカトルセだったが、ロス・トゥカネスを呼んだのはミゲルで、一晩の演奏に一〇万ドルを超えるギャラを渡していた。有名なミュージシャンに自分のような男の物語を歌わせるとき、ミゲルは感極まった。いまだにプライドという感情が残っていることに。おそらく彼に感じることができるのはプライドぐらいだった。プライドと、もしかしたら恐怖も。大きな権力を手にすればするほど、名声を崇め、それを失うことを恐れ、仕事に没頭した。人を殺さなかった日はよく眠れなかった。彼は腰抜け《パンチョン》ではなかったが、かといって怖いものがないわけではなかった。

振り返れば二〇〇五年は、カンパニーにとって実りの多い一年で、ミゲルにとっては人生のターニングポイントとなる年だった。その年、彼は一介のコマンダンテ――現場のまとめ役として襲撃部隊を率いるかたわらで、自分の密輸ビジネスも手がける兵隊のことだ――からプラサのボスに昇格し、カンパニーにとって重要なヌエボラレドの責任者として、その地を経由する取引の管理をするようになった。三〇代半ばの彼はかつての慎ましさを脱ぎ捨て、ジーンズにTシャツというかっこうをすることはもうなかった。この夜もオレンジ色のオーストリッチのブーツを履き、白いシルクのシャツと黒いスラックスに、黒いトレンチコートを羽織っていた。すべてヴァレンティノだ。首にかけたゴールドのチェーンにはゴールドの手榴弾がついていて、パイナップル型のシェルに「40」――セタスにおける彼のコードネームだ――と刻まれていた。ネックレスはカンパニーの幹部たちの標準仕様だったが、金めっきを施した三八スーパーのほうは独特の存在感を放っていた。さらに彼は防弾仕様のポルシェ・カイエンを、カンパニーのエンジニアに発注しているところだった。

とはいえ、競争の極めて激しい環境で出世街道を走る男らしく――セタスを創ったゴルフォ・カルテルの元リーダー、オシエル・カルデナスがそうであったように――ミゲルにもパラノイアの気《け》があった。

彼の座を狙う、同僚の顔をした裏切り者に囲まれているように感じて不安になるのは無理もない。ミゲルが若い兵隊たち、ウェンセスやガブリエルのようなウルフ・ボーイたちに引きつけられていたのだとしたら、それは彼らがまだ若く、世の中には価値体系なるものが確かに存在し、ボスへの忠誠心が単なるカモフラージュ以上のものであると信じるほどに初心《うぶ》だったからかもしれない。同期との付き合いとは違って、ミゲルは若い彼らからは嫉妬を感じなかったのだろう。尊敬だけだった。

ミゲルはめったにアルコールを口にしないが、このパーティーではブキャナンズというウィスキーの一八年を特大サイズのボトルから飲んでいて、ウルフ・ボーイたちを呼んでショットを飲ませた。おまえも一杯飲めと言われたウェンセスは、このあと女の子たちに会いに別の場所に行くかもしれないということを口にした。ウェンセスはここ数か月間、男ばかりの環境で働いていたので、カンパニーから離れて女の子とたちと過ごすのを心から楽しみにしていた。「わかった」とミゲルは言った。「だがもう少しいろ。そっちはあとで行けばいい」

ウルフ・ボーイたちはカンパニーの年上のメンバーがミゲルに嫉妬するのを見て、ミゲルの成功が恨みを買っているのだと思いがちだった。恐ろしく頭の切れる男だ。あれほど熱心に働くやつがほかにいるか？　だが年上の兵隊たちの見方は違った。ミゲルの評価は高くなかった。彼は細かいところまで管理しようとする嫌な男で、規律を重んじるというよりは規律そのものを愛している。作戦の最中に女から電話がかかってきたときは、M T《ミゲル・トレビーニョ》がかけてきて話し中にならないことを願うしかない。さもないと「板叩きの刑」――スイングのスピードをマックスにするために先端にドリルで穴を開けた木材で尻を叩くのだ――に処され、一週間は椅子に座れなくなるからだ。たとえ休暇中でも一日二回の電話連絡をするほか、かかってきたときは必ず応答することが求められる。さもないと、「板叩きの刑」だ。そんなのが休暇といえるだろうか？

ミゲルは金離れがいいというのは本当だが、それは余裕があるときだけだった。彼の姿勢は非常にわかりやすい。シナロアの侵略と戦うのはほかでもない自分であり、ヌエボラレドを守るのはほかでもない自分である。ミゲルにとってはミゲルにかんすることがすべてだ。カンパニーのことなどどうでもよかった。その策略家っぷりを見ればわかる。カトルセやラスカーノのようなセタスの最高幹部の地位を、彼がよだれを垂らしてながめている様子を見ればわかる。ラスカーノはミゲルを信頼し、カンパニーの作戦にかんするミゲルの提案の大半を受け入れていた。一年前に、ラスカーノは利き手の骨が粉々に砕けてしまい、武器をろくに使うことができなくなった。移動にはヘリコプターを使い、ボディガードを七人もつけていた。しかるべきときが来たら、きっとミゲルは彼らを誰かに始末させて、その裏切りは組織を破滅に導くだろう。

「すべてをカンパニーのものに！」とミゲルは叫んだ。あらゆるものをカンパニーで管理するようにしたいと、彼はみんなの前で言った。だが内心では、自分が王様になりたかったのだ。

五〇〇年前、モクテスマ二世が王位についたことで、アステカ族はメキシコ湾沿岸を領土とする貢ぎ物帝国の確固たる支配者となった。アステカの首都テノチティトランの部族長たちは、アストラン——「白い土地」という意味だ——という北西部にある伝説上の土地から南に流れてきて、中央部一帯に定住した。セタスのように、アステカも初めは既存の権力機構の用心棒だった。現在のメキシコシティあたりにあった都市国家クルワカンの権力者は——まさにオシエル率いるゴルフォ・カルテルが暴力を専門とするセタスを創ったように——アステカ族を傭兵として雇い、対立するソチミルコの民を八〇〇〇人捕らえれば自由にしてやると約束した。アステカ族は大量殺戮を実行し、切り落とした耳を袋に詰め、証拠として王のもとに届けた。その後、クルワカンを追い抜き、テノチティトランの小島を首都とする新しい帝国の統治者となったアステカは、春が来ることを願って人間を生贄にしたり、雨の神トラロックに貧しい子供を捧げたりした。

アステカの人身御供はおそらく古代シリアやメソポタミアの民、あるいは原始ゲルマン人やケルトのドルイド僧がおこなっていた同じような習慣とくらべても、それほど逸脱したものではなかった。ミゲル・トレビーニョがカルテルの世界で成功する運命にあったのだとしたら、それは彼がこうした道徳以前の文明における極端なやり方を体現していたからだった。ミゲルをアステカの神になぞらえるとしたら、それはシペ・トテックだろう。顔は髑髏で、人間をピラミッドの上から投げ落とし、その手足をしゃぶったとされる神だ。ミゲルはかつて頭を切り落とした死体の胸郭に手を突っ込んで心臓を取り出したことがあると言われている。

パーティーの途中で、トニー・トルメンタ――ゴルフォ・カルテルのリーダーで服役中のオシエル・カルデナスの兄だ――がステージに上がり、カンパニーの従業員、つまりセタスとゴルフォ・カルテルのメンバーから成る聴衆に向かって呼びかけた。

コカイン常習者であるにもかかわらず肥満体を維持しているトニー・トルメンタは、拡張と収益が最優先である企業ではおなじみの士気高揚を図るスピーチをした。カンパニーは前進している、とトルメンタは言った。もともとの領土であるメキシコ湾側のヌエボレオン州、タマウリパス州、ベラクルス州から始まり、カンパニーの支配力はいまや西のコアウイラ州とドゥランゴ州の一部、中部のサンルイスポトシ州とサカテカス州、さらに重要な南東部のタバスコ州とチアパス州にまで及んでいる。特にチアパス州に接するお隣の国グアテマラは、コカインや移民が入ってくる主要な玄関口だ。

カンパニーのメンバーが増えたことも成功のあらわれだ、とトルメンタは指摘した。弟のオシエルが一九九〇年代の終わりにセタスを創ったとき、ゴルフォ・カルテルのメンバーは一〇〇人にも満たなかった。それがいまは幹部から見張りまで含めると、カンパニーはゴルフォ・カルテルとセタスを合わせて約一万人を雇用し、この数字は今後五年間に倍増するだろう。さらにカンパニーには社会的良心、メキシコへの愛がある、とトルメンタは言った。その善意は貧しい人々への施しや、慈善団体に送られる数百万ドルの募金や、トレーラー何台分ものクリスマスプレゼントという形で示されている。米軍は「トイズ・フォー・トッツ」（子供たちにおもちゃを）というキャンペーンをおこなっているが、カンパニーにも「子供の日《ディア・デル・ニーニョ》」なるものがある。そこまで聞いてカンパニーの男たちは笑顔になった。彼らはみんな、貧しい人に贈り物をしたときの報われたような気持ちを知っていた。「祝福があらんことを」とつぶやく老人の声を聞きながら立ち去るときのあの感じ。ミゲルもよく道端で物乞いに近づいては、貧しい理由を訊き、彼らをスーパーマーケットチェーンに連れていって、ピックアップトラック一台分の食料を買ってやった。

トルメンタは続けた。来る二〇〇六年はさらなる血が流れるだろう。だが我々には大義がある。敵方の欲が生んだ戦争だ。チャポ・グスマン率いるシナロア・カルテル――ラ・バービーやベルトラン・レイバ兄弟のようなカンパニーと対立する密輸業者も含めて――が、カンパニーのメンバーの首に賞金を懸けたことで戦争が始まったのだ。今後はカンパニーの兵隊をレイノサやモンテレイ、さらには遠く離れたユカタン半島のプラサにまで幅広く配備することになる、とトルメンタは言った。また、はるか南のコロンビアの港町サンタエレナには若干名が、はるか北のボストンには一名か二名が派遣される予定だ。すべての仕事に手当がつき、メンバーが死亡した場合は必要に応じて遺族補償が支払われる、とトルメンタは締めくくった。

スピーチを聴いていた男たちは背筋を伸ばし、神妙な面持ちでうなずいた。カンパニーの男たちがコマンダンテの地位――でなくとも、単なるヒットマンよりも上の地位――につく頃には、彼らの大半がカルテル人生の最期を想像できるくらいには大人になっている。ガブリエルの後見人であるメメ・フローレスの場合、それも運命だという、カンパニーの男らしい陽気な人生観がよく伝わってくるのが、コカインとテキーラをあおって、こんなふうに叫ぶときだった。「やりたい放題やろうぜ、どうせもうすぐ世界は終わるんだから！」。ところが一九歳のガブリエルは、若さゆえにこれが永遠に続くと信じていた。暴力的なミッションをひとつこなすたびに、そこには独立したプロジェクトとしての価値以上のなにかがあるのだと思っていた。彼の目に映っていたのは休暇やボーナス、貧しい人たちへの施しや、子供の日のおもちゃが詰まったトレーラーだった。こうした特典からうかがい知れるのは、カンパニーの委員会のようなものが忠実なウルフ・ボーイたちをレールに乗せ、昇給や幹部の地位を約束することで丸め込んでいく仕組みだった。

ガブリエルはパーティー会場を見回した。彼のまわりには堅気の世界からの難民たちがいた。政治家や警察官。芸術家やモデル。ガブリエルに給料を渡してくれる経理の男は、かつて連邦検察官だった。一メートル先では、ヌエボラレドの新市長の息子がテキーラをちびちびやっている。カルテルの幹部たちをエスコートしているのは有名人ばかりだ。コマンダンテたちはあるエージェントを通じて一晩で五〇〇〇ドルを支払い、ラテンシンガーや女優の一団を呼んでいた。彼はヒップホップ雑誌『ＶＩＢＥ』でよく読んだパーティーを思い出した。２パックのことや、シュグ・ナイトの悪名高い弁護士が問題をすべて闇に葬ったことを考えた。このカンパニー人生も、実際のところそれとたいして変わらないな、と。
出所してからの三か月間に、なにか重要なことが起きていた。彼は命令に従い、刑期を務め、ふたたび外に出てきた。刑務所はカンパニーがときに新人を失うこともある場所だが、彼の場合は仕事を続けただけでなく、拡大までしてみせた。彼が連れてきたリチャードは気に入ってもらえた。次に連れてきたバートはウルフ・ボーイとして大好評だ。チビのバート！ やつになにかさせたければ、絶対にするなと言っておくだけでよかった。ガブリエルはバートを自慢に思っていたし、脅威など感じてもいなかった。すでにガブリエルはコマンダンテたちからの「信頼」も厚かった。ほかのやつらがひるんでしまうときも、あいつなら「銃身の前に飛び出していく」と言われていた。みんなが彼の話にちゃんと耳を傾けた。

ガブリエルはここに至るまでの道すじを振り返ってみた。新人としてトレーニング・キャンプでしごかれたあと、プラサからプラサへと飛び回りながら休みなくコマンダンテのサポートをするうちに、努力が認められ、より重要な仕事を任されるようになった。無線のコードも覚えた。ヌエボラレドはネクター・リマ。ミゲルアレマンはメトロ・アルファ。メキシコシティ（DF）はデルタ・フォックス。レイノサは9－6。「異常なし」は3－4。「待機中」は3－1。「軍隊」は8－0。また、プーロ・グアチョ（ピュアな兵士）と言えば、賄賂を受け取ったことがない要注意の軍人を指す。パペル（紙）はお金のこと。ナシオナル（同国人）はマリファナ。エストランヘロ（外国人）はコカイン。プント（ポイント）はアジトのことだが、暗殺のターゲットを指す場合もある。チャプリン（バッタ）は裏切り者。装置《デヴァイス》、鳥《バード》、子牛《カーフ》はいずれもコカインの単位、キログラムのことだ。俺のスタック、あるいはポストと言えば、自分のクルーを指す（「見ろよ、うちのスタックが完全に混乱してる」などと使う）。

ガブリエルは上司との接し方や、質問への的を射た答え方をよくわかっていた。公共の場で、特にコマンダンテが家族といるところに出くわしたときは、控えめにうなずくだけで距離を保ち、ほかのシカリオたちのようにおべっかを使ったりはしない。さらに彼は、若い才能をよく思わない中間管理職の敵意を見分けることができるようになった。以前、プーロ・グアチョたちに邪魔されてミッションを中止せざるを得なかったとき、あるコマンダンテがミゲルの前で彼をなじった。ガブリエルは心のなかで冷ややかに笑った。そうやってミゲルの靴でも舐めてろ！　だが、ガブリエルは上下関係を重んじていた。自分のやるべきことはわかってるし、それをやるつもりです、とだけ答えた。

兵隊が自分の評判を落とすのは、ミッションに進んで参加しなかったり、作戦中にどじを踏んだりしたときだ。休暇中にはめをはずしすぎたとか、弾切れを起こしたとか、許可なく殺してしまった場合もそうだった。あとは、貧しい家に育った若者が富や名声を手に入れたときに嵌《は》まりやすい落とし穴があった。間違った相手から金を騙し取ったり、間違った女に言い寄ったり、悪名高い親族の名前をやたらと振りかざしたりする面倒な親族のことだ。

ガブリエルの母方の叔父で末っ子のラウルは、最後のカテゴリーに分類された。彼はマリファナや不法移民の国境越えを手伝ったとか、執行猶予中の尿検査では必ず陽性に逆戻りするとかで、かなりの時間を刑務所で過ごしていた。バーで喧嘩になることもしょっちゅうで、警察が迎えにくるたびにガブリエルの名前を出した。「いいかげん、やめないとまずいことになるから！」とガブリエルはよく彼に言った。そうした忠告をラウルは聞き入れようとしなかった。「そんなこと言ったって、ヌエボラレドはおまえのシマだろ！」

それは本当だった。カンパニーがうまいこと敵を撃退し、国境をコントロールしているように見えるうちは、メメとミゲルのお気に入りの兵隊であるガブリエルは、彼自身が法律と同義だった。好きな場所に行き、ふんぞり返って歩き、王様のように振る舞って相手を怒らせようが関係ない。しかもそのステータスは彼の取り巻きにまで力を授けた。〈エクリプス〉や〈フィフティセヴン・ストリート〉のようなクラブでは、ウルフ・ボーイズのためにつねにＶＩＰエリアが押さえてあった。たとえテーブルに誰かいても、ガブリエルが店に入っていくと、頼まれなくてもみんな席を譲った。彼には専属の運転手までいて、チャパというラステカ出身の下働きの少年だった。チャパがヌエボラレド刑務所に収監されたときは、ガブリエルの兄で、やはり取り巻きのひとりだったルイスが警察署に怒鳴り込み、ガブリエルのセタスでのコードネームを言って、チャパを釈放しろと要求した。

そんなふうに力を誇示することは、どう見ても叔父のラウルに悪い手本を示すことになっていた。だが、どうしろというのか。ラウルとは兄弟みたいなもので、ガブリエルは彼を愛していた。ラウルはドラッグや不法移民の運搬でひと儲けしたときはいつも、稼ぎを全部家族に渡していたのだ。だから、いつものようにバーで喧嘩したラウルがものすごい剣幕で帰宅して銃を貸せと言っても決して渡さないように、ガブリエルがみんなに言い聞かせていた。その代わり彼には携帯電話を渡し、トラブルに巻き込まれたときは連絡ができるようにしよう、と。

ガブリエルは権力を愛していた。それはたしかだ。とはいえ、生きるために自分がやっている行為を好きになったわけではなかった。もう何年も前に、ラステカのガキだった彼の心はすっからかんになり、気がついたときには硬くなっていた。平和を愛する心は、復讐という共通の合言葉によって硬化させられてしまった。放課後の喧嘩、クラブシーン、国境そのもの――それらは、真っ白な廊下を抜けてその先の暗闇へと出ていくときに通る玄関口だった。じゃあ、いまはどうだ？　たしかに、彼は冷酷だ。カンパニーから評価される冷酷な人間のひとりだった。だが、サディストではなかった。バートが子供の頃にやっていたように、猫を撃つなんてことを彼はしない。メキシコでミゲルがやっているように、急にハンドルを切って、眠っている犬を轢き殺すなんてことも絶対にしない。そんなときの彼の気持ちは誰にもわからないだろう。大の犬好きの気持ちは！　とはいえ、殺しにかんしていえば、目の前にあるのがどんな仕事であっても動揺せずにいることができた。それができるのはロシュの助けもあったが、ターゲットの人間を抹殺することよりも、計画を実行することにフォーカスしているからだった。彼のなかでは、自分は行為者ではなく代理人であり、すでに定められた運命を処理する会計士のようなものだった。六月のブルーノ・オロスコ殺しのあとで、ロバート・ガルシアに言ったように、「自分のやってることはよくわかって」いた。彼は自分を戦場にいる兵士のように考えていて、敵側も同じような目で自分たちを見て、なんであれその運命を受け入れているのを知っていた。そういう考え方でいることは、相手を痛めつけるうえで気持ちを楽にした。もし状況が逆なら、拉致されるのはガブリエルで、相手は容赦しないはずだ。たしかに――それが建前であれ――ターゲットの家族にはできるかぎり危害を加えないようにするのが裏社会のルールだった。それなのに、ガブリエルはバートがモイセス・ガルシアの妻をたまたま撃ってしまったことをあまり申し訳なく思わなかった。彼女は、密輸商人で殺人者としても知られる男と結婚したのだ。それなら、なにが予想できた？

この姿勢がガブリエルを成功に導き、いま彼はカンパニーでの立ち位置になんら疑問を抱いてはいなかった。「俺は自分のサークルをしっかりと把握している」と、ミゲルはよく彼に言ってうなずいた。自分の仲間は信頼できる人間ばかりで、ガブリエルもそのサークルの一部だと言っているのだ。ガブリエルはミゲルと一体化して、なにか崇高な領域を目指す宿命のようなものを感じていたが、そこに到達しようとする犠牲的な精神がリチャードやウェンセスには欠けていた。「やつを仕留めるのはおまえにまかせた」と、よく仕事中にほかのウルフ・ボーイがガブリエル向かって、それが親切であるかのように言うが、その直後に彼らは家族のことや子供が生まれることをぼそっと口にするのだった。

ウルフ・ボーイたちのなかで、リチャードだけは表立ってガブリエルを褒めそやすことがなかった。リチャードに言わせれば、ガブリエルはメメと深くつながりすぎたことで選択を誤った。分別のある者なら誰でも、メメがミゲルと同じタイプの人間でないことに気づいた。人の上に立つのに欠かせない資質がないのだ。たとえば、ミゲルが妻や娘たちをかくまっている家を見ても、そこは手入れこそ行き届いているが控えめだった。ところがラ・アマリアにあるメメの「城《エル・カスティージョ》」と呼ばれる家はどうか。巨大な円柱と見張り塔のあるその城は、二流貴族のためのけばけばしいテーマパークだった。メメは「若いうちにやるだけやって、きれいなうちに死ね」という価値観のなかで育った。決してトップに立つことがないほかのコマンダンテたちと同じように、メメも司令室で指示を出すより戦場にいるほうが向いていた。彼が忠実なガンマンであることは間違いなく、尊敬も集めたが、リチャードの言葉を借りれば、「ビジネス向きの人間」ではなかった。メメがガブリエルのような若い連中と必要以上に仲よくするのは、同僚に認めてもらえないからだ、というのがリチャードの意見だった。

そしていま、早朝の時間帯に差しかかったパーティー会場で、ガブリエルとリチャードはミゲルとウイスキーを飲んでいた。

ラバディータを鼻にたっぷり吸い込んだリチャードがなにげなく口にしたのは、ミゲルの元恋人のエルサ・セプルベダが、マイク・ロペスというセタス系のやり手の密輸商人といるのを見かけたという話だった。この雑談はガブリエルをいらだたせた。ミゲルが嫉妬深いことは誰もが知っている。ひと月前には、また別の元恋人の結婚式に押しかけていき、新婦とダンスを踊ったなんてこともあった。また、ミゲルの使い走りをしていたマーティン高校の女子生徒、イヴェット・マルティネスとブレンダ・シスネロスのことも誰もが覚えていた。イヴェットとブレンダがカンパニーの元ボディガードでシナロアに寝返った男の話をしたところ、ミゲルは彼女たちにパウリーナ・ルビオのコンサートのチケットを与え、ふたりは会場から二度と帰らなかった。元恋人のエルサ・セプルベダは、ヌエボラレドの警官を父に持つ美しい女で、彼女が去っていったとき、ミゲルは屈辱のあまり彼女の家に手榴弾を投げつけたのだった。彼は起伏の激しい恋愛ドラマそのものが目的であるかのように、女と付き合うたびにその過去と現在を調べあげようと躍起になった。

ガブリエルは考えた。リチャードは、ふつうならまずガブリエルに聞かせるべき情報を直接伝えることで、ミゲルに気に入られようとしているのか？　リチャードがウルフ・ボーイズに加わったとき、ガブリエルは彼をミゲルに紹介し、ビジネスについて知っていることをすべてミゲルに話すように言った。**トラックのことを話してあげて。倉庫のこと、ダミー会社のことも。ほら、彼に話して。**会話ははずみ、その正直さにガブリエルは驚いた。リチャードはミゲルに、サンアントニオの倉庫にＤＥＡが踏み込んでくるまではシナロア系の仕事をしていたと話した。ガブリエルは、リチャードが敵との古いつながりを隠すだろうと思っていたのだ。ところがさらに驚いたのは、ミゲルがそれをまったく問題にしなかったことだった。ミゲルはリチャードに、新しい運搬ルートの準備ができたらローンを申し込むように言った。そんなミゲルとリチャードは、どちらもビジネスに対する洗練されたアプローチというか、成熟した理解があるように見えた。

それでも、ガブリエルは「自分が選んだ道」を心強く思っていた。貧しい家に育ち、こんなふうにステータスのある世界にたどり着いた若い彼は、当然ながら不安や怒りを抱えていて、それが細かいところにまで目を光らせる性格に拍車をかけていた。そんなふうに実直な管理者はどんな企業にとっても、資本主義そのものにとっても欠かせないものだ。カンパニーの極めて重要な国外領土のひとつ——テキサス州ラレドだ——の中間管理職に就いたガブリエルは、いまやラレドの責任者でもあり、うまくいかなかったときのスケープゴートでもあった。彼は自分に与えられた責任を楽しんだが、そこから生じる重圧についてはまだよく理解していなかった。

ミゲルはパンテーラ、つまり女スパイのひとりに電話をかけて確かめた。エルサ・セプルベダがマイク・ロペスと付き合っているというのは本当か？

リチャードとガブリエルにも、電話の向こうで女の声色が変わったのがわかった。ミゲルは携帯電話をパタンと閉じると、ベルトからゴールドの三八口径を引き抜いてくるりと回し、楽しげに笑いながらさまざまな方向からながめた。マイク・ロペスを殺す方法を吟味するかのように。あるいは殺させる方法を。

ミゲルはガブリエルをちらりと見た。

マイク・ロペスがテキサスに住むアメリカ人だろうと関係ない。ミゲルの実行部隊はそちら側にもいるのだ。

21　勃起するほどの興奮

「サウスパドレ島？」とロニーは訊き返した。「いまから？　週のど真ん中なのに！」

念には念を入れる性格のロニー・ガルシアは、旅行に行くなら時間をかけて準備をしたかった。持ち物リストを作り、宿にしても移動手段にしても、あらゆる選択肢をじっくり検討したかった。だからロバートが直前になって、いまからサウスパドレ島に行って長い週末を過ごす、トレイもいっしょに連れていく、と言いだしたとき、ロニーは車に乗り込んだ瞬間から機嫌が悪かった。四時間後に安モーテルにチェックインし、日焼け止めと水着を忘れたことに気づいたときはさらに不機嫌になった。ロバートは妻をサウスパドレのメインストリートに無理やり連れ出し、ビキニを売るビーチショップを次々に回ったが、どうやら結婚して一五年になるロニーがもうビキニを着るような年ではないことに、まだ気づいていないようだった。

二〇〇五年から二〇〇六年に変わり、〈トルタメックス〉の駐車場で起きたモイセス・ガルシア殺害事件の捜査が行き詰まりつつあった頃、ロバートはフロスト通りで起きた同じような処刑スタイルの殺人事件を担当することになった。情報をつなぎ合わせたところ、どうやら被害者のノエ・フローレス――マイク・ロペスというラレドの売人の片親違いの弟だった――は、人違いで殺されたようだった。

また、ロペスはミゲルの元恋人と交際していたこともわかった。現場に居合わせた女性の証言によって、銃撃犯はマーティン高校で彼女の同級生だったガブリエル・カルドナであることも判明した。

ガブリエル・カルドナ。去年の夏に起きたブルーノ・オロスコ殺害事件で逮捕して以来、ロバートは彼と会っていなかった。

ガブリエルが国境を越えて逃げる可能性はじゅうぶんにあると思われた。そこでロバートはアメリカの税関にガブリエルの写真を渡し、もしこの若者が橋を越えてテキサス州に戻ろうとしたら連絡するように指示した。さらに、ガブリエルの逮捕状を取るのはラレド警察だけにしておき、ウェブ郡地裁の記録を保管している郡書記官事務所には届けを出さないことにした。郡書記官事務所にもガブリエルの協力者がいることを、ある筋から聞いていたからだ。だから、もしガブリエルが自分に対する目立った逮捕状がないか——つまり、メキシコからラレドに戻るのは安全かどうか——を事務所に問い合わせても、彼の記録はクリーンなままというわけだった。

さらにロバートは、「タワー・ダンプ」も要請した。ラレドには携帯電話の中継タワーが約二〇〇基あり、主に三社の通信事業者に分かれていた。AT&T、スプリント、ベライゾンだ。事業者ごとにフロスト通りに最も近いタワーを割り出し、ノエ・フローレスが殺された時間帯にそれらのタワーを経由したすべての携帯電話の情報を求めた。本当に頭の切れる犯罪者は現場に携帯電話を持っていかないが、たいていはそこまで頭がよくなかった。それに携帯電話の事業者は中継タワーのデータを三〇日ごとに消去しているので、要請して使わなかったとしても、必要なときにないよりはよかった。

ロバートと相棒のチャッキーは、犯行に使われた車が放置されているのを見つけた。日産セントラだった。その車から携帯電話のプリペイドカードを買ったレシートを見つけ、そこからある中古車ディーラーにたどり着き、こんどはそのディーラーの携帯電話にたどり着き、あるウルフ・ボーイの電話番号を手に入れた。ロバートはその電話番号の通話記録と、「基地局」の情報の開示を要請した。基地局の情報から、その携帯電話が事件当夜にどのタワーを何回経由したかがわかった。さらに携帯電話の請求書から、ラレドのあるタトゥーアーティストが浮かび上がった。

ロバートの訪問に、〈チェスターズ〉というタトゥースタジオの経営者は動揺した。その彫師の携帯電話には「バート」という名前が登録されていて、彼によればその若者は最近、肩に大きな悪霊《デーモン》のタトゥーを彫り始めたらしかった。タトゥーはまだ途中なので、近いうちに仕上げに来る予定だということを、彫師は不安そうに話した。

「なんで『バート』なんだ？」とロバートが訊いた。

「仲間からそう呼ばれてる。背が低くて、バート・シンプソンに似てるから」

彫師は、家庭があるのでトラブルは避けたいと言った。彼らがどこの誰なのかも知らないと。ロバートは彼に名刺を渡し、捜査のことが漏れてカルドナたちの耳に届くことを願った――そしてそのとおりになった。翌日、バートがタトゥーを仕上げにやってきたとき、彫師はロバートの名刺を渡した。一日後には、バートがメキシコからロバートに電話をかけてきた。

「バートだ。俺を捜してるんだって？」

「おう、バートか」とロバートは言った。「捜してたんだよ。実はあんたに――」

「いいか、これらの殺人事件の捜査をやめないと、おまえとおまえの家族を殺しにいく。とにかく相手が悪い。わかったな？」。そして電話は切れた。

ロバートは受話器を叩きつけるように置いた。**生意気なガキどもめ！**　それからふと気づいた。これら？　彼らのことはノエ・フローレス殺害事件で調べているだけだった。こいつらはほかになにをしたんだ？　そこでもう一度、〈トルタメックス〉の駐車場で起きたモイセス・ガルシア殺害事件の資料を調べてみた。モイセスの兄レネ・ガルシアと妻ダイアナ・ガルシアはどちらも、犯人は坊主頭で唇の上にほくろがある背の低い男だと証言していた。

数日後、カルテルの脅威がさらに現実味を帯びてくる出来事があった。ロバートのもとにアリゾナ州の警官から、内通者を聴取したときの録音記録が送られてきたのだ。「**ラレドででかいネタを仕入れた。殺人課の責任者なのか麻薬捜査官なのか知らないが、とにかくロバート・ガルシアというやつだ。そいつをセタスが消したがってるらしい。前にカルドナ――ガブリエル・カルドナとかいう男を逮捕したやつだ**」。ミゲル・トレビーニョは写真や自宅の住所だけでなく、ロバートの行動予定にかんする情報も把握しているらしいと、その情報提供者は言った。

ラレド警察署長のアグスティン・ドバリナは録音に耳を傾け、この脅威についてじっくり考えた。「妻を連れて休暇を取るように。そのあいだに内部問題の連中に調べさせておく」と署長はロバートに告げた。

そしてロバートがサウスパドレ島から戻ると、ラレド警察は彼に護身用の銃を支給し、自宅を二四時間体制で監視することを伝えた。もはやこの危険をロニーに隠しておくことはできなかった。

ロニーもかつては国に仕えていたので、ロバートの職業やそのリスクについては承知していた。だが、ちょっとした危険と、自分の家で、自分が暮らす町で捕虜にされるのとではまったく違う。エリックは家を出ていた。二〇〇五年に卒業したあと、フェニックスにあるバイク整備士の専門学校に入ったのだ。だが、一六歳になった運動好きのトレイは、もはやアイスホッケーをプレーすることを許してもらえなかった。競技場が町の反対側にあり、練習が夜遅くまでおこなわれていたからだ。初めのうち、ロニーはなんとか気持ちを強く持とうとした。すでに上昇していたストレスレベルを押し上げたところでしかたないと思ったのだ。とはいえ、ストレスはたしかにあった。

ウルフ・ボーイたちのおかげで、ロバートが息子たちの不出来さを大目に見ることができる日もあった。以前の彼は、トレイやエリックが芝生の手入れをさぼったり、テレビゲームで長時間遊んでいたりすれば怒鳴りつけた。それがこの新しい状況下では、「知るか！」という気になるのだった。とはいえ、まったく逆の方向に行くこともあった。アドレナリンと不眠でおかしくなったロバートが帰宅するなり家族や物に当たり散らしたあと、トレイの部屋に入っていき、散らかったところがあればSWATのように物をひっくり返してふたたび仕事に戻っていくような日もあった。ロニーは、しばらくは我慢していたが、ある日、ぷつんと切れて彼をドライヴウェイまで追いかけていった。「いいかげんにしてくれない?!」

ロバートは一五年間にわたってこの街に仕えてきた。なんのためか？　ばかげた戦争のためだ。じゃあ、誰のためだ？　無責任な父親、女を殴る男たち。自分と同じ移民たちのため、とはいうが、彼らはイーグルパスのガルシア家に繰り返し押し入ろうとして、しまいにはロバートの父が塀の上にガラス瓶の破片を埋め込むことになった。あるいは、アメリカ生まれの不良少年たちのため。彼らはメキシコのメの字も知らないくせに、自分はメキシコ人だと言い張った。あるいはメキシカン・マフィアのような、ろくな知識もないくせにアステカ文明を使って団結を図る悪党どものため。サントニーニョのアジトを摘発するときは、妊娠したティーンエイジャーが裸足でぞろぞろと出てくるのを見て、ロバートや同僚たちは首を横に振りながら、「まるで職安だな」などとつぶやくのだった。ロバートは恥じた。彼らは彼と同じ人々だからだ。恨みを抱いてしまうのは、彼も同じ背中の濡れた《ウェットバック》「国境の川を越えてくる不法入国者のこと」メキシコ人だからだった。

若い警官だった頃は、麻薬犯の逮捕や不法行為の摘発に誇りを持っていたが、しばらくすると街で起きる犯罪や機能不全の連鎖にむなしさを感じて苦しむようになった。ところがいまここに、ちんけな不良同士の撃ち合いや強盗を超えるものがあらわれた。テキサスに波及しつつあった、二つのカルテルの抗争だ。

その波及力は本物だった。二〇〇四年以降、ＦＢＩがヌエボラレドで行方不明になった米国市民を捜査したケースは一〇〇件近くにのぼっていた。しかもこれは、報告された失踪事件の数にすぎない。最も有名なのが、イヴェット・マルティネスとブレンダ・シスネロスの失踪事件だ。おそらくふたりはミゲル・トレビーニョと交際していたか、彼の使い走りをしていたとみられ、あるときドラッグを盗んだ、あるいは敵とデートしたなど、なんらかの形で彼に逆らったと考えられた。イヴェット・マルティネスの義理の父はメディアによって有名人になり、アメリカ人の失踪事件を年代順に記録する〈ラレド・ミッシング〉というウェブサイトを立ち上げた。『ピープル』誌で彼の特集が組まれたこともあった（タイトルは『誰がラレドの若者を奪っているのか？』だ）。警官や連邦捜査官がラレドの個人宅で、自動小銃や簡易爆発物を作るための組立ラインを次々に発見していた。捜査当局は興奮とも厳粛ともいえるムードに包まれていた。**なにかやばいことが起きている！　爆弾まで出てくるとは！**　ロバートは以前、ラレドの警察学校でカルテルについて講義をしたことがあるが、それがすぐそこまで迫っているのだった。その現実味が、彼の進路にかつてないほどの重みを与えていた。

彼を本気にさせた理由はほかにもあった。祖国を愛しながら、もはやそこには戻れないメキシコ人としての彼をつねに悩ませてきたもの。それはロバートが憎むすべてのものの根底にカルテルとその暴力があるということだった。しかも連中はメキシコをめちゃくちゃにしただけでなく、国のイメージそのものを傷つけた。自分のなかにもあの同胞殺しをする連中と同じ血が本当に流れているのか？　首を切り落とし、顔の皮を剥《は》ぐ。どんな中東のテロ組織よりも質《たち》が悪い。いったいあれはどこから来たのか？「しゃくに障る話だ」と、ロバートは殺人課の相棒チャッキーによく言った。「俺はこれを個人的な話ととらえてる、本気でそう思ってる」

チャッキーもやはりメキシコで生まれてイーグルパスにやってきた移民であり、カルテルの暴力を個人的に受け止めていた。とはいえロバートとは違って、チャッキーは個人的な脅迫を受けたわけではなかったので、自宅をパトカーに見張らせるという署の申し出を断っていた。そんなものがいたら、実際の防犯効果以上によくない注目を集めてしまうだろうと思ったのだ。

ロニーは、夫がなにに怒っているのかわかっていた。かつてガルシア家は、ラレドに暮らすほとんどの家庭がそうであるように、定期的にヌエボラレド側に行っては買い物をしたり、ディナーを食べたり、バーで飲んだりしていた。息子たちを連れて父親の母国に旅行に行った。結婚式や誕生日や葬式など、とにかく一族に会う理由を見つけては年に数回、ピエドラスネグラスに帰っていた。だからこうしてカルテルの暴力のせいで行けなくなってしまったことが残念でならなかった。とはいえ、同情こそすれ、夫のこれらの捜査にかける執念の強さを、ロニーはまだ把握しきれていなかった。彼女に言わせれば、夫の様子が変わったのは、去年起きた例のむごたらしい殺人事件からだった。カサブランカ湖で少女の遺体が発見された事件で、カルテルとはなんの関係もなかった。

間違いなく、彼を動かしているのは金ではなかった。ラレド警察はテキサス州内で最も給料が高い署のひとつだが、そのラレドでもやはり勤務時間やリスクを考えたら割に合わなかった。残業代はちゃんと支給されたが、摘発してもしなくても、彼がもらえるものは変わらなかった。年に約六万ドルの基本給だ。その年俸も数年以内には――彼がこのままチーフにならなかった場合の話だが、その昇格はまず実現しないだろう。彼は政治的ではなく、オフィスでじっとしていることもできず、あまりにも多くの人をいらつかせていたからだ――六万五〇〇〇ドルで頭打ちするだろう。警察は連邦機関とは違った。向こうでは大卒の若者たちが大きな摘発をするたびにボーナスをもらっていた。だが警察では事件解決のボーナスは出なかった。ロバートはたびたび表彰されていて、そのたびに横への昇格を果たしてきたが、管理職としての責任が増え、もらった賞の数が増えても、年金の額はほかのみんなと同じだった。「これ以上の金があってどうする?」とロバートはよく冗談を言った。「俺は芝刈りが趣味なんだ」。彼の執念は、金で説明できるものではなかった。ロニーはそれでもかまわなかったが、今回のような脅威にさらされては無理だった。ロバートの仕事によって生まれた距離が、ふたりの仲をふたたび引き裂いた。こんどこそは、修復は不可能かもしれない。

彼はガレージを改造した隠れ家でウィスキーをすすりながら報告書を読んでいた。自宅をパトカーが監視していた。彼は首を横に振った。このガキどもにまんまとメンタル・ファックを仕掛けられたようだ。だが、その脅威は彼の決意を固くしただけだった。

プライドと恐怖が入り混じった爽快な気分だった。ウルフ・ボーイズに脅されていると考えるのと、自分は名指しで狙われるほどの重要人物なのだと考えるのとではまるで違う。それは彼が正しい仕事をしているという意味であり、自分でも病んでいると思うが――当時は誰にも言えなかった――彼は「勃起するほど興奮」していたのだった。

彼は護身用の銃を枕元に置いていた。ある夜、明け方近くに、バスルームを間違えたトレイの親友の頭を撃ち抜きそうになった。

22 多種多様な権力

カルテルとの戦いが意味するものは、人によって違った。ある人にとっては悩みの種であり、ある人にとってはチャンスだった。

米国大使のトニー・ガルサとしては、メキシコ政府を批判する気はなかったものの、同国の安全が問われているときに口を閉ざしているわけにはいかなかった。国務省は米国民に向けて、メキシコ北部には行かないように警告していた。「国境付近の治安が急速に悪化していることや、一部の地域が無法地帯に近い状態に陥っていることについて、我々は友人として、隣人として、率直に話し合わなければなりません」。去る二〇〇五年六月に出した声明のなかで、ガルサはそう述べた。ヌエボラレドの警察署長が就任当日に殺された出来事を受けてのことだった。

一方、ラレド市長の方針ははっきりしていた。否定せよ。彼女は自分の素晴らしい町に戦争が波及しているわけがないと主張した。窮地に立たされたラレド観光局は、まるで「汚染されていない食材《クリーン・フード》」を謳《うた》うレストランのように、建物や道路沿いのあちこちに「ラレドは安全《ラレド・イズ・セーフ》」という看板を掲げた。

ところがラレドでも、すべての役人や警察関係者が同じ姿勢を示しているわけではなかった。保安官はあいかわらず、「テロリストがいつやってきてもおかしくない」と警告していた。彼は的外れなことを言っているわけではなかった。9・11が起きてからというもの、「麻薬《ナルコ》」という単語で振り向く人間はワシントンにはほとんどいなかった。それが「ナルコ・テロリズム」となると、話は別だ。地元の捜査当局は国家安全保障上の脅威を、予算の拡大を訴えるのに利用した。波及する暴力と、国境地帯が混乱に陥っているという認識は、当選を狙う政治家たちに、現職議員は平和を維持できなかったとして批判するチャンスを与えていた。また、ジャーナリズムの世界にかんしていえば、記者はつねに良記事を書くことができた。平和な状態からは、いい記事は生まれなかった。

一方、米国政府は暴力が波及しているというストーリーを最小限に抑えるのに躍起になっていた。テキサス州が波及の定義を、カルテルに関連するすべての暴力として犠牲者の稼業は問わなかったのに対し、連邦政府の定義には、麻薬組織のメンバー同士の暴力は含まれていなかった。この姿勢が都合よく無視、あるいはごまかしていたのは、波及効果に含まれる麻薬組織のメンバーの多くが、ガブリエル・カルドナのようなアメリカ人であるという事実だった。そんな現実にもかかわらず連邦政府の定義では、アメリカで起きるカルテル関連の暴力事件が——少なくとも連邦レベルでは——波及効果ではない事件としてカテゴライズされてしまうのだ。

基本的には、波及する暴力をどう定義するかは、やはり金の問題だった。ラレド警察のアグスティン・ドバリナ署長が喜んで独自の定義を拡げようとしたのはそれが理由だ。そうすれば彼の警察署にさらに金が入るからだった。警部補から巡査部長、巡査、捜査官、事務職員に至るまで、ドバリナ署長はおよそ五〇〇人の職員を抱えていた。扱う事件も多岐にわたる。麻薬、窃盗、自動車の盗難、人に対する犯罪（殺人、加重暴行、武装強盗）、性犯罪（児童虐待と児童ポルノ、強姦）、少年犯罪。

ドバリナが抱える職員の数は、ウェブ郡の捜査当局全体の約一〇パーセントに相当したが、連邦政府からの予算をめぐっては各機関の競争が非常に激しかった。地方自治体や郡や州レベルでいえば、ドバリナの競争相手には保安官事務所、治安官《コンスタブル》、アルコール飲料委員会、公安局、フードスタンプ〔補助的栄養支援プログラム〕、児童保護サービスなどがいた。連邦レベルでは、DEA、国境警備隊、国土安全保障省、FBI、ATF、ICE、司法省、内国歳入庁〔日本の国税庁にあたる〕などがいた。

毎年春になると、ドバリナ署長はワシントンDCに行き、全国の警察関係者が集まる大規模な会議に出席した。到着したらまず、司法省のケチな連中のところに挨拶にいく。彼らは地域治安維持活動局（COPS）の助成金を分配する責任者で、連邦政府の予算はCOPSによって地元警察に分け与えられた。実際には、COPSの助成金が高額に達することはまずなかった。ドバリナの運がよければ、四年に一回ほど、わずかな額を手土産にして帰ることができた。彼は連邦政府から不当な扱いを受けているような気分になることがよくあった。暴力が増加の一途をたどっているこんなときでさえ、自分にふさわしいものを連邦政府は与えてくれないという気がしていた。

だから少し前に二人の部下――盗品課の警部補と、麻薬課の巡査部長だった――が彼のオフィスにやってきて、メキシカン・マフィアが「マキニータ」と呼ばれるスロットマシン場で資金洗浄をしたがっています、法で定められた上限の五ドルを超える金額を払い出せるようにプログラムしたいそうです、と言ってきたとき、ドバリナはその提案を真剣に聞いた。ラレド警察が見て見ぬふりをし、ライバルを廃業に追い込んで穏やかに商売をする手助けをすれば、メキシカン・マフィアがその報酬を支払う、という話だった。

ドバリナはじっくり考えた。彼は新しいゴルフクラブのセットがほしかった。だからそのリベートの計画に同意した。

ドバリナに少しも悪びれる様子がなかったとしたら、それは彼が政府予算のことで不当に扱われたと思っているからだけではなかった。カルテルとの戦いは、彼にそこそこの権力を与えていた。ヌエボラレドの警察署長が防弾ベストなどの提供を求め、国際橋を渡ってやってくることがあった。「喜んで」とドバリナはランチの席で言った。そこから先は、彼の知ったことではなかった。そうした供給品は、ヌエボラレドで犯罪を取り締まる警官のもとに届くかもしれない。おそらくはそうでないのかもしれない。だとしても、それは戦争に貢献するだろうし、その紛争について、ドバリナはほとんどなんの感情も抱いていなかった。戦争は悪い、ということのほかには。どちらが勝っても、彼自身の戦いは続いていくのだから。

ミゲル・トレビーニョの戦いは続いていた。

彼は教会で母の隣に座って、ぐつぐつと煮えたぎっていた。トレビーニョ夫人は息子たちの稼業を知って涙を流した。まだ二六歳で、ただの狩り好きだった愛息のフィトが外で新聞を読んでいたところ、シナロアの殺し屋があらわれて顔面に四発、胸に一発、両手に一発ずつ銃弾を撃ち込み、遺体を公園のブランコのそばに放置したのだ。バジェエルモソの教会は関係者以外立入禁止になり、棺を閉じたまま葬儀がおこなわれた。

弟が殺され、さらにその事件がテレビで報道されたことにミゲルは怒り狂っていた。それはミゲルが資金提供をしていたメディアによる無礼極まりない行為だった。ミゲルはカトルセがやっているマネージメントの手法をヌエボラレドにも取り入れ、『エル・マニャーナ』紙から『エル・ディアリオ』紙まで、地元の犯罪担当記者に定期的に賄賂を支払っていた。だが、こうしたジャーナリズムとの関係はつねに流動的であることをミゲルは学んだ。たとえば、カンパニーは『エル・マニャーナ』の発行人に取引を持ちかけた。その新聞はカンパニーの代弁者になり、今後は麻薬ビジネスについて調べないという内容だ。『エル・マニャーナ』はその取り決めに不安を覚えた。カンパニーの代弁者になるのに同意することは、自分の死刑宣告にサインをするのと同じことだからだ。もしカンパニーに殺されなくても、その敵に殺される。だが発行人のほうも馬鹿ではないので、次のような条件ならいいと答えた。今後はカンパニーのスポークスマンが犯罪担当記者を通じて、どのネタを新聞に出してよいか連絡する、というものだ。こうした取り決めは、たいていの場合はうまくいったが、記者というのは信用できない。カンパニーから金を受け取っていながら、敵対する組織からももらっていたりする。そしていつのまにか「耳《オレーハ》」［スパイのこと］となり、情報を持って犯罪グループのあいだを行ったり来たりするのだ。

　二〇〇五年、ミゲルはやむを得ず、ラジオ番組の司会者だった「ルピタ」ことグアダルーペ・エスカミージャを見せしめにした。彼女の役割は特定のニュースが全国レベルにならないようにすることで、それはつまり地方レベルで報道しないようにするということだった。噂によれば、ルピタはセタスの代弁者としての報酬の増額を求め、彼らの希望に反する内容の放送をしてカンパニーに揺さぶりをかけようとした。彼女は警告を受けたが、ふたたびそれをやった。一月に、カンパニーは彼女の自宅の外壁に数発の銃弾を撃ち込んだ。それでも口を閉じなかったとき、カンパニーは彼女の車に火をつけた。三月には最終警告が出され、四月に彼女は帰らぬ人となった。

　そしていまミゲルは、大手テレビ局であるテレビサのクソ野郎と戦うはめになった。ホアキン・ロペス＝ドリガという ヌエボラレドで有名なニュースキャスターだ。その日の朝、ロペス＝ドリガは、ひとりの男がカフェの外で新聞を読んでいるときに殺されたことを報じた。彼は「フィト」という名前をテレビで口にしなかったが、ミゲルにとって重要なのは原則であり、これは礼に背くことだった。ミゲルはその朝、心に決めていた。ロペス＝ドリガは消えなければならないと。元恋人のエルサ・セプルベダから連絡があり、弟を死なせたことや、ラレドで間違った男を殺してしまったことをなじられても気持ちは収まらなかった。

ところがいまフィトの葬儀で、母の隣に座っていたミゲルは考え直した。それは彼自身の家族への愛、これ以上犠牲が出ないよう家族を守りたいという想いだったかもしれない。それに彼は、少し前にモンテレイでおこなわれたミーティングのことを思い出した。カトルセとラスカーノとともに、SIEDO――組織犯罪を担当する、メキシコ連邦政府のなかの一部門だ――の責任者に会ったときのことだ。「とにかく暴力は最小限にしてくれ」とその男は言った。「そして頼むからニュースにならないようにしてくれ！」

もしロペス＝ドリガという著名なニュースキャスターが死ねば、報道されないわけがなかった。間違いなく、大きなニュースになるだろう。カトルセとラスカーノからこっぴどく叱られるだろうし、ひょっとしたら致命的な結果を招くかもしれない。チーフたちからはすでに、彼がいちいち反応しすぎることを非難されていた。

ミゲルは母を抱きしめたあと、メメ・フローレスに目くばせし、首を横に振った。**やめておこう**。メメはバート・レタを呼び寄せ、例の仕事はなくなったと告げた。ミゲルはお悔やみの言葉をいくつか聞いたあと、仕事に戻った。

ガブリエルが二〇〇六年一月の大半を過ごしたメキシコ側では、ウルフ・ボーイズが仕事に精を出し、カンパニーが主催するまた別のパーティーに参加していた。ガブリエルは以前、テキサスで仕事をするのがあれほど嫌だったのに、いまは戻りたくてしかたなかった。アメリカでは、より大切な従業員でいられるが、メキシコでは、やる気のあるウルフ・ボーイズのひとりにすぎなかった。

カンパニーが主催するパーティーのくじで、バートが七万ドル相当のメルセデス・C55－AMGを当てた。彼は車をガブリエルに譲った。自分にはもう、カンパニーのエンジニアにカスタマイズしてもらった防弾仕様のBMW・M3があるから、と。

バートは重要なミッションに次々に送られて大金を稼ぎ、ブランド物の服や腕時計やテレビゲームを買い漁っていた。一度に着られるヴァレンティノやヴェルサーチの量は限られているので、戦利品の多くは使われず、未開封のままだった。彼は年上のガブリエルが気前よくこの世界に誘ってくれたことに恩義を感じていた。「マイホーム」が抽象的な概念でしかない人生では、その人のアイデンティティを示す最大の手段が車だった。メルセデスとはたしかに太っ腹なプレゼントだが、ガブリエルにとっては非常に受け入れがたいものだった。

ふたりのライバル関係は、ラステカでフットボールをプレーしていた頃にさかのぼる。その頃のバートはタフで小柄な、タックルされるのが大好きな少年で、ガブリエルはどちらかといえばタックルしたいほうだった。ふたりが短期間で目覚ましい軌跡を描いたことは、必然的に経験という意味で大きな変化を伴い、それが精神的な緊張を引き起こすのにじゅうぶんなところまで来ていた。ふたりの相互依存のシステムは微妙なバランスで成り立っていた。善意を示すときの暗黙の条件がいつのまにか変わってしまったとき、彼らはかんたんに気分を害した。

それでもガブリエルはまだ、自分がウルフ・ボーイズの輪のなかで優位に立っていると思っていた。

彼は経験豊富だった。リーダーだった。だが、こんなふうにも思っていた。なぜバートばかりがミゲルのミッションに行くのか？　なぜバートのほうが稼いでいるのか？

彼らの世界では、金は権力の最たるものだった。ある者は善行という形でその力を示す。個人レベルでも共同体レベルでも、力のある人間は「ペイフォワード」［人からもらったものをまた別の誰かに与えるという考え］の精神を示す。有権者を大事にすること、家族を幸せにすること。そうした目的は手段を正当化する。ガブリエルは週給五〇〇ドルのほかに、殺しでは一件につきだいたい一万ドルをもらっていた。もっと多いこともあった。そしてそれらの大半を兄弟や、クリスティーナや、母親や、おばたちや、友人たちに渡していた。クラブに行けばすべて彼が支払った。無駄遣いできる金があるというのは成功の究極の証しで、彼のまわりには大勢の貧しいおべっか使いが集まってきた。

母親のラ・ガビーは中古車を買っては、二番目の夫にガレージで修理させて副収入を得ていた。数年前に、ロシュをキメていたことに加え、クローゼットに大切なミニ14を隠していたのを母に見つかって家を叩き出されたことで逆上したガブリエルが、母が修理して売ろうと思っていたマリブをバットでぼこぼこにしたことがあった。だがいまは彼のおかげで、母は中古のマリブを何台も買って修理することができた。中学生のとき、ガブリエルは好きな女の子たちにほしいものを買ってやれないせいで引け目を感じたことがあった。だがいまの彼は、クリスティーナが新しい服を着て彼に感謝する姿や、弟たちがビデオゲームや学校に持っていくスナック菓子などの贅沢品を喜んでいる姿を見るのが好きだった。母親やおばたちが彼のおかげで「泥沼から抜け出す」――借金がなくなる――のを見るのが好きだった。ラ・ガビーはいつも口うるさくわめいた。**いったいどこで稼いできたの？　そんな暮らしはもうやめなさい！**　とはいえ、彼女が金を辞退することは決してなかった。そんなのは映画のなかでだけ起こることだ。

ガブリエルがまだ幼い頃、ラ・ガビーはこの二番目の息子に希望を抱いていた時期があった。どの息子に対してもそうだった。ところがその夢はひとつずつ、次から次へと現実離れしたものになっていき、とてもつらく、よく知った距離が、彼女と息子たちとを分けへだてた。その兆候を彼女は知っていた。みんなが知っていた。リンカーン通りに暮らすラ・ガビーやその友人たちは、ちょうどパーク・アベニューの母親たちがアイビー・リーグへの合格可否を直感で知るように、非行を予見することができた。ラ・ガビーは、近所に暮らす女性が家の前にビリヤード台を置いているのを見かけた。子供たちが夜にたむろする場所ができたというわけだ。賢いやり方だとラ・ガビーは思い、息子たちを家のなかにとどめておくのに役立ってくれることを願って、古いパソコンを買った。最近では、子供が成功するのに必要なものはパソコンだと聞いたからだ。それでもやはり、彼女の車はいまどこにあって、息子はどこに行ったのかと思い悩むことがよくあった。それでもやはり、クローゼットから銃弾や、よくわからない銃のパーツが出てきた。

そこからの転落はあっというまで、変化は一瞬の出来事のように思えた。少年司法特殊教育プログラム、ブートキャンプ、ＴＹＣ。ラ・ガビーは肩をすくめて、ため息をついた。彼女にできることはそれしかなかった。ほかになにができるというのか。ラ・ガビーの新しい恋人はまたしても密輸の罪で、またしても一二か月間を塀のなかで過ごすことになりそうだった。内国歳入庁からの通知がだいぶ溜まっていて、財政上の危機が訪れていた。いちばん下の息子は、自分の労働許可証を移民に売ってしまった。ラ・ガビーは大声で怒鳴った。本気で怒鳴った。けれどもいまのガブリエルは、彼女が半年かけて稼ぐ金額を、一週間も経たずにまたぽんと渡してくれるのだった。彼が持ってくる金額は、ほかの息子たちや、かつての恋人や夫たちが麻薬や不法移民や資金洗浄で稼いできた金額をはるかにしのいでいた。

あるときガブリエルが黒ずくめのかっこうで家に立ち寄り、グラス一杯の水を飲むだけの時間しか滞在していかなかった。まるで誰かに追われているみたいに。「俺、兵隊なんだ」。それからひと月後にふたたびやってきた息子は、体重が増えて厚みが増していた。「司令官になったよ」

「なんの司令官だって?」と彼女は言った。「誰かがこの家までやってきて、あんたのせいでわたしが殺されたらどうするの!」

「ここに一〇G〔一万ドル〕ある。新しい家を借りなよ」

「いつか罰《ばち》が当たるよ」と彼女は言いながらも、すぐに札束をポケットにしまって引き下がった。

二〇〇六年の冬が深まり、野心に呑み込まれそうになるにつれて、カンパニーで得た権力やステータスにもかかわらず(あるいはそれゆえに)、嫉妬や疑念がガブリエルのなかに根を下ろし始めた。最近はホテルに滞在していることが多く、ときどきクリスティーナがメキシコにやってきては、いっしょに泊まっていった。ガブリエルが彼女に持たせている携帯に、ユナイテッド高校のクラスメイトの男からしょっちゅう電話がかかってきた。ガブリエルは着信音が鳴るたびに彼女を羽交い締めにして電話に応えさせ、そのあと携帯を取り上げて男の話を盗み聞きし、それからまた彼女の耳に戻して、答え方を指示した。

「やあ、クリスティーナ」

「うん」

「調子はどう?」

「ふつうかな」

「今日はなにか予定があるの？」

「ないんじゃないかな」

「会いたい？」

「なんで？」

「軽くメシでもどう？」

「食べたい《コミエンド》の？　ヤりたい《コヒエンド》の？」と、ガブリエルはクリスティーナに訊かせた。単語の音が似ているからだ。それからまたガブリエルは携帯をもぎ取って、相手の答えを聞いた。

とはいえ、彼はクリスティーナにジェラシーを感じながらも、一方では彼女から距離を置いていた。カンパニーの先輩たちの例にならい、クリスティーナをある境界線より内側には入れないようにしていた。会いにいけるときは会いにいくが、人生の大部分からは彼女を締め出していた。彼は忙しかった。そもそも彼は堅気ではなかったし、そんな男とおもてを出歩いたところで彼女にとっていいことはなにもなかった。

クリスティーナの立場からわかったのは、愛が徐々に離れていき、関係が真剣なものからカジュアルなものに戻りつつあるということだけだった。

「どうしてお母さんに会わせてくれないの？」と彼女は訊いた。

「家が古いんだ」

「気にしないよ。連れてって」

「でもペンキが剥がれかけてるんだぜ」

「連れてって」

ガブリエルはリンカーン通り二〇七番地に決してクリスティーナを連れていかなかった。兄弟にしか会わせなかった。だが、「俺のゴッドファーザーのセロ・ドス」についてはよく口にした。セロ・ドスはメメ・フローレスのコードネームだ。彼女には、彼が自分のコネクションを見せつけるのと同時に、隠したがっているようにも見えた。

もうすぐ一七歳になるクリスティーナは無知のままでいようとした。自分自身の母親が夫の不法行為にかんしてそうだったように。ガブリエルは前年の夏を刑務所で過ごした。でも具体的になにをしたのかはよく知らない。彼はブルーノ・オロスコ殺害事件の運転手だった。引き金を引いたのはウェンセスだった。オロスコの数日前に起きた事件にかんする噂も出回っていた。どうやらガブリエルがポンポーニョというシナロア系の男の自宅の呼び鈴を鳴らしたあと、間違えてポンポーニョの一三歳の息子を殺してしまったらしい、というものだ。とはいえラレドでは、みんなが口々にいいかげんなことを言う。

教会に通う敬虔《けいけん》な人々に囲まれて育ったクリスティーナはずっと、信仰心をのせたひとつの乗り物だった。**よりよい人生を信じて、無条件に愛しなさい**。けれどもその乗り物はいま、険しい斜面に停まっていた。彼女は自分の父親からは得られなかった愛情と注目を必死に求めていた。この恋人といるときは、世界が消えたようになった。ベッドのなかのガブリエルは優しくて、荒っぽいことはしなかった。けれども、ときどき勃起しないことがあった。そんなとき、彼は「すっかりしょげて」しまい、こんなふうに言った。「ごめん、仲間が飲み物になにか混ぜたらしい」。そしてそれを言うのが三度、四度と重なったとき、クリスティーナは思った。この人、クスリの常習者なんだ。それからふたりはただ抱き合って、彼がふたたび去っていくまで過ごした。

けれどもこうした短いひとときに、彼は朦朧《もうろう》とした意識のなかに沈みながら、ひそかに考えていたということを打ち明けた。「俺は生きてる価値のないオカマなんだ」と彼は言った。錠剤は気晴らしのためだけではなく必要なもので、その必要性が彼を悩ませていた。彼は金と権力を愛していた。だが、自分は真のウルフ・ボーイなのか？　正真正銘のカンパニーの一員なのか？

イエス。彼はまだそうだと信じていた。すぐに証明してみせるつもりだった。

23　俺は優秀な兵隊だ!

レネ・ガルシアはメキシカン・マフィアの兄弟《カルナル》のひとりといっしょに国境を徒歩で越えたあと、一台の黒いサバーバン――センターコンソールに固定した塩ビ管にはアサルトライフルが収納されていた――に拾われ、ヌエボラレド郊外の牧場に向かった。着いた先では三、四〇人ほどのセタスの兵隊が、八台の黒いサバーバンのまわりをうろついていた。その中心ではミゲル・トレビーニョが、白いポルシェのSUVの助手席でくつろいでいた。ドアを開けて片足を手すりにかけ、写真のバインダーをめくっている。

数分後、ミゲルがポルシェから出てきて、食事の時間だと告げた。すると数人が出ていき、トラックにソーダやパリジャーダ――メキシコ風バーベキュー――を満載して戻ってきた。テールゲートパーティー［スポーツ観戦後の駐車場でおこなわれる］のように、全員が車の荷台に食べ物を広げて食べた。その後、ミゲルはレネとそのカルナルに、ポルシェの後部座席に乗るように言った。心配いらない、二〇万ドルかけて防弾仕様に改造してある、と彼は言った。

車はいくらも走らないうちに道路脇に停まった。襲撃から帰ってきたセタスの兵隊の一団から報告を聞くためだった。兵隊のひとりが致命傷にはならなかったが被弾し、包帯から血が滲み出していた。ミゲルは彼をカンパニーの病院に連れていくように指示した。

二つ目の牧場に着くと、ミゲルはレネたちに注意を戻した。

レネはこの遠征の目的をわかっていなかった。ラレドにいるメキシカン・マフィアのリーダー、ブラック・ハンドの指示に従い、ついてきたのだった。そしていま、弟モイセスの殺害を指示した男が目の前にいた。いっしょに来たカルナルが口をひらいた。自分たちは一万ドルとコカイン二〇〇キロを受け取るためにブラック・ハンドに送り込まれた、と彼は言った。

ミゲルはカルナルに訊いた。「つまり、いまはおまえがクアドロの担当というわけだな？」――クアドロとは一キロ分を四角く固めたコカインのことだ。

「そうだ」とカルナルは言った。

ミゲルは一万ドルを部下に取りにいかせたが、コカインのほうは二〇〇ではなく四〇しか渡せないと言った。

レネには弟が殺された陰謀の黒幕がだんだんとわかってきた。おそらくブラック・ハンドが自分の評価を上げるために、ミゲルから金をくすねていたレネの弟を差し出したのだ。一万ドルはモイセスを始末したことへの報酬か、ラレドでさらなる殺人をおこなうための資金のどちらかなのだろう。その金に加えて、ミゲルはブラック・ハンドに「テスト用の積み荷」を前渡しすることになっていたが、初回分を二〇〇キロ(二〇〇〇万ドル相当)ではなく、四〇キロ(四〇〇万ドル相当)に抑えたいと言っているのだった。

ミゲルはレネのほうを向いて、こう尋ねた。「そしておまえが破壊《キエブレ》の責任者か？」――キエブレとは殺人のことだ。

レネにはミゲルがなんの話をしているのかわからなかった。なので、とりあえずイエスと答えた。それはミゲルが、理由さえあればただちに人を殺しそうな雰囲気を全身から発していたからだった。レネは思った。こんなふうに自信たっぷりでいるのはたやすいことだろう。ボディガードに囲まれ、街には思いのままに動かせる兵隊があふれているとなれば。とはいえ、レネは頼まれたことはなんでもしようと決めていた。弟の死の責めを負うべきミゲルを殺し、そのあとバート・レタを殺すまでは。

ミゲルはバインダーに顔を戻し、写真を次々にめくった。「四〇人いる」と彼はつぶやいた。彼が殺したいラレドの人間の数だった。いくつかの名前をすらすらと読みあげた。マイク・ロペス、チュイ・レセンデス、マッキー・フローレス。「知ってるか?」とミゲルはレネに訊いた。

「いや」とレネは言った。

「じゃあ、モイセス・ガルシアは?」とミゲルが訊いた。

まさかこいつ、ふざけてるのか、とレネは思った。

「知らない」とレネは答えた。

「本当に?　だが、やつはメキシカン・マフィアじゃなかったのか?」

あたりを包む砂ぼこりが窓から入り込み、ざらついた空気が車内を満たしていた。二月初めに彼らは三台から成る車列の一部として、ゲレロ州からレイノサに向かっていた。ミゲルは助手席に、ガブリエルとバートは後部座席に座っていて、ふたりともロシュをキメていた。

カンパニーでは、アルコールとコカインは許されていた。マリファナはやってもかまわないが、仕事中はだめだし、ミゲルの前ではもってのほかだ。ロシュ、ヘロイン、覚醒剤《メス》は使用自体が禁止されていた。すべてのウルフ・ボーイが、殺すのにロシュを必要とするわけではなかった。殺し屋のおよそ五人に一人が、その錠剤を使っていた。たとえばバートは、良心を消すのにロシュを必要とはしなかった。そもそもたいした良心を持ち合わせていなかった。だが、ガブリエルはこれに頼りっきりで、最近では一日に一〇錠も摂っていた。ジアゼパムの一〇倍強力だと言われる錠剤としては、とんでもない摂取量だ。朝起きて、このドラッグをレッドブル一缶か二缶といっしょに摂ると集中力とエネルギーが湧いてくるが、しばらくすると気分が落ちてきて、ちょっとしたことにも過敏に反応するようになった。ガブリエルは恐るべき忍耐力によって、ロシュの常習者であることを司令官《コマンダンテ》たちの前では隠すことができていた。ところがバートは、必ずしもそうではなかった。

バートはしらふでも肝っ玉が据わっていて、どんなことも進んでやった。それがロシュをやると、彼の「背が低い男のコンプレックス」がさらに濃縮された状態であらわれた。大人の男たちから認められたい気持ち、「銃身の前に飛び出し」たい気持ちが倍増するのだった。

俺は優秀な兵隊だ！
異論は受け付けない！
ラ・カンパニーのためなら、いつでも命を投げ出す！

レイノサまでの道中、バートはうっかり口走った。「手榴弾《ピーニャ》をよこせ！　AR［アサルトライフル］をよこせ！　ミッションは俺にまかせろ！」

ミゲルは笑って、バックミラー越しに二人を見た。「まあ落ち着け。なんのミッションだ？」

「どんなミッションでも！」とバートは言った。

ミゲルが振り返った。「錠剤でもキメてるのか、どうなんだ？」

「まさか」とバートは、そんなことありえないとでもいうように言った。「俺が？」

ロシュをキメていてもふつうに振舞うことのできるガブリエルは、バートにこう言った。「おい、嘘つくなよ」

ミゲルはガブリエルを見て訊いた。「おまえもやってるのか？」

「俺はそういうもんには興味ないんで」とガブリエルは言った。

バートはいまにもチビりそうな顔をした。どうしてこいつはミゲルの前で俺を裏切るようなマネをするんだ？

ミゲルは運転手にUターンするように言った。それからふたりをゲレロで降ろし、去っていった。土煙のなかに立ち尽くし、バートはいまにも泣きだしそうだった。「話がある」と彼はガブリエルに言った。「なんであんなことするんだ？」

「なんのことだよ」

「あの言い方はないだろ！」

ガブリエルは銃を取り出してバートに突きつけた。「そもそもは、おまえがバカなマネをするからだ。MTにくだらねえこと言って」。バートは直立不動の姿勢で——なんの感情も、恐怖心もないまま——ガブリエルの出方をうかがっていた。「責任はバカげた発言をしたおまえにある。責めるなら自分を責めろ」

もっと若かった頃、ふたりがよくケチな犯罪で捕まっていた頃、自分たちは絶対にチクらないと信じていた。当時だって一度もしたことはなかった。だがいまはどうだ？　軽い逮捕なら、保釈金がつく。やらかした内容が重くなればなるほど、保釈金はつきにくくなるだろう。大人になった少年たちは、どこそこの麻薬王が嵌《は》められたとかいう話をしょっちゅう聞いていた。誰もが裏切られることをガブリエルは知っていた。誰もが。一方で、つねに猜疑心《さいぎしん》を抱えているわけにはいかないのもわかっていた。それが嫌なら、ハンバーガーのパティをひっくり返して生きていくべきだ。

「それでも、あんな扱いはやめろ」とバートは言った。「俺たちは仲間《ホーミー》だろ」。それから例の悲しげな仔犬みたいな顔でガブリエルを見た。「おまえが大好きなんだよ。おまえのためなら命を懸けてもいい！」

ふたりは仲直りをしたが、この出来事は彼らの両方をひどい気分にさせた。その日、ヌエボラレドに戻ってきたバートは、自分を見る目つきが気に入らないという理由で通りすがりの人間に向けて発砲した。許可なく銃撃をおこなった結果、彼らが泊まっていたヌエボラレドのアジトに重武装した軍警察が踏み込み、ガブリエルの真新しいメルセデスを押収していった。

ガブリエルはすぐさま軍警察の基地に出向いて、「フォーティの仲間だ」と名乗り、チーフとしゃべらせろと要求した。チーフはやってくるなり車のことなど知らないと言い張り、ガブリエルを雑魚《ざこ》のように扱った。ガブリエルはミゲルに電話をかけ、スピーカーフォンに切り替えた。

「ミゲル・トレビーニョだ。その車は俺が彼に与えた」

チーフは笑った。相手がミゲルだと信じていなかったのだ。

「俺はミゲルだ！　おまえたちがその車を奪っていったんだろうが！」

チーフは青くなった。

「よく聞けよ、このクソ野郎が！　つべこべ言わず車を返せ、さもないと俺がどんな人間か思い知ることになるぞ！」

おもてにメルセデスがやってきた。基地のエントランスにいた二人の警官がゲートを開け、走り去るガブリエルに向かってうなずいた。

ヌエボラレドを流しているとき、すぐ近くから鐘の音が聞こえてきた。ホットドッグ売りだ。すると彼はまだ小さかった頃、兄のルイスとよそいきの服、アメリカの服を着て、よく自分たちといとこたちのために一ドルのホットドッグを山ほど買い、トッピングのタマネギのみじん切りとトマトを皿が見えなくなるまでのっけてもらったことを思い出した。それからみんなで〈グラノランディア〉という有名なエローテのスタンドまで走っていき、茹でたトウモロコシにマヨネーズやチーズやチリペッパーを塗りたくったのを買うのだった。メキシコにいるガブリエルのおばたちの稼ぎは週に八〇ドルかそこらで、その一部は食料雑貨店のクーポン、「ボノ」で支払われていた。アメリカの基準では彼は貧しかったが、メキシコではアメリカ人であるがゆえに、貧乏だと感じたことはなかった。

彼はラレドのことを想った。向こうに帰りたかった。自分が必要とされる場所で、やりかけになっていることを片づけて、自分はカンパニーでもっと大きな役割を担うにふさわしい人間であることを証明したかった。

すでにそれは「フォーティによる四〇人《フォーティ》のリスト」として知られていた。ミゲルとカンパニーが死んでほしがっているラレドの人間のリストだ。最後の「大掃除」が完了すれば、ラレドの国境地点や、誰もがほしがる三五号線のルートを掌握できるはずだった。ミゲルは自分のリストについて、まもなく動きだす予定の壮大なプロジェクトのように語った。それについて、よくガブリエルに話した。ガブリエルはアメリカ側で最も活躍している彼の殺し屋《シカリオ》だった。「もう少し待って、向こうのほとぼりが冷めてから仕事にかかる」と、あるときミゲルはガブリエルに言った。一月初めに起きたノエ・フローレス殺害事件を受けてロバート・ガルシアがガブリエルたちを捜査していることについて言っているのだった。

ガブリエルはカンパニーに入ったとき、メメとミゲルから、兵隊になれば素晴らしい特権を享受できると言われ、そのとおりになった。もし捕まったり刑務所行きになったりしても、迎えにいってやると言われ、そのとおりになった。もし真面目に働いてビジネスに貢献すればカンパニーのなかで出世できると言われ、それもやはり叶いつつあった。ガブリエルは信じていた。この最後の大掃除で手柄を立てたウルフ・ボーイには、きっと自分のプラサと正真正銘のコマンダンテの称号が与えられるだろう。

彼はメキシコで、もうじゅうぶんに待った。

そしていま、彼はヌエボラレドを北へと走り、生まれ故郷の国に帰っていこうとしていた。空が急速に暗くなるなか、彼はさながら巨大な震える蜘蛛の巣に捕らわれた珍しい昆虫か、計算されたロープの動きに必死に抗うロデオの牛だった。

彼が教えてもらえなかったこと、知るよしもなかったことは、アメリカの法制度は数々の欠陥にもかかわらず、辛抱強いということだった。それはちゃんと待っていた。

第4部

予言

「ライバル」というのは目の詰まった織物のような関係で、似た者同士から対立が生まれ、共通の野心やたがいへの羨望という親密さから結束が生まれる。

——『アステカ』、インガ・クレンディナン

24 最後の晩餐

「電話が要るか?」

「ああ」

「誰にかけるんだ?」

「兄貴に」

ロバート・ガルシアはガブリエルの携帯をテーブル越しに滑らせた。「あとでかけ直すって言え」

「よう」。ガブリエルはルイスが出ると、しゃべり出した。「ブラザー・マイクに電話して、逮捕されたと伝えてほしいんだ。無線のコードはわかるか?」。ロバートはガブリエルの兄弟を三人とも知っていた。マイクなんていう人間はいなかった。「俺を二件の殺人で告発するっていうんだけど、意味がわからなくてさ。目撃者がいるとか言ってる。でたらめだろうけど。ブラザー・マイクに、保釈金は二〇〇万ドルになりそうだって言っといてよ……ああ……だから二〇万ドルを送るように言って。払ってくれるだろうから。とりあえず俺の取り分はちゃんともらっておいてよ、毎週月曜日に」

二〇〇五年二月五日に、ガブリエルは車でラレドに戻ったが、なにも考えずにテキサス州に舞い戻ったわけではなかった。数日前に、ウェブ郡書記官事務所で働いているいとこに電話をかけ、ガブリエルのクルーに対する逮捕状で有効になっているものがないか問い合わせた。すると、なにも出されていないから来ても大丈夫だと思う、と言われたのだった。ロバートの読みが当たり、国境でガブリエルは逮捕された。

ロバートとガブリエルが最後に顔を合わせてから八か月が経っていた。ガブリエルは五キロほど体重が増え、裾を出したボタンダウンシャツは背中の縫い目がはちきれそうで、以前は見られなかった自信たっぷりな歩き方を身に着けていた。髪の毛はさらに短くなり、ショットガンの破片を受けた古傷が確認できた。彼の態度は、複数の殺人によって長くつらい刑期に直面した若者のものではなく、複雑なゲームに携わる男のそれだった。この青年は莫大な額の保釈金について考えながら、カンパニーから毎週支給される五〇〇ドルの心配をしているのだ。「ブラザー・マイク」なる人物の名前を堂々と口にして、金が送られてくることに自信を持っている。ロバートはこの若者のエゴに働きかけることにした。

「去年の夏、向こうでやった殺しについて話してたろ」とロバートは言った。「あれははったりだったのか？」

「いいや、あれはほんと。向こうでやるのはかまわないんだ。あっちじゃ問題にならないから」

「警察が協力してくれるって言ってたな」

「お膳立てをしてくれる。すべてがコントロール下でおこなわれるように」

「そういう死は報告書になるのか？　あるいは警察が遺体を消して終わりか？」

「俺がやったのは全部、警察が消してくれた」

「向こうではなにを使ってる？」

「ＡＲ」とガブリエルは言った。アサルトライフルのＡＲ15のことだ。「そっちのほうが速いから」

「なら、こっちでもＡＲを使ったらどうだ？」

「こっちじゃ、法律的に難しいんだ」とガブリエルは言った。対人殺傷用銃器を犯罪に使った場合の罰則が重いことについて言っているのだ。

ロバートは片方の眉を上げて後ろにもたれ、腕を組んだまま終始平静な顔つきでガブリエルをながめた。偏った判断をせず、患者の告白の重みをじゅうぶんに承知しているセラピストの姿勢だ。トーンを変えずに、次の話題に移った。「で、〈トルタメックス〉の事件には関わってないと言ってたが、こっちはどうだ。フロスト通りの事件について、なにがあったのか教えてくれ」

ガブリエルは〈トルタメックス〉で起きたモイセス・ガルシアの件についても、フロスト通りのノエ・フローレスの件についても、いっさいの関与を否定した。ロバートは、フローレス殺害事件のほうには証人がいて、ガブリエルに対してさらに二つの逮捕状を取るのにじゅうぶんな証言があることを伝えた。殺人と、「組織犯罪活動に従事」していることに対する逮捕状だと。目撃証言は弱いが、容疑者を勾留しておくにはじゅうぶんであることをガブリエルは知っていた。なんらかのストーリーを差し出す必要があった。そこで彼は、アメリカ側でのセタスのオペレーションにかんする一般的な話をすることにした。ミゲル・トレビーニョの指示でおこなわれた暗殺もあるにはあるが、どれがそうなのかは知らない、と彼は言った。ラレドには別の人間の下で働く、別の人間もいるからと。

ほら来た、とロバートは思った。嘘のボウルのなかに真実の欠片が混じりだす。いいぞ、そのまま続けろ。

ところがそのとき、ロバートの予期せぬことが起きた。ガブリエルはノエ・フローレス殺害事件について――人から聞いたストーリーという設定だ――いざ話しだすと、まるで自分を抑えられなくなったようにすらすらとしゃべった。事件をあまりにもよく理解しているせいか、細部があまりにもリアルで、混ぜ込んだ嘘が真実に対してくっきりと目立つことになり、その逆もまた然《しか》りだった。

　暗殺を指示したのは「エル・セニョール」という男だと彼は説明した。初め、バートとそのクルーはどうやって実行すればいいかわからず困った。ところがあるとき、エル・セニョールの下で働いている女の子たちが、ターゲットのマイク・ロペスに偶然会った。やつは〈カクテルズ〉というラレドのクラブで遊んでいるところだった。女の子たちはエル・セニョールに連絡して、マイク・ロペスを家まで尾《つ》けた。バートは暗殺部隊を街の反対側からグレーの日産で出動させた。女の子たちの役目は、ロペスを家の外に誘い出すことだった。だが、フロスト通り側の混乱のなかで、間違えてノエ・フローレスを撃ってしまった。

「撃ったのは誰だ？」とロバートは訊いた。

　ガブリエルは、ジョセフ・アレンという男が四〇口径の拳銃でノエ・フローレスを撃ったと言った。さらに一二月に〈トルタメックス〉で、九ミリを使ってモイセス・ガルシアを殺したのも同じ男だという。ジョセフ・アレンは実在した。彼は別の殺人容疑で指名手配されていて、しかもガブリエルに容貌が似ていた。偶然の一致をガブリエルは強調した。それなら目撃証言も説明がつく。ロバートは自分のメモをじっくりとながめて、うなずいた。**ああ、ジョセフ・アレンか。それならすべて辻褄《つじつま》が合うな。**

「目撃者って誰なの？」とガブリエルが訊いた。

　ロバートはフロスト通りに話を戻させた。

　暗殺部隊は犯行車両の日産を、近くの食料雑貨店に放置した、とガブリエルは続けた。そのあとニュースを見て、自分たちが殺したのがマイク・ロペスではなかったことが判明した。初めはまずいことになるように思われたが、エル・セニョールは問題ないと言った。マイク・ロペスはいずれにせよ死ぬ運命にあるから、と。

「放置された車両のなかにタバコが一箱落ちていたそうだ」とロバートは言った。「誰が吸ってた？」

「みんな吸う。でもたぶん、バートのじゃないかな」

「キャップも落ちてた。どんなキャップだった？」

「迷彩柄のキャップ」

「誰のだ？」

「バート」

「じゃあ、パブロとポロとデイヴィッドはどうだ？」。ロバートは、やはりラレドのウルフ・ボーイズで、ガブリエルが「Bチーム」と呼ぶチャッキー――ワナビーのことだ――たちについて訊いた。そのチャッキーたちは数日前にラレドのウォルマートで暗殺に失敗した際に逮捕され、メメ・フローレスの事件にガブリエルが関与していることをほのめかしていた。「あいつらも殺人担当なのか？」

「そう」とガブリエルは言った。

「でも、あいつらはなにもしてないんだろ？　あれか、出来が悪いってことか？」

「あいつらは、びびってるから」

「じゃあ、チャパは？」

チャパはガブリエルの運転手で、数週間前に事情聴取を受けていた。モイセス・ガルシアの殺害に使われた白いエクスペディションでアメリカ側に戻ろうとして捕まったのだった。

「みんな、あいつにはなにも話さない」。ガブリエルはそう言ったあと、もう一度電話を使わせてほしいと言った。ロバートが目の前に座った状態で、彼は「ブラザー・マイク」にかけた。

「いや、違うんだ、いま言おうとしてたんだけど、勾留されてて……いやいや、反対側で。全然関係ない殺しの犯人にされそうになってる……ああ、捕まったとき彼女もいっしょで……いや、ほかのやつらはあっち側に残ってる……だからもし可能なら、手を貸してほしいんだ。無理ならそれでかまわない」

ロバートは過去一年にわたって、一〇を超えるカルテルの内通者を尋問してきたが、この若者はそのなかの誰よりも裏社会に足を深く突っ込んでいた。あと電話を二本かけていいかと訊かれたとき、ロバートはどうぞ、ごゆっくり、と答えた。

ガブリエルはふたたび兄のルイスにかけた。「マイクに保釈金のこと話したよ。そっちに行くなと忠告しただろうってさ。だいぶ怒ってて、俺とはもう話したくないらしい。でも払う気はあるし、その金については免除してくれるそうだ。とりあえずチビのやつに言っといてよ、マイクに電話して、すべて問題ないか確かめるようにって……オーケイ……あと、ベライゾンの携帯にチャージしといて。なかなかかけられるようにしておきたい」。それからガブリエルはクリスティーナに折り返した。「出してくれるって……ああ、ブラザー・マイクがやってくれる。おそらく二〇〇万ドルだってよ。信じられっか？……どこに行くとこ？　家？……オーケイ、またかけるよ……俺も愛してるから、じゃ」

ロバートは対峙するのではなく、フレンドリーに、父親っぽく行きたかった。あのカルテル専門の弁護士デイヴィッド・アルマラスに捜査の邪魔をされたくなかった。そこでこう言った。「よし、いまのところはつまりこういうことだ。おまえを名指しした人間がいたので逮捕状を取った。しかも目撃者がいて、あんたはグループのメンバーだ。それについてはおまえも反論できない。だが俺は、していないおまえを潰す気はない、いいな？」

ガブリエルはうなずいた。彼は神の子であり、信念の人だった。そのフェアな扱いに感謝した。

「とはいえ、いつでも話ができる状態にしておきたい」とロバートは続けた。「いずれ弁護士と話すこともあるだろう、それはおまえの権利だから。そしたら弁護士に、俺たちと話をしていることを伝えるんだ。おそらくあとで例の男――」ジョセフ・アレンだ。「――の写真を見て確認してもらうことになると思う。おまえが現場にいなかったことを証明できたら、容疑をすべて取り消せるかもしれない。俺は引き続き捜査を続ける。だがひとつ教えてくれ。もし本気で捜すことになったら、そいつらはいまどこにいるんだ？　バートとそのくそったれどもは」

「あっち側。でもかなり厳しいことになるだろうね。最後まで抵抗すると思う。やつらは訓練を受けてるから」

「バートは訓練を受けてるのか？」とロバートは訊いた。「でもやつが逮捕されてTYCから出てきたのは、去年の夏じゃなかったか？」

「ああ、でも三、四年前にはすでにメンバーだったんだ。こっちに戻ったときに、俺といっしょに逮捕された。俺は郡のほうに送られて釈放されて、あいつはTYCに送られたってこと」

二〇〇六年の初めに、バートは一六歳と半年だった。その「三、四年前」にセタスに加わったということは、そのとき彼は一二歳か一三歳だったことになる。周囲の話では、それは彼がまだ中学生を脅しつけ、海軍特殊部隊《ネイビー・シールズ》に憧れ、シエテロスへの忠誠を誓っていた頃だった。ところがガブリエルが語ったのは、バートはTYCに入る前にすでにカンパニーのメンバーだったというもので――ガブリエルがフローレス殺しの犯人としてバートをタレこんだ罪の意識からでっちあげたストーリーだった――それは人を引きつけてやまない逸話として国境地帯の伝説に加わった。思春期前の少年がカルテルの殺し屋に！　これにはロバートの虚言センサーでさえもメルトダウンした。

とはいえ、ロバートがガブリエルの言うことを信じた、あるいは信じたふりをした理由はほかにもあった。捜査を続けていくなかで、ガブリエルを協力的な証人に変えたいと思ったのだ。事件の関係者を特定してもらい、ミゲル・トレビーニョについてさらなる情報を提供してもらいたいと。二〇〇六年二月までには、ミゲル・トレビーニョはアンヘル・モレーノだけでなくＤＥＡ、ＦＢＩを始めとするアメリカの捜査当局から「優先度の高いターゲット」と見なされていた。

ミゲルがラレドにいる敵への最終攻撃を企てる一方で、弟フィトの死は、殺戮を伴う犯人捜しへと彼を駆り立てた。

そしていま、ひらけた野原にぼろぼろのソファが一台、置かれていた。ミゲルはウェンセス・トバーに、手錠をかけた男たちをそこまで歩かせるように言った。自分はすぐに戻るからと。

一時間前、ウェンセスがヌエボラレドのホテルで休暇を過ごしていたところ、フォード・Ｆ１５０に乗ったミゲルがあらわれて、下りてくるように言われた。ウェンセスは後部座席に無理やり乗り込んだ。先に乗っていたのは三人の縛られた男たちで、兄弟とその父親だった。

ミゲルの弟オマールは前の座席にいた。車は隣のヌエボレオン州のチーナという町までやってきた。ウェンセスは縛られた兄弟の片方が、フィト・トレビーニョを殺したことを告白したのだと理解したとき、こんなふうに思った。俺はあんたたちみたいにはなりたくないよ。

そんなわけで、ウェンセスは縛られた三人を野原のど真ん中にあるソファまで連れていき、詰めて座るように言って自分も腰を下ろした。ミゲルとオマールが戻ってくるまでにはもう少しかかるだろう。

ウェンセスがマリファナのジョイントを巻く作業にいつのまにか没頭していたとき、聞き慣れた拷問の悲鳴が彼の作業を中断し、なにか湿ったものがぴしゃりと顔に当たった。

切り落とされた耳だった。

ソファの反対側にミゲルがいて、フィトを殺した男の横に立っていた。ミゲルは黒のジーンズにトミー・ヒルフィガーのシャツを着ていた。彼のナイフは血まみれだった。ナイフを持った腕と胴体のあいだにポテトサラダの容器を挟み、そこからプラスチックのフォークでがつがつと食べている。「俺の前でそれをやってるところをあと一度でも見かけたら」とミゲルはポテトサラダを頬張りながらウェンセスに言った。「次はおまえだ」

ウェンセスはジョイントを投げ捨てて立ち上がった。目を背けないようにしようと思った。ミゲルはそれを嫌ったからだ。なので、ボスの弟を殺した男の傷口を見た。誰かの耳が切り落とされるたびに、ウェンセスはその内側があまりにも小さいことに驚くのだった。頭にちっちゃな穴が二つ開いているだけだった。

殺し屋は、弟と父を見逃してくれるように頼んだ。「ふたりは関係ない」と彼は言った。

「俺の弟は関係あったか?」とミゲルは訊いた。「ない、関係なかった。だから、おまえにはいまからふたりが死ぬところを見てもらう」

ミゲルは無線で医者を呼んだ。この状況をできるだけ長引かせたかった。それからナイフを火で炙《あぶ》り、耳の傷口に思いきり押し当てると、彼の弟を殺した男は悲鳴をあげ、そのあと嘔吐した。

トレビーニョ一家のなかで、オマールがフィトといちばん仲がよく、弟の死に誰よりも動揺していた。ゆっくりやるという言葉は、彼には効かなかった。オマールは男の父親——大男だった——をソファから引きずり下ろすとＡＲ15で顔を撃ち、弾が切れるまで何十発も、鼻や頬や顎や目や額を撃ちまくった。銃弾にえぐられるたびに男の顔は後ろに吸い込まれていき、やがて頭部はゴムマスクのように平らになり、パンケーキほどの厚さになった。ウェンセスは無理して見ていた。

ミゲルは右手を三八口径にかけ、左脚を前後に揺らしながらあたりを見回した。「医者はどこだ？」オマールに刺激されて、ミゲルも逸《はや》る心に身をまかせることにした。彼は弟を殺した男の弟の両脚を撃った。これは弾倉《マガジン》五個分の弾を消費するまで続いた。それから六個目のマガジンをロードして頭蓋を斜めから撃ち抜くと、脳味噌が飛び出した。彼は銃をホルスターに戻すと、近くにあったメスキートの木まで歩いていき、樹皮をスプーンのように細く切り取った。それから死んだ男の頭のそばにしゃがんで、脳の灰白質をすくい取り、そのスプーンを弟を殺した男に手渡した。

ミゲルのやつ、おかしくなったのか？とウェンセスは思った。が、すぐに考え直した。そうじゃない。ミゲルもまた我を失っていたのだとしたら、こんなにも知性的でいられるはずがない。たしかに、ミゲルがよく死体を切り開いているのは本当のことだし、それを楽しんでいるようにさえ見えた。だがそれは医者や検死官にも言えることじゃないか。

「味はどうだ？」。ミゲルは弟を殺した男に脳味噌を何口か食べさせたあと、そう尋ねた。

「チキンに似てる」と男は言った。

この果敢な抵抗に思わずニヤっとしたあと、ミゲルはその若者の頭を撃ち抜き、去っていった。

夕刻の薄闇のなか、ウェンセスはなかなか立ち去ることができず、殺し屋の父親の完全に破壊された頭部をじっと見つめた。ぐちゃぐちゃした穴という穴に蝿がたかっている。不安のなかで休みなく自分を磨き続け、たえまない努力を続けても、あるとき急に暗転する。おそらくは、ほかにどうしようもなかったことで責任を問われ、とてつもない暴力が突然襲いかかる。その脅威はつねにそこにあり、それが現実であることを証明するものまであった。目を閉じても、平らになった顔が残像のようにいつまでも消えず、ウェンセスはいつのまにか自分の家族のことを想像していた。もし誰かが俺についてミゲルに嘘を言ったら？　それがみんなの運命なのか？

「行くぞ！」とミゲルが叫び、一行は別の牧場に向かった。ミゲルの元恋人、エルサ・セプルベダが見つかったのだ。

〈アギレラ〉——鷲の巣といぅ意味だ——は懲罰施設で、密入国者や敵《コントラ》などはもちろん、命令に背いたカンパニーのメンバーを閉じこめておく場所でもあった。ウェンセスもミゲルについてなかに入った。食料やバスルームの特権を求める中年の女たちや、おうちに帰りたいと訴える子供たちの横を通り過ぎた。ミゲルは、隅の椅子に縛り付けられた女のほうに歩いていった。目と口をふさいでいたテープを勢いよく剥がした。

女の顔を見るなりカッとなった。

ミゲルは彼女をここに連れてきた兵隊を呼び寄せ、エルサ・セプルベダの写真を床にばらまいた。どうしたらこいつをエルサと見間違うんだ？　その兵隊は平謝りし、床にひれ伏そうとした。ミゲルは笑った。彼が無能より嫌うものがあるとしたら、それは見苦しい腰抜け《パノチョン》だった。彼は左脚を前後に揺らし、首を反らして見下すような目で見ながら三八口径を抜くと、「おまえは終わりだ」と言って兵隊の頭を撃ち抜いた。それから床に転がった女に——誰だか知らないが——ついてくるように言った。ウェンセスにはポルシェ・カイエンを運転するように言った。

外に出ると、女はポルシェのドアをウェンセスが解錠する前に開けようとしたが開かず、その厳重な装甲システムにびっくりした。ウェンセスがセキュリティを解除して、全員が乗り込んだ。すでに夜だった。チーナの牧場へと戻る途中、ミゲルはその女にエルサ・セプルベダとの交際について、びっくりするほどフランクに感情的な表現で語った。彼女が去っていったときにどれほど屈辱的だったか、彼女が浮気していたことを知ったとき、その屈辱がどれほど深まったか。そしてフィトが死んだことをなじる電話を彼女がかけてきたときは、もう限界だったと。

チーナの牧場にやってきたミゲルは、ホワイトタイガーを持ってくるように言った。

ケージが到着した。

ニワトリ小屋のほうからボディガードたちが姿を見せ、その日の午後に殺された三人の男の裸の遺体を運んできた。遺体のひとつは頭皮が完全に剥がれていた。腹を空かせた虎がケージから放たれ、ボディガードに綱で誘導されながら腕や脚を貪り食うあいだ、ミゲルは笑っていた。彼は女――どうやらエルサの友人らしかった――に、この虎はサーカスから盗んできたのだと教えた。もし見つけたら、エルサにも同じことをしてやると誓った。

一行は牧場をあとにした。

国境近くで、ミゲルとウェンセスは女を「大卒《エル・リセンシアード》」★と呼ばれる男に引き渡した。彼はミゲルの弁護士で、女を国際橋まで連れていき、テキサス側に無事戻るのを見届けることになっていた。エル・リセンシアードはミゲルに、今日の午後に殺した男たちの遺族が、きちんと埋葬してやりたいので遺体を返すよう求めていることを伝えた。ミゲルは笑って、携帯電話を貸せと言った。そして遺族にこう告げた。俺の弟はまともな葬儀ができなかったのだから、おまえたちもそれは望めないだろう。遺体は道端に捨てた。場所は覚えていない。なにかに食われているかもしれない。

★「エル・リセンシアード」というあだ名――「大卒」や「資格持ち」という意味だ――は、メキシコの腐敗したエリート層に属する法律家や政治家たちを揶揄するもので、犯罪者と取引をする高学歴の人々を指している。ジャーナリストのアルフレド・コルチャドは、彼らが権力を持つのは容易に罪を免れるからだと書いていて、そのルーツはアステカ時代の権力構造にあり、それがＰＲＩによって現代に取り入れられているという。

25　ヒーローと嘘つき

二〇〇六年一月の終わりに、アンヘル・モレーノのもとに二人の若いＤＥＡ捜査官から連絡があった。ある情報提供者がミゲル・トレビーニョとつながりがあると主張しているということだった。その男は「ロッキー」というセタスの元従業員で、オマール・トレビーニョに半殺しにされたあと長期入院となり、ようやく出てきたところだった。そのＤＥＡ捜査官たちは、ロッキーを利用してカンパニーの上層部に対する大規模な裁判をおこなうことができると確信していた。

アンヘル・モレーノのような人物に途方もない決定権が与えられているということは、このシステムの素晴らしい一面であり、最悪と言っていい一面でもあった。起訴を目指す捜査官にとって、モレーノはまずドアを叩き、話を通すべき人物だった。理由は単純で、いざ法廷に来て裁判官を前にしたとき、連邦検察官は「米国政府の顔」だったからだ。議論の余地はあるが、犯罪者の未来にかんして、モレーノはどんな裁判官よりも影響力を持っていた。誰が、いつ、何回、どれくらいの罪に問われるのか、執行猶予などを認めない「強制的最低量刑制度」が適用になるのかどうか――こうした判断はすべてモレーノにかかっていた。彼はよくこんなふうに言った。あとにつく弁護士よりも、起訴される前の俺のほうがよっぽど被告人のために働いていると。

国境地帯の検察官が扱う麻薬事件は二種類に分かれていた。「反応が早い《リアクティヴ》」ケースと「先を見越した《プロアクティヴ》」ケースだ。「リアクティヴ」なほうは単純だ。麻薬を積んで国境を越えようとした男を国境警備隊が捕まえると、ＤＥＡかＩＣＥ（移民・税関捜査局）のような逮捕権を持つ機関に電話がかかってくる。そして捜査官がその国際橋なり検問所なりに行って逮捕し、運び屋からそのネットワークについて聞き出す。もっとでかい魚が釣れる可能性は？　減刑と引き換えに協力する気はあるか？　そのあと検察官が立件し、交渉が始まる。

一方、「プロアクティヴ」なケースでは、捜査官が検察官に売り込みをかける。**ジョー・ブロウというやつが無職のくせにトラックを何台も所有していて、コカインを運んでるという耳寄りな情報があるんだ。だから捜索令状がほしい。**捜査官は宣誓供述書を提出し、それを元に検察官が立件する。

モレーノもそんな「プロアクティヴ」なケースの売り込みに対応することがあった。捜査官がほしいのはＯＣＤＥＴＦのお墨付きと資金だ。捜査官のなかには――特に経験が浅い場合に多いのだが――わざわざやってきて、モレーノになにからなにまで話すためにパワーポイントでプレゼンをおこなう者もいた。そんなときモレーノはじっと座って、こんなふうに考えていた。ありがとう、だが文字くらい読める。とはいえ、彼はつねに耳を傾け、興味があるふりをした。上司として、やる気をそいでしまってはどうしようもないからだ。

Ｊ・Ｊ・ゴメスとクリス・ディアスは、パワーポイントのプレゼン以外のものをすべて持ってモレーノの会議室を訪れ、ロッキーという彼らの新しい情報源との取り決めについて話した。Ｊ・Ｊ・ゴメスは地元生まれの二六歳で、ガブリエル・カルドナから見ればマーティン高校の七年先輩にあたる。学校ではドラムも叩く勉強好きの生徒で、地元のギャングはどれも子供じみていると思っていた。それよりも怖いのは母親だった。夏の週末になると父親は二人の息子を建設現場に連れていった。七月から八月にかけて、気温が摂氏四六度に達するような場所だ。その教訓は、「なんとしてでもこの運命を避けろ」だった。マーティン高校には、いいやつらと悪いやつらがいて、ろくでもないやつらはすぐに見分けがついた。そいつらは廊下を威張りながら歩き、教師に盾突く。よく国境の向こう側に行き、車やガールフレンドを持っていた。Ｊ・Ｊのクラスメイトにはガブリエル・カルドナみたいなのがたくさんいたが、みんなすでにこの世にいなかった。

もうひとりのＤＥＡ捜査官、クリス・ディアスはバージニア州から来た二九歳の元警察官で、グリンゴっぽいスペイン語をしゃべった。クリスはストリートを知っていて、父親はイースト・ロサンゼルス育ちのメキシコ人だった。背が高く、のっそりとした男で、長いあごひげを生やしているのはおとり捜査のためだった。彼のＤＥＡに対する熱意は、彼がラレド事務所にいることがなによりの証拠で、そこは相当の覚悟がなければ、よそ者には務まらない職場だった。

連邦関係者、特に検察では、クリス・ディアスやＪ・Ｊ・ゴメスのような比較的新しい捜査官は「新参者《ファッキン・ニュー・ガイズ》」、略して「ＦＮＧ」と呼ばれた。ＦＮＧはたいてい自分がなにをしているのかわかっていない、とモレーノは思っていた。ディアスとゴメスがＤＥＡで組むようになって八年経つことや、ラレドにおけるカルテルの活動を二〇〇三年からずっと調べていることを彼は知らなかった。しかも「ロッキー」にかんしていえば、新しい情報提供者というのはつねに危険だった。ところが、ロッキーの協力を得たこのＦＮＧがリオ・グランデ流域でセタスの積み荷を二件続けて摘発すると、モレーノはディアスとゴメスに対する評価を改め、この事件をもっとよく見てみることにした。それはＤＥＡのボスも同じだった。

二、三か月前までは、どの捜査機関もラ・バービーに狙いを定めていた。世間の注目度の高さが、ラ・バービーという獲物の価値に比例していた。ところが二〇〇五年一二月に、DEAが確保していたラ・バービーの内通者が逃げた。そこで判明したのは、彼が初めからずっと二股をかけていたということだった。振り返ってみれば――内通者がいるケースではよくあることだが――たしかに辻褄が合った。六月にその情報提供者が初めてあらわれたとき、彼は「バービーによる処刑動画」をロバート・ガルシアに渡し、ロバートはそれをしばらく伏せておいたものの、あとでDEAやFBIの捜査官と共有した。ある。ラ・バービーが『ダラス・モーニング・ニュース』紙に動画を送ったという報告はされていない。あるFBI捜査官がリークしたのだ。ラ・バービーの顔は動画に映ってさえいなかった。彼の目的は知名度を上げることではなく、独立した報道機関に敵の邪悪な顔を広めてもらうことだった。

そのギソというやつと、いろんな燃料で人間を燃やすことについて話せ。

おまえたちが殺した例のジャーナリストについて話せ。

自らやってきた情報提供者（しかたなく情報提供者になった容疑者の場合でもそうだが）が本物かどうかを見分けるのは不可能だ。情報提供者と言いながら、なんの情報もなく、単に政府の金がほしいだけということはしょっちゅうあった。あるいは、そこにいるのはボスの命令で、情報（あるいは「ニセ情報」）を聞き出したら（あるいは「届けたら」）、どこかに消えてしまう場合もあった。たとえ立件できたとしても――たとえ被告が罪を認め、有罪判決が下っても――結局、もてあそばれていたのかどうかはわからない。警官や犯罪者は麻薬戦争を「ザ・ゲーム」と呼ぶが、それは間違っている。ゲームというのは敵と味方の区別があり、必ず勝者がいるものだ。

内通者は、エスカレートする戦争の結果だった。新たな戦略を打ち出しても、取り締まりを回避する新たなテクニックによって反撃にあい、そのたびにこの戦争は、雇われた密告者にますます頼るようになっていった。メキシコでは犯罪者が警官に金を払うが、アメリカでは警官が犯罪者に金を払っていた。そしてラレドでは、やる気のある情報屋たちが麻薬捜査官とのネットワーク作りにはげみ、彼らに電話をかけ、ひっきりなしにオフィスに立ち寄っては、ハイになった起業家のように売り込みをかけるのだった。

捜査官：どうした？
密告者：学校に入り直して失業訓練を受けたいんだ。保護観察官に報告しなきゃならないんだけど、四〇〇ドルくらい未納がある。
捜査官：何の罰金だ？
密告者：学校に抗不安用のクロナゼパムを持っていったのがバレて。俺は一八だけど、もう四〇年分ぐらい生きた。後悔してるかって？　ないね。だからいまの俺があるわけだし。
捜査官：わかった。で、なんの用だ？
密告者：ヘロインとコカインを押収する手助けができる。だから保護観察官と話してくれない？
捜査官：さっさとしゃべってくれればくれるほど支払いも早くなる。その家の住所を教えてくれ。すでにこっちが把握してるところじゃないといいが。
密告者：おたくらが知らないやつだ、マジな話。住所じゃない。デリバリー。
捜査官：配達屋ってことか？
密告者：俺は前にヘロイン中毒だったから、やつらも信用する。

捜査官：どんなやつらなんだ？

密告者：家族ぐるみの友人、というか、いとこ。ラレドでいちばんでかいヘロインのディーラーだ。裏切ったのは向こうだから、あいつらがどうなろうがかまわない。家まで建ててやったのに。

捜査官：それは実際におまえが作ったってことか？

密告者：ペンキを塗ってやった。だからな、こんなことする理由はひとつ、彼女と子供のためなんだ。仲間がオーバードーズで死ぬのを何度も見てきた。俺はこの街を愛してるから、それがいっきにダメになっていくのを見てられないんだよ。

捜査官：デリバリーの番号は？

密告者：ない、俺の携帯に入ってるんだけど、壊しちゃって。

捜査官：〔密告者の携帯電話を見て〕それはなんだ？

密告者：彼女の。

捜査官：それはそうと、おまえは前に汚職警官の話をしてなかったか？

密告者：何人かに売ったことがあるよ。名前は言わない。

捜査官：いいじゃないか。せっかく来たんだから。

密告者：〔電話が鳴る〕もしもし？……ああ……母ちゃんさあ、あとでかけ直してもいい？〔それから捜査官に向かって〕ごめんごめん、ＡＤＨＤの薬を処方してもらおうとしてるところでさ。でもまずはこの話がどうなるかってことだ。つまり、これは信用の問題だ。最近じゃ信用なんてなかなか見つからない。それだから俺は七〇年代か八〇年代に生まれたかったと思うわけよ……。

密告者をうまく利用し、逆に利用されないためには、相手の動機を理解する必要がある。まず、ひと儲けしたいだけの「通常の情報提供者」がいる。このタイプは、おそらく不動産の売買や銀行業務みたいな仕事に携わっていて、逮捕歴がない。彼らは犯罪から距離を置いていて、たいてい信用できるが、情報量はいちばん少ない。そして二つ目が「政治的な情報提供者」と呼ばれる外国の当局者で、ＤＥＡでは最大級に喜ばれる。彼らはブラックボックスで、本当の忠誠心がどこにあるかは推測するしかない。

そして三つ目が「内部の情報提供者」で、密告者に最も多いタイプだ。彼らは犯罪者で、金や復讐を望んでいる、あるいはライバルを出し抜きたいと思っている。もしくは裏社会に嫌気がさして、いっそのこと捜査する側の人間になればよかったと感じている。虚言癖のあるドラッグ中毒者がある朝目覚めて、警官ごっこをしたらきっと楽しいだろうと想像してやってくることもある。内部の情報提供者から大きな事件につながることもあるが、彼らはつねに難しいパートナーだ。約束を破るし、両サイドにいい顔をする。計画を練り、ついにおとり捜査をすることになっても、彼らは必ず直前になって計画を変更し、こちらがすばやく対処しなければ作戦はぶち壊しになる。二〇人に一人くらいはまともなのがいるが、それを見極めるには面談を重ねる必要がある。さらに彼らを雇うには、その犯罪歴にかんして果てしなく続くペーパーワークをこなさなければならない。

コカインの前科？

ヘロイン？

家庭内暴力？

暴行罪？

うーん、これは書類をちょいと操作する必要があるな。

もし事件が事実審理にかけられ、情報提供者が証言のために呼ばれた際には、被告側の弁護士は情報提供者の犯罪歴を挙げて、証言内容に疑問を投げかけてくる。とはいえ、それが問題になることはほとんどない。陪審員はどちらにしろ内通者が嘘つきだと決めてかかっているからだ。

国境地帯の経済学がこのスパイゲームを複雑にしていた。密告で六桁の数字を稼ぐような情報屋もいるが、大多数の者は二、三〇〇〇ドルを手にできればいいほうだった。なので動機となる個人的な確執や、ブラックマーケットで優位に立てるなどの理由がなければ、ちっぽけなタレこみをして得られる稼ぎは、犯罪で得られる魅力的な稼ぎや、コミュニティから追放される危険性に対して割に合わないどころか、それ以下になってしまうことがよくあった。

しかしながらロッキーには覚悟ができていた。裏切り者と間違われ、オマール・トレビーニョに半殺しにされたときの復讐をしたがっていた。ロッキーはかなりヘビーなコカイン常用者で、休みなくしゃべり、人を操るのが非常にうまく、ときどき妻に暴力を振るったが、少なくとも人を殺した前科はなかった。少なくともこちら側では。約束どおりにやれば、彼には情報提供料が支払われることになった。

リオ・グランデの二件の摘発でDEAに協力し、自分が役に立つことを証明したあと、ロッキーのもとにセタスの幹部から要請があり、ラレドで新しい暗殺部隊のサポートをすることになった。ロッキーが身につけている盗聴器から、DEA捜査官のディアスとゴメスは次のようなことを知った。ミゲルが過去最大の意志表示をするために二人の殺し屋を送り込んだ。計画の内容は、ラ・バービーが所有するラレドで人気のナイトクラブ〈アガベ・アスル〉を舞台に、映画『スカーフェイス』ばりの大虐殺を繰り広げるというものだった。

ブラック・ハンド――ラレドのメキシカン・マフィアのリーダーだ――は、ミゲルから受け取った一万ドルで、ミゲルの暗殺部隊がラレドで使うアジトを借りることになっていた。ところがブラック・ハンドは金を使い込んでしまい、それが理由で彼はレネ・ガルシア――殺された弟モイセスの復讐をする機会をまだうかがっていた――に、ミゲルのヒットマンたちがいるラレドの〈エル・コルテス〉というモーテルまで様子を見にいかせ、そのままコンシェルジュ兼運転手として働かせたのだった。

「**大量に殺すのは、俺たちの主張をここではっきりさせておくためだ**」とヒットマンのひとりが、レネとともにヒットマンたちの世話をしていたロッキーの前で堂々と言った。「**セタスがどんな組織なのか、思い知らせてやる！**」。モーテルで彼らは「ラバディータ」を吸い、警察があらわれたら手榴弾を使ってやると息巻いた。

ロッキーとともにコンシェルジュとして働いていたレネは、ヒットマンたちをショッピングモールやバーに連れていった。銃やドラッグや娼婦の調達もした。あるヒットマンからモイセス・ガルシアに似ていると言われ、兄弟かと訊かれたが、レネは「違う」と答えた。バート・レタと対面し、その場で始末してやるまではクールに振る舞わなければならなかった。

だが、レネにそのチャンスは訪れなかった。

ロッキーが誰かの使いで出かけているとき、ディアスとゴメスはロバート率いる地元警察にモーテルへの突入と、「囲い込み」での逮捕を指示した。連邦捜査機関がからんでいることを隠すためだ★。わずか二か月のあいだに、レネは弟が殺されるのを目撃し、復讐を誓い、事件に関与した組織を幇助した罪で逮捕された。なんとも数奇な道筋をたどったわけだが、そのロジックはどういうわけかラレドでは筋が通っていた。

モレーノにとって、このでかい案件がいい感じで現実味を帯びてきた。ロッキーは本物だった。DEAも、モレーノのOCDETF案件への支援を約束してくれた。

裁判の様子が頭に浮かんだ。彼はセタスの子分たちから手に入れた情報を使って幹部たちを追及する。もし法廷で被告側弁護士に、証言者が殺人犯ばかりであることを指摘されたときは、モレーノはもう何年も使っていないせりふを引っぱり出してくる。陪審員席に向かってこう言うのだ。地獄で起きた犯罪に天使の目撃者などいるわけがないのです、と。

彼はそれを想像してニヤッとしたあと、クリストファー・ウォーケン主演の『予言《プロフェシー》』〔邦題は『ゴッドアーミー／悪の天使』〕という映画を思い出した。そのなかで、あるキャラクターがこんなことを言っていた。「きみは気づいたことがあるかな、聖書では神が人を罰したり、見せしめにしたり、殺したりしなければならないとき、必ず天使を遣《つか》わすことを。天使とはどんな生き物か考えたことはあるかい？　神を讃《たた》える存在でありながら、片方の翼を血に浸している。そんな天使に会いたいなんて本気で思うか？」

モレーノはOCDETFの提案書に〈プロフェシー作戦〉とタイトルをつけ、連邦政府の軍資金を求める要望書にサインした。

警察官が告発する。検察官は令状に相当の理由があるか見直す。裁判官は保釈金を決定する。だがラレドでは、麻薬密売人たちが高級車の窓にお気に入りの裁判官を応援する広告を掲げて走る。あるメルセデスには、「リカルド・ランヘルを治安判事に」と書かれていたが、ランヘルは収賄罪で有罪判決を受けていた。あるジャガーには、「マヌエル・フローレスを地裁判事に」と書いてあった。フローレスの二人息子のひとりは、三人が殺された事件で銃を提供していた。もうひとりの息子は、母親からもらった銃で人を撃って起訴されていた。

テキサス州では、複数の人間が殺されているケースや嘱託殺人である場合、検察官が裁判所に対し、保釈金を認めないように求めることができた。だが、ガブリエルのような状況でそれが起きることはまずなかった。そのかわりに治安判事は彼が「組織犯罪に関与」した容疑の保釈金を五万ドルに、ノエ・フローレス殺害容疑については一五万ドルに引き下げた。そしてガブリエルがオロスコ殺害事件で法廷に立ったとき、マヌエル・フローレス判事（同姓だが無関係だ）は保釈金を二〇〇万ドルと定めた。ガブリエルの保釈金の総額は二二〇万ドルになり、その一〇パーセント――保釈保証代行《ボンズマン》会社に支払う金額だ――は、つまり二二万ドルだった。

セタスにはそんな金額を払う気はなかった。

デイヴィッド・アルマラス――ラレドの検察官からカルテル専門の弁護士になったひとりだ――がフローレス判事に掛け合い、保釈金の減額を問う公聴会がひらかれることになったとき、ラレド警察の人間は誰も知らせを受けなかった。しかも最初の公聴会とは違う州検察官があらわれた。アルマラスとその新しい検察官はオロスコ殺害と誘拐容疑に対する保釈金を計四〇万ドルにすることに合意し、ガブリエルの保釈金の総額は六〇万ドルになった。つまり、たった六万ドルで釈放してもらえるというわけだった。

テキサス州は殺し屋の株式市場になっていた。ミゲル・トレビーニョとしては、ガブリエルが二二万ドルならいらないが、六万ドルなら大歓迎だった。そんなわけで二〇〇六年三月二〇日、ウェブ郡刑務所に刑務官の叫び声が響きわたった。「カルドナ！　荷物をまとめろ！」

セタスに雇われた一九歳の殺し屋――アメリカで複数、メキシコではそれ以上の数の殺人に関与していた――が刑務所を出るのは半年間で三度目だった。

クリス・ディアスとJ・J・ゴメス、それにロバート・ガルシアの三人は、〈ダニーズ〉でランチを食べていた。ここはラレドにチェーン展開する人気のダイナーで、伝統的なメキシコ料理を売りにしていた。三人はカルテルにかんする情報を交換した。とはいえ、すべてを共有したわけではなかった。たとえば、ディアスとゴメスはチュイが元セタスであることをロバートに言わなかった。また、現在はシナロア系列の密輸業者としてラ・バービーと組んでいるチュイが、DEAの「情報源」であることも言わなかった。セタスがやってくる前の一九九〇年代、ラレドとヌエボラレドでは昔ながらのガンマンたち――独立した密輸業者だ――が名を馳《は》せていた。人々はチュイ・レセンデスを恐れ、敬ったが、それはヌエボラレドで彼とともに育ったミゲルとオマールのトレビーニョ兄弟にもいえることで、彼らはいっしょに車を盗んだり麻薬を運んだりしていた。ところがミゲルがセタスのもとでヌエボラレドのプラサを管理するようになったとき、彼は古い友人であるチュイに密輸税を課そうとした。「おい、冗談だろ」とチュイは言った。「いっしょに育った仲だろ。仲間じゃないか」。だがミゲルはこう主張した。税金を払わなければ、「地図から消えてもらう」ことになると。チュイは従うことを拒んだ。二〇〇三年に、ヌエボラレドにあるチュイの家にミゲルがセタスのヒットマンたちを送り込んだとき、チュイはいつでも手榴弾とAK47を使える状況にあった。彼はミゲルの部隊を全滅させたあと、リオ・グランデを飛び越え、ラ・バービーやシナロア・カルテルと組んで新たな密輸事業をラレド付近で立ち上げ、セタスにかんする情報を二人の若いDEA捜査官に流し始めた。その相手がクリス・ディアスとJ・J・

ゴメスだった。

ＤＥＡとのそんな関係は、チュイの収益にプラスになっているように見える一方で、つねに彼を守ってくれるわけではなかった。少し前にはラレドのウォルマートでセタスに追われ、殺されかけた。彼らのせいで逃亡生活を強いられることになった。しかも、やはりセタスに背いたブルーノ・オロスコが二〇〇五年六月に殺害されたとき、ウェンセス・トバーとガブリエル・カルドナのせいで彼は最も重要なセタスの情報源のひとつを失い、それによってＤＥＡから見た彼の価値も落とすことになった。

警官と捜査官が〈ダニーズ〉で食事を囲んでしゃべっている様子を、駐車場からガブリエルが見ていた。

「着いた」。ロッキーはアメリカからメキシコ側に橋を歩いて渡ったあと、コマンダンテにそう告げた。

「**オーケイ、俺は行けないが、近くを探してみてくれ。シルバーのジェッタに乗ったやつがおまえを待っているはずだ**」

ロッキーは殺されるのではないかと不安だった。もっともな理由があった。なにしろ彼はリオ・グランデであった二件の摘発と、モーテル〈エル・コルテス〉の強制捜査に居合わせながら、逮捕されずに済んでいるのだ。

シルバーのジェッタに乗った男はすぐに見つかった。男はロッキーの頭に銃を突きつけたままボディチェックをし、「問題なし」と言った。男はカンパニーがラレドにいるターゲットの長いリストを持っていることに触れ、それからロッキーに五五〇〇ドルを渡してラレドに新しいアジトを借りるように頼んだ。新しい暗殺部隊が使う大きな家が要ると。

ロッキーは金と重大な新情報を手に、ラレド側に歩いて戻った。セタスがラレドで殺したい人間の長いリストを作ったらしい。そこには誰の名前が書かれているのか？　ロッキーにはわからなかったが、ターゲットは何十人もいるようだった。

ロバート・ガルシア、クリス・ディアス、J・J・ゴメスの三人は、アンヘル・モレーノに会いにいった。もし誰かを殺したい、あるいはナイトクラブを襲撃したければ、ヒットマンに指示を出し、それが済んだらヒットマンたちはメキシコに逃げ帰るのがふつうだ。だが、複数のヒットマンに複数のターゲット？　アジト？　彼らが計画しているのは大量殺人ではないか。

この新しい情報は、モレーノの考えを変えた。プロフェシー作戦はもはやOCDETFだけの問題ではなく、メキシコのカポたちを相手にした大規模な事件へと発展しつつあるのではないか。大量殺人を事前に食い止めるためには、暗殺リストの一部、あるいはすべてのターゲットを特定する必要があった。単にヒットマンを逮捕しただけでは、大量殺人を止めることにはならない。カルテルが誰かの死を望んだら最後、そのミッションが遂行されるまで殺し屋を雇い続けるからだ。

モレーノが提案したのはこんなプランだった。アジトに盗聴器と監視カメラを仕掛け、ロッキーを使ってそこにセタスをおびきだす。彼らの行動は政府に監視され、メキシコにいるセタス幹部との電話も録音され、そこから暗殺リストにある名前を割り出し、ドアを蹴破る前に、セタス幹部にかんする証拠をできるだけ多く集める。モレーノとDEA捜査官のふたりとロバートは、これについてじっくり考えた。常軌を逸した計画ともいえるし、とんでもなく素晴らしい計画ともいえた。

殺し屋たちがラレドをうろつくのを政府が黙って見ている？　そんなことは間違いなく前例がなかった。もし捜査官がモニタールームで監視している最中に人が死んだら？　もし殺し屋がロッキーに銃の調達を頼んできたら？　政府が犯罪者に武器を提供してよいのか？　**とんでもない**、とATFは言った。

でもまあ……特殊な状況下ならありえるかもしれない。実際のところ、彼らにもわからなかった。じゃあ、もし殺し屋がロッキーに麻薬の調達を頼んできたら？　政府が麻薬を提供してよいのか？　おそらくだめだろうが、犯罪者が自分の売り物を消費するのを、ＤＥＡが作戦を中止することなく見守っているぶんにはかまわない。さらなる疑問も湧いてきた。上空と地上からの支援を受けるのに一日当たりのコストはどれくらいにのぼるのか？　近隣住民への聞き込みはどうするのか？　住民に警告を出す必要はあるか？　**近所のガキどもなど無視すればいい……どうせやつらも殺し屋だ**。

モレーノはラレドのすべての捜査機関のボスを呼んでミーティングをおこない、この計画を説明した。「成功すれば、ここにいるみんながヒーローになれる」と彼は会議室に向けて言った。「失敗したら、私が起訴される」

集まったトップたちは、渋々ながらモレーノを尊敬の目で見つめた。彼らはみんな連邦捜査機関のボスだったが、起訴するかどうか判断し、捜査の許可を出す権限は検察官であるモレーノにあった。あらゆるボスが過去にモレーノとやり合った苦いエピソードを持っていた。ほとんどが盗聴や召喚状をめぐって彼が裁判所に令状を請求してくれなかったケースで、そのほとんどが宣誓供述書の内容がじゅうぶんでないという理由だった。たとえば、不満を抱えたＤＥＡ捜査官がそれをラレド事務所の所長に投げたとする。するとラレド事務所の所長はモレーノに電話をかけ、こんなふうに言う。「どうかこのまま推し進めてくれ。うちの法律顧問はあの宣誓供述書でじゅうぶんだと言っている」。するとモレーノはこんなふうに返す。「ああ、だが事件が裁判にかけられたとき、法廷で責任を持つのはその法律顧問じゃない。私だ」。次にラレド事務所の所長はこの件をヒューストンにいる支局長に投げる。するとこんどは支局長がモレーノに電話をかけ、こんなふうに言う。「いますぐやれ。時間の無駄だ」。それに対し、モレーノはこう返す。「宣誓供述書は読んだか？　まだ？　なら読んだあとで連絡をくれ」。そのあとDEAの支局長は五分間かけて宣誓供述書を読むかわりに、ヒューストンにある法務省の地方事務所に電話をかけ、麻薬担当の責任者としゃべらせるよう求めるが、麻薬担当の責任者はモレーノだと言われてしまう。それからDEAの支局長は司法省刑事局の局長に電話をかけ、そこからワシントンDCに話が行き、さらに上へ上へと続いていく。

相手が知名度の低い連邦機関であれば、モレーノのような検察官たちとの関係もまた違ってくる。たとえば検察官が事件を引き受けたことで魚類野生生物局が新聞の見出しになるようなことがあれば、彼らにとってそれは一大事で、検察官は非常に感謝される。だがもっと大きな、モレーノが日々相手にしている機関――DEA、FBI、ATF、国土安全保障省――は質《たち》が悪く、モレーノは彼らの舐めた態度に心底うんざりしていた。もしプロフェシー作戦が成功したら、若い捜査官たちの給与等級は上がるだろう。だが、もし失敗したら――あるいはたとえ成功しても、小さな部分で手違いが生じたら――彼らがその不名誉を分かち合うことはない。その重圧はモレーノひとりにのしかかってくる。彼は政府のキャッシュカードで私用の金を前借りして起訴された検事仲間を知っていた。たしかにばかなまねをしたものだが、ただの捜査官が規則違反を見つかったときは、重くても戒告処分だ。いち捜査官が裁判官を怒らせたり、でたらめな証言をしたりしても、それが話題になることはほとんどない。ところが検察官を悪く言う裁判官がいたら、その検察官はそれがニュースになる前に自己申告したほうが身のためだ。モレーノが強硬な態度を取るとき、捜査官たちは「なぜこいつはこんなに嫌な男なんだ」と考えるが、本人はこんなふうに思うだけだ。おまえらが俺たちにしていることよりはましだろうが。この仕組みは検察官が払う代償であり、それはアメリカの法制度がおおむね機能している理由のひとつだった。完全な権力には完全な責任が付きまとうのだ。

モレーノは連邦、州、地方を合わせて九つの機関から支援を集めた。そこにはDEA、FBI、ICE、ATF、連邦保安局、国境警備隊、ラレド警察などが含まれた。DEAの上層部はやる気満々で、この捜査に最後まで協力することを約束した。なんといっても、ロッキーは彼らが見つけてきた情報提供者だった。だが、ほかの機関のトップたちは、複雑でハイリスクな作戦をめぐって衝突した。彼らはこの事件をほしがるくせに嫌がった。見通しがよいときは当事者の顔をし、捜査が問題にぶち当たると他人のふりをした。成功したら、すべてのリーダー犬どもがその名声をほしがる。成功しなければ、誰も責任を取りたがらない。それが複数の機関でおこなうOCDETF捜査の本質であることを、モレーノは経験から知っていた。

ディアスとゴメスは一生懸命に働いた。これは彼らの事件で、ほかの誰のものでもなかった。相当の理由がない捜索を禁じた憲法修正第四条を見直し、アジトではなにを記録することができて、なにができないかを調べた。ディアスは盗聴の令状を求める申請書を書いた。ロバートはラレド警察の証拠保管室からいくつか銃をもらって射撃練習場に持っていくと、撃針をぎりぎりまでやすりで削り、引き金を試したときはカチッと鳴るが、実際には弾が飛び出さないように加工した。仕事に対する彼の熱意と支配的なアプローチは、多くの人をいらつかせた。これまで彼といっしょに働いたことがなかった人々までもが、働いたことのある人と同じ意見に達した。あいつは嫌なやつだ。だがロバートは、チームで動くときのこうした力学には慣れっこで、そんな噂の相手ができるほど長い時間立ち止まったりしなかった。彼に言わせれば、いつものルールがここにも当てはまった。俺の前を行くのか、あとをついてくるのか、でなければ道を開けろ。

二〇〇六年三月下旬、プロフェシー・チームによる監視計画がまだ法律面で準備段階にあったとき、ロッキーのもとにセタスから連絡があり、アジトの用意はできたかと訊かれた。相手を不快にさせて、作戦を危険にさらすのは断腸の思いだが、お役所の動きは氷河のようにのろかった。ディアスとゴメスはロッキーに、あと二、三日待ってもらうように言った。

四月一日に裁判官が盗聴の令状にサインをして準備がすべて整った頃には、ロッキーの携帯電話はすっかり鳴らなくなっていた。ミゲル・トレビーニョがしびれを切らし、セタスの幹部たちは別のコンシエルジュに頼むことにしたのだった。ラレドのどこかで新しい携帯電話が用意され、大量殺戮が迫るなか、プロフェシー作戦の捜査官たちにはなすすべがなかった。

★逮捕をおこなうとき、連邦捜査官は獲物を「囲い込む」ためにしばしば地元警察を使う。摘発したのが地元の捜査当局だと思われていたほうが、でかい魚がびっくりして逃げる確率も低くなるからだ。連邦捜査機関が関与しているということは、より大規模な捜査がおこなわれる可能性があるということだ。

26 転機

ヒルサイドのアジト用に買ったトレーニングマシンでワークアウトを終えたあと、ガブリエルはバルコニーに腰を下ろした。膝の上にはＡＲ15、腰のベルトには拳銃《コルタ》が一挺。オレンジのてっぺんをくり抜いて真ん中に穴を開けたのをパイプにして、クサを吸った。

マリファナが彼の心をひらき、意識を集中させる。

ハエのように人間を殺す、このゲームの意味を考えた。

いつのまにか彼は意識の外側にいた。コルタを抜き、弾倉《マガジン》をはずし、指の隙間で銃弾を転がす自分自身を見ている。そしてふと考える。俺のＡＲ。俺のコルタ。ヴェルサーチのシャツに、ポケットには丸めた札束。頭のなかを2パックのリリックが駆けめぐる。

彼は二月から三月にかけて刑務所のなかで読んだ本のことを考えた。「2パック」ことトゥパック・シャクールと、「ノトーリアス・B.I.G.」ことビギー・スモールが殺された事件の真相に迫る本だった。一九九六年のガブリエルが一〇歳になった日に、トゥパックは二五歳で死んだ。トゥパックとプロデューサーのシュグ・ナイトはラスベガスにいて、マイク・タイソンの試合からパーティーへ向かおうとしているときだった。シュグのＢＭＷの前に、鋭い音を立てて一台のキャデラックが止まった。後部座席のウィンドーがひらき、四〇口径から放たれた複数の銃弾が、あわてて身を守ろうとするトゥパックの上半身に彫られた「Thug Life」のタトゥーを切り裂いた。その半年後に、二四歳のビギー・スモール——一九九〇年代のヒップホップ・シーンにおける東海岸《イースト・コースト》のライバルだった——もまた、車からの銃撃により命を落とした。

これまでずっとガブリエルが信じていたのは、トゥパックとビギーはウェスト・コーストとイースト・コーストのラッパーの対立、ブラッズ対クリップスというギャングの抗争のなかで死んだというストーリーだった。

ところがその本の主張は違った。それによれば、トゥパックは殺されたとき、華麗なカムバックの真っ最中だった。死の前年、トゥパックはグルーピーへの性的暴行で五二か月の判決を受けてニューヨーク州の刑務所にいた。すでに二枚のアルバムを大ヒットさせ、映画『ポエティック・ジャスティス』でジャネット・ジャクソンの相手役を演じたこともあった。さらに過去には八回逮捕され、非番の警官二人を撃ったが有罪判決を免れ、マンハッタンの音楽スタジオのロビーで銃弾を食らいながらも死を逃れた。テキサス州で起きた騎馬警官殺害事件や、コンサート中に女性が撃たれ麻痺が残った事件への歌詞の影響を非難されて告訴されたこともあった。彼が起こした数ある暴行事件のなかには、映画『Menace II Society』〔邦題は『ポケットいっぱいの涙』〕の製作者への暴行も含まれていたが、それは自分がろくでもない役にキャスティングされそうになっていると思ったのが原因だった。

そしてついに性的暴行で投獄されたトゥパックは、変わるときが来たと感じていた。

彼のクロスオーバーな魅力は、ギャングスタ・ラップを何兆億ドルのビジネスに育てあげるのに一役買い、郊外に暮らす白人のキッズまでもが、彼のゲットーあがりの韻《ライム》を自分の体験のようにとらえた。

にもかかわらず、トゥパックは経済的には破綻していた。やくざな生き方が、彼の稼ぎを裁判費用という形で食いつぶしていた。もしそれがリアルな生き方なのだとしたら、そんなものはほかの誰かに生きてもらえばいいと、彼は塀のなかで思うようになった。

　本によれば、服役中のトゥパックをシュグ・ナイトが訪ねてきた。シュグからしたら、トゥパックは問題を抱えているからこそ人々の心をつかむのだった。おまえが俺の音楽レーベル、〈デス・ロウ・レコード〉に入ればそこから出してやる、とシュグは言った。一週間後、トゥパックは釈放された。

　トゥパックが戦う詩人だとしたら、シュグは金や脅しで無罪放免を分捕る将軍だ。しかしながらヒップホップの牙城においては、ふたりは同じターゲットを奪い合うライバル同士で、彼らのターゲットであるコアなゲットーのオーディエンスは、ラップ界のスターたちに対し、作品のなかだけでなく実生活においても犯罪やセックスを期待した。もちろん、彼らは社会的意識の高い活動もおこなった。シュグは母の日を祝うパーティーを主催したり、クリスマスにはおもちゃの寄付をしたりしたと、その本には書いてあった。トゥパックのほうも、母親たちを讃えた『Dear Mama』みたいな実りある内容の曲を書いた。『I Ain't Mad at Cha』という曲のなかでは、キッズたちにネガティヴな誘いには耳を貸さず、ゲットーから抜け出すように呼びかけた。とはいえ、もし数々の暴行や、警官への発砲や、服役という事実がなかったら、もしそんなふうに死に物狂いでのしあがろうとした事実がなかったら、トゥパックもサウス・パーク・メキシカンのように脚光を浴びることはなかっただろうし、時代を象徴するニガーになることもなかったはずだ。

　悪が善を可能にするのだ、とガブリエルは肝に銘じた。

　出所してデス・ロウに入ったとき、トゥパックはシュグとの友情を維持しながらも、ビジネスではデス・ロウから徐々に離れていき、〈マキャベリ・レコード〉という自分自身のレーベルを始めようと考えていた。服役中に読んだマキャベリの『君主論』にインスパイアされてつけた名前だ。だが、シュグとのビジネス関係を解消するのはかんたんではなかった。独立の可能性が薄れたのは、トゥパックがデス・ロウから出した一枚目のアルバム、『All Eyes on Me』が発売一週間で一〇〇〇万ドルを売り上げたときだ。史上最も初期出荷が多かったアルバムとして『ザ・ビートルズ・アンソロジー』に次ぐ勢いだった。にもかかわらず、トゥパックは自由になるという決意を変えなかった。自分で雇ったハーバードの教授でもあるイースト・コーストの弁護士に頼るようになり、デス・ロウの弁護士を解雇した。

ベガスでタイソンの試合があったのは、その一〇日後のことだ。

トゥパックの殺され方は、あらゆる点で不自然なことばかりだというのがその本の主張だった。通常、車から銃撃をおこなう場合、襲撃者は被害者の車に横付けするので、助手席の人間と運転手の両方が被弾する可能性が高い。また、そちらのほうが逃げやすい。ところがそのキャデラックはシュグのBMWの前に止まった。襲撃者はトゥパックを真正面から、トゥパックだけを撃った。事件は初め、その夜にトゥパックがシュグとタイソンの試合会場を出るときにクリップスのメンバーを攻撃したことへの報復のように見えた。だがその本は、表向きの動機をこしらえるためにシュグがひと悶着を仕組んだ可能性を示唆していた。

「ブラッド・イン、ブラッド・アウト」〔「入るときも抜けるときも血を流す」というマフィアの掟〕だ、とガブリエルは思った。

もちろん、トゥパックを崇める気持ちに変わりはない。だが、ガブリエルはかつて自分が自立していると思っていたこともあったが、いまは成長してひとりの兵隊、カンパニーのメンバー——たんなるウルフ・ボーイ以上の存在――となり、義務と忠義という原理によって生きていた。理念《ボル・イ》にもとづき、理念《ソブレ・ラ・ベルガ》のために。ビジネスのなかで起きることは、ビジネス以上のなにものでもない。仕事をこなし、自分を価値あるものにする。いつもそう自分に言い聞かせてきたし、実践してきた。ビッグブラザーのマイクがいてくれる。彼は間違いない人だ。

法の番人はガブリエルを何度でも自由にしてくれるし、カンパニーは何度でも金を払ってくれる。これ以上に確実な話があるだろうか。

ガブリエルのリーダーシップのスキルは本物だった。自分よりも序列が低いウルフ・ボーイたちに対しては寛大であると同時に厳しかった。彼は権力に敬意を払った。まずはよく聞いてから、しゃべるようにした。組織を理解していた。メキシコの各プラサを誰がコントロールしているのか把握していた。たとえばカンクンが管理者を募集中で、自分もその候補者であることを彼は知っていた。メキシコならここよりも楽にやれるだろう。ビーチに面した自分のプラサ。そこで親しい仲間に囲まれて、クリスティーナと王族のように暮らす。

彼は眠った。

翌日、リチャードともうひとりのウルフ・ボーイがニュースを持ってきた。ガブリエルと学校がいっしょだった一六歳の「ポンチョ」ことアルフォンソ・アビレスが、シナロア・カルテルに入り、ラレドの若者をリクルートしているというのだ。

ガブリエルがメメに電話すると、メメはこんなふうに言った。「誰の下でどんなことをしているのか調べてこい」

ガブリエルとリチャードは、ポンチョの知り合いだというウルフ・ボーイとともにポンチョの家に行き、俺たちもシナロアの仲間なんだと言って押し通した。ポンチョが目星をつけている新人の名前を二、三挙げたところで、怪しく思った親戚が出てきたので、ウルフ・ボーイたちは立ち去った。数分後、ポンチョから電話があった。おまえたちが本当はフォーティの下で働いていることは知ってるし、もし次に会うことがあったらまずいことになるだろう、とポンチョは言った。

だろうな、そのとおりだ、とガブリエルは同意した。

二月から三月にかけて刑務所で六週間を過ごしたことは、ガブリエルにとって無駄ではなかった。それを帳消しにしてくれることがあった。なかで会ったパンテーラという若い男は、義理のきょうだいであるチュイ・レセンデスの裏切りによって刑務所に入っていた。シナロア系のチュイは、リオブラボーというラレドのすぐ東にある国境の町を通る密輸ルートを管理していた。

チュイはしぶとい獲物で、カンパニーでのしあがろうとする者にとってはトロフィーのような存在だった。チュイを始末すれば、ガブリエルの昇進は保障されたも同然だ。そこでガブリエルが保釈金を積んで出所した一週間後に、パンテーラも保釈金で出てくると、ガブリエルとリチャードは彼にチュイの写真を撮ってくるように頼んだ。リチャードはその写真をコピー機で引き伸ばし、三人で国境を越えてミゲルに会いにいった。

防弾ベストにAR15で武装した一〇人のガンマンが取り囲むなか、ミゲルはガブリエルとリチャードとパンテーラに挨拶して、自分のポルシェ・カイエンに三人を招き入れた。

「いいだろう」とミゲルは言った。「いくらだ?」。彼はガブリエルとリチャードを見つめ返して、数字を待った。ガブリエルがしゃべらないと、リチャードがこう言った。「俺たちに五、パンテーラに四でどうだ？」

ミゲルはうなずいた。五万ドルをガブリエルとリチャードで分け、チュイのお膳立てをしてくれるパンテーラに四万を支払う。チュイが町に来たらパンテーラはウルフ・ボーイズに連絡し、彼の滞在場所と、会う予定の人間の情報を知らせる。

リチャードとガブリエルがポルシェを出ていくとき、ミゲルがこんなふうに言った。「おい、ガビー。向こうにチュイを捜し出そうとしている別のグループがいる。そいつらと合流して、好きなように使え。指揮するのはおまえだが、後方にいるように。いいな？」

「了解です、コマンダンテ」とガブリエルは言ってすぐに出発した。

その日のうちに彼らはシエテビエホの公園で六人のセタスの殺し屋と落ち合い、手順を調整した。それからガブリエルはパンテーラとともにダッジ・ラムに乗ってチュイ捜しに出かけ、そのあいだリチャードは数人のウルフ・ボーイ――「Bチーム」のチャッキーたちだ――とともにアジトで待機した。やがてパンテーラとガブリエルからリチャードたちのもとに、チュイの動きにかんする情報が入った。チュイの乗った車が八三号線を走行中。リチャードとウルフ・ボーイたちは緑色のシボレーのピックアップトラックに飛び乗り、猛スピードでアジトをあとにした。

リチャードは九ミリを手にピックアップトラックの荷台に伏せ、両脇にはＡＫ47を手にした二人のウルフ・ボーイが乗っていた。運転手は八三号線を走るチュイの車を見つけると横に並び、そのあと前に回り込んだ。まず助手席のウルフ・ボーイが撃ち始めると、荷台にいたリチャードたちも墓から飛び出した骸骨のように立ち上がり、九〇発以上の銃弾でチュイのサバーバンをずたずたにした。チュイの車は減速し、惰行《だこう》でコースアウトしながらやがて進入禁止の看板にぶつかって止まった。

その夜——日曜日だった——ガブリエルとリチャードはシャワーを浴びてリチャードの妻を拾うと、サンベルナルド通りに繰り出した。

月曜日、ガブリエルとリチャードはミゲルとメメからランチに招かれ、ヌエボラレドに向かった。ガブリエルにとって過去最高額の報酬だった。五万ドルを彼とリチャードとで分けることになっていた。ガブリエルが三万をもらい、リチャードは二万を受け取る。

ミゲルとのミーティングで、彼らはビジネスについてざっくばらんに話した。フィトの死から二か月、ミゲルは弟を失ったことをいまだに嘆き悲しんでいた。「不公平じゃないか」と彼は繰り返し言った。「フィトは無関係だったのに」。ガブリエルは同情した。だがリチャードはこんなふうに思っていた。そういうあんたは罪のない人間を何人殺した？　家族にまで手を出すようなことを始めたのはあんたじゃなかったか？　一〇歳にも満たない子供を何人も殺したんじゃなかったか？

ミゲルは彼らがロバート・ガルシアの居場所を突き止めたのかどうか知りたがった。ガブリエルはロバートの行動予定や、自宅や、息子がホッケーをプレーしている場所を知っていると言った。彼が乗っているジープと、そのナンバーも記憶していると言った。さらにガブリエルは、アメリカで警官を殺せば「即極刑」になることも知っていたが、口には出さなかった。

その刑事の値段は五〇万ドルだ、とミゲルは言った。

J・J・ゴメスとクリス・ディアスはむしゃくしゃしていた。

いろんな人にいろんな約束をした。資金を調達した。アンヘル・モレーノの後ろ盾も得た。秘密の情報源という意味では、チュイ・レセンデスの死をそれほど深刻な損失だと思っているわけではなかった。

セタスの内通者は何人かいて、なかでもロッキーはカルテルの幹部たちにいちばん近い存在だった。とはいえ、もしプロフェシー作戦が失敗し、それが彼らの情報屋が締め出されてしまったせいだとしたら、ディアスとゴメスは永遠に「ファッキン・ニュー・ガイズ」のままだ。ふたりはロッキーを激しく責めた。

「こんなことでキャリアを失うわけにはいかないんだよ！」

「いいからそいつらをアジトに連れてこい！」

ロッキーはプレッシャーを感じながらも冷静に、頭のなかでいくつかのシナリオを描いてみた。ただし拷問され、殺されて終わりそうなものは除いて。彼はヌエボラレドのアジトでぼろぼろの体で横たわり、次の瞬間にもオマール・トレビーニョに頭を撃たれそうになっていた日のことを振り返った。あの日、ロッキーの命を救ったのは、タリバンと呼ばれているセタス幹部、イバン・ベラスケス＝カバジェーロだった。

そこで二〇〇六年四月八日の土曜日の朝、ロッキーはタリバンに電話をかけた。アジトのことで、あるコマンダンテから連絡待ちなのだが、それについてなにか聞いていないか、とさりげなく訊いた。三〇分後、ロッキーの電話が鳴った。コマンダンテは彼に、三五号線の東にある〈ベスト・バイ〉の駐車場で二人の男に会うように指示した。

そんなふうに突如としてプロフェシー作戦は復活した。連邦、州、地方の捜査機関が動員された。DEAの盗聴班はシャイロー通りに立つメインオフィスのモニタールームを起動し、オレンジ・ブロッサム・ループというラレド北部の静かな郊外の通りにあるアジトに設置された盗聴器を再点検した。必要な場合に備えて、DEAの飛行機も確保された。通常のパトカーが四台に、覆面パトカーが一二台待機することになった。ラレド警察と保安官事務所からSWATチームが駆り出され、簡易ベッドと食べ物を用意したＤＥＡの会議室に八時間交代で詰めることになった。カメラとマイクを装備したＤＥＡのトレーラーが、移動しながらアジトとヒットマンたちを監視することになった。

土曜日の午後二時、ディアスとゴメスはロッキーにくっついて〈ベスト・バイ〉まで行ったが、ロッキーが鍵を渡した相手の顔が確認できるほど近づくことはできなかった。

ロッキーは殺し屋たちをアジトに案内した。郊外のオレンジ・ブロッサム・ループにひっそりとたたずむ白い煉瓦造りの平屋だ。

そこから一マイル［約一・六キロ］も離れていないシャイロー通りのＤＥＡオフィスにあるモニタールームでは、三つのスクリーンが三台の監視カメラの映像を映し出していた。一台目は、アジトのガレージに外向きに設置され、家のドライヴウェイや前の通りを映していた。二台目が映しているのはキッチンで、中央には白いフォーマイカの調理台と、その上に食器棚があり、朝食用コーナーからは芝生と隣の家が見渡せた。三台目のスクリーンには、家具もなにもないリビングルームが映っていた。マイクがバスルームとベッドルーム以外のすべての音を拾っていて、さらにアジトにいる全員の携帯電話がまもなく盗聴されることになっていた。

こうしてプロフェシー作戦が動きだすなか、おとり捜査に引っかかるのがガブリエル・カルドナかもしれないと考える理由はどこにもなかった。そんなことが起きるのもまたラレドの保釈制度における気まぐれで、ガブリエルが三週間前に出所していたことを誰も知らなかったのだった。モニタールームでロバートは捜査官とともに、殺し屋たちが新しい家に越してくるのを見守った。

「マジかよ！」とロバートはつぶやいた。「こいつ、俺が年がら年中逮捕してたやつじゃないか！」

27　女々しいやつ

くそっ、とロッキーは思った。あいつらはどこに行ったんだ?

〈ベスト・バイ〉で鍵を受け取り、オレンジ・ブロッサム・ループの家をひととおり調べたあと、ガブリエルはロッキーに、「またあとで来る」と告げた。それからガブリエルとリチャードは車でメキシコに向かい、プロフェシー・チームは彼らと音信不通になった。

そしていま真夜中近くに、ロッキーはストライプのボタンダウンシャツにハーフパンツというかっこうで、空っぽのアジトのリビングルームを行ったり来たりしていた。プロフェシー作戦におけるロッキーの主な役割は、ウルフ・ボーイズを目の届く場所に引きつけ、彼らが移動する前にその動きを報告するように努めることだった――が、早くもしくじった。彼にはモニタールームでディアスとゴメスが叫ぶ声が聞こえるかのようだった。**いいから電話しろ! 居場所を突き止めろ!**

ロッキーはガブリエルに電話をかけ、できるだけなにげないふうを装って言った。「よう。そっちはどう?」

「特になにも」とガブリエルは言った。「どうかした?」

「なにも。ただ、いまアジトにいるんだけどさ、なにも頼まれてないもんだから」

「こっちはもう動きだしてて、これから仕事にかかる。とはいっても、メンツはすでにそろってる」

「俺はどうしたらいい？」

「なにもしなくていいかな。もう全部そろってるし、全部うまくいってる」

「わかった。じゃあ俺はここにいるから」とロッキーは言った。本当は、「仕事ってのはどこでやるんだ？」と訊きたかったが、ただのコンシェルジュにしては疑わしく聞こえるような質問は自粛した。

ガブリエルは電話を切った。

すると、ガブリエルがかけ直してきた。「よく聞いてよ。やってもらいたいことができた。いまからやる仕事はこうだ。〈コスモス〉の外に青いハマーが停まってる。青いハマーだ。〈コスモス〉の外に。そのハマーに向かって歩いていく男を監視する役が必要なんだ。あんたにその男を監視してもらいたい」。青いハマーに近づいていく男を見つけしだい、現場のウルフ・ボーイに電話するようにガブリエルは説明した。「あとで番号を教える。そこにかけて、『来た！　男が車に乗り込もうとしている！　男が車に乗り込もうとしている！』みたいに言ってくれればいい」

「わかった」とロッキーは言いながら外に出て、〈コスモス・バー・アンド・グリル〉に急行できるように自分の車に向かった。「そいつはおもちゃ《フゲーテ》を持ってるのか？」

「そいつはフゲーテを初めから持ってる」とガブリエルは断言した。「そいつはフゲーテを初めから持ってる」

「銃だ」とロバートはモニタールームに向かって言った。「フゲーテというのは銃のことだ」

ロバートはＤＥＡの駐車場に下りていった。彼のジープ・チェロキーのコンソールは無線機だらけで、それぞれがＦＢＩ、ＤＥＡ、ラレド警察のものだった。彼はアジト近くで待機していた一〇台の覆面パトカーに、〈コスモス・バー・アンド・グリル〉に向かうように指示した。それから自分も現場に向かった。

〈コスモス〉の駐車場には、入っていく客と出ていく客のために二本のドライヴウェイがあり、そこに一台ずつ覆面パトカーが停まった。それ以外の車両が青のハマーを見つけ、その近くに停まった。四〇〇メートルほど離れた貯水槽の陰に停まった武装車両には、六人から成るＳＷＡＴチームが待機していた。ロバートは通りを挟んだ駐車場で、携帯電話ショップの〈スプリント〉の陰になるようにして隠れた。ヘッドライトは消し、エアコンはつけたまま、三つの無線に耳を傾けた。

二分と経たずに、一台の覆面パトカーから連絡が入った。アジトの殺し屋《シカリオ》たちの人相に一致する男たちを見つけた、と。

「カルドナはどうだ？」とロバートは訊いた。

「いない。まだ見てない」

ロバートが車を停めているのは、交通量の多い場所だった。〈コスモス〉はラレド中心部の、〈トニック〉や〈ディストリクト〉や〈Ｆバー〉などのナイトクラブが集まる通りにあって、ＳＵＶやピックアップトラックがひっきりなしに行き交っていた。

ラレドでは、二台に一台がピックアップトラックだ。

一台だけほかよりもスピードの遅いピックアップトラックがやってきた。その青いダッジ・ラムは交通を妨げ、後ろの車がつかえてもおかまいなしだった。ダッジ・ラムの運転手は首を伸ばして〈コスモス〉のほうを見たが、そこの駐車場には入らなかった。

かわりにロバートの斜向かいの駐車場に入っていき、銀行のそばの枠に、ダッジ・ラムの鼻先が〈コスモス〉に向くようにバックで停めた。運転手は若く、二〇歳くらいに見え、ポロのゴルフシャツにカーキパンツをはいていた。

「見つけたぞ」とロバートは言った。

ガブリエルは電話中で、トランシーバー機能を使ってしゃべっていた。やや遅れて、ガブリエルの通話内容が、モニタールームからロバートのもとに送られてきた。

「**俺たちがいまから殺すのはマッキーだ**」とガブリエルは、同じく〈コスモス〉の近くに車を停めていたロッキーに言った。「**マッキーが来た！　やつはこれこれの服装をしている！　J・Pに電話して伝えてくれ。『マッキーが来た、マッキーが自分の車に乗り込む前に、J・Pに電話して伝えてくれ。**』みたいに」

「**俺が電話するのはJ・Pだけだな？　ほかはいいんだな？**」

「**ああ、やつだけだ。やつが仕事をして、そのあと逃走するために別の人間が近くで待機してる**」

オーケイ、とロバートは思った。殺人未遂としてはこれでじゅうぶんだ。**俺たちがいまから殺すのはマッキーだ**。

ロバートは二台のパトカーに、〈コスモス〉の駐車場に入っていったら警告灯をつけ、停車するように指示した。パトカーを見ればカルドナは怖気づいて、この仕事を中止にするだろう。

パトカーが〈コスモス〉の駐車場に入っていき、警告灯を光らせた。ガブリエルは動かない。

ロバートは、パトカーを見つめるガブリエルを見つめた。ガブリエルはふたたび無線でしゃべりだした。

その内容がモニタールームからロバートのもとに送られてきた。ガブリエルは自分のクルーに、マッキーが〈コスモス〉を出るまでその場を動かないように言った。マッキーが青いハマーに乗り込んで走り去るのを見届けてから追いかける。一台ずつ交代でやつの真後ろにつけ、しばらく走ったらまた後方に下がって、ほかの仲間に先頭を譲る。自転車競技の先頭集団のようなぐあいに。どこかでほかの車がいなくなり、やつが孤立するまでそれを続ける。そしたら俺がこの手でマッキーを殺す。ガブリエルはそんなふうに説明した。

六〇分が経過した。店じまいの時間。午前二時だった。

青いハマーのオーナーがドアを押し開けて出てきた。一瞬止まって、駐車場のハロゲンランプに目が慣れるまで待つ。それからハマーに乗り込んだ。彼がエンジンをかけると、ロバートはパトカーに指示を出した。「マッキーが路上に出たらすぐに停止させろ」

モニタールームからロバートのもとに新たな会話が送られてきた。

「**どんなぐあいだ**」とガブリエルが訊いた。「**ハマーはどっちに向かってる?**」

「**北側から出ようとしてる**」とロッキーが言った。「**北側だ。いま駐車場を出た。でもうーん、やつの後ろにパトカーが二台いる**」

「**北側?　デル・マール方面ってことか?**」

「**そうそう。北側。でも気をつけろ。やつのすぐ後ろにパトカーがいる**」

「**オーケイ、俺もそっちに向かう**」

「**停められた!**」とロッキーが言った。「**警察がやつの車を停めたぞ!**」

「**なんだって?**」

「**くそっ!**」とロッキーは言った。「**あの野郎、とんでもなくツイてるな**」

「**解放されるか様子を見よう**」

「わかった。俺が見届けてやるよ。なんだ、逮捕しようとしてるっぽいぞ！　手錠をかけようとしてる、連行する気のようだ！　あいつ、飲酒かなにかか？」

レッカー車がやってきて、ハマーを運び去った。ウルフ・ボーイズは去っていった。ロバートは通りを渡ってパトカーに歩み寄り、後部座席をのぞき込んだ。なかにいた男はマッキーではなかった。それはマッキーになんとなく似た容貌で、マッキーのとそっくりな青のハマーに乗っている地元の歯科医だった。歯科医はパトカーのなかにいるあいだに愛車がレッカー移動されたことに、卒中を起こしそうなくらい激しく怒った。ロバートは彼に、あんたはあるヒットマンたちにもう少しで殺されるところだったんだと説明した。「あんたを保護するために逮捕した」

「あのクソ生意気な女房の仕業だな?!」と歯科医は叫んだ。あんたの奥さんはいっさい関係ない、とロバートは断言した。「あいつが殺し屋を雇ったに違いない！　決まってる！　離婚の話が出てるんだ。俺が死ねばいいと思ってるんだ！」

一方、モニタールームでは、プロフェシー・チームの主要メンバーがへなへなとカウチに崩れ落ちた。間一髪のあとで、気持ちが恐ろしく高ぶっていた。**いったい、いまのはなんだ?**

彼らにとって、「焦げつく」――悪人どもに捜査のことがバレ、逃げられる――ことよりも悪いただひとつの事態が、誰かが殺されることだった。プロフェシー作戦はよくある盗聴捜査とは違うのだということに彼らは気づいた。通常は内通者をうまく使って犯人の行動をコントロールすることが可能だが、この若者たちには独自の行動様式があり、自分たちの好きなように行動するのだった。

プロフェシー・チームはこの作戦を続行することに決めた。それによってガブリエルとメキシコにいるカンパニー幹部たちとの会話を記録し、ほかに誰がリストアップされているのかロッキーに特定させることができる。チームはつねに「即座に反応できる」状態でいる必要があった。カルドナにアジトの鍵を渡してから、まだ一二時間しか経っていなかった。果たしてこの若者たちにどこまでついていくことができるだろうか？

その夜、ガブリエルとリチャードはミゲルのリストのなかからすでにおなじみのターゲットを捜しに出かけた。マイク・ロペスだ。ラレドのバーが閉まったあとにみんなが腹ごしらえをしにいく〈タコ・パレンケ〉を捜したが、見つからなかった。三五号線を北に向かって走っているとき、リチャードは一台の覆面パトカーに尾《つ》けられていることに気づいた。白のフォード・エクスプローラーだった。リチャードはスピードを上げた。エクスプローラーはついてきた。リチャードはハイウェイを下りて地下道をUターンし、三五号線の逆方面に乗って南に向かった。それからアクセルを踏み込み、ソーンダーズ通りで下りると、近くに住んでいる友人に電話をかけて正面ゲートを開けておいてもらった。数分後、リチャードとガブリエルはドライヴウェイに乗り入れ、ライトを消した。

「撒《ま》いたな」とガブリエルは言った。

さきほどのエクスプローラーがゆっくりと通り過ぎていった。

「くそっ！」とリチャードは言った。

「ＦＢＩがあのガキどもを調べてるんだろ」とガブリエルは、ポンチョ・アビレスともうひとりのラレドの少年を指して言った。どちらもシナロアのメンバーである彼らを、ガブリエルとリチャードは一週間前に、ヌエボラレドのナイトクラブから拉致していた。ガブリエルはたいして気にしていなかった。あの殺しは向こうでやったことだから問題にはならない、とリチャードに向かって言いきった。

それでも、尾行されたことにリチャードは動揺していた。「俺たち自身が目立ってるんだろ」と彼は言った。今夜はこれでおひらきにして、事態が過熱しないうちにヌエボラレドに移動したかった。

「なあ、あんたまで女々しいこと言うなよ」とガブリエルは言った。「仕事をしようぜ」

ガブリエルとリチャードが表立って意見を異にしたことはなかった。この食い違いに含まれた意味ははっきりしている。彼らがいまよりも若く、ラステカにいた頃、リチャードには金も権力もあった。彼はボスだった。それがいまは役割が逆転していた。心の底では、リチャードは自分自身に腹を立てていた。六か月前、彼が殺し屋の世界に足を踏み入れたのは、もっともらしい理由があったからだった。ミゲル・トレビーニョに会い、密輸業に復帰する。

ここ数か月、物流業務に戻ることについて、リチャードはミゲルと幾度となく対話を重ねてきた。立ち上げ資金に加えて、コカインをいくらでも運べる分だけ用意してもらえるという話だった。ミゲルはリチャードを信用していた。ガブリエルの仲間だったからだ。顔を合わせるたびにミゲルは訊いてきた。密輸を新しく始める準備はできたか、と。リチャードは毎回、なんらかの言い訳をこしらえた。だが本当の理由は殺し屋が持つ恐怖の力であり、それがもう一度必死に働いて大金を稼ごうという野心を徐々に奪っていた。恐怖の力というのは、長い目で見れば金の力よりも弱かったが、ある意味では、より中毒性があった。金を使い、メキシコの当局との面倒を切り抜けることができるのは悪いことじゃないが、それでもやはり相手のルールに従う必要があった。敵にはさらに金があり、警察に対してさらに影響力があるかもしれないからだ。ところが恐怖の力は、金を支払うことなく警察を黙らせることができた。

相手に屈辱を与えることのできる特権がリチャードを誘惑し、道に迷わせた。

「俺たちが捜してるのはゴーストなんじゃねえの」とリチャードは言った。「俺は今日はこのくらいにしておくよ」

そのとき、ガブリエルの携帯電話が鳴った。メキシコにいるメメ・フローレスからだった。メメいわく、ヌエボラレドにいる二人の若いメンバーが、週給をもらいながらまったく仕事をしていないということだった。懲らしめる必要がある。おまえにやれるか？と。終わりなき戦争では、殺し屋の仕事にも終わりはなかった。はい、やれます、とガブリエルは答えた。

「オーケイ」と彼はリチャードに言った。「あんたの願いが叶ったよ。いまから向こうに行く」

そのあと、リチャードはメキシコに残ってパーティーを続けた。ガブリエルは夜明け前にオレンジ・ブロッサム・ループのアジトに戻ってきた。長い夜だった。彼は眠った。


特になにも起こらないまま日曜日が過ぎた。アジトで三日目となる月曜日、ロバートはウルフ・ボーイたちを観察していた。ベッドルームにはカメラは設置されていなかったが、ウォルマートで買ってきた高級エアベッドで眠るガブリエルの姿が想像できた。その日、店内で私服警官に尾けられているとも知らず、ウルフ・ボーイたちは寝具や調理器具のほか、古いテレビ——米国政府がリビングルーム用に提供した唯一のアイテムだ——を置くための三角形のキャビネットを買った。

正午にウルフ・ボーイたちは目を覚まし、ガブリエルは持ち前の几帳面さを発揮して、仲間たちに仕事を割り振った。キッチンを掃除して、バスルームを掃除して、芝刈り機を探したら芝の手入れをして、テレビ台を組み立てる。ここを「まっとうな家」にするつもりだと彼はみんなに言った。ゴミ溜めのようにはしない。与えられたものを大切にすることをみんなが学ぼう、と。彼は調理器具を開封して引き出しに並べたらガレージに行き、マーサ・スチュワートのタオルを腕いっぱいに抱えて戻ってきた。白地にストライプの入った真新しいタオルを、一部はラックにかけ、残りはほかのウルフ・ボーイたちに配った。

そしていまガブリエルは自分のベッドルーム――ロバートからは、声は聞こえるが見えない――でクリスティーナと仲直りの電話をしていた。

「もしかして忙しい?」と彼女は訊いた。

ガレージではガブリエルの部下が作業中だった。「洗車してたんだ」と彼は電話口に向かって言った。「どうしたの?」

「電話くれないから、どうしてるのかと思って」

「元気にやってるよ」

気まずい沈黙が流れる。

「ねえガブリエル、わたしが強い気持ちでいられるようにして」と彼女はやっとのことで吐き出すように言った。「わたしにはあなたしかいない。電話がないとき、わたしがどんな想いでいるのかわからないんでしょ! そんなときはほんとに……ひどい気分になるのに!」

ガブリエルがカンパニーの仕事に――とりわけテキサス州での大虐殺に――打ち込もうと気持ちを新たにしたことは、ふたりの関係にとって深刻なストレスになっていた。彼女が電話をかけてきて、どこそこへ行くみたいな話をすれば、彼はこんなふうに答えた。「おまえはわかってない! 俺は仕事なんだよ!」「でも遊びにいくって言ったじゃない!」「わかったよ! いまから迎えにいくよ!」。そしてガブリエルは彼女を迎えにいき、ファストフードみたいなところに行き、彼女がハンバーガーのピクルスを一枚ずつ口に入るように均一に並べ直すのを見て、ガブリエルが小言を言うのだった。

彼女はもはや彼の仕事について無知ではいられなかった。というのも、少し前のある夜、彼がメキシコから戻ってきたときのことだ。彼がヴェルサーチの黒いシャツ――青年らしく肉付きのよい体によく似合っていた――を脱いだとき、それに赤いものが飛び散っていることに彼女は気づいた。ある噂が浮かんだ。ラレドの若者が二人、ヌエボラレドの〈エクリプス〉というナイトクラブから連れ去られ、ぼこぼこにされたあと「ギソ」でシチューにされたという話だった。また、別のホテルにしけこんでいたとき、ガブリエルが彼女に、新しい車がほしくないかと訊いてきた。新しい車なら喜んでもらうよ、と彼女は答えた。どんな車だってもらえるよ、と彼は言った。ただし、ラ・バービーの首を箱に入れて届ける手伝いをしてくれたら、と。「バカなこと言わないで!」と彼女は叫んだ。「なんだよ」と彼は肩をすくめた。彼女はチッと舌打ちをした。悲しいときにやる癖だった。ふたり仲よく、強く結びついていられるはずなのに、カンパニーが邪魔をしてくるように彼女は感じていた。そのことにうんざりしていた。

「電話できないときがあるのはわかるだろ」とガブリエルはいま、盗聴されている携帯電話越しに彼女に言った。「忙しいんだ。それでも信じないなら、あのチュイ・レセンデスを見てよ」

彼女はやりきれない気持ちで息を深く吸い込んだ。「わかってる。知りたくない」。それから彼女は、あの殺人事件の情報に一〇〇〇ドル出すと言っている人がいることを伝えた。「ねえガブリエル、忙しいのはわかってる。でも誰かを愛してるのなら、つまり本気で愛してるのなら、せめてちょっとくらい電話する時間は作らなきゃ。一瞬でもいい。わたしはこんなにもあなたを愛してるんだから!」

ふたりは二日後にディナーに行くことになった。気をつけてね、と彼女は言った。そして電話を切った。

モニタールームでは、ディアスとゴメスが腹を抱えて床に転がっていた。ロバートもクスクス笑っていた。彼らは同情にも近いものを感じていた。このガキはガールフレンドが寂しがり屋なせいで終身刑になろうとしているのだ。

28 黄昏時

オレンジ・ブロッサム・ループのアジトでは、アイランドキッチンの調理台に〈ビッグ・ガルプ〉［セブンイレブンで売られている特大カップ入りの炭酸飲料］がひとつ置いてあり、それをウルフ・ボーイたちがかわるがわるすすりながら、動き回ったり、ウォルマートで買ったテレビ台を組み立てたりしていた。ガブリエルはシャツを脱ぎ、背中に新しく彫った死の聖母《サンタ・ムエルテ》のタトゥーを見せびらかした。それは頭巾をかぶった骸骨が大鎌と球体を持っているもので、鎌はネガティヴなエネルギーを断ち切ることを意味した。収穫に使われる道具であることから繁栄を象徴するものでもあった。骸骨が地球を支配する死をあらわす一方で、球体は強大な力と忘却の両方をあらわし、誰もがいずれは帰っていく墓場を意味した。ガブリエルはつい最近、ウェブ郡刑務所に入っているときに、サンタ・ムエルテの信奉者になった。二月初旬に刑務所に着いた初日、看守は彼を独房に入れた。彼はサンタ・ムエルテに祈った。すると翌日、看守は彼をふつうの監房に移動させた。彼はふたたび、こんどは弁護士が来るように祈った。するとまもなくデイヴィッド・アルマラスが到着することがわかった。彼は保釈金の減額を祈り、それを勝ち取った。そしていま、仲間たちは彼のタトゥーをかわるがわるさすった。クールだ、と口々に言った。

ガブリエルは壁にもたれるようにしてリビングルームの床に座り込み、ロッキーとしゃべった。

「いまどんな感じ?」とロッキーは訊いた。

「ヒットマンが二人、こっち側に来るのを待ってる……そしたら次は、チェコだ」

「チェコ?」。ロッキーはモニタールームのことを考えて確認の意味で言った。

「そう」

「家はどのへん?」とロッキーは訊いた。

するとガブリエルはこう言った。「それがさ、わからねえんだ。まだ教えてもらってないの。『車とヒットマン、あと銃を用意しとけ』って言われただけで」

ガブリエルはマイク・ロペスを含むほかのターゲットに触れ、全部で四〇人いて、そのうち何人かはすでに死んでいると言った。

ロッキーはうなずいて、こう言った。「もし必要なら、俺がそいつらの居場所探しを引き受けるから。あんたは、次はこれでその次はこれでその次はこれ、みたいに言ってくれるだけでいい」

「了解」とガブリエルは言った。

「あんたはあんまり出歩かないほうがいいからな」とロッキーは付け加えた。

「わかってる。でもチェコの件はすぐにでも始まることだから、問題ない」

ロッキーがチェコの殺害方法を訊くと、ガブリエルはこんなふうに説明した。「マイクは『好きなやり方でいい……うまくやってくれさえすれば』って言ってる」。チェコは疑い深いやつではないらしいから、おそらく実行する人間は、「よう、チェコ!」みたいに呼びかけたあと車に近づいて撃つだけでいいと思う、とガブリエルは言った。

ロッキーはガブリエルに、どんな車がほしいか訊いた。ガブリエルは、五〇〇〇ドルくらいの中古車で前輪駆動の八気筒のがほしい、アレーロなんかいいかもしれない、通行人はよくマスタングとアレーロを見間違えるから、と言った。ロッキーは、もっと目立ちにくい車種がいいんじゃないかと提案した。小ぶりで地味な、でも高性能で使い勝手のいいやつがいいと。さらに彼は、バンパーステッカーを貼ってはどうかと言った。政治的なのや子供向けのを貼ればカモフラージュになるかもしれないから、と。

ガブリエルの携帯が鳴った。彼は立ち上がって電話に出ると、のんびりと歩きながらしゃべった。相手はラレドにある別のアジトを拠点とするウルフ・ボーイで、ティオフォというターゲットの居所にかんする話だった。

ロバートはガブリエルが口にした名前を、「ティオフォ」も含めてすべて書きとめながらふと思った。ティオフォとはどこかで聞いた名前だが。そうか！　ティオフォはラ・バービーのところのヒットマンで、前年の夏に「バービーによる処刑動画」をロバートにくれた人物だった。

ロバートは名前のリストをラレド警察に送り、ターゲットとその家族に連絡を取るように指示した。これがとっかかりにはなったが、リストアップされているほかのターゲットについてはどうする？　四〇人もいるのか？

その日、ガブリエルはちょっとしたコカインの取引をまとめようとした。家族や友人へのプレゼントや、カンパニー関連の出費――戻ってこないことが多かった――で、チュイ・レセンデス殺しの報酬はすでになくなっていた。相棒であるカマチョという下っ端のウルフ・ボーイが、ラレドのディーラーから一〇オンス［約二八三グラム］のコカインを受け取ってくることになっていた。一度目の電話で、カマチョははかりが電池切れでどうのこうのという話をしていた。そして次の電話で、四オンスちょっとしかないと言い出した。

「四ってどういうことだよ」とガブリエルは言った。「おまえはなにを言ってるんだ?」

「四オンスしかないんだ」

「四?」

「四と、ちょこっとってことなんだけど、でも――」

「そういうくだらないことをする気なら、もうおまえと仕事はしない。いいか、一〇オンスで話はついてたはずだ。だから四しかないなら持ってくるな。実はいまからやつに電話をかけようと思ってる。もしやつがちゃんと一〇あったって言ったら――」

「おいおい、待ってよ! 俺が言いたかったのは、九と八分の三しかないってことだから。一〇近くある。四って言っちゃったのは、すでに別のグラスに五を入れて量ってあったからだって」

ガブリエルは首を横に振った。こういうバカどもは俺より自分のほうが頭が切れるとでも思ってるのか?「わかった、あとで電話して、正確な数字を教えてくれ」

カマチョは笑った。「命が縮まったんじゃねえの」

「もういい」

「俺を殺す気だっただろ」

コークが到着すると、ガブリエルはそれを自分の運転手のチャパにバスでダラスまで運ばせた。バイヤーが一〇オンスを五〇〇〇ドルで買ってくれることになっているので、三〇〇〇ドルの儲けが出る。彼らはチャパが八時間バスに揺られているあいだ、どこにコークを隠しておくべきかを話し合った。

「パンツにしまうか？」

「無理だろ」

「座席のクッションの隙間は？」

「こうしよう」とガブリエルが〈ビッグ・ガルプ〉のカップをつかんで言った。「完全に、水が滲み出てこないくらいぴっちり包んで、コークをコークのなかに隠す。検問があったときはカップを持ったまま外に出て、飲み続ければいい」

ウルフ・ボーイたちはそのアイデアが気に入った。もしこの場にリチャードがいたら、呆《あき》れかえっていたはずだ。一〇オンス？　個人使用の量じゃないか。なんでそんなちっぽけな儲けのためにみんなを危険にさらすのか。アホすぎる。DEAだって笑うだろう。

　モニタールームでは、ロバートがにやにやしていた。もし彼が売人なら、ラレドに偽名で家を借りて、家具をそろえ、その家具にかたっぱしから麻薬を隠し、それを引っ越し業者に頼んでニューヨークのアパートメントまで運ばせる。誰かがそれをやったという話は聞いたことがなかった。おそらく成功するだろう。

　彼が休憩を取っているあいだ、ディアスとゴメスはこの麻薬取引について手早くメモを取った。密輸の共謀。罪状が増えれば刑期も増える。

　彼らの後ろの壁にかかったホワイトボードには二、三〇枚の写真が貼りつけてあった。そのてっぺんにいるのがミゲル・トレビーニョだ。その下にいるのがガブリエルのクルーで、チャパのような下働きもいれば、正真正銘のウルフ・ボーイもいた。ホワイトボードの中央あたりには、ガブリエルからセタスの上層部へとつながるいくつかの線が、ロバートによって描かれていた。今後数日間の目標は暗殺を阻止することに加え、盗聴によって組織内の関係性をくっきりと浮かび上がらせ、単にガブリエルを終身刑にするだけでなく、幹部たちもまとめて起訴するのにじゅうぶんな証拠を手に入れることだった。

四日目の朝、ロバートは盗聴器が新しい通話をキャッチした音で目を覚ました。電話口の声に聞き覚えがあった。自分の家族を脅した男の声は決して忘れないものだ。

「こっちで始めたばっかなのに、すでに何人か消したよ」とバートはガブリエルに近況を伝えた。「なんていうか、『よう、あいつを殺すぞ』って言ったとたんにパン！　みたいな」

バートはミゲルの護衛隊とともにメキシコをあちこち回っていたが、いまは療養中で、Ｘｂｏｘ３６０でゲームをしたりクサを吸ったりしながら、ひどい怪我が治るのを待っているところだという。前日の襲撃のさなかに、装甲をも貫く銃弾で自分の脚を撃ってしまったのだった。

「装甲仕様の車七台に分かれてさ、俺はいかした緑のマーキーに乗ってた。しばらく走って目的の家に着くと、降りて裏口からなかに入った。俺は手榴弾《ピーニャ》も持ってたしフル装備だった。相手はみんな地面に伏せてる。すごい状況だったわけよ。バン！　バン！　そしたら軍隊《ラッツ》が来て、俺はあわてて逃げた。そしたら脚が熱いんで、見たら脚の肉が消えてぽっかり穴が開いてるんだよ！」。バートは狂ったように笑った。「脚の肉が消えてんだ。あれはそうとしか言いようがないね！」

ガブリエルは言った。「こんどそっちに行ったら、俺の掃除っぷりを見せてやるよ。とりあえずはもう少しこっちにいるけど。ところで、そっちでリチャードは見たか？」

「見てない」

「二日前からいないんだ。戻ってこなかったら脱走兵ってことだな」。一瞬、間があった。「まあ幸い、俺はなにもしてないんだ。追われてるけど、いまはうまく隠れてるから状況は落ち着いてる。出ていったら、そこまでだろうな。バン、バン、バン。やることはやってるけど、俺は手を出してないし、無線で指示するだけ。『やつが来た』とか『どこそこにいる』とか『出ていって撃ち殺せ』みたいに。殺しのほうはリチャードとダラスのJ・Pってやつがやることになってる。あいつらは確実にやってくれる」

ガブリエルとバートはそれ以外にも自分たちの暮らしぶりについて報告し合った。ガブリエルは、自分の部屋はほかのやつらより小さいけど洒落てるんだ、と話した。「家具もろくにないのに、なんのためにでかい部屋が要るんだ？」

ふたりは銃や銃弾や防弾ベストについてしゃべった。カンパニーで多くのメンバーに支給されているFNハースタルの長所について意見を交わした。低伸性のいい五・七ミリ×二八弾は接近戦でほぼ確実な仕事をしてくれるし、おまけに反動が小さい。バートはあくびをしながら、あれはまじでビビる、と言った。五〇口径弾を人間の頭に使ったときの威力ときたら、と。

それからバートはガブリエルに、おまえに貸した金はどうなったかと訊いた。たしかチュイ・レセンデスの報酬から返すことになっていたはずだと。するとガブリエルは次のように説明した。「悪い。実は使っちまったんだよ。五万あって、リチャードに二万渡したから、俺には三万あったのに、四、五、六、七、八〇〇〇って、メルセデスに使っちまったんだ――グリルに、バンパーに、ファンに、フォグランプに、塗り替えにって。残った二万二〇〇〇からチャパと弟に一〇〇〇ずつ渡したから、二万だろ。その二万から二〇〇〇分の服を買って、一万八〇〇〇。そこからホテル代を払って、一万四〇〇〇。そこから母ちゃんに一万を渡して、残り四〇〇〇。そのうち二〇〇〇を使って一〇オンスを買ったから、つまりまあ、いま二〇〇〇しかないんだ」

バートはガブリエルが隠し事をしているんじゃないかと疑ったが、その説明を受け入れることにした。ガブリエルはバートに、ポンチョ・アビレスとイネス・ビジャレアルというシナロアの少年について聞いたか尋ねた。リチャードとガブリエルでナイトクラブの〈エクリプス〉から拉致した少年たちだ。

「いや。どこで殺《や》ったの?」

「〈キロメートル14〉の例の家。あのポンチョは見ものだったぜ。オカマみたいに泣いてよ。『頼むよ、友達じゃないか』とか言うから、『なにが友達だ、このクズが、黙っとけ』みたいに言って、パン! それから瓶をつかんで、シュッ!と腹をかっさばいてやった。ちっちゃなカップに血を取って、パン! それを俺の死の女神、我がサンタ・ムエルテに捧げたら、もうひとりのオカマのところに行って、シュッ! てなぐあいよ」。それからガブリエルは、FBIが動いているようだが、この殺人は向こう側でやったことだから問題ない、と言った。

そのあと話題はカンパニーの幹部に移った。バートは自分が療養中のアジトにミゲルとオマールがあらわれて、みんなに最新の暗殺リストを見せてくれた話をした。リストにはフィトの殺害に関わっていると思われる人間がさらに書き加えられていた。ガブリエルとバートはミゲルについて愚痴った。ふだんは自分たちのことをリスペクトしてくれないくせに、頼みがあるときは決まって「ブラザー」と呼んでくる、と。

「エル・コマンダンテに訊いてみてよ、おまえもこっちに戻れないか」とガブリエルは言った。「俺の次の標的《プント》が決まったそうだって言ってさ」。チェコと呼ばれているシナロアの運び屋のことだった。「よかったら手伝ってよ」

寝不足で目がひりひりと痛むロバートは、ハンバーガーの包み紙やピザの空き箱をまたぎながらホワイトボードのところまで歩いていった。マーカーのキャップをはずし、ミゲル・トレビーニョからオマール・トレビーニョやメメ・フローレスや、それ以外にも通話中にコードネームで呼ばれていたカンパニーの幹部たちへと線を引いた。ウルフ・ボーイズとメキシコにいる彼らのボスたちとをつなぐ線が固まりつつあった。

だが、ひとつ問題があった。ミゲルの暗殺リストには四〇人か、もしかしたらそれ以上のターゲットがいるのだ。盗聴だけですべてが判明することはまずないだろう。今後はつねに費用対効果を考えていくようになる。カルテルとそのターゲットにかんする情報には、ガブリエルたちをラレドで野放しにしておくことに比べてどれだけの価値があるのか？〈コスモス〉の一件は非常に危ないところだった。あれを繰り返すわけにはいかない。

いちばんほしいのは、ガブリエルとミゲルのあいだの会話だった。そしてアジト四日目――四月一一日火曜日――に、それは手に入った。

「調子はどうだ？」とミゲルが電話越しにガブリエルに訊いた。

「そっちで車を二台買いましたよ」とガブリエルはメキシコで買った車について言った。「一台はグリーンのマリブで、もう一台は白のマーキーを」

「で、誰にやらせるつもりだ？」とミゲルは次のターゲットであるチェコを殺す人間について訊いた。**どいつが俺の兵隊だ？**

「シカリオが一人足りなくて」とガブリエルは、いまだにメキシコから戻っていないリチャードのことを言った。「でもそうしたほうがよければ、すぐにでもチェコを片づけますよ」

「じゃあやってみろ」とミゲルは言った。**おまえの実力とやらを見せてもらおうか。**

「わかりました。顔ぶれが決まったら、出発することを電話で知らせます」


ガブリエルはクリスティーナを学校まで迎えにいき、早めのディナーを食べた。〈アップルビー〉で、彼はなかなか電話できなかったことを謝った。「おまえのことは大事に思ってる」と彼は言った。「ただ、仕事がさ」

「わかってる。それについてはもう話したくない」。彼らはオレンジソーダを注文し、サンドイッチが来るのを待った。彼女は、人が彼のことを「コマンダンテ・ガビー」と呼ぶのを聞いたと伝えた。

その情報はガブリエルを喜ばせた。そこから想像できることはただひとつ、ミゲルがガブリエルの昇進について話していたということだ。

彼の電話が鳴った。アジトのウルフ・ボーイからで、彼の報告によれば、いまさっき二人の男が玄関のドアをノックしていったということだった。「ひとりはのっぽで、もうひとりは背が低くてずんぐりしてた。低いほうは色が黒くて、眼鏡をかけてた。それがもしかしてロバートだったんじゃねえのかと思ってさ！」

「心配すんなって」とガブリエルは自信を持って言った。「それはロバートじゃない。警察が俺の居所を知ってるわけないんだから」。その二人組は少し待ったあと、またノックして、さらに待ってから三度目となるノックをして、去っていった。

そのウルフ・ボーイは、あれはロバートではなかったということで納得した。「本物の不動産業者だったのかもな。ネクタイして、長袖なんか着てたし」

四月らしいよく晴れた日だった。ガブリエルとクリスティーナはカサブランカ湖まで車を走らせ、湖を取り囲む公園を散歩した。そのすぐ北はテキサスA&M国際大学のキャンパスになっていて、そこでは学長のレイ・ケックが『百年の孤独』について、その小説が書かれた言語であるスペイン語で講義をしたり、イギリスの哲学者アイザイア・バーリンのマキャベリ観について語ったりしていた。恋するティーンエイジャーのふたりは、湖に突き出た葦《あし》の生い茂る岬に出くわすたびにその先端まで歩いた。ガブリエルは彼女に、ずっと昔、ラステカの仲間たちと金ができるたびにこの湖に来て、小さなエアボートを借りたり、肉を焼いて食べたりしたことを話した。郷愁に浸りながら、ふたりはゾクゾクするようなキスを交わした。

「心配しないで」と彼女は言った。「誰にも言ってないから。なにも知らないふりをしてる。そもそも知りたくもないし」。そしてハアとため息をついて、舌打ちをした。「わたしもいっしょに戦いたいよ。でもセタスのことを考えると苦しくて」

「わかってるよ。でも俺はあの人を支えていかなきゃならないんだ。しょうがない。相手があれじゃどうしようもない。そういうもんなんだよ、クリスティーナ」

風がふたりのジーンズに葦を叩きつけていく。彼は彼女に、新しい家ができたのでいっしょに暮らしたいと言った。

彼女の家まで送っていったとき、ガブリエルは彼女に五〇〇ドルを渡した。荷造りするタイミングについて、すぐに連絡するから、と。ふたりは抱き合った。「もっと強く」と彼女は言った。

二時間後、ようやくリチャードと電話で話すことができたとき、ガブリエルはずっとあんたを捜してたんだと言った。「邪魔して悪いね」とガブリエルは皮肉をこめて言った。

「いま〈ラ・キンタ〉にいるんだ」とリチャードはラレドのホテルの名前を言った。そこで愛人たちを楽しませていたのだった。

「ところでさ、連絡があったよ……チェコだ」

「わかった」とリチャードは言い、アジトに戻ると告げた。その途中、手早くディナーを済ませるために〈サブウェイ〉に立ち寄った。サンドイッチを食べているとき、白いマーキーに乗ったオレンジ・ブロッサムのクルーが通りかかった。そのマーキーが白いエクスプローラーに尾けられているのをリチャードは見た。彼はガブリエルに電話をかけて尾行の話をしたが、考えすぎだと言われた。「なあ、あんた、また女々しいこと言ってるぞ」

ようやくリチャードが戻ってきたアジトで、ウルフ・ボーイたちはキッチンを出たり入ったりしながら腕を回したり前屈をしたりしていた。そのうちの二人が車をきれいに拭いた。使う車にはどれも偽のナンバープレート——数字や文字をてきとうに並べた紙製のものだ——が付いていた。

家のなかをそわそわと歩きながら、ウルフ・ボーイたちは今宵の仕事に備えた。

スラックスに新品の白いポロシャツを着たガブリエルはキッチンに立ち、いちばん新しい部下の最終確認をしていた。ダラスから服も持たずにやってきたJ・Pに、ガブリエルは『スカーフェイス』のTシャツを貸してやった。それから彼に本番直前の指導をしてやった。「近づいて、パン！　頭を撃て。ただし両手で。脳天に、パン！　それで相手はくたばる。でなけりゃ、パン、パン、パン、パン！　胸に四発だ。そのあと頭にもぶちこんどけ、念押しの意味で」

彼らは若く血気盛んで、絶対に成功するという信念に燃えていた。「よし、仕事にかかるぞ！」とガブリエルはみんなに向かって声を張りあげ、手を叩いて戦意を煽った。準備はすべて整った。いよいよだ。なにかが始まろうとしていた。

クリスティーナは五〇〇ドルを持ってショッピングモールに行き、シャツと靴とピアスを買ったあと、家に帰って昼寝をした。スーツケースを詰めて、彼といっしょに新しい生活を始める夢を見た。約束が守られ、男たちが行方不明にならない生活。みんなが信仰を大切にし、神に近づこうと努力する生活。黄昏時に目を覚まし、彼の電話にかけてみた。自分のほっぺたをつねるように、あれは現実だと確かめるために。誰も電話に出なかった。

ロバートは目の前の選択肢について考えた。盗聴をもう少し続けたいと思っていたが、このガキどもはアクティヴすぎる。

なにはともあれ、必要なものはそろった。すべてあった。そこで日が暮れる頃、彼はＳＷＡＴチームをオレンジ・ブロッサム・ループに急行させると、自分も駐車場に向かった。その一分後に、モニタールームのメインスクリーンがまばゆい炎で真っ白になった。

外が騒がしくなり、ブーツの足音と怒号と、叩きつけるようなバンッという音がした。

キッチンにいたリチャードとガブリエルは顔を見合わせた。リチャードは失望したように首を横に振り――**だから言ったろ**――ガブリエルは信じられないといった様子だった。

正面のドアから音響閃光弾《スタングレネード》が投げ込まれた。ものすごい衝撃がガブリエルの脳味噌を揺るがし、彼はぐらりとよろめいた。閃光が網膜に焼き付き、三秒間、なにも見えなくなった。1、2、3。彼はカーペットに突っ伏し、後ろから手錠をかけられた。死ぬかもしれない、と思った。逃げきれるかもしれない、とも思った。可能性の世界はどこまでも広がっていた。

それから、聞き覚えのある声がした。「調子はどうだ、ガビー?」。そして彼は自分の結末がもはやひとつしかないことを知った。

彼女は何度も何度もかけてみたが、誰も出なかった。玄関をノックする音がした。ロバート・ガルシアは二人の制服警官を連れていて、バンを一台、エンジンをつけたまま待たせていた。彼は彼女に、署まで来てもらう必要があると言った。

「でもわたしはなにも知らないの」と彼女は言った。

彼はにっこりした。「じゃあ、いま着ている服はどうした」と彼は、ガブリエルが人殺しで稼いだ金で買った服のことを言った。

「えっ?」と彼女は言って、自分を見下ろした。「買ったばっかりなんだけど」

「そいつは血まみれなんだよ」

「おじさん《ティオ》?」とガブリエルは電話口に向かっていった。ミゲルにかけたのだった。

「あとでかけ直してくれ」と、ミゲルではない誰かが答えた。「彼はいま忙しい」

「それが実は、捕まったんだ」とガブリエルは言った。「あいつらが俺を閉じ込める気なのかどうなのかは知らない。ただそれを伝えておきたくて」

「誰がおまえを閉じ込めるんだ？」

「法だよ。いま法の番人のオフィスにいんの。連中がやってきて、言われたんだ。『ほら、おまえの無線だ、好きなように使え。身内に電話して、なにがあったか知らせるのはおまえの権利だから』って。家に踏み込まれたんだ。連中は、チュイがああなったのは俺たちの仕業だって言ってる」

「やつらが責めてるのはその件だけか？」

「まだ聞いてない。あの弁護士の野郎が電話に出ないんだ。電源を切ってやがる。おまけに連中は俺の女まで連れてきて、プレッシャーをかけてる……だいぶしつこいらしくて……俺の仕業だって彼女に言わせようとしてる。俺、あいつらに生意気な口きいちゃってさ。だいぶ印象が悪くなっただろうな」

「いいか、よく聞け。そんなことは気にするな」

「ロッキーとかほかのやつらも調べられてるんだ。そいつらがなにかしゃべるかどうかはわからない。俺はＦＢＩに刃向かって、出直してこいみたいなこと言ったせいで一人部屋に入れられてるから」

「好きに調べさせとけ。あの腰抜けどもはしょっちゅう間違うから」

「ああ。いや。俺は知らせたかっただけなんだけど、問題ない。あとで弁護士に電話してここから出してもらうよ。でもマイクおじさんには伝えといて。そっちにいる俺の友達に知らせといてよ、よろしく頼むわ」

第5部

凍りついた時間

戦士にとって、名声はごく身近な問題だった。〔中略〕女たちの視線、子供たちからの称賛、かつての同僚たちが見せる慎重な敬意。

——『アステカ』、インガ・クレンディナン

29　ラレドの伝説

法の番人のオフィスで、ガブリエルは新しい戦術を試した。会話が助けになりそうなときに、なにもしゃべらず、いっさい取引をしないのだ。プライドよりも、恐怖と用心深さが勝っていた。カンパニーのファミリーを守りたいという想いを胸に、彼は自分の罪状について争わないことに決めた。セタスにかんする密告で減刑してもらうようなことはせず、かわりにアンヘル・モレーノが二〇年の検察官人生でもほとんど見たことがないような正々堂々たる男になることを決意した。

ブルーノ・オロスコ、モイセス・ガルシア、ノエ・フローレス、チュイ・レセンデス、そしてチュイの甥っ子の殺害に関与した疑いについて、彼は有罪を認めた。五〇年が三件と八〇年が二件という禁錮刑はすべて同時に執行されるため、彼は計八〇年を州刑務所で過ごすことになる。

二人のアメリカ人少年――ポンチョ・アビレスとイネス・ビジャレアルだ――をヌエボラレドで拷問し殺害したという、盗聴器がとらえた発言にかんしては、遺体も証拠もそろっていなくても、それがメキシコで起きた殺人であっても問題なかった。ガブリエルを起訴する選択肢はいくつもあったが、モレーノは片方についてのみ彼に有罪を認めさせた。9・11後にできた新しい連邦法は、アメリカ人がテロ集団に参加して外国で戦うケースを想定しており、国外地域でアメリカ人がアメリカ人を殺した場合もそれに含まれた。

プロフェシー作戦でモレーノが連邦裁判所の事件として起訴した被告の数は三〇人を超え、そこにはミゲルとオマールのトレビーニョ兄弟やレネ・ガルシアだけでなく、メキシカン・マフィアのリーダーであるブラック・ハンドなども含まれた。

二〇〇八年にガブリエルとリチャードが罪状認否手続きのために連邦裁判所にあらわれたとき、有罪を認めると決めていたはずのガブリエルは、裁判官の前で少しだけためらいを見せた。「自分が司法取引のなかで上訴する権利を放棄しようとしているとは知りませんでした」と彼はミカエラ・アルバレス判事に言った。するとアルバレス判事は、もしあなたが上訴する権利を放棄したくないのであれば、政府には——つまりモレーノには——その司法取引を無効にして事実審理をおこなう権利があります、と説明した。ガブリエルは折れた。「じゃあこのまま、上訴する権利を放棄します」

アルバレス判事は、上訴を諦めるとはどういうことか彼がちゃんと理解しているのか確かめようとした。「仮に私があなたに終身刑を言い渡したとします、まあ可能性ですが」と、その女性判事は言った。「あなたは刑務所に入る。そして自分の弁護士はいい仕事をしてくれなかった、もっと一生懸命に戦うべきだった、と考える。そしてもしあなたが上訴の申し立てをしたら——権利を放棄したにもかかわらずそれをするのは、なんだかおかしな話ですが——政府はまず、こんなふうに言うでしょう。『おい、待ってくれ、彼は権利を放棄したじゃないか』。そして「第五巡回《フィフス・サーキット》」、つまり連邦上訴裁判所も、きっとこんなふうに言います。『そのとおりだ、彼は権利を放棄した』。そしてもうひとつ、２２５５についてはお話ししましたね。仮にあなたが刑務所に入ったとして、ほかの囚人としゃべったとします。そしてこんなふうに言われます。『なあ知ってるか、おまえは２２５５というやつを申し立てることができるんだぞ』」――「間接的な攻撃」と呼ばれるもので、被告は判決から一年以内に異議を申し立てることができる――「その通知を見て私は、それについてはすべて彼に説明したと言います。異議を申し立てることができなくなることはちゃんと説明したと。以上のことをあなたは理解していますか?」

「はい、理解しています」

それからモレーノが、もしこの事件が事実審理にかけられた場合に政府が証明する予定である事実を読みあげた。ポンチョ・アビレスとイネス・ビジャレアルの失踪、そのふたりを拷問にかけて殺害したこと、バートとの一七分間の通話中にガブリエルが告白した内容。

モレーノの話が終わると、アルバレス判事はガブリエルに訊いた。「あなたがやったこととしてここに挙げた行為のなかで、自分はやっていないと言えるものはありますか?」

「いえ、全部合ってます」とガブリエルは言った。第三者にかんして彼が言ったとされる発言についてだけは否認した。彼はミゲル・トレビーニョやメメ・フローレスや、その他のカンパニー幹部についてあれこれ言っていたのが記録されていないことを願った。

ガブリエルの判決が下るのは七か月後だった。量刑審理の場で、アルバレス判事が誰か法廷で発言したい被害者はいないかと問うと、一四歳だったイネス・ビジャレアルの母親が進み出た。彼女は自分がこの一年間、息子の捜索のために仕事もできず、家と車まで失いかけていると説明した。それは数千人のラレドの母親たちの声でもあったのかもしれない。彼女はガブリエルに直接語りかけた。「あなたにこんなことを言うのは、あなたの母親も私と同じように苦しんでいるのがわかるから。だけどより深い悲しみを味わっているのは私なんです。なぜならあなたの母親は、あなたがどこにいるか知っている。お願いします、膝をついてお願いしろと言うならそれでもいい、もし息子が埋められている場所を知っていたら、どうか判事さんに話してください」

判事は彼女に感謝の言葉を述べ、ガブリエルに対しては、イネス・ビジャレアルの所在について知っていることをすべて弁護士に話すように言い、そのあと彼のほうから言っておきたいことはないか尋ねた。

かつて弁護士になることを夢見たこともある青年は言った。「これらの犯罪に関与したことについて、米国政府とラレドの地域社会にお詫びいたします。なので、どうかいちばん軽い刑にしてください。以上です。ありがとうございました」

この事件でガブリエル側の弁護人を務めたジェフ・ツァーは判事に対し、「トンネルの先に見える光という観点から、いくばくかの希望」を被告に与えるよう訴えかけた。さらにツァーは、ガブリエルは「強い個性」の持ち主ではあるが、彼がほかの関係者を指揮していたという点には異議を唱える、と主張した。「彼の知性については、彼がグループのほかの者たちよりもどういうわけか頭脳明晰であったり利口だったりすることを示すものはなにもありません」。さらにツァーは、ドラッグが状況を悪化させる役割を果たしたと述べた。ガブリエルは高校をドロップアウトし、人生の大半をストリートで過ごしてきた。「依頼人の経歴と人物像は決してよくありません。報告されている件にかんしては、どうすることもできません。これを改ざんできるはずもありません」。そうやって次々に積み重なる事実が――それが真実であろうとなかろうと――被告を「都市伝説」に変えてしまったのです。

アンヘル・モレーノは次のように答弁した。

三年前にガブリエルとそのクルーを逮捕して以来、ラレドの殺人発生率は彼らが活動していた頃の半分以下に下がった。さらにガブリエルの指導的役割と、彼がメキシコにいるカルテルのトップたちと直接つながっているという点を強調した。「ほかならぬ彼が采配《さいはい》を振るっていたのです」。まだ若いとはいえ、戦場で兵役についている若者たちとさほど変わらない年齢です。彼は何度も逮捕されました。残念ながら、そのたびに保釈されています。ですが、やめるチャンスはいくらでもあった。「この事件が伝説化したのかどうかという点については、裁判長、私が思うに、報告書に記載されている内容の九〇パーセントが彼に直接関連するものです。彼の発言。彼の承認。傍受された通話内容。映像。もしかしたらこの組織の一部になり、これらの活動に従事することを、彼は頭のなかで理想化していたのかもしれません。もしこれが伝説化されたのだとしたら、それは被告がそうなることを選んだからです」

判事は、ガブリエルが「組織全体の責任者ではなかった」ことを認めつつも、「少なくとも彼独自のグループの責任者だった」ことが報告書にははっきりとあらわれていると言った。環境やDNAやドラッグの問題なのか、あるいは彼は空想の世界に生き、そのなかではこんなふうに人を殺すことで自分が輝けると考えていたのか――とにかく、彼はバイリンガルかもしれませんが、私と彼は同じ言語、つまり「人間の言語」を話しません、と判事は結論づけた。「率直に言って、この報告書には、あなたのなかにあなたと同じ人間への思いやりが少しでもあったことを示すものがなにひとつ見当たりません」。ラレドの安全、アメリカ合衆国全体の安全のために、終身刑が妥当であると考えます。あなたはラッキーです、と判事は言った。私個人の意見としては、あなたは死刑に値するので、と。

プロフェシー作戦の起訴状について、罪状認否の手続きがまだいくつも残っていた。だが、ガブリエルの判決を後ろのほうから見ていたロバートはがっかりした。メディアは、今回の事件のことでラレドの捜査当局を派手に持ち上げた。ガブリエルとバートについてのドキュメンタリーでナレーターを務めた俳優は、ロバートのことを「テキサス・メキシコ国境地帯のシャーロック・ホームズ」と呼んだ。だがロバートとしては、ガブリエルが連邦政府と争う姿勢を見せ、事件を事実審理に持ち込んでくれることを願っていたのだ。密告者たちが証言台をぞろぞろとパレードして、ミゲル・トレビーニョの陰惨な支配力を覆い隠していたカーテンがひらかれるのを見たかった。なにしろその男はカンパニーで頭角をあらわしてわずか数年で――ガブリエルとウェンセスに話した時点で――八〇〇人以上の人間を殺したというのだ。

二〇〇六年の、プロフェシー作戦がアジトに踏み込んだ三か月後の時点では、ラレドでセタスに対する大規模な裁判がおこなわれるのではないかという希望があった。メキシコでは、バート・レタがセタスの命令に逆らってモンテレイのナイトクラブを襲撃し、四人を殺害したほか負傷者を出していた。カンパニーの庇護を失った彼はメキシコ警察の手に落ちた。バートが逮捕されたとき、警察は彼の家に踏み込み、現金二七万五〇〇〇ドルと防弾仕様のBMW・M3、二万五〇〇〇ドル相当のダイヤモンドの指輪一点、それから約五万ドル分のヴェルサーチの新品の服を発見した。精神鑑定によってバートは「解離性人格障害」と診断され、情緒不安定であるだけでなく、どんな場所であれ彼を収容する施設にとって安全保障上の脅威になると結論づけられた。

容疑者の身柄引き渡しの条件は国によって異なる。もしモレーノがカナダから容疑者を連れてきたければ、書類を小さな封筒で送るだけでいい。そしてその対極にあるのがメキシコだった。メキシコのシステムは、膨大な量のペーパーワーク必要とした。身柄の引き渡しには何年もかかるか、ともすれば実現しないこともあった。にもかかわらず、メキシコは書類のひとつも提出されることなくバートを差し出してきた――しかもバートはメキシコから出たくてうずうずしていた。このままメキシコにいれば、セタスの怒りに直面する。だがテキサスでは、モイセス・ガルシアとノエ・フローレス殺しへの彼の関与について、警察はたいした証拠をつかんでいないと本人は信じていたのだ。そんなわけで、バートが一七歳になった翌日——二〇〇六年七月二八日——真夜中のサンアントニオ空港の駐機場で、ロバートは噂の殺し屋についに対面した。手錠と足枷をされたバートはニカッと笑って、ロバートのおとり捜査用の車のナンバーを口にしてみせた。

数日間の取り調べのなかで——〈ウェンディーズ〉のスパイシーチキンサンド、瓶入りの〈ビッグレッド〉、クラッシュアイスを入れたコップという彼のリクエストした品をお供に——バートはカンパニーにいたときの話をロバートに聞かせた。人を殺すときは、まるでジェームズ・ボンドかスーパーマンみたいな気分にさせてくれた、と彼は言った。彼がしていることは、要はロバートと同じ、探偵業だった。みんなと同じように彼も仕事に就き、しかもその仕事に長けていた。彼は感情をまったく見せなかった。誰かと兄弟みたいに楽しくじゃれ合っていたと思ったら、次の瞬間にはそいつの頭に弾を撃ち込んでいるのだ。とてもまともな話ではない。それは本人もわかっていた。そしてもちろん、最初は金のためにやっていた。でもしばらくすると中毒になった。やめられなかった。それをすることでハイになった。誰かを殺さなかった日は満足できないというところまで来ていた。銃を取り上げられるのは、「赤ん坊からキャンディを取り上げるようなもの」だと彼は言った。そこまで来ると、もはや自分の父親を殺してもなにも感じないかもしれない、と。

そんな血なまぐさい会話が、ごくふつうのことのように和気あいあいとした奇妙な調子で進められた。ロバートとバートは、生きた人間を虎の餌にすることや、オイルを入れたドラム缶で燃やすことについて平然とした顔でしゃべった。相手をめった切りにして拷問することや、キャンプについて淡々としゃべった。ミゲル・トレビーニョは頭がよくて冷酷な男だとバートは思っていた。ミゲルはバートを息子のように信頼し、暗殺者に仕立て上げた。バートはマイクのようになりたくて、ホワイトタイガーを二頭買おうとさえ思っていた。それから、ああそうだよ、ガブリエルの話は本当で、メンバーになったのは一三歳の頃だ、と彼は言った。自分はミゲルに育てられたようなもので、特殊部隊のキャンプに送られ、そこでは銃や爆発物や素手による戦いや幽霊みたいに移動する訓練でつねに最高得点をもらった。それから国中のいろんな場所、知らない場所に送り込まれた――そこに彼がいたことを示すものは点々と連なる死体だけだった。

ロバートはこれまで何十人もの殺人犯から話を聞いてきた。彼らはみんなすぐさま言い訳や弁明を始めた。ところがバートがロバートに語ったのがどんな作り話であれ、彼は自分が人を殺したのは貧しい出身であるからでも、赤ん坊の頃に母親がじゅうぶんに抱きしめてくれなかったからでもない、と正面切って言った最初の殺人者だった。彼は殺したいから殺した。バートに対するロバートの感情は複雑だった。たしかにこの少年は彼の命を狙っていたし、家族まで脅迫したが、なぜか憎めなかった。それどころか好きになってしまった。

バートの率直さは間違いなく彼の魅力の一部だったが、それはおそらく彼の純朴さにも言えた。彼はモイセス・ガルシアとノエ・フローレスの殺害容疑にかんする州裁判では、取り調べでの率直さがなんの役にも立たないことを知って驚き、さらにフローレス殺害でガブリエルに売られたことをロバートから聞いたときは深く傷ついた。バートには不思議でならなかった。兄弟なのにどうしてそんなことができるんだ？　ロバートは同情するふりをし、バートが法廷で争う決心をしてくれるまでその裏切り劇を演じた。

その年の夏、バートの州裁判がおこなわれているあいだ、ラレドのダウンタウンには厳重な警備が敷かれ、裁判所付近のすべての交差点にパトカーが配備された。ロバートは証言台に立ち、フローレス殺害事件の捜査について、携帯電話の履歴からタトゥーアーティストにたどり着いたことを説明した。家族が心配でたまらないタトゥーアーティストは証言台で、どうか家に帰してほしいと判事に泣きついた。クリスティーナは証言台に立ったとき怯えきっていて、前日の宣誓証言で話したことについてなにも認めようとしなかった。神が――イザヤ第三章一六節［シオンの娘たちの傲慢さが暴かれる］のように――彼女の隠された部分を暴き出し、ブレスレットやスカーフや香水を取り上げてしまった。事件に関与したことで、彼女は銀行の仕事を解雇された。しかしながらバートの裁判では、タトゥーアーティストもクリスティーナも必要なかった。バートに不利な証拠は山ほどあったからだ。裁判の三日目に、彼は有罪を認めて終わりにすることを決意した。

「あなたが刑務所のなかでじっくりと時間をかけて人生を省みることを願っています」と判事は、バートに対して七〇年の刑を告げる際に言った。「まだ若い人生ですが」

ミゲルのリストにいる四〇人のうち何人が殺されずにすんだのかは定かでなかった。取り調べや事情聴取によってラレド当局はリストにいる多くのターゲットを特定することができた。ラレドの密輸商人でミゲルの元恋人と関係を持ったマイク・ロペスは、ラレドを離れたほうがいいという捜査当局のアドバイスを無視して、二〇〇七年にテキサス・シンジケートのメンバーに殺された。自分がラレドにオープンしたばかりのバーの前に立っているときに起きた出来事だった。

ロバートのオフィスには情報屋が入れ替わり立ち替わり訪れ、彼はいくつかの興味深い事実を知った。それによるとミゲルは次の大統領を「買収した」と勘違いした。カンパニーは間違った馬に賭けていたのだ。そしていまカンパニーは、賄賂を拒否した次期大統領のフェリペ・カルデロンを処刑したがっていた。カンパニーの上層部はカルデロンがシナロア・カルテルをひいきしていると信じていたのだ。

二〇〇六年の終わりにカルデロンが就任したとき、このハーバード出身の大統領はカルテルに戦争を仕掛けようと考えていると述べた。もし戦争を始めれば、米国政府の支援計画〈メリダ・イニシアティヴ〉によって犯罪の取り締まりを支援する名目で一五億ドルが送られることになっていた。この免税ビジネスで麻薬使用者からカルテルに流れる毎年およそ五〇〇億ドル（メキシコのGDPの約五パーセントに値する）という数字にはとうてい及ばないが、戦争をひとつ始めるにはじゅうぶんな金額だった。そうしてメキシコからカルテルを駆逐しようとする因果な試みが始まった。

メキシコではカルテルの幹部たちが、たがいに戦いながら、さらにカルデロン政権とも戦うのが困難であることにいち早く気づいた。そこで二〇〇七年に、チャポ・グスマンはバジェエルモソのホテルでエリベルト・ラスカーノと面会した。ふたりは国を分け合うことに合意した。その会合は最終的に敵同士がウィスキーとコカインを囲んで一堂に会するパーティーに発展した。とはいえ、カルテルの世界で交わされるほとんどの約束がそうであるように、バジェエルモソの協定も長続きしなかった。それは抗争を終わらせるにはほど遠く、最も血なまぐさい時代の幕開けとなった。カルテルは政府と戦い、敵対するカルテルと戦い、さらに内輪揉めまで経験した。カトルセ――ラスカーノとともにセタスを創設し、ベラクルス州でカンパニーのビジネスを担当していた男だ――はベラクルスの競馬場で、おそらくはミゲルの命令によって撃ち殺された。カトルセの死後、ミゲルはカンパニー内にいた彼の忠臣たちを殺害し、下剋上を企てた。

こうしてメキシコの麻薬戦争が始まった。

ガブリエル・カルドナがラ・バービーを仕留めることはなかったが、彼を始めとするウルフ・ボーイたちは雇用主のためによく働いた。二〇〇六年の終わりまでには、セタスとゴルフォ・カルテルはシナロアを撃退し、カンパニーはメキシコ湾沿岸とラレドの国境の支配権を維持した。

ラ・バービーは慌てた。彼は高校時代の恋人だった最初の妻と別れ、ラレドの密輸仲間の娘でまだ一〇代のプリシラと再婚したものの、友人と金を急速に失いつつあった。そんな彼が弁護士を通じて、DEAのラレド事務所に連絡をしてきた。DEAは、シナロアのトップであるチャポ・グスマンのほか、同じくシナロアの一味でラ・バービーのボスであるアルトゥーロ・ベルトラン・レイバ（ABL）の逮捕につながる情報を募っていた。ラ・バービーはDEAに対し、ある条件のもとでのみ降伏してもいいと伝えた。DEAの内部向けのメモには次のようなことが書かれていた。

（1）バルデス・ビジャレアルは、DEAを始めとする米国連邦機関がメキシコで連携しているメキシコ政府高官の汚職にかんする情報を提供する。
（2）第一回目の交渉で検討された〔カルテルのリーダーたち〕にかんする情報は提供しない。
（3）もし逮捕されることになったときは、バルデス・ビジャレアルはただちに米国に身柄を引き渡されることを求める。
（4）彼自身と彼の二人のいとこについて、刑事免責を求める。
（5）情報を提供したすべての人物について、彼らの不利になるような証言はしたくない。

「法的な問題については、検事のアンヘル・モレーノに再度検討してもらう必要がある」とメモにはあった。「当事務所とマッカレン事務所が同意する条件は以下のとおりである」

（1）バルデス・ビジャレアルは、じゅうぶんな事情聴取をおこなうために中立国でDEAの捜査官に面会しなければならない。

（2）バルデス・ビジャレアルは、三人の（カルテルのリーダーたち）（ベルトラン・レイバ、グスマン・ロエーラ、サンバダ・ガルシア）のうち誰かひとりの逮捕につながる情報を提供しなければならない。

（3）バルデス・ビジャレアルの全面的な刑事免責は認められない。（最低限の服役が検討される可能性はある）

（4）バルデス・ビジャレアルは、米国の通関手続き所か身柄の引き渡しが可能な第三国で米国当局に自首する。

（5）バルデス・ビジャレアルは、米国に持ち込もうとする金額と同額の資産を放棄する。（バルデス・ビジャレアルは米国に五〇〇万ドルを持ち出したいという希望を述べている）

ラ・バービーはABLとチャポの両方は無理だが、どちらか一方の逮捕に協力しようと申し出た。ラレドの捜査官たちは、この取り引きをなんとしてもまとめたい考えだったが、ヒューストンにいる彼らのボスが交渉をつぶしてしまった。「しょせん売人だろう。協力する気がないなら放っておけ」

当時、米国政府はカルテル関係で最も重要な協力者と交渉を進めていた。ゴルフォ・カルテルのリーダーで、それより一〇年ほど前にセタスの構想を思いついたオシエル・カルデナスは二〇〇七年に米国に引き渡され、二〇一〇年に判決を受けた。終身刑がふさわしい彼は、二〇二五年に釈放される予定だ。

その司法取引の内容は明かされていない。とはいえ、オシエルは自分自身の内通者を通じて、米国当局に麻薬の積み荷やゴルフォ・カルテルとセタスの幹部たちの所在にかんする情報を渡していた。それは組織のトップに立つカポでしか知り得ない重要な、現在進行形の情報だった。オシエルと米国政府のあいだで金銭のやりとりがあった可能性もある。二〇一三年にワシントンDCでおこなわれたセタス関連の連邦裁判で証言した元副官によれば、カンパニーはオシエルに、「米国で刑を軽くしてもらうのに使う」ための六〇〇〇万ドルを送金したという★。

キングピン作戦――アメリカとメキシコの当局が組織のトップたちを追いかけることでカルテルを解体しようとした作戦だ――は推論を誤った（なにしろ国外に引き渡されたリーダーたちが司法取引で刑を大幅に軽減される一方で、下っ端たちははるかに重い判決を受ける傾向にあった）だけでなく、完全な失敗だった。なぜならカポがひとり捕まっても、そのあとにできる権力の空白がさらなる暴力に火をつけただけだったからだ。ある学者は、カルデロン大統領の国を浄化しようとする努力は、メキシコを「不安定なものが均衡を保った自己強化型ループ」のなかに閉じ込めてしまった、と考察した。

すべてがカルデロンのせいというわけではなかった。彼はメキシコを無法者どもに明け渡したかもしれないが、それは彼の前にいたフォックスやセディージョやサリナスといった大統領たちも同様で、その流れはメキシコの二六代大統領のベニート・フアレスにまでさかのぼる。フアレスは一八五八年から一八七二年まで任期を務め、フランスとスペインの占領者を追い出したが、彼が樹立したのは中央集権力があまりにも弱い政府だった。かつてアステカの傭兵たちが反乱を起こしたときに帝国を治めていたクルワカンの領主のように、カルデロンとフォックスは呪われた王国を受け継いだのだ。しかもアメリカの麻薬政策の父権主義が――その偉大なる父の抜け目ない貿易協定や、地政学的な意図や、巧妙な借金のシステムと相まって――メキシコが、知識人らが言うように、依然として問題のある国のままでいることを助長していた。

★政府はこの発言を公式記録から除外し、情報公開法にもとづく著者の請求を拒否した。ある秘密の情報源からもたらされた記録によれば、判事が弁護団と私的な会合をおこない、次のように述べたという。「証人は、［オシエルの］刑を軽減するのに役立つように六〇〇〇万ドルがこちらに送られたことをほのめかしている。それをこのまま記録に残しますか？」。さらに判事は次にように言っている。「そこにはその六〇〇〇万ドルが判決に影響したのかどうか明らかにすべきだったと思わせるのにじゅうぶんな意味が含まれています。私は影響などなかったと思いたい。もしそれが弁護士に払う六〇〇〇万ドルであれば、そうでないように聞こえてしまう場合よりも公表しやすいかもしれませんが」。この問題はいまだ決着がつかず、ふたたび記録に上がってくることもなかった。

30 史上最も厄介な戦争

長年にわたって独裁的な政治をおこなってきたPRIは、かつてメキシコの麻薬産業を比較的平和に管理してきたが、一九九〇年以降は徐々に弱体化し、毎年平均して八〇もの地方自治体を失ってきた。選挙がめぐってくるたびに、メキシコ全体の地方自治体の一〇パーセントを野党が獲得していた。二〇一二年にふたたびPRIの党首が政権に就いたものの、党の独裁的な支配力はすでに過去のものになっていた。五〇年前に、密輸商人と政治家が結婚パーティーで同席するような中央集権的な政治システムとともに始まった物語は、二〇一〇年だけで一五人の市長や町長と一人の知事候補が麻薬組織によって暗殺されるという結末を迎えた。

その年、セタスのリーダーだったエリベルト・ラスカーノがゴルフォ・カルテルからの離脱を企て、カンパニーを構成していた二つの組織を分割し、セタスはかつての雇い主と対立することになった。ラスカーノはミゲル・トレビーニョをセタスの全国司令官《コマンダンテ・ナシオナル》に任命した。

ミゲルのリーダーシップのもとで、セタスは犯罪ビジネスからテロ組織へと舵を切ったように見えた。あるときミゲルは、彼と敵対するカルテルが同盟を組み、南から援軍を集めているという噂を聞きつけた。彼らは目立たないように路線バスに乗ってメキシコの北東部にやってくるという話だった。するとミゲルはサンフェルナンドという、ベラクルス州と国境のあいだにあるさほど重要でないプラサで複数台のバスを止め、ただの労働者のように見える人々に対する大虐殺を指揮した。犠牲者たちが何者だったのかを突き止めることは難しい。彼らを埋めた穴が発見されたとき、遺体は鈍器などによる外傷で原型をとどめていなかったからだ。伝えられているところによると、ミゲルは「生きたいやつは誰だ?」と訊いたあと、男たちを剣闘士の決闘のように無理やり闘わせ、敗者は殴り殺される一方で、勝者には敵を暗殺するミッションが与えられたという。さらにミゲルは、かつて共同でプラサを取り仕切っていた「エル・タリバン」ことイバン・ベラスケス＝カバジェーロとも対立していた。タリバンはセタスを離れ、〈テンプル騎士団〉という新しいカルテルから兵隊をリクルートしていた。二〇一二年、タマウリパス州の橋に「ナルコマンタ」——カルテルが脅迫的なメッセージを流布させるために使う横断幕《マンタ》のことだ——が掲げられた。ミゲルが書いたとされるそのナルコマンタからは、カルテルの勢力図にかんする彼の考えや、最近の内部抗争についての見解を知ることができた。

テンプル騎士団及び愚かでうだつの上がらないエル・タリバンについていったすべてのバカどもは俺のチンポをしゃぶるがいい。おまえたちは群れて走るだけのオカマ野郎の集団だ……俺と正面切って戦う術《すべ》も知らない盗っ人とゆすり屋と飢えた死にかけどもの集団だ……おまえたちは裏切り者だ……俺はZ《セタ》とコマンダンテ・ラスカーノに忠義を尽くす。CDG《カルテル・デ・ゴルフォ》は終わった……CDGに残っているのは盗っ人と密告者と腑抜《ふぬ》けどもだ。残されたのは二流、三流の連中だ。身内同士で潰し合う。それがこの腑抜けどもをまとめるリーダーがいなくなったときに起きることだ。テンプル騎士団はシャブ中どもの集まりで、アボカド農家や学校にまで税金をかけている……

ラスカーノが頭を冷やさせようとすると、ミゲルは反発し、ボスを公然と非難した。このナルコマンタのひと月後、ラスカーノがコアウイラ州で野球を観戦後に帰ろうとしたとき、メキシコの治安部隊が近づいてきた。ラスカーノは仲間とともにピックアップトラックで逃げながら、後部座席からロケット弾で反撃した。運転手が最初に撃たれた。車から三〇〇メートル近く離れたところでラスカーノも射殺された。その後、覆面をした男たちが遺体安置所から彼の亡骸《なきがら》を奪っていった。

セタスのリーダーとして、ミゲルは街から街へと飛び回りながら――たいていは夜間に移動した――作戦の進行状況を確認したり、部下であるコマンダンテや兵隊たちに軍需品を届けたりした。彼はボディガードを大勢引き連れて移動したあと、よくひとりで街なかに消えていった。どこかの農場にひとりきりで身を潜めていることもあった。

いまやDEAのベテラン捜査官となったJ・J・ゴメスは、重要度の高い情報提供者を通じてミゲルの動きを追いながら、アメリカとメキシコの各機関と連携を取っていた。そして二〇一三年七月一五日の未明に、銃弾ひとつ発せられることなく、メキシコ当局がミゲルを捕らえた。彼が国境近くの家で生まれたばかりの自分の子供と過ごしたあとのことだった。彼は自分のピックアップトラックに八挺の銃と現金二〇〇万ドルを積んでいた。捕まっても金の力でなんとかできると思っていたのだ。

「訊くだけ無駄だ」と彼は捕まるときに言った。「なにも答える気はないからだ」

連行されていく姿を写した写真のなかで、ミゲルは黒いゴルフシャツに迷彩柄のパンツをはいている。いまや四〇代になり、体重がだいぶ増えていた。かつて目立っていた頬骨も肉に埋もれている。首を反らし、胸を突き出し、いらだたしげな目で見下ろしている。大事な仕事を中断されたコマンダンテの姿だった。

ミゲルがメキシコで逮捕された数週間後に、彼の兄のひとりであるホセ・トレビーニョがアメリカで逮捕された。オクラホマ州にあるクォーターホースの会社を通じてカンパニーの資金洗浄をおこなった容疑だった。ミゲルの競走馬ビジネスにかんする詳細が、裁判で明らかになった。レースでどのように八百長がおこなわれるか、フロントマンを使ってどのように馬を買うか、クォーターホース業界の著名なメンバーがどのように選出されているか。

この事件はテキサス州の新聞にとっては格好のネタになった。だがロバート・ガルシアのような人間からすれば、この競走馬の裁判は典型的な例だった。莫大な資金を注ぎ込んで数年がかりの捜査をおこなったあげく、結局のところなにも成し遂げられないというやつだ。カルテルの財政や資金洗浄のスキーム全体で見れば、競走馬ビジネスは極めて小さかった。本当の資金洗浄はまず裁判にならない。二〇〇四年から二〇〇六年にかけて、アメリカの巨大銀行〈ワコビア〉は数十億ドルに及ぶカルテルの資金洗浄に手を貸した。ワコビアは銀行法を無視し、カルテルが資金を調達できるように「事実上の自由裁量」を与えていた、と検察官は指摘した。最終的に、ワコビアは罰金として、二〇〇九年度の利益の二パーセントを支払うことになった。

ＯＣＤＥＴＦの優れた捜査に米国政府から賞が贈られることになったとき、競走馬の事件はさんざんメディアで報じられたにもかかわらず、受賞できなかった。かわりに受賞したのは〈エル・チャカル作戦〉という、やはりセタス関連の事件で、これが現金二二〇〇万ドルとコカイン五〇〇キロ、一トン近いマリファナ、それに三〇一挺の銃器を押収していた。さらに拉致事件の被害者一名を救出し、ラレドで起きた三件の殺人事件の証拠を提供して解決に導いた。エル・チャカル作戦の米国側の指揮官として殺人事件と拉致事件を担当したのはロバートだったが、受賞したことを手放しで喜べるような状況ではなかった。

理論上は、ＯＣＤＥＴＦは素晴らしいコンセプトだった。各機関の連携をうながし、資力を一か所に集中させるメカニズムだ。しかも実際にカルテルのトップたちが何人も逮捕されていた。二〇一三年には、タリバンがラレドに移送され、そこで彼は有罪を認め、事情聴取を受け、判決が下るのを待った。ミゲルの弟のオマール・トレビーニョは、ずっと石炭産業や建設業で資金洗浄をおこなっていたが、やはり二〇一五年にマタモロスで捕まった。

一〇年前なら、こうした一連の逮捕は、まさにロバートが望んでいたことだった。「暴力を行使するくそったれども」を叩きのめす。だがこれらの男たちが倒れても、ほかの誰かが頭角をあらわす。南西地域だけで年に五〇件のＯＣＤＥＴＦ捜査をおこなったが、効果はほとんど見られなかった。カルテルのトップを抹消すれば、犯罪者になんらかのメッセージを送ることにはなるが、果たしてそれはなんのためか？　こちら側の麻薬市場をなんとかしなければ、あちら側でどれだけ多くのカポを殺そうが関係なかった。

ラ・バービーは引き続きＣＩＡやＩＣＥなどの連邦機関に情報の売り込みをかけ、やがてＦＢＩに受け皿を見つけた。ＦＢＩは彼の情報を頼りに（さらに追跡装置を彼に持たせて）、二〇〇九年にメキシコでアルトゥーロ・ベルトラン・レイバを逮捕、殺害した。「その時点では、ラ・バービーは米国に行って大幅な減刑をしてもらうことを望んでいたのかもしれません」と、この件に従事したＦＢＩ捜査官のアート・フォンテスは言った。「とはいえ、こちらから『よし、あんたの力になろう』と言うような、はっきりとした合意はいっさいありませんでした。込み入った問題なんです。あまりに多くの管轄区で彼は罪に問われています。メキシコでは警官も何人か処刑されていますしね」

　そんなわけでラ・バービーはふたたび糸の切れた風船になり、ABL亡きいま、シワタネホの港を経由する大規模なコカインビジネスの支配権を握ろうとした。だが連携なくしてビジネスは長続きしなかった。彼は二〇一〇年、メキシコシティ近くの家でDEAとFBI、及びメキシコ当局によって拘束された。カメラの前を歩かされるとき、彼は微笑みを浮かべて、胸に大きなポロのロゴが入ったグリーンのラガーシャツを着ていた。彼の遺産は、彼が生み出した「ナルコ・ポロ」なる流行のファッションのなかに生き続けることになった。ラ・バービーはメキシコの刑務所で五年間――そのあいだに情報提供者としての彼の価値も薄れていった――を過ごしたあとアトランタに移送され、そこで複数の容疑のうち一件について有罪を認め、判決を待つ身となった。

　カポのなかのカポと言われたシナロア・カルテルの最高幹部、チャポ・グスマンは、最も狡猾で長続きした麻薬王だったが、二〇一四年に逮捕され、メキシコで最も厳重な警備の刑務所のひとつである〈プエンテ・グランデ〉に投獄された。チャポの影響力が米国にまで広く及んでいることを示すように、彼の逮捕で重要な役割を果たしたのは、シカゴ出身の双子のアメリカ人だった。二〇〇一年から二〇〇八年にかけて、ペドロとマルガリートのフローレス兄弟はシナロア・カルテルの中西部における中継役をしていた。一卵性双生児である彼らは二〇代前半からこの仕事を始め、少なくとも七一トンものコカインとヘロインをシカゴやさらに遠くの街へと運んだ。年間七億ドル相当の麻薬を動かし――シカゴで通常一年間に押収される量の約五倍だ――大勢の子分を雇っていた。

　そんなフローレス兄弟は逮捕後にDEAの情報提供者となり、メキシコでチャポとの会話を録音した。二〇一五年に判決が下されたとき、シカゴの連邦判事は兄弟のことを彼が知るなかで「最も影響の大きい麻薬密輸商人」だとしながらも、密告者としての仕事ぶりを褒めた。フローレス兄弟は一四年の判決を受けた。そのうち六年は情報提供者としてすでに務め終えたことになるが、その六年間にも、ふたりは数百ポンドものコカインを密かにシカゴへと運んでいた。彼らは四〇歳の誕生日を迎える前に出所する予定だ。フローレス兄弟の判決から半年後、チャポはトンネルを使って（人生で二度目となる）脱獄に成功し、その半年後にふたたび捕まった。

二〇一五年一〇月には、まだ逃走中だったチャポがインタビューに答えるという珍しい出来事があった。聞き手はアメリカの俳優ショーン・ペンとメキシコの女優ケイト・デル・カスティージョだ。チャポは農場のような場所にいて、ベースボールキャップに青いペイズリー柄のボタンダウンシャツというかっこうでカメラの前に座った。雄鶏の鳴き声をバックに、彼は一七分間にわたって質問に答えた。

自分が幼い頃のマドレ山脈《シエラ・マドレ》には、まともな仕事に就くチャンスがなかった、と彼はインタビュアーたちに語った。彼の一家はトウモロコシと豆を育てていた。母親が焼いたパンを、彼がオレンジやソフトドリンクやキャンディなどといっしょに売りにいった。人々は生きるために、ケシやマリファナを育てることもあった。麻薬の密輸は「先祖たち」から受け継がれてきた文化の一部なのだとチャポは説明した。ところが今日では麻薬も人口も密輸商も増え、商売の仕方も多様化した。麻薬が人間を駄目にしているのは現実だが、この世に麻薬が存在するのは自分のせいではなく、いつか自分が死ぬ日が来てもこの流れは止まらない、と彼は言った。さらに彼は自分の組織がカルテルであることも否定した。「この活動」に人生を捧げた人々は彼に依存しているわけでもないし、誰かひとりの人間が密輸を支えているわけでもない。それに伴う暴力については、なかには「問題を抱えて育った人間」もいるし、「嫉妬もないわけではない」が、自分は自らトラブルに巻き込まれるようなことはしないし、自分を守るだけだ、と語った。

殺人事件の統計データを正確に示すことは難しく、それが裏社会の、しかもメキシコであればなおさらだった。メキシコでは犯罪のわずか二五パーセント（あるいはそれ以下）しか報告されないと研究者たちは言う。カルデロンが政権に就いていた二〇〇六年から二〇一二年にかけて、少なくとも六万人の死者が出たとする意見もある。また別の研究結果は、その時期に少なくとも一五万人が死亡あるいは行方不明になったとしている。そしてどちらの数字にも、二〇〇六年以前の死者や、ミゲルが二〇〇五年までに殺したと主張する八〇〇人は含まれていない。もし二〇〇六年から二〇一二年にかけて死亡あるいは行方不明になったとされる一五万人という数字が、報告された事件だけを元にしているとしたら、実際の数はその四倍ということになる。メキシコの麻薬戦争はこの六年間だけで、第一次大戦と第二次世界大戦とベトナム戦争の米軍の戦死者をすべて合わせた数よりも多くの命を奪った。ラテンアメリカは、若い男性が犠牲者となる殺人発生率が世界一だ。

アメリカのメインストリームが麻薬戦争に無関心なのは、暴力がそれほど波及していないせいだと言われることがしばしばある。だが米国の捜査当局の人間は多くが違った目で見ている。戦争は新しい領土を賭けてじりじりと北上しているというのだ。二〇〇五年に司法省は、カルテルが流通ネットワークを維持しているアメリカの一〇〇都市を特定した。二〇〇八年までには、その数字は二三〇都市に跳ね上がり、そこにはアラスカ州のアンカレッジ、アトランタ、ボストン、モンタナ州のビリングスなども含まれた。それと同時期にカルテル関連の暴力事件がオレゴン州、ミネソタ州、イリノイ州、インディアナ州、ミシガン州、メリーランド州、ニュージャージー州を含む北部の州でも発生している。カリフォルニア州北部でシナロア・カルテルのメンバーが一五人逮捕されたのを受けて、地元の保安官は次のように言った。「五年前、米国の捜査当局はこれを国境地帯の問題としてしか見ていなかった。だが国境で起きることが国境だけでとどまっているわけがない。近い将来この国にやってくる」

テキサス州公安局によれば、メキシコの七大カルテルのうち六つが、同州の高校生を積極的にリクルートして麻薬や移民、現金、武器の密輸を手伝わせているという。一方で、DEAやその他の機関で麻薬問題に取り組む戦士たちは、この戦争の大義名分にますますしがみつくようになっていた。暴力が波及していることは、さらなる努力を正当化するものであって、方針を見直す理由にはならない、というのが彼らの言い分だった。

戦争は本国で巨大産業になったが、それは国外でも同じことだった。ラレドには検察官から被告側弁護士に鞍替えした者が大勢いて、ある弁護士は次のように考察している。ラレドは大半がヒスパニックという辺境の町だが、合法的な経済の約三分の一が麻薬戦争に依存しているという点では、アメリカの主要な犯罪都市とそれほど変わらないというのだ。警察官、捜査官、弁護士、裁判官、刑務所、保釈保証代行業者《ボンズマン》——恩恵を受けている職業を挙げればきりがない。

ときたま勝利が訪れることもあり、そんなときは捜査官のなかからヒーローが誕生した。DEAシカゴ事務所の所長、ジャック・ライリーは、フローレス兄弟をチャポに背かせることに一役買った人物だ。「近頃の私たちは、シカゴが国境の町であるかのように活動している」と彼は言った。功績をあげた見返りとしてライリーはワシントンDCへと異動になり、DEA全体のナンバー3に昇格した。ABCのシカゴ支局は、ライリーが「ヘロインやクラックがいまだに街角でアイスクリームバーのように売られている街」を去った、と報じた。

31　天使などいない

プロフェシー作戦は、キャリアを賭けた事件だった。それだけ労力をかけた仕事が日の目を見ないというのは寂しい。そんなロバートの願いが叶ったのが、プロフェシー作戦で起訴された下っ端のウルフ・ボーイがカンパニーとのつながりはなかったとして争う姿勢を見せたときだった。ついに事実審理がおこなわれ、密告者たちが証言台に立って、カンパニーについて語ってくれることになった。

一方、アンヘル・モレーノにとって、こうした事件で陪審員を集めるのはかんたんなことではなく、候補者の多くが不適格とされた。理由は、その人がラレドで起こる暴力は政府のせいだと考えていて、麻薬を合法化することが解決の道だと信じているからということもあれば、裁判で証言する予定の刑事の関係者だからということもあった。あるいはカルテルのことは、テレビ向けなのでメディアがセンセーショナルに取り上げているだけで、報じられていることの大部分は真実ではないと考えているから、あるいは友人なり兄弟なり息子なり義理の息子なり父親なり義理の父親なり親戚のおじなりに前科があり、公平な目で見ることができないからというケースもあった。あるいは、六九番の陪審員のようなことを言うからだった。「麻薬はずっと前からこの国にありました。向こう側で起きるトラブルのせいでそれについてあれこれ言うようになって、まだ五年か一〇年そこらです。それなのに私たちは現実逃避もいいところだ。つまりポイントはなにか。私たちはどこに向かっているのか。どこにも向かっていないのです」

リチャード・ハッソは妻に有利な取引をするために、モレーノに協力することを了承した。彼はチュイ・レセンデスとその甥っ子の殺害で州刑務所に服役したあと、二人のアメリカ人少年を殺した罪で父親と同じ連邦刑務所に入り、五〇代で出所することになった。この取引と引き換えに、リチャードは「カチェーテス」〔「ほっぺた」の意味〕あるいは「チークス」と呼ばれている無名のウルフ・ボーイの裁判で証言をすることになった。

リチャード・ハッソはプロフェシー裁判でラレド刑務所にいるあいだに、短い時間ではあるが父親と面会した。顔を合わせるのは、父親が一九九九年に密輸と殺人の罪で投獄されて以来のことだった。会話はぎこちなかった。メキシカン・マフィアのメンバーだった父親には、息子が密輸で儲けていながらなぜ殺し屋を始めたのか理解できなかった。だがリチャードが主に後悔していたのは、あの日、モイセス・ガルシアを始末したガブリエルとバートを妻に迎えにいかせたことだった。妻が収監されるということはつまり、子供たちにとって両親が三年間も不在になるということだった。そうでなければ、彼は反省の意をいっさい示さなかった。彼はふと考えることがあった。もしそれなりの生活水準のまま、持てるものに満足して暮らしていたら、人生は違うものになっていたのか。わからない。もしやり直しがきくとしたら、もう少しましにやるだろう。

裁判にかけられている少年を、リチャードはほとんど知らなかった。彼らはレセンデス殺しでいっしょに働いた。だがこれは巨大な陰謀にかんする裁判で、関係する下っ端の犯罪者たちはみんな同じ、たった数人の大物たちのために働いていた。だからすべての証人が被告を知っている必要はなく、申し立てられている陰謀について知っていればそれでよかった。リチャードはガブリエルとやった仕事についても証言することができた。さらにモレーノは盗聴を通じて、ガブリエルとメキシコにいるカルテルの幹部たちとの関連をかんたんに示すことができた。

　証言することは拒んだものの、ガブリエルはテキサス州北部の州刑務所からラレドに連れてこられ、裁判がおこなわれている数週間、リチャードの向かいの監房に入れられた。ふたりは言葉を交わさなかった。モレーノに協力したリチャードに対し、ガブリエルは心を閉ざしていた。

　だがリチャードからすれば、誰もが「たがいに泥をぶつけ合って」いた。誰もが裏切るのは、裏社会ではそれがふつうだからだ。さらに彼は、メディアの注目がガブリエルをうぬぼれさせたのだと思っていた。『ニューヨーク・タイムズ』、『エスクァイア』、『ディテールズ』などの雑誌が彼を取り上げたほか、テキサス州南部のメディアは彼の話で持ちきりだった。リチャードに言わせれば、そんな注目が、ガブリエルを彼が昔から憧れていたイメージのなかにますます閉じこめてしまった。責任を一手に引き受け、どんな結果も受け入れるストイックなギャングスタ。だがリチャードは信じていなかった。ガブリエルはいま置かれている状況を、自分以外のすべての人間のせいだと思っているはずだ。ガブリエルは昔から自分が自立していることを誇りにしていたが、実際には、どこかに所属していなければ自分の人生を生きることができなかった。リチャードから見ればこの根本的な矛盾にこそ、かつての地元仲間であり、部下であり、上司だった男の人となりがよくあらわれていた。

　ガブリエルは刑務所の通路を挟んでリチャードと向かい合いながら、「証言したいならすればいい」と思っていた。密告者として、せいぜいがんばって生き延びてくれ、と。リチャードが前よりも筋肉をつけていることにガブリエルは気づいた。リチャードは自分がいずれ連邦刑務所に送られることを知っていた。そこには「管理分離」［問題のある受刑者を一般受刑者から隔離すること］など存在しない。徒党を組んだ受刑者たちがすべて放し飼いにされているなかで、待ち受けるものとは……。

リチャードは証言台に立ち、政府側の証人としてよい働きぶりを見せた。正直で、信頼できる話しぶりだった。彼は二〇〇六年三月のある午後について説明した。ガブリエルがもうひとりのウルフ・ボーイとともにラレドのポンチョ・アビレスの家に行き、その少年がシナロア・カルテルの兵隊をリクルートしているのを突き止めたときのことだ。

「その後、〔ポンチョに〕会いましたか？」とモレーノはリチャードに尋ねた。

はい、とリチャードは答えた。一週間後にヌエボラレドで、リチャードはほかの二人のウルフ・ボーイ〔ガブリエルではない〕とともにナイトクラブの〈エクリプス〉でポンチョに会った。三人はポンチョを見つけると店内で追いつめた。ウルフ・ボーイのひとりが拳銃を抜いて台尻で頭を殴りつけたあと、ポンチョを車に押し込んだ。リチャードは、ラレドにいたガブリエルに電話をかけ、ポンチョを捕獲したと伝えた。するとガブリエルは「アジトに連れてこい」と言った。ヌエボラレドのアジトでは、ガブリエルの到着前からウルフ・ボーイたちがポンチョの服を脱がし、尋問と暴行を加え始めた。彼らはポンチョに対し、いっしょに働いている相手や、敵《コントラ》について知っていることや、ヌエボラレドでなにをしていたかを尋ねた。するとポンチョは〈エクリプス〉でもうひとりの少年、イネス・ビジャレアルといっしょだったことを告白した。そこでリチャードは〈エクリプス〉に戻って一四歳のイネスを拉致してきた。リチャードがイネスを連れてアジトに戻ってくると、すでにガブリエルがいて、メメ・フローレスと電話でしゃべっていた。それからガブリエルは抑留者たちを別の家に連れていき、リチャードは〈エクリプス〉に戻ってパーティーを続けたという。

「ポンチョとイネスになにがあったか知っていますか？」とモレーノはリチャードに尋ねた。

「彼らは殺されました」とリチャードは言った。

「彼らが殺されたことをどうやって知りましたか？」

「次の日に、ガブリエルから聞きました」

「遺体をどうしたのか聞きましたか？」

「ふたりは夜明け頃に死に、ギソにしたとだけ聞きました」

「ギソとはなんですか？」

「遺体をドラム缶に投げ込むんです。その上からガソリンを注いで、粉状になるまで燃やします」

アンヘル・モレーノは、ほかにもバートとウェンセスを含む数人のウルフ・ボーイを説得して証言させた。彼らの誰ひとりとして、裁判にかけられている無名のウルフ・ボーイのことをろくに知らなかったが、カンパニーにいたときのエピソードならたっぷり持っていた。

これらの証人に対する反対尋問で、被告側の弁護士は次のように言った。この裁判は殺人者を次々に証言台に立たせて政府の言わせたいことを言わせているにすぎません、と。さらにこの弁護士は反対尋問のなかで――こういう事件の例に漏れず――協力している証言者たちの人格を貶《おとし》めることに集中し、陪審員の信頼を損なわせようとした。

被告側弁護士は、バートに次のように尋ねた。「あなたは〔ロバート・〕ガルシア刑事に、自分が『スーパーマン』かなにかだと思っていたと話したそうですね」

「そのとおりです」

「そしてあなたは誰かに金をもらってももらわなくても、人を殺していましたね」

「最後のほうはそうでした」とバートははっきりと言った。

「三〇件以上の殺人に関与しているというのは本当ですか？」

「それについてはうまく説明できません」とバートは言った。

「また、人を追いかけて『そのクソ野郎の頭を吹っ飛ばす』ことについてガルシア刑事にしゃべったことは本当ですか？」

バートに続いて、ウェンセスが証言台に立った。

ウェンセスは二〇〇五年六月のブルーノ・オロスコ殺害事件のあとメキシコに逃げたきり、一度も米国に戻らなかった。しかしながら彼のカルテル人生も、ガブリエルの数日後に終わりを迎えた。二〇〇六年四月の、プロフェシー作戦がオレンジ・ブロッサム・ループのアジトを急襲したあとのことだ。ウェンセスはメキシコで飲酒運転をしていた。両膝でハンドルを操作しながらマリファナのジョイントを巻こうとしていたとき、乗っていたアバランチがひっくり返って、彼は脊髄を損傷した。事故現場に駆けつけたミゲルは車の残骸からウェンセスを引っぱり出すとカンパニーの病院に連れていき、三日間、枕元に付き添った。それから彼をキューバに送って、専門医の治療を受けさせた。ウェンセスは上半身の自由と性機能を取り戻したものの、車椅子で一生を送ることになった。メキシコに戻ってきた彼に、ミゲルはダッジ・チャージャーと一万ドルを与えて、もう仕事はしなくていいと告げ、二週間ごとに一〇〇〇ドルを支給することにした。ウェンセスはテキーラとマリファナで痛みをごまかしながらメキシコで四年過ごしたが、やがてアメリカの司法当局が携帯電話の記録を通じて彼の居場所を突き止めた。

被告人側弁護士が反対尋問をする番が来たとき、彼はウェンセスにこう尋ねた。「なぜ政府に協力する気になったのですか？」

「それが母国のために正しいことだと思うからです」とウェンセスは言った。

「それに、あなたは刑期が三〇年よりも短くなることを望んでいますね？」

「はい」

「そう思うのは、車椅子の人間が刑務所で暮らすのは楽なことではないからですか？」

「そうです。楽なことじゃありません」

楽なことではなかった。ノースカロライナ州バトナーにある連邦刑務所施設には有名な巨額詐欺を働いたバーナード・マドフも収監されていて、そこの医療棟でウェンセスは死にかけた受刑者たち――一般棟に入るには太りすぎていたり、年を取りすぎていたり、病気が重すぎたりする人々――に囲まれて過ごした。夜は呻《うめ》き声を聞きながら眠った。子供たちが面会に来ても、ウェンセスはあまり喜べなかった。「パパはなんでこんなところにいるの？」と訊かれて、「銃で遊んでしまったからだよ」と彼は答えた。「だから銃で遊んじゃいけないよ」。収監中に、ウェンセスはオピオイド中毒になった。身障者を生かしておくのにいちばん安上がりな方法だった。それでも、「出ていく日が決まっている」ことをありがたく思った。ブルーノ・オロスコ殺害事件で、ウェンセスは刑期を何年か短縮されていた。この事件は、彼がガブリエルとともに国境を越えて凶悪犯罪を起こしたことや、対人殺傷用銃器にサイレンサーを使ったことなどから連邦裁判所の管轄となり、より重大な事件として扱われていた。彼は五〇代で出所する予定だ。

ガブリエルだけが証言を拒んだことで、政府にとっては彼をウルフ・ボーイズとセタスの上層部をつなぐ重要な橋渡し役として位置付けするのが楽になった。尋ねられたすべての密告者――バート、ウェンセス、リチャードなど――が、ガブリエルがラレドにおける彼らのリーダーだったと答えた。

ＤＥＡの情報提供者だったロッキーが証言台に立ったとき、被告側弁護士は、ＤＥＡから彼への支払額が二〇〇八年までに二一万二〇〇〇ドル――同じ三年間にロバート・ガルシアがもらったラレド警察の給料よりは少ない額だ――に達したことを指摘した。弁護人はロッキーに次のように尋ねた。「二〇〇五年一二月に、妻に暴力を振るった罪で逮捕されたことを認めますか？　また、二〇〇六年三月にあなたが三日間にわたってコカインを乱用し、またしても彼女に対してひどく暴力的な態度に出たという事実を彼女がDEAに報告していることについても認めますか？」

「はい、認めます」とロッキーは言った。

「あなたの妻への暴力が、DEAとの取り決めに違反するような犯罪行為になりうることを認めますか？」

「そのとおりですね。認めます」

こうした被告側の戦略に慣れていたアンヘル・モレーノは、自分の最終弁論のなかでそれについて触れた。弁護人の言うことは正しい、とモレーノは陪審員たちに向かって言った。ここにいる証人たちに子供を預けたいとは思わないでしょう。車を売るときに彼らに頼みたいとも思わないし、手術をしてもらいたいなんて絶対に思わない。ですが、そのために彼らは証言しているわけではないのです。証言台に立ったのはカンパニーの仕組みや、密輸の仕組みや、暗殺の仕組みを説明するためです――そしてそれらの活動において、彼らはエキスパートです。そしてモレーノはこう締めくくった。「きっと弁護人はこの事件がバチカンで起きたことならよかったと思っているのでしょう。そしてすべての目撃者が司祭か修道女であればよかったと。ですがみなさん、地獄で起きた犯罪に天使の目撃者などいるわけがないのです」

この下っ端のウルフ・ボーイの第一審は、陪審員が全員一致に至らず評決不能という結果になった。その後、彼は再審で負け、一生を刑務所で暮らすことになった。

32 偽善者たち

刑務所にいるバートのもとに、大勢の記者がやってきた。ヒストリー・チャンネル、インヴェスティゲーション・ディスカバリー、FOX、ニューヨーク・タイムズ。

彼のストーリーは有象無象の特権階級にはおあつらえ向きだった。バートをインタビューした唯一の女性だったFOXの特派員は感情的になった。別のジャーナリストはバートをアフリカの少年兵になぞらえ、ティーンエイジャーのときにシエラレオネ内戦で村人を虐殺したイシメール・ベアを引き合いに出した。ベアは更生キャンプで過ごしたあとニューヨークに渡り、国連で演説し、米国の大学に進学し、執筆した回想録はベストセラーになった。バートは自分も似たような作品を書けないかと考えた。それはおそらくベアの『戦場から生きのびて　ぼくは少年兵だった』と、ソマリアで人質にされた経験を綴ったアマンダ・リンドハウトの『人質460日　なぜ生きることを諦めなかったのか』の中間にあるような作品で、彼はタイトルまで決めていた。『ある少年暗殺者の回想』だ。

バートには、質問者が求めるものを鋭く察する能力があった。あるインタビューでは冷ややかで高慢に振る舞った。事件を裁判に持ち込んだ彼をセタスが殺したがっていたにもかかわらず、彼は模範を示してくれたミゲルに対し、いまだに畏敬の念を抱いていた。虚勢を張るときも（「気の毒なことをした」

と、自分の被害者たちについて彼は言った)、バートの声は柔らかく音楽的で、それは威嚇するようなことを言っているときも変わらなかった、と『ニューヨーク・タイムズ』は表現した。さらにその記者はバートについて次のように述べた。「表情がころころと変わり、ごろつきのような冷淡で感情のない目つきをしてみせたかと思えば、妙に無邪気な笑い声と笑顔で、すべてが遊びだと思っている少年のように振る舞ったりする」。また別のインタビューでは、バートは数々の残虐行為について気が進まない様子でたどたどしく語り、あたかもトラウマと格闘しながら抑圧された記憶を整理しようとがんばっているかのように見えた。このやり方で行くときは――これが一般層には受けることを彼は学んだ――虚ろな目で後悔をあらわし、自分を「あの世界」の犠牲者に見立てた。

二〇一一年に、バートは新しい刺激を見つけた。マサチューセッツ州に住む二児の母と文通を始めたのだ。バートの一〇歳年上のエリカは、彼にかんするドキュメンタリーを観るたびに涙した。彼が目のまわりに入れている悪魔風の炎のタトゥーが好きだった。彼女はなんらかの関係を望んでいた。

バートには、彼女の目的は純粋なものであるように見えたが、真意などわかるはずがなかった。彼の刑期は長く、終着点が見えないことを始めたくはなかった。彼はエリカに絶対に嘘をつかないでほしいと頼んだ。友情は信頼にもとづいているべきだし、行動の結果として得られるものであって、要求されてやってくるものじゃない、と書いた。彼は心をひらいた。自分は恋人ができるとべったりしたいタイプだと説明した。R&Bならいくらでも聴いていることができるし、モーツァルトのような「インスト」も好きだ。六年生まで通った学校では、生物学と生化学が得意だった。ずっと検死官になって死体を解剖したいと思っていた。でも頼むから俺の頭が狂ってると思わないでほしい、と彼は書いた。自分はメディアで描かれているようなモンスターでは絶対にないし、忘れちゃいけないのは、自分がいた世界では殺《や》るか殺《や》られるかのどちらかしかなかったということだ。でも自分は無実の人間をひとりも殺していない。あれは仕事だったんだ。相手はみんなばらばらの値段を書いた値札のようなものだった。でもたしかに、自分がいた場所では「バート」という名前は恐れられていた。エリカが元恋人とトラブルになったときは、銃を買ってくれたらそいつの脳味噌を吹っ飛ばしてやるのに、と言った。ふたりは恋に落ち、結婚の約束をした。

エリカはバートに、「代理結婚」なるものをしてきたことを報告した。バートの代わりに彼の姉妹が立ち会って式を挙げたのだという。ところがバートが証明書を見たいと言っても、彼女は決して見せてくれなかった。彼女は体外受精という選択肢を考えていて、郵送で精子を送ることが可能か調べていると書いた。

バートを取り上げたテレビもいくつかあり、そのひとつである〈調査報道センター〉〔米国のNPOメディア〕の番組で、エリカはカメラに向かって次のようにしゃべった。「彼はミゲル・トレビーニョと親しくなり、ボスを心から慕うようになりました。彼〔トレビーニョ〕はロサリオに重要な仕事を与えました。〔中略〕ミゲル・トレビーニョはモンスターです。彼はロサリオに強要したようなことを、誰に対しても強要すべきではありませんでした」。エリカはツイッター上で、「カルテルの妻」という新しいステータスを大いに楽しんだ。ところが調査報道センターがインタビュー動画を彼女の身元を隠すことなく放映すると、彼女は五〇万ドルの損害賠償を求める訴えを起こした。その訴状によれば、二〇一三年の放送以来、「ミズ・アルメシガは公の場での屈辱に耐えてきた。〔中略〕ロス・セタスというカルテルにいつ報復されるとも知れない恐怖にさらされていることはもとより……〔中略〕彼女はパラノイアに陥って鬱と心的外傷後ストレス障害（PTSD）の治療を受けており、具体的には極度の不安のせいでよく眠れないことや、つねに悪夢を見るなどの症状が出ている」。連邦裁判所の判事は、エリカの証言は「まるで信用できない」として訴えを取り下げた。

新しい記者が来るたびに、彼らに対するバートのいらだちは強くなっていった。彼らはみんなバートの過去にしか興味がなかった。誰も彼の未来については訊いてくれなかった。彼は上訴して、テキサス州の刑務所からどこか別の、メキシカン・マフィアに悩まされることのない州に移してもらおうと計画していたのだ（モイセス・ガルシア殺しの報復として、刑務所内で刺されたことがあった）。だがそんなバートに、ジャーナリストたちがアイデアをくれた。インタビューを利用して、人々に彼がどう変わったか見てもらってはどうか。そしたらそれがもう一度裁判をやるのに役立つかもしれない。「世界中の注目」を集める必要があった。彼は大手の報道機関からインタビューの出演料をもらえないかとさえ考えた。そしたらその金を被害者の遺族に渡して、慈善心を示すのだ。

バートはCNNのエド・ラバンデーラと連絡を取り、二〇一三年のミゲル・トレビーニョ逮捕後に、時間を作ってもらえることになった。バートはなにを訊かれてもいいように準備してのぞんだ。ところがその映像がCNNの報道番組『アンダーソン・クーパー360』で放映されたとき、バートは納得がいかなかった。ミゲルのもとで初めてやった殺しについて説明するとき、バートはラバンデーラにこんなふうに言った。「やらなきゃいけなかったんだ。ほかに選択肢があるか？　もしやらなければ、自分がどんな目にあうかは知ってる」。さらにこう続けた。「初めて人の命を奪わなきゃいけなかった日のことは——あの日のことは絶対に忘れない。あれ以降、俺は人生に喜びを感じなくなってしまったんだから」

「だけど、きみはその初回以降も殺し続けたよね」とラバンデーラは指摘した。

「やるしかなかったんだ」とバートは言った。「そこのところをわかってない人が多い」

ナレーションのなかで、ラバンデーラは次のように言った。「これが現在のレタが言っていることである。だが、この〔ロバート・ガルシアによる〕警察の取り調べの映像のなかで、若き殺し屋は人の命を思いのままにする力を手にして悦に入っている……」

ラバンデーラが使った編集トリックを、バートは「汚いやり方」だと感じた。なぜラバンデーラはバートが無力な人間を処刑することを強要された話をしたあとに、スーパーマンのくだりを流すようなことをしたのか。さらにラバンデーラは「顔に入れた紋様」にも触れていたが、バートはあらかじめ「あの偽善者」に、そのタトゥーはカルテルのライフスタイルとはなんの関係もないことを伝えていたのだ。

対照的に、ガブリエルがラバンデーラに見せた率直な態度――「あそこにいたときの俺は、イメージを築こうとして必死だったんだろうな」――も、バートの助けにはならなかった。

バートの選択肢が閉ざされ、メディアの関心も薄れてきた頃、前に彼をインタビューしたFOXの女性記者からアドバイスが届いた。

彼女はバートがいかに深い孤独や憂鬱を抱えているかを理解したようなふりはせず、ただ、それを軽くしてやるためにできることや言えることがあったらよかったのに、と思っていた。価値のない人間などいない、と彼女は書いた。社会に貢献する能力を誰もが持っている。もう少しがんばって目を凝らせば、間違いなくあなたも道を見つけることができる。かつて住んでいた古い世界から早く離れれば離れるほど、あなたは多くの自由を手に入れることができる。あの世界はあなたに誤った権力意識と帰属感を与えた。だからいまあなたが味わっているのは禁断症状なのだ。それでも人生を切り開くことはできると、私は信じている。時間はかかるかもしれないけれど、あなたならきっとそこにたどり着ける。

バートと同じく、ガブリエルも安全保障上の脅威となる有名受刑者に分類され、ほかの囚人とほとんど顔を合わせることのない隔離されたエリアに収容された。彼の一日は、午前六時に看守が彼の独房をノックして、「起きろ！」と怒鳴るところから始まった。

一一時から一二時までは娯楽の時間で、外に出て、フェンスに囲まれた六つある空間のうちのひとつで過ごした。彼は初めての州刑務所で、かつて憧れていたラッパーのＳＰＭ（サウス・パーク・メキシカン）と同じ隔離エリアに収容された。彼らはフェンス越しにボールを投げ合って、バスケットボールのようなことをして遊んだ。ＳＰＭに会ったことで、ガブリエルはこれまで以上に強く信じるようになった。このスターは、実際よりも年上に見えるように着飾った女性ファンに嵌《は》められたのだと。ただし実際は、ＳＰＭが四五年の刑を受けたのは、娘の部屋に忍び込んで、その九歳の友人にオーラルセックスをしたからだった。

ガブリエルは自分がそのためにすべてをなげうってきたイメージと、その下にあるはずの、よりよい人間とのあいだで板挟みになっていた。後者を受け入れるためには、前者と縁を切る必要があった。それにはまず、ＧＲＡＤ［Gang Renunciation and Disassociation の略で、「ギャングからの誘いを拒み、関係を断つ」という意味］と呼ばれる刑務所のプログラムを受講するという手があった。とはいえ、そうかんたんなことではなかった。彼はＨＰＬ（エルマノス・デ・ピストレロス・ラティーノス）という受刑者のギャングに属していた。刑務所では、セタスはあまりよく思われていなかったので、ガブリエルとしてはＨＰＬの庇護を手放すのは気が進まなかった。それに、古いイメージは役に立った。

多くを語らないせいで、人はよく彼のことを弱いやつだと誤解した。頭から爪先までタトゥーが入っているようなほかの連中は、めったに見くびられることがなかった。だがガブリエルの場合、背中と片腕と両脚という四か所に入れたサンタ・ムエルテのタトゥーのほかに目立つものといえば、手首に彫った「クリスティーナ」の文字と、まぶたに彫ったもうひと組の目だけだった。受刑者たちはよく彼を「罠にかけよう」としてきた。いちばん質《たち》が悪いのは北部のラティーノたちだった。彼らはテキサス州南部出身の「ストレートのメキシカン」よりもむしろ黒人とつるみ、親の出身地はみんな同じような場所――エルサルバドル、ホンジュラス、メキシコ――であることなど気にしないようだった。新しい棟に移されることになったとき、ガブリエルは「噂好きの女みたいなやつ」を見つけ、そいつに「カルテルがらみのネタ」を話して聞かせた。それからいくつかの記事も見せてやると、噂はいっきに広まった。

あいつ、本気の殺し屋だったらしい！

筋の通ったやつじゃんか！

彼は自分の独房で腕立て伏せをし、腹筋を鍛えた。雑誌や法律関係のテキストを読んだ。いろんなところから手紙が届き、たいていは女かジャーナリストからだった。だがそれらは一、二通届いたあと、ぷっつり途絶えることが多かった。そんななかで、ひとりだけしつこく書いてくる文通相手がいた。

33　どこにでもいる報道人

こじつけのようになるが、私がメキシコの麻薬カルテルの世界に引き込まれたのは、不景気のせいで正規の仕事が立ちゆかなくなったからだった。でもそれには関係がある。三一歳のとき、二つのキャリアを行ったり来たりしていた私は、まず法律をあきらめてジャーナリズムの道に進み、その後、『ウォール・ストリート・ジャーナル』紙に職を得て、法律関係の記事を担当するようになった。そして同紙がルパート・マードックに買収されたのを受け、私はほかの二十数人の記者や編集者とともに職を失った。これは一時解雇《レイオフ》で、能力にもとづく理由ではないと告げられた。私は失業保険の手続きをして、『ウォール・ストリート・ジャーナル』の購読をストップした。だから私が二〇〇九年六月の朝に家にいて、アパートメントのビルのポーチに届く『ニューヨーク・タイムズ』を手に取ることになったのは、そんな理由だった。

国内ニュースの欄にジェームズ・C・マッキンリー・ジュニアが書いた記事があって、見出しには「メキシコのカルテル、アメリカ人少年を殺し屋に勧誘」とあった。それはテキサス州ラレドで生まれた二人の不良少年の話で、幼なじみだった彼らはロス・セタスの暗殺者として働いた。セタスは、近代史上最も残忍な指揮官のひとりに数えられる——と私がのちに確信する——男によって形作られた凶暴な麻薬カルテルだった。

私は記事を何回か読んでその詳細を取り込み、想像力で足りない部分を補えるくらいにまでなった。私は魅了され、恐怖に襲われた。アメリカ人の麻薬への需要に応える権利をめぐる争いで子供たち――メキシコの子供たち――がたえまなく命を落としていることは理解していた。シナロア州まで行って、「カルテルの墓地」として有名なウマヤ庭園墓地を訪れたこともあった。そこには一〇代の少年も多く埋葬されていて、仰々しい霊廟には、彼らが子供の頃に親しんだアニメや映画のキャラクターの装飾が施されていた。とはいえ、さすがに少年兵のこととなると、カルテルと汚職がはびこる神に見放された土地と、麻薬を禁止する法と秩序の国アメリカは、川によってへだてられていたのではなかったか？

私は麻薬とラテンアメリカのカルテルの歴史について、かたっぱしから本を読んでいった。まずは『*Desperados*』（一九八八年）や『*Drug Lord*』（一九九〇年）、『*Killing Pablo*』（二〇〇一年）のような、初期に書かれた本から始めた。

こうした本の多くは、悪名高い密輸商人やカルテルのリーダーの所業に焦点を当てていた。『フォーブス』誌に登場したチャポ・グスマンのような、サイコじみた億万長者たちのことだ。その奇想天外なイメージは、彼らをメディア好みのわかりやすい珍品に仕立てあげた。ラテンアメリカの新しいパブロ・エスコバルたちだ。まさにそのパブロ――やはり『フォーブス』に登場し、その墓はコロンビアでも有数の観光名所になっている――と同じように、彼らの華やかさや大胆さや富が、その遺産や残虐行為の数々を覆い隠し、美化してしまっている。彼らは国境の下に空調付きのトンネルを掘ったり、美容整形で逮捕を逃れたりした。彼らはめったに姿をあらわさず、にもかかわらず、その神話は本人たちよりも長生きするのだった。アメリカはカルテルの蛮行をやみくもに崇《あが》め奉《たてまつ》るが、そのルーツや結果には目を向けようとしなかった。

私はアメリカのショッピングモールを誰にも気づかれずに通り過ぎていく若き歩兵たちのことが気になった。彼らはいったい何者なのか？

私は『ニューヨーク・タイムズ』の記事を、数箱分の参考資料とともにいったん脇に置いて、別の本を書き始めた。出会い系サイトと、それが現代の恋愛にどう影響しているかを取材した本だった。それからの二年間を、戦争ではなく愛について書いて過ごした。

けれどもカルテルは私を放っておいてはくれなかった。ガブリエルとバートのことが頭から離れなかった。

この若者たちがふたたびニュースに登場したのは、二〇一三年にミゲルが拘束されたときだった。私はこれを機に、狼《ロボ》たちに接触を試みた。かつてのボスが収監されたことで、彼らが自分たちの過去について打ち明ける気になってくれることを願っていた。ふたりの本を書きたがっているジャーナリストだと自己紹介した。それ以上は詳しく言えないことを謝った。このプロジェクトがどこに向かうのか、私自身、よくわかっていなかった。

カルテルの歴史をひたすら綴ることには興味がなかった。メキシコのエリート特殊部隊をルーツとするロス・セタスは、激化する麻薬戦争における新しいなにかを象徴していた。とはいえ、特定のカルテルがほかよりも飛び抜けて問題になっているようには見えなかった。私は犯罪社会学にも、犯人の追跡にも、複雑に絡み合って国境の両側で麻薬戦争の暴力を助長している地政学にも関心がなかった。メキシコの風土病ともいえる汚職や、米国の立法者たちの偽善や意図的な無知に対する怒り――これらについても、やはり文献という形ですでにじゅうぶんに書かれていた。

私が探ろうとする対象はもっと狭かった。それはつまり、国際的な麻薬密輸組織に雇われているというのはどんなものなのか？　その仕事にはどうやって応募するのか？　新人トレーニングではなにが求められるのか？　どうやって出世していくのか？　日常的に人を殺している若い構成員の心理状態はどうなっているのか？　彼らはみんなサイコパスなのか？（そんなのは統計的に言って、ありえる話なのか？）報酬はどうなっているのか？　殺し屋はそれをどう使うのか？　殺し屋と恋愛関係になるのはどんな女たちなのか？　友人とはどんな付き合いをしているのか？　友人をどうやって見分けるのか？　なぜカルテルの若者は世界中のどこよりも早死にする率が高いのか？

ガブリエルとバートが私をこの領域へと案内してくれるのではないかと思った。私ひとりでは決して行くことができなかった場所だ。そのあとこの戦争を持ち帰って、ギャングの興亡やいがみ合う麻薬王たちといった文脈ではなく、非行や思い込みといった地味で人間じみた言葉に当てはめてみるのだ。もしガブリエルとバートが麻薬戦争の迫りくる脅威の前触れだとしたら、私はいったいどんな文化がこのような若い連続殺人犯を作ったのか知りたかった。そしてアメリカの司法制度が自国育ちの暗殺者に直面したとき、なにが起こるのか知りたかった。彼らの物語には、この国の未来や、進化する国境地帯の真の姿や、事態がここまで悪化した理由につながる手がかりが含まれているのではないかと思った。

私は、すでに二〇代半ばになっていた二人の青年と手紙のやりとりを始めた。バートは初め、私の申し出を断った。「俺の人生の物語は俺にとってかけがえのないものだ」と彼は書いてきた。「みんなそれを好きなように語って汚していくばかりで、ありのままに語ってはくれない。スレーターさん、人は他人を利用する。俺は連中の個人的な要求を満たすためだけにメディアに利用されてきた」。私は刑務所にいるバートを訪ねていった。私たちは八時間にわたってしゃべった。彼はいろんな話をしてくれた。ミゲル・トレビーニョは決してドラッグをやらず、ほとんど水とヨーグルトで生きているようなものだったという。バートはよく考え、好奇心が旺盛で、人を操るのがうまかった。もしミゲル・トレビーニョが隣にいたらどうするか、などと訊いてきた。私の答えにふたりで声をあげて笑った。彼は自分の過去について話すことに乗り気だった。私は家に帰った。それから三か月にわたって手紙のやりとりをしたあと、バートはふたたび連邦検事による事情聴取を受けるためにラレドに移送された。州刑務所に戻ってきた彼は、自分の人生を詳しく振り返ることを嫌がったり、はっきりと思い出すことができなかったりした。私たちのやりとりは立ち消えになった。

ガブリエルについてはまた違う経験になった。刑務所まで会いにいったあと、彼はこんなふうに書いてよこした。「俺の人生の物語を聞かせてあげてもいいよ。言っておくけど、俺は自分じゃない誰かのふりをしたりしない。でもメディアのなかには嘘を言って近づいてくる人間もいる」。彼が気に入らないのは、記者たちが口ではあることを言いながら、別のことを書いていることだった。たとえば、カルテルに生きた結果がどうなるかについて、子供たちにメッセージを送るつもりだと言っておきながら、実際の記事ではセンセーショナルな面にしか触れていなかったりする。きみの言い分も伝えると言っておびき寄せたあとで、彼をモンスターのようにしか描かないテレビ局のやり方も、彼はおもしろく思っていなかった。「あんたは誠実そうに見えるし、好感が持てる。あんたのプロジェクトがどこに通じているのか見てみようか」

それから二年半をかけて、幼少期から収監に至るまで、彼の人生のあらゆる局面をいっしょに振り返った。彼のクルーが悲惨な運命をたどる物語——それについては第三者の裏付けを取るようにした——は、目をみはる光景のなかで驚くべき登場人物たちが動き回る広大な世界を見せてくれた。これはジェフリー・ダーマー〔「ミルウォーキーの食人鬼」と呼ばれた連続殺人犯〕などではなく、発展から取り残されたブルックリンの裏社会に生きるマフィアの話〔映画『グッドフェローズ』のこと〕でもない。これは麻薬マフィアの地メキシコと、アメリカの表社会を包み込む裏社会の現実だった。殺人や暴力が常態化する様子には、背筋が寒くなった。

ガブリエルと私は、八〇〇ページを超える文書を交わした。九年生までしか教育を受けていないのとは裏腹に、彼の持って生まれた知性が服役中の読書によって磨かれたことは一行目から明らかだった。それはハイとローが混ぜ合わさったような文体で、脱線して聖書や歴史や時事問題の話をしていたかと思えば、こんどはプラサの維持や襲撃の方法、あるいは敵をナイフで殺したり、遺体を効率よく焼却処分したりする方法について詳細に綴った。私は彼が書く手紙に引き込まれた。

独房で過ごした八年間と、その先にある一生分の時間は、この青年に客観視する能力を与えた。彼は自分が育ったコミュニティの男たちに見られる「理不尽なプライド」や、自尊心の低さを隠す「すさまじいエゴ」、あるいは「男」にならなければいけないという意識が、男という生き物全体を破滅的な最期へと追いやっていることなどについて書いた。またあるときは母——彼女はいっそガブリエルが死んでいればよかったのにと思うことがあった——に苦痛を与えたことを深く反省する手紙を書き、最後にこう締めくくった。「自分にすら見放されて絶縁されたGマン〔ガブリエルのこと〕より！」

とはいえ彼の洞察には限界があった。彼は殺人者であり、なにを本気で後悔しようと、その手紙にはそれなりの量のごまかしが含まれていた。たとえば彼は、セタスには遺族に手を出さないというルールがあったと主張した。ところが彼が犯した罪について詳しく聞くと、この主張がただの思い込みであったことが明らかになった。あるときは、ミゲルについて次のように書いた。「こんなこと言ったら責められるだろうけど、MTはいい人だ。真面目で、ストイックで、人の面子《めんつ》を傷つけるようなことは絶対にしない。面倒見がいい。仲間に忠実で頼りがいがある。敵に対しては敵になる」

そんな見当違いの尊敬はばかげて見えるかもしれないが、ある意味では、それが私の探し求めていたものだった。人を惹きつけるカルテルのロジックだ。ガブリエルが協力してくれたことで——その率直で、どこかひねくれた視点や、言い逃れや嘘も含めて——私はずっと知りたかったことを学ぶ機会をようやく手に入れた。実際に生きた者からしたら、それはどんな人生だったのか？

一年目、私たちの手紙には真剣だけれども打ち解けた雰囲気が漂っていた。内輪ネタも生まれた。たとえばクリスティーナのことは皮肉をこめて「俺の生涯の恋人（the love of my life）」、略して「LOML」と呼ばれた。また、事件を裁判に持ち込んでセタスを怒らせたバートは「好ましからざる人物（persona non grata）」か、略して「PNG」、あるいは単に「あのチビ」と呼ばれた。私が送った本のなかで、彼が気に入ったのはルイス・クラーク探検隊にかんする『*Undaunted Courage*』と、『ルシファー・エフェクト——ふつうの人が悪魔に変わるとき』の二冊だった。私の二〇一四年のベスト——『*The Short and Tragic Life of Robert Peace*』［ゲットー出身の黒人青年の短い生涯を綴ったノンフィクション］——は、彼には退屈だったようだ。彼は刑務所という黒人が大勢いる場所で生活していたので、彼らの苦悩はよく知っていた。ひとりの黒人が貧困から抜け出してイェール大学に行き、ドラッグを売って死んだからといって、なにを大騒ぎするのか？

遠距離恋愛というものがたいていそうであるように、私たちのやりとりの温度も上がったり下がったりした。誤解や口喧嘩や仲直りをいくつも経てきた。彼が送ったわずか一九年の複雑な犯罪人生を再構築し、その人生が彼のまわりで激化する戦争とどう交差したのかを理解しようとするなかで、多くの避けられない質問は、私たちのあいだに緊張状態を引き起こした。特に彼が捜査当局に話した内容や、彼があることないことを言ったり関与をほのめかしたりした理由や、起訴された犯罪行為の詳細を尋ねる手紙が続いたあとなどは、彼は私の動機を疑い始め、こいつもやはり下心を抱えた「どこにでもいる報道人」にすぎないのではないかと考えた。「あんたの同業者」が生み出したセンセーショナルな物語でひと儲けしようとする輩《やから》のひとりなのではないかと。

私たちの関係は悪化したあと、またよくなった。起訴されていない殺人の証拠を私がたまたま見つけたとき、関係はふたたびこじれた。「その事件について俺はいっさい関与していないし、なにも知らない」と彼は書いた。「その文脈に含まれる質問はどれも俺には無関係だ」。非生産的な短いやりとりが数か月続いた。

「リスペクト・マイ・ギャングスタ」［「自分のギャングスタ道に従う」というような意味］というフレーズを、彼は一通の手紙のなかで何度も使った。結局のところ、彼が本気で関心を寄せているのは、自分がその流儀を貫けているかということだった。最後に逮捕されたとき、彼は証言すること、あるいは「豚どもの宿題」をやらされることを拒んだ。刑期を短縮してくれるかもしれない連邦検事との面談を彼が辞退する一方で、ほかの密告者たちは次々に証言し、そのなかにはカンパニー時代の彼の上司も何人か含まれていた。セタスの幹部たちが米国に引き渡され、好条件と引き換えに同僚や麻薬王たちの情報を差し出しているときも、ガブリエルは沈黙を貫いた。彼は信念の人であり、神の子だった。密告者などではなかった。「リスペクト・マイ・ギャングスタ」

私たちの作業は続いた。だが、その頃には私の探求は、彼を超えてさらに遠くまで広がっていた。執筆生活のおかげで、私の元いたコミュニティ——ウォール街や法廷やそれに関連する分野——のことが以前よりもわかるようになり、良心の呵責《かしゃく》を感じていたせいかもしれない。自分が心地よい暮らしを送っていることに居心地の悪さを感じていたせいかもしれない。なにしろ私は新婚で、移り住んだニューイングランド地方の郊外にはファーマーズマーケットがあり、低燃費の車に乗って、自由が利くフリーランス生活を送っていた。あるいはもっと具体的なことで、自分が一七歳のときからときどきマリファナを吸っていた過去や、重大なミスを犯しても重大な結果を招くことのない人間だったせいかもしれない。とにかく、引かれるものを感じた。警告が永遠に消えてしまう前に行けという声が聞こえた。

ラレドと家を行ったり来たりする生活が始まった。ガブリエルの家族や、友人や、ガールフレンドたちを取材した。彼の幼なじみで、やはりセタスのメンバーになり、いまは刑務所にいる若者たちにも面会や手紙を通じて話を聞いた。そのなかにはリチャード・ハッソや、ウェンセス・トバーや、本書には登場しないウルフ・ボーイたちも含まれた（ジェシー・ゴンサレスという重要なウルフ・ボーイについては、本人に取材ができなかったために物語からはずした。ジェシーは二〇〇九年にヌエボラレドの刑務所で殺されている）。ガブリエルのライバルのひとりともしゃべった。ミゲル・トレビーニョのボディガードのひとりとは、一年にわたって手紙のやりとりをした。彼らのほとんどは、ガブリエルのように人を引きつけるところがあって、頭がよく、話がおもしろく、正真正銘の危険な男たちだった。

私は取り調べや盗聴の記録、合わせて一万五〇〇〇ページ以上に及ぶ一〇の裁判の証言記録を参考にしたほか、情報提供者のインタビューや機密報告書にも大量に目を通した。これらにはカンパニーの活動やメンバーの人物像、シナロア・カルテルとの抗争などが詳細に綴ってあった。特にこの麻薬戦争のきっかけとなったシナロア・カルテルとの戦いは、暴力の基準を胸が悪くなるようなところまで引き上げ、ガブリエル・カルドナとロバート・ガルシアの人生を決定づけてしまった。

私はロバートとその家族や、彼の同僚たちと多くの時間を過ごした。不法移民から出稼ぎ労働者を経て米軍のエンジニアになり、国境地帯で有数の捜査官のひとりになったロバートは、ウルフ・ボーイズの相手役にはうってつけだった。アメリカの警官になったメキシコ移民が、アメリカで生まれたカルテルの悪党どもを追う。しかもロバートが純粋さを徐々に失い、使命に燃える戦士からやがて幻滅して批判的になっていく流れには、アメリカが麻薬を禁止してきた歴史が丸ごと含まれているように見える。

ロバートが二〇一四年に巡査部長としてふたたび路上に戻ると、私はパトロールに同行させてもらった。たいていは夜勤のときで、私たちは通報の内容をモニタリングし、行きたい場所に向かった。曲がり角でメルセデスを大破させたあと、気を失う前に家まで歩いて帰った女性もいた。週貸しのモーテルで起きた騒動によって、ある夫婦と成人した息子の奇妙な関係が明らかになったこともあった。ギャングが敵対するギャングのメンバーを拉致したこともあった。ライムを運ぶトラックが税関に連れていかれ解体された結果、合法的な運送業者だったと判明したこともあった。どれもが違った夜だった。自動車保険の未加入。薬物所持。カウチから転げ落ちて肩を脱臼した女児。門限を守らず煙草を吸う中学生たちのパーティーでは、酒を飲んでいた未成年が私のジーンズとTシャツというかっこうを見て、「あんた、ＣＩＡか?」と訊いてきた。

午前四時半に、ほかの巡査部長たちとともにメキシコ料理の〈ダニーズ〉でチラキレス［トルティーヤを揚げてサルサで煮た料理］とコーヒーの朝食を済ませたあと、私は助手席で小さくなり、街がスローモーションで流れていく夢のような光景をながめた。クラーク、カルトン、デル・マールといった通りを行きつ戻りつし、ボブ・ブロック・ループをぐるぐると回る。ひょろひょろしたネオンサインが色とりどりの火花を散らして野生動物のように飛び去っていく。オレンジ色のWを積み上げた〈ワッタバーガー〉の看板。夜明け前の静けさ。

あるときはリタイアしたDEA捜査官とともにマタモロスとメキシコシティ、そしてベラクルス州を旅した。二日間にわたって、ベラクルスのカフェ〈ラ・パロキア〉でレチェーロを飲みながら記者たちを取材し、メキシコ湾沿岸で起きているメディアの腐敗の仕組みについて聞いた。そしてふたたびラレドを訪れたときは、特徴的なゲットーをパトロールする警官たちについてまわった。ラステカの北東に位置するハイツという地区は、テキサスA&M国際大学のレイ・ケック学長が子供の頃に住んでいた一九五〇年代には中流家庭が多い郊外の町だったが、現在はヘロイン中毒者と売春婦の隠れ家になっている。私たちはそこをパトロールしながら、夜の女たちに声をかけていった。ミシシッピあたりからやってきた白人娼婦のように、顔に粉をはたいてもヘロインの悪習を隠しきれていない彼女たちの体腔を調べるため、女性警官に応援を頼んだ。別の課の刑事に同行することもあった。たとえば殺人課でロバートの相棒だったチャッキー・アダンは、現在は麻薬のおとり捜査をおこなう部署を率いていた。私は内通者候補を取材し、サントニーニョのアジトに踏み込んで、サンタ・ムエルテの像にドラッグが隠されていないか調べ、上半身裸の若者たちが連行されていくのを見守った。ガブリエルの兄弟たちとラレドのナイトクラブに行ったことも何度かあった。ロバートの息子エリックが副業として、そうしたナイトクラブのひとつで用心棒として働いているのをこっそり見にいったこともあった。DEAや国境警備隊の捜査官たちの家でおこなわれるバーベキューにも参加した。ある晩はフッドラットと呼ばれる女の子たちと遊びにいき、次の晩には検察官たちと飲みにいった。アンヘル・モレーノからは、あきれた調子でたびたび訊かれた。「塀のなかの連中が言うことの裏をどうやって取っているんだ?」。私はドライヴスルーの酒屋〈マミ・チューラ〉でビールを買い、メイド姿で六本パックを持ってきてくれる未成年の少女たちとしゃべった。改造車がクルーズする日曜の集会にも参加し、マーティン高校をうろつき、金曜の晩のフットボールの試合を観にいった。

ある夜は、ガブリエルの兄ルイスといっしょにハイツ地区まで車を走らせて八分の一オンス《エイトボール》を買い、私のホテルに戻って、人生で二度目となるコカインを試した。

ルイスはマリファナを密輸した二件の罪で、二〇代のほとんどを塀のなかで過ごした。私が彼に初めて会ったのは、彼が一年間娑婆《しゃば》にいたときで、二〇一四年の秋のことだ。彼はラ・ガビーの親戚とともにサンアントニオで暮らしており、〈ポパイズ〉でチキンを揚げながら、情報技術の準学士号を取ろうとしていた。ルイスと私はホテルの部屋でハイネケンを飲みながらコカインを吸った。

私たちはドメスティック・バイオレンスの連鎖や、ラ・ガビーの善意や、彼女が途方に暮れながら四人の息子を育てていたことについて話した。ラレドの政治家たちや、教育を受けていない人間から奪うことがいかにかんたんかということを話した。貧しい子供たちを酔わせる権力の作用や、ガブリエルが恐怖を尊敬とどう取り違えたのかということを話した。三本目のビールを飲んでいるとき、ルイスは感情がこみあげてきたらしく、激しやすい弟を運命から救うことができたかもしれなかった瞬間をひとつずつ挙げていった。たとえば、ラ・ガビーがクローゼットでミニ14を見つけたことでガブリエルを家から叩き出したあと、彼女が修理して転売するために買っておいたマリブを、ガブリエルがバットでぼこぼこにしたとき。「なにかすべきだった」とルイスは言った。「母は俺のことを長男だからって、えこひいきしてた。だって俺は一五歳の誕生日に、母から金のネックレスと一〇〇ドル札を一枚もらったけど、ガブリエルが一五になったときは、なにもなかったんだ。あいつは言ってたよ、『なあ、つまり俺にはなにもやるつもりはないってこと？』って。それからは……」。ルイスは泣き崩れ、最後まで話すことができなかった。

本というのはある衝動から始まって、そのあと思いもよらない形で爆竹のようにはじけるものだ。私はカルテルで経験することについて調査に乗り出し、麻薬戦争がアメリカ人の暮らしに与える影響を観察し始めたが、それ以外の視点も見つけた。二〇一六年の大統領選が近づき、耳障りな候補がラレドの政治の舞台に自分のための劇場を建てたとき［国境に巨大な壁を築くことを公約に掲げたドナルド・トランプのこと］、ラレドの苦悩が、この国で起こりつつある分断と共鳴しているように見えたのだ。大学入試や企業の不祥事ばかり気にする論説欄の外に存在するアメリカ。父親のいない家庭や、ばらばらになった家族や、あちこちに散らばる移民の家庭が必死に生きようとしているアメリカ。彼らはみんな、この帝国の崩れかけた崖っぷちに立っていて、その帝国は彼らの支えによって作られ維持されているにもかかわらず、彼らを遠ざけておきたいと思っているのだ。

この国に対する彼らの考えが気になった。世界最大の商取引場のひとつとされる場所で、毎日何千台ものトラックが、逃げた大きな魚のように猛スピードで通りすぎていくなかで、人々は自分たちの夢がするりと逃げ去っていくのをながめながら、なにを頼りに生きているのだろうか。自分たちのアメリカに、なにが起きたと考えているのだろうか。あるいは初めから幻想だったのか。

これらの問いに答えがあるとしたら、それはラレドが国境の町だからではなく、アメリカの町だったからだ。結局のところ、私がガブリエルやウルフ・ボーイたちに引きつけられたのは彼らが札付きの犯罪者だったからではなく（彼らは違った）、対抗者のいるカルテルや麻薬王の下で働いていたからでもなかった。彼らが魅力的な取材対象だったのは、むしろ彼らがアメリカの富と、それを支えることを強いられるぶざまな貧困とが交わる場所に暮らす、ふつうの若者になっていたかもしれなかったからだ。

ウルフ・ボーイズがなにも珍しいものではないとしたら、彼らはいったい何者なのか。無政府状態でたがいにつぶし合う『蝿の王』の少年たちなのか？　理論的に言えば、そうかもしれない。カルテルがはびこっていることは、悪にかんする厄介な事柄が、人間の意識から自然と生まれたものであることを示している。その一方で、いつまでも我関せずという態度のまま、蔓延する病に気づかないふりをすることができるアメリカ人の能力を強調してもいる。

二〇〇九年に話は戻るが、連邦政府に起訴されたガブリエルの判決が言い渡されようとしているとき、彼の弁護士は終身刑よりも軽い刑を求めて、判事に次のように言った。「依頼人の頭のなかがどうなっているのか、私にはわかりません。私はフロイトではないので。フロイトなら、きっと大喜びするでしょうが、私には動機がなんだったのかわかりません。なにが彼にあんなことをさせたのか、誰にもわかりません。誰も本気で気にかけていないように見えます」

エピローグ

二〇一五年のある土曜日の早い時間に、ラレドとヌエボラレドをつなぐいちばん大きな国際橋が、例年通り数時間にわたって封鎖され、障害物がすべて片づけられた。二月はラレドが祝祭ムードに包まれる月で、カーニバルやパレードや美人コンテスト、モーターショーやカクテルアワーや打ち上げ花火などが開催される。すべてはジョージ・ワシントンの誕生日を祝うためだ。アメリカで最も周縁化された町のひとつが、この国で最大級のワシントン生誕祭をおこなう理由は誰も知らないように見えるが、それが昔からの伝統になっている。

パーティー月間を締めくくるのが、この朝におこなわれるアブラソ・セレモニーだ。ラレド出身のアメリカ人の子供が二人、植民地時代の衣装をまとって、天蓋や剣や旗で飾られた国際橋を歩いてくる。そして橋の中間あたりで、同時代のメキシコの衣装をまとったヌエボラレドの二人の子供たちと抱擁《アブラソ》する。橋の両端にはそれぞれの国の高官や後援者や政治家たちが整列し、国境を挟んだ愛の対決よろしく向かい合う。

アメリカ合衆国連邦政府の官僚もひとり出席している。ギル・ケルリコウスキーが、橋のなかほどに作られた仮設ステージに向かって歩いていく。赤らんだ鼻に角張った顎、細い目と口角の下がった薄い唇のケルリコウスキーは官僚主義の諷刺画に出てきそうな男で、フレッド・ウィラードあたりのコメディアンがくそまじめな役人を演じているような風貌だ。フロリダ、ニューヨーク、そしてワシントン州の警察でキャリアを積んだあと、彼は二〇〇九年にバラク・オバマの要請を受け、大統領府の全国麻薬対策本部の長に就任した。麻薬対策の責任者として、ケルリコウスキーは合法化運動と戦い、マリファナは危険だ、ナンシー・レーガンの「ノーと言おう！」キャンペーンは麻薬との戦いにおいて大成功した例のひとつだ、と主張した。二〇一四年、上院はケルリコウスキーが税関国境警備局の局長になることを承認した。そこはこの国で、内国歳入庁に次いで二番目に歳入が多い機関だった。

ケルリコウスキーがアブラソ・セレモニーに前回出席したのは二〇〇〇年で、そのときは空軍機が儀礼飛行をおこなってイベントに華を添えた。だが今回、彼はステージに向かって歩きながら、空軍機が、今年の抱擁を上空から撮影するためのドローンに変わってしまったことを残念に思っている。彼は基調演説のなかで、ラレドとヌエボラレドという姉妹都市の親善交流が愛国心に満ちた強い絆をさらに強める、と話す。メキシコとアメリカの二〇〇〇マイル［正確には三二四一キロメートル］に及ぶ国境地帯を、世界で最も素晴らしい国際地域と呼ぶ。

子供たちがハグをする。

彼らが戻っていくとき、ヌエボラレド側のそう遠くない場所で立て続けに銃声があがり、式典の静寂を打ち破る。橋の上では、この騒ぎはほどんど無視されている。神妙な顔つきの見物人たちのあいだに緊張が走る。残業してイベントの警備にあたっている数百人のうちのひとり、ロバート・ガルシアは、にやけてしまいそうになるのをこらえる。

近頃、ロバートは赤のシボレー・アバランチや、青のサバーバン、シルバーのBMWなどを乗り回している。どれも元はといえば密売人たちが所有していた「押収車」だ。多少目立つが、それが正しいメッセージを発信することになる。

プロフェシー作戦から一〇年が経ち、ロバートは彼のオフィスを長いこと飾っていたガブリエル・カルドナの写真たちにすでに別れを告げていた。自分の息子たちはそれなりに育ってくれた。トレイは陸軍の砲手となり、中東で爆弾処理をしている。エリックはリオグランデバレーでトップクラスのハーレーダビッドソンの整備士になっている。

ロバートは全国各地で講演をおこない、捜査当局の同僚たちに向けて、自分が情報を集めてわかったことや、カルテルと戦うために国境地帯でなされていることについて解説している。長年にわたって、彼はあのアジトの若者たちを観察して集めた情報が重要だと思っていた。「彼らがその環境でどんな活動をしているのか理解する必要がある」などと、彼はよく曖昧なことを言っていたが、あるときからそう思い込むのをやめた。彼はトレビーニョ兄弟がアメリカに引き渡され、アンヘル・モレーノのような人間と取引してくれることを願っている。彼らは長い歴史を持つ数々の密輸ルートや、おなじみの汚職にかんするバリエーションに富んだ情報を差し出してくれるだろう。

「我々はきっとカルテルが好きなのです」と、いまではそんなふうに言っている。「なんらかの形でそれを求めている、あるいは必要としているのです。おかしな話でしょう。まるで善を測るために悪を必要としているかのようです。陰と陽です」

ロバートのいる世界では、ときにその違いを見分けることが難しい。二〇〇七年、彼のかつてのボスだったラレド警察のアグスティン・ドバリナ署長は、連邦政府の摘発を受けて汚職の罪を認めた。メキシカン・マフィアがスロットマシン場で資金洗浄をおこなうのを見逃すのと引き換えに、賄賂を受け取ったことにかんする容疑だった。この計画を持ちかけた二人の警官もドバリナとともに起訴された。盗品課の警部補と、麻薬課の巡査部長――リンカーン通りの、カルドナ家の一ブロック先に住んでいた――だ。

二〇〇八年に、ロバートはテネシー州ナッシュビルにある全米法科学アカデミー、通称〈ボディ・ファーム〉と呼ばれる学校に通った。一〇週間かけて化学薬品、撮影術、爆弾や、銃器のシリアルナンバーを復元する技術について学んだ。ラレドに戻ってくると、こんどは警察学校で犯罪現場の保全方法を教えるカリキュラムを受け持ったが、自分は人に教えるのが嫌いだということに気づいた。生徒が自らミスを犯しているのを黙って見ている辛抱強さがなかったのだ。二〇一二年には、八年間勤めた殺人課からの異動を願い出た。カルテルはすでに昔ながらのやり方に戻り、もっと年季の入ったラレドのやくざ者たちを雇って暗殺を実行させていた。だが全体としては、殺人事件は一時的に落ち着いていて、家庭内の殺しばかりであることにロバートは飽きていた。妻が夫を殺したような事件では、捜査計画を立てるまでもなかったからだ。彼は理想的なケースを言いあらわすのに「いい殺人」という言葉を使いだしたとき、そろそろやめる潮時だと思った。

そしていま、二五年間暮らしたラレドにもう用はないと感じている。暑すぎるうえに緑が足りない。知り合いといえば警官と悪党と法律家ばかりだ。家のローンがまだ二万五〇〇〇ドル残っていることに加えて、両親に買ってやった新車のSUVの支払いもあり、三人の孫の大学進学資金の積み立てもしなければならない。彼は本業のかたわらに、講演で一日につき八〇〇ドルを稼ぎ、建設現場で夜間の警備をして時給四〇ドルをもらっている。土曜の夜に午前零時から六時まで車のなかに座って、天文学の本を読んだり犯罪学のオンライン講座の課題をやったりするのだ。

彼はできるだけ頻繁に家族を訪ねることにしており、国境に沿って北西に二〇〇キロ以上走り、イーグルパスの両親を訪ねたあと、こんどは北に向かって、アリゾナ州からテキサス州カービルに移ったロニーの両親に会いにいったりする。ロニーの両親は波打つ緑の丘陵地帯に一一エーカーの土地を買い、バーの経営で得たそれなりの蓄えがあるにもかかわらず、寝室が三つあるトレーラーハウスで慎ましい暮らしを送っている。ロバートはカービルで車を降りた瞬間から立ち去る瞬間まで、物を修理し、草を刈り、引退後にロニーと暮らす家を建てるための土地を切り開く。義理の父はロバートが汗水垂らして夢中で働くのを見て、きっと本業が退屈なのか、あまりにもデスクワークが多いのだろうと考える。そうでなければ、どこからそんなエネルギーが湧いてくるのか?

ラレド警察の情報部門の責任者として、ロバートはラレド最大の麻薬密売ファミリー、メレンデス一家を追っている。彼らはラレド南部のサントニーニョ地区で、家が建ち並ぶ一ブロックを丸ごと所有している。ロバートにチャンスがめぐってきたのは、メレンデス一家の家長がある大工に、特別仕様の暖炉や屋外バーや隠し部屋を作らせておきながら代金を払わなかったときだった。損害を被った大工は、かわりにラレド警察から情報提供料もらうことにした。プロフェシー作戦ほどではなくても、メレンデス一家の事件によってさらに多くの毛皮がアンヘル・モレーノの壁に飾られるだろう。そしてこのケースはロバートにとってなにを意味するのか?

メレンデス一家の息子は最近になってイエローのコルベットを買った。

「俺の二〇代はあっというまに過ぎ去った」とガブリエルは書いた。「自分が傷つけた人たちと、もう修復することも取り戻すこともできない命のために毎日祈ってる。自分の暴力的な性格はどこから来たのか、だいぶ時間をかけて考えてみた。フロイト博士ならきっと、俺がありったけの勇気を振り絞って自由になろうとした幼少期のトラウマかなにかを見つけてくれるかもしれない。でも自分の両親に対しては、あんな父親にでさえ、なんの怒りも感じていない。俺は自分の両親が善人だと信じているし、自分のことも善人だと信じている。俺はできるかぎり正直に話す。人と分かち合うし、他人の意見を尊重する」

クリスティーナはラレドの診療所で受付の仕事をしながら、娘を育てている。やはり現在は刑務所にいる昔のボーイフレンドとのあいだにできた子供だ。ガブリエルがクリスティーナの娘のためにバレンタインデーのカードを送ってきたことがある。「やさしいお姫様になって、ちゃんとお母さんの言うことを聞くように」とカードには書いてあった。クリスティーナの兄は、ガブリエルの手紙など捨ててしまえと言う。ガブリエルはサンタ・ムエルテの信奉者だから、引き出しに手紙をしまっておくとそこに悪霊が憑《つ》くというのだ。彼女の人生があまりうまくいかないのは、その手紙のせいだと。

ラステカの暮らしはあいかわらずだった。ラ・ガビーは、不法行為で得た二万五〇〇〇ドルをメキシコに持ち込んだ罪で逮捕された。彼女の三番目の夫はマリファナ一トンを密輸した罪で禁錮一年の判決を受けた。そして「ラウル叔父さん」はついに運命に屈した。甥っ子の名前がもはや免罪符にはならなくなったとき、ボーイズタウンの酒場で起きた喧嘩の最中にセタスのメンバーに殺されたのだ。

準学士の取得を目前にしたルイスは、サンアントニオの大学に出願しようと思っていると言っていたが、好きになった若い女に会うためにメキシコに行き、仮釈放の条件違反をしてしまう。彼は費用を出して彼女を密入国させたが、ラレドにやってきたときには彼女はルイスの三人目の子供を妊娠中で、ルイスは仮釈放中の違反がバレて半年間収監されることになり、さらに覚醒剤の密売を共謀したことでも罪に問われる可能性があった。もしルイスが違反常習者とみなされれば、重い刑期を食らうこともありうる。

ガブリエルの弟は、彼の運転で押し込み強盗に向かい、相棒を死亡させた結果、重罪謀殺の罪に問われそうになったのを間一髪で逃れた。警察は最終的に彼が行方をくらますだろうと予想している。そうなると彼は二四歳にして、三人の女性とのあいだに生まれた六人の子供を残していくことになる。

そうしたことはみんな、ガブリエルの地元ではふつうのことだが、かといってそれを見ている彼の気持ちが楽になるわけでない。あれほど誇りにかけて養っていた家族が崩壊していくのだから。

とはいえ、最もつらい例は、ある意味では最もありふれた例なのかもしれない。ラウルの一人息子、ラウリートだ。かわいらしい顔の少年で、ガブリエルは小さい頃の彼しか知らない。ラウリートは一〇歳になり、サンアントニオで祖母と暮らしている。祖母は孫に成功してもらいたいと思っているが、彼が口にするのはバズーカや銃や人を殺すことだ。学校でも手がつけられない。教師を蹴る。小さな女の子を蹴ったこともある。学校の経営陣は誰もいない部屋に彼を閉じこめ、祖母が迎えにくるのを待った。ところが彼は祖母についていこうとしなかった。そこで警察が手錠をかけ、彼を家まで連れ帰った。ガブリエルは考える。いったいラウリートはどうなるのだろうか?

彼らはこの少年を精神科医に見せた。**いったいラウリートの心はちゃんと機能しているんでしょうか?** 少年は、父親が死んだことを知っている。母親が彼を置いて出ていったことも知っている。彼はときどき母に手紙を書く。返事は来ない。彼がそのあばずれと話すのは、彼女が祖母から金をせびるために電話をかけてくるときだけだ。**ラウリートは拒絶されたと感じているんでしょうか?**

刑務所で、ガブリエルは歴史や、神話や、心理学の本を読む。世界にかんする知識が広がっていく。孤独は感覚を鈍らせるが、勉強は心を研ぎ澄ましてくれる。いろんな意味で、彼は成長している。傲慢だった少年が自分を意識するようになり、自分が虚勢を張っていたことを鼻で笑い、ミゲルとカンパニーに利用されていたことを自らネタにする。彼はメキシコの本を何冊も英語に翻訳し、ユダヤ人のジャーナリスト――「スレータルーニ」、あるいは「スラキアオ」と彼は呼ぶ――に一章ずつ送っている。そのジャーナリストはどんなことでも知りたがり、ガブリエルは真面目に指摘したいことがあるときだけ彼を「ダニエル」と呼ぶ。そのジャーナリスト［著者のこと］が、ガブリエルの手紙をたしかに受け取ったという知らせを出し忘れたまま次の手紙を送るようなことをしたときは、その「悪い癖」を叱る。

彼は法律も勉強し、いろんな役所にいろんな申請書を郵送している。それをかなりがんばってやっている。けれども彼の理解には足りない部分がいくつかある。「そもそも拘束すらしてない」と彼はブルーノ・オロスコへの加重誘拐について主張する。「あれは白昼堂々とおこなわれたことだ。揉み合いになった。被害者は拘束されることを拒んだ」彼の死が彼の自由を奪ったんだ」

自分の判決は不当だ、とガブリエルは信じている。もし判事が言ったように、Gマンが少しも反省していないとしたら、なぜ彼は死ぬまで塀のなか――嫉妬と怒りと不満と圧迫感と利己的な考えに満ちた場所だ――にいることを知りながら、聖書について学ぶクラスをとったりするのか？ 聖書は安らぎを与え、よりよい人間にしてくれる。聖書は人を変える。他人を愛することを教えてくれる。かつて世界はどんなふうで、そのあとどうなったかという歴史を教えてくれる。英知が詰まった本だ。**胸糞悪い判事なんかに頭を下げなくても神の赦しが得られる**。

それでも彼が変わったというのが信じられないなら、ミスター・テノリオに訊いてみるといい。オレンジ・ブロッサムのアジトで逮捕された直後にガブリエルが入っていた、ラレドの連邦刑務所のカウンセラーだ。テノリオは毎日監房を歩いて回り、ガブリエルを自分のオフィスに連れていった。会話は大いにはずんだ。テノリオはガブリエルが終身刑というのはおかしいと言った。ガブリエルがテノリオのことを思い出したのは『ルシファー・エフェクト』を読んだときだ……状況、順応、権力への盲従。少年時代が、そのまま彼を取り巻く環境になった。**ララ・アカデミーに入れられた、ひどい場所だった。選択肢はない。金を得る手段もない。踏んだり蹴ったりの日々だった。**そんな環境に、誰でもいいからガキをひとり置いてみればいい。ドラッグをいくらか与えて売らせてみる。するとそいつはそんな楽な稼ぎ方が大好きになる。護身用に銃を渡してみる。するとそいつはそれをぶっ放したい衝動に駆られる。そして撃たれる。報復に出る。そして彼がその世界にどっぷり浸かって、一度でも手を下してしまった日には、より大きな責任と力を求めるようになる。

「あそこにいたときの俺は、貧乏がピエロのガウンを羽織ってるようなものだった」とガブリエルは書いた。「ファッションだけで週に二〇〇〇ドルも使ってた。俺は攻《せ》める男で、代償を払ってでも仕事はきっちりやり遂げたいと思っていた。振り返ってみて初めて、不安定なガキだったのがわかる。あの頃は自分のことをビジネスマンだと思っていた。どんな行為も、その業界じゃ当たり前のことなんだと思うことで正当化できた。あの文化に生きるやつらは自制心がなく、プライドに関わる些細なことが穏やかな人生を妨げるままにしている」

彼が望んでいないのは美化されること、つまりウルフ・ボーイズに起きたことはクールだという考えを若い連中に抱かせてしまうことだ。次々に起こる学校での発砲事件について彼は聞いている。犯罪の世界がセンセーショナルに扱われたときにあらわれる模倣犯の話を知っている。むしろ若いやつらには、まわりに合わせようとすること、自分じゃない誰かになろうとすることがどれほどばかげているか知ってもらいたいと思っている。ダサいニセもの。ギャングに憧れるワナビー。それはいい人生じゃない。

そんなことをするだけの価値もない。多くの人をがっかりさせる。自分を尊敬してくれていた人たちを。彼自身も、多くの人を失望させた。フットボールのチーム。クラスメイト。大好きだった祖父は死の床で、ガブリエルとルイスに告げた。ちゃんとシャツの裾をしまって、まっすぐに歩み続け、つねにお母さんの言うことを聞くように、と言った。祖父が死んでからの数か月間、ルイスはまっとうになった。みごと最終学年に進級し、あと二単位で卒業できるというとき、ガブリエルとラステカの仲間たちに引き戻され、高校をドロップアウトした。

こともあろうに、ガブリエルを打ちのめしたのは、かわいい従弟《いとこ》のラウリートだった。彼らの祖母がラウリートを連れて面会に来た。ラウリートはガブリエルに、どうして刑務所にいるのかと尋ねた。学校でいい子にしてなかったからだよ、とガブリエルは答えた。ラウリートはニヤッと笑った。「インターネットでぜんぶ知ってるよ」

一日のメインの食事は三時に始まる。彼はラジオを聴く。ＥＳＰＮ。ＦＯＸ。デートライン。マーシャル・ロー：テキサス。

シャワーは九時になるまで作動しないが、彼の順番はそれよりも前に来る。なので彼は白いジャンパーをドアにかけ、洗面台の水道をひねる。ボールペンのプラスチックの筒を蛇口の下に当てると、洗面台の横にひざまずき、水が自分のほうに流れるように向きを調整する。ごしごし洗ったあと、体を自然乾燥させながら水を排水溝のほうに押しやる。そしてひざまずいたまま――時間が凍りついたように、だけどまったく新しい自分になることを願いながら――赦しを請う。

情報源について

『ウルフ・ボーイズ』を書くにあたってはインタビュー、手紙、捜査当局の報告、裁判の証言記録などをもとにした。だが背景や歴史については、ほかの方々の研究に頼ったところが大きい。

なかでもブラウン大学のピーター・アンドレアスによる *Smuggler Nation: How Illicit Trade Made America*（2013）は、ランドマークのような存在だ。アンドレアスは次のように書いている。「国境地帯の『コントロールを取り戻そう』という政治的アピールは、歴史にかんする健忘症の極端な例の影響を受けていて、私たちの国境が実際に『コントロール』されていた時代が一度でもあったことを懐かしんでいるように聞こえる。これはまったくの作り話で、安定した国境の黄金時代などというものは存在しなかった」。*Smuggler Nation* は、私が書こうとしていた本がカバーすべき領域を理解するのに役立ち、その他の重要な本への玄関口になってくれた。たとえばウィリアム・E・アンラウの *White Man's Wicked Water: The Alcohol Trade and Prohibition in Indian Country, 1802-1892*（1996）や、ジョン・J・アダムズ・ジュニアの *Conflict and Commerce on the Rio Grande: Laredo, 1755-1955*（2008）などだ。アンドレアスの一作目、*Border Games: Policing the U.S.-Mexico Divide*（2009）は、ロバート・ガルシアがＤＥＡで経験したことを文脈のなかに置くのに役立った。

メキシコの民主主義への移行や、ＮＡＦＴＡの影響、そして（第八章に登場する）一九九三年のオリガルヒたちによる悪名高い晩餐会については、アンドレ・オッペンハイマーの *Bordering on Chaos: Guerrillas, Stockbrokers, Politicians, and Mexico's Road to Prosperity*（1996）が、これ以上は望みようがないほどよい手引きになってくれた。また、ビリディアナ・リオス・コントレラスによるハーバードの博士論文〝How Government Structure Encourages Criminal Violence: The Causes of Mexico's Drug War〟（2012）が描き出す政治的自由化と裏社会の拡大との因果関係には説得力がある。

メキシコの初期の麻薬取引にかんする私の知識は、主にエレイン・シャノンの *Latin Drug Lords, U.S. Lawmen, and the War America Can't Win*（1988）と、テレンス・ポッパの *Drug Lord: The Life and Death of a Mexican Kingpin*（1990）から来ている。メヒカリの目付け役の元祖、エステバン・カントゥ大佐については、ジョージ・T・ディアスの *Border Contraband: A History of Smuggling Across the Rio Grande*（2015）の九二ページでさらりと触れられていなかったら、私は決して見つけられなかったかもしれない。さらには、カントゥ大佐によるメヒカリの支配を詳述した学術論文にも出会えなかったかもしれない。その論文とは、ジェームズ・A・サンドスの〝Northern Separatism During the Mexican Revolution: An Inquiry into the Role of Drug Trafficking, 1919-1920〟（*Americas* 41, no. 2）（1984, 10）と、エリック・マイケル・シャンツの〝All Night at the Owl: The Social and Political Relations of Mexicali's Red-Light District, 1913-1925〟（*Journal of the Southwest* 43, no. 1）（Winter, 2001）だ。カントゥ大佐のリサーチでは、兎の穴をどこまでも落ちていった結果、素晴らしいところに着地することができた。

「たしかに、カントゥは裏社会における最初の目付け役だったと言える」とディアスはメールのなかで断言した。「それよりも前の似たような例として思いつくのは、南部連合の綿花貿易を援助したサンティアゴ・ビダウーリくらいだ。とはいえビダウーリは、アヘンやギャンブルや売春から利益を得ていたカントゥとはだいぶ違う」

題辞はすべてインガ・クレンディナンの *Aztecs: An Interpretation*（1991）からの引用であり、この本も本書には欠かせないものだった。T・R・フェーレンバッハも同じように偉大なメソアメリカの歴史家で、フェーレンバッハの *Fire & Blood: A History of Mexico*（1995）の第二版をたびたび参照した。

イライジャ・ワルドの *Narcocorrido: A Journey into the Music of Drugs, Guns, and Guerrillas*（2001）はほかに類を見ない良書だ。ナルココリードの最新情報については、シャウル・シュワルツのドキュメンタリー、*Narco Cultura*（2013）［邦題は『皆殺しのバラッド』］を参考にした。

トゥパック・シャクールの短い生涯については、多くの本からヒントをもらった。ランドール・サリヴァンの *LAbyrinth*（2002）はガブリエルが郡刑務所で読んだ本でもあり、トゥパックの人生を最も明晰に、政治的偏りもなく解説しているだけでなく、一九九六年のあのラスベガスの夜に起きたことを最も真実に近い形で記した本だと推測する。

ヒップホップの偶像たちにかんしては、サウス・パーク・メキシカンとして知られるカルロス・コイのガブリエルによって理想化された人物像と、ジョン・ノヴァ・ロマックスが二〇〇二年に *Houston Press* 誌に寄せた記事〝South Park Monster〟で描かれる厚顔無恥な小児性愛者とのギャップが興味深かった。

私はこれまでに大学、著作権エージェント、法律事務所、テレビ制作会社、雑誌社、新聞社、レストラン、農場、空き缶リサイクル業者などで働いてきた。職場での政治的駆け引きについては、こうした幅広い――そしてほとんどが失敗に終わった――個人的経験があったことに加え、企業社会学にかんするロバート・ジャッコールの名著、*Moral Mazes: The World of Corporate Managers*（1988）が、ガブリエルやほかのウルフ・ボーイたちが語るカンパニーの社会環境をわかりやすく描き出すのに役立った。
Laredo Morning Times 紙と *San Antonio Express-News* 紙のスタッフにはたいへんお世話になった。同様に、ウルフ・ボーイズ――あるいはチャポ、ラ・バービー、カルテル――にかんする報道で、山のような洞察や「事実」を提供してくれたジャーナリストたちにも感謝する。フリアン・アギラール、ランダル・C・アーチボルド、マルコム・ビース、チャールズ・ボウデン、ジェイソン・ブッフ、ダミアン・ケイヴ、メアリー・カドヒ、サミュエル・ディロン、ルーク・ディートリッヒ、ウィリアム・フィネガン、ジョージ・グレイソン、バネッサ・グリゴリアディス、ヨアン・グリロ、アナベル・エルナンデス、ジェシー・ハイド、メアリー・レイシー、サミュエル・ローガン、パトリック・ラッデン・キーフェ、エリザベス・マルキン、ジェームズ・C・マッキンリー・ジュニア、ジュリア・プレストン、リカルド・ラベロ、セバスチャン・ロテラ、ジンジャー・トンプソン、そしてエド・ヴィラミーだ。オスカー・マルチネスは *The Beast: Riding the Rails and Dodging Narcos on the Migrant Trail*（2014）で、セタスが最終的に放浪する暴君たちとなって存在し続ける風景のなかへと連れていってくれた。

向こう見ずな冒険家のアルフレド・コルチャドは、闇のなかでの体験を綴った *Midnight in Mexico: A Reporter's Journey Through a Country's Descent Into Darkness*（2013）で、セタスと *El Mañana* 紙が協定を結んでいたことを伝え、「バービーによる処刑動画」（二〇一五年）を公開するに至った流れを綴っている。「麻薬対策本部長《ドラッグ・ツァー》」を務める検察官――動画のなかでカンパニーから金を受け取っていたとして名指しされた人物だ――にコルチャドがおこなったインタビューについて、あらためてここで触れておく。「これはきみ向けの内容じゃない。観光について書くことに専念したらどうだ？　そっちのほうが安全だぞ」とその検察官は言った。彼の教えに従わなかったコルチャド――たしかに彼はお粗末なスタンドプレーヤーかもしれないが——に拍手を送りたい。
この本があるのはラレドの住人たち、七回の取材旅行中に出会ったたくさんの人たちのおかげだ。私は取材者として、自分が己の利益のために己の人生を盛り込んだ物語を書こうとして必死になっている人間であるような妄想にたびたび陥った。いつ誰かに、それも私に聞こえるような声で、こんなふうに言われるかと思っていた。**うろつきまわって俺たちの人生についてあれこれ訊いてくるのはどんなろくでなしだ?** もちろん、それはとんでもない勘違いだった。ラレドで友人を作るのはかんたんなことで、私にもたくさんの友人ができた。人々はオープンで親切で、友好的な町だった。それは南側でも北側でも変わらなかった。

訳者あとがき

本書は、「メキシコで最も危険なカルテル」と言われるロス・セタスに戦闘員として雇われたアメリカ人少年たちの素顔に迫った、ダン・スレーターによるノンフィクション・スリラー、*Wolf Boys*（二〇一六年）の全訳である。メキシコの麻薬戦争を当事者の視点から描いた本書は、ノンフィクションでありながら小説のように読め、ギャング映画の名作『スカーフェイス』や、ドン・ウィンズロウのベストセラー小説『犬の力』、『ザ・カルテル』を彷彿とさせる風景のなかに読者を引き込む力強い作品だ。犯罪の手口が詳細に描かれているため、危険な本としてテキサス州の刑務所で禁書にされたことも話題になった。また、ソニー・ピクチャーズ傘下のトライスター・ピクチャーズが映画化権を取得し、監督には『トレーニングデイ』や『マグニフィセント・セブン』のアントワーン・フークアが予定されている。

主な舞台は二〇〇一年から二〇〇六年の、テキサス州とメキシコの国境地帯。アメリカで最も貧しい地区のひとつで生まれたガブリエル・カルドナは、アメフトでクォーターバックを務める人気者で、弁護士を夢見ていたこともあったが、一五歳で高校をドロップアウトして犯罪の道に進む。一七歳のときにロス・セタスから戦闘員にスカウトされ、一九歳で逮捕された。地元仲間のバート・レタも一六歳でセタスに入り、一七歳になる前に逮捕されている。そのあいだにふたり合わせて五〇人以上を殺したと言われているが、正確な数は本人たちにもわからない。

アメリカ人のティーンエイジャーが麻薬カルテルの殺し屋になって実質的な終身刑となった事件は、当時、アメリカでたいへんな話題になり、メディアがこぞって取り上げた。その逮捕から一〇年目に、著者は徹底的な取材（服役中のガブリエルと交わした数百通の手紙を含む）と調査をもとに本書を書き上げ、当時は見えなかった部分に光を当てた。麻薬戦争にかんする書籍はアメリカでは数多く出版されているが、麻薬王たちを扱ったものが多いなかで、麻薬組織の末端に焦点を合わせた本書は異彩を放っている。

メキシコの麻薬戦争は、二〇〇六年一二月に就任したカルデロン大統領がカルテルの撲滅を宣言したことで激化したとされているが、本書はそこに至るまでの麻薬取り締まりの歴史、密輸の歴史、汚職の歴史にも触れながら、ガブリエルたちと、それを追うテキサス州の警官、ロバート・ガルシアの人生が絡み合う様子を通して、国境地帯の矛盾や不均衡を描き出す。たとえばアメリカ人が、カルテルによる暴力が国境を越えて波及していると騒ぎ立てながら、自国内の需要には無関心なこと。大物犯罪者が司法取引によって軽い罪で済み、下っ端が刑務所で一生を送ること。少ない金額なら賄賂になり、莫大な金額ならクリーンな資金になること。あるいは、高級車に乗っているときに撃ち殺された息子の葬儀代を稼ぐために、母親が道端でチキンを売ること。「麻薬戦争は正しいのか」という問いへの答えも、人それぞれだ。メキシコ移民で米軍出身のロバート・ガルシアは、それが勝者のいない戦争であることに気づき、「麻薬戦争なんて壮大なでっちあげだ」とうそぶく。

そんななかで、「この世に生を受けて十数年の若者が、なぜ残忍な殺し屋になったのか」という問いを、多くの人が抱くだろう。だがそれについても、本書ではっきりとした答えが示されるわけではない。

著者は彼らを、企業のように組織化された「会社《カンパニー》」というカルテルに雇われた「従業員」として描いている。少なくともここに示されたガブリエルの物語からは、彼が共感性に欠けるサイコパスではなく、犯罪者がロールモデルにされる貧しく危険な場所に生まれ、誰かに認められたいという欲求にあえぐ少年だったことが伝わってくる。

『ニューヨーカー』誌のパトリック・ラーデン・キーフは、『ウルフ・ボーイズ』の書評のなかで、アフリカや中東の紛争地帯の少年兵と、ガブリエルたちが置かれていた状況の類似点を挙げ、なぜ前者は犠牲者として救済され、後者は凶悪犯として厳罰に処されるのかと問いかけている。そのうえで、紛争地帯の少年兵の洗脳やリハビリやトラウマにかんする学術資料はいくらでもあるのに対し、ギャングに引き込まれるアメリカの子供たちにかんする研究は非常に少ないという、ユタ州立大学の心理学者たちの意見を紹介している。そして『ウルフ・ボーイズ』は、ある意味ではそんなアメリカの無関心を告発する作品で、「麻薬戦争が生んだ突然変異体の子供たちを描いた寓話」なのだ、と締めくくっている。

一方、著者はデジタルメディア『VICE』のインタビューで、メディアがガブリエルたちにモンスターのレッテルを貼ることについてどう思うかという質問に対し、次のように答えている。「彼らがしていたことについて、人がどんなレッテルを貼ろうが、しかたないと思う。〔中略〕私がこの若者たちのことを初めて知ったとき、最小限の情報しかなかったし、彼らがいた世界について私が知っていたのは、その最も残忍な側面だった。けれども対象に近づけば近づくほど、人間らしさが見えてくるものだ。それによって見方は変わるかもしれないが、もちろん、より深く知ったからといって、彼らのしたことが変わるわけではない。『ウルフ・ボーイズ』を読んだすべての人が、彼らのことや、どんなレッテルがふさわしいかについて、多少なりとも違う視点を手に入れてくれることを願っている。彼らに感情移入する人も、そうでない人もいるだろうし、そこが非常に興味深い」

いまだに出口の見えないメキシコの麻薬戦争については、カルテルによる残虐行為や麻薬王の派手な暮らしぶりなど、センセーショナルな部分に注目が集まりがちだ。最近では、麻薬カルテルを扱った人気ドラマシリーズのロケーションスタッフが、メキシコで「蜂の巣」状態で殺されているのを発見されたとか、カルテルのボスを侮辱したユーチューバーの少年が武装集団に殺されたとかいうニュースが日本でも報じられて話題になった。麻薬戦争の関連ワードをグーグル検索にかけると、「閲覧注意」の画像が山のように出てくる。そんなふうに、「最も残忍な側面」にかんする情報があふれかえるなかでは容易にたどり着くことのできない深い部分を見せてくれるのが本書、『ウルフ・ボーイズ』だ。

メキシコで起きていることについて、さらに詳しく知りたければ、日本語で読める書籍として、『メキシコ麻薬戦争――アメリカ大陸を引き裂く「犯罪者」たちの叛乱』（ヨアン・グリロ著／山本昭代訳、二〇一四年、現代企画室）をお勧めする。メキシコの麻薬密輸の歴史から麻薬マフィアのカルチャー、これからの展望まで、メキシコ麻薬戦争について知っておくべき知識がこれ一冊で身につく。また、『マフィア国家――メキシコ麻薬戦争を生き抜く人々』（工藤律子著、岩波書店、二〇一七年）は、麻薬戦争の最大の犠牲者である子供たちと、それをサポートする人々、平和を求める市民運動などを取材したルポルタージュで、ガブリエルの従弟、ラウリートのような子供たちが登場する。同じ著者の『マラス――暴力に支配される少年たち』（工藤律子著、集英社、二〇一六年）は、中米ホンジュラスで、やはりガブリエルのように貧しい環境に生まれてギャングのメンバーになった少年たちの、真の姿に迫ったルポルタージュだ。

本書を訳すにあたっては、『メキシコ麻薬戦争』の訳者であり、このテーマの研究者でもある山本昭代さんから貴重なアドバイスをたくさんいただいた。山本さんのウェブサイト「EL MUNDO DEL NARCO：もうひとつのメキシコ――麻薬カルテルと暴力の文化」では、麻薬戦争の基本情報から、二〇一四年に起きた「アヨツィナパ教員養成大学学生四三人拉致失踪事件」のような未解決事件にかんする考察や現地レポートまで、メキシコが抱える問題を幅広く紹介してあり、こちらもたびたび参考にさせていただいた。この場を借りてお礼申し上げたい。とはいえ、本書の翻訳になにかおかしなところがあれば、責任はすべて訳者にある。

著者のダン・スレーターはロースクール出身の元法律家で、『ウォール・ストリート・ジャーナル』の法律問題担当記者をしていたが、「一時解雇《レイオフ》」にあい、フリーランスになる（詳しくは三三章を参照のこと）。現在までに『ニューヨーク・タイムズ』、『ニューヨーカー』、『ワシントン・ポスト』、『ボストン・グローブ』、『GQ』など、さまざまな雑誌や新聞に寄稿している。二〇一三年には出会い系サイトと現代の恋愛について取材した著書 *Love in the Time of Algorithms: What Technology Does to Meeting and Mating* を上梓。本書はそれに続く二作目。ニューイングランド在住。

最後に、この作品の魅力に気づき、日本の読者に届けるために尽力してくださった青土社の横山芙美さんに心よりお礼申し上げます。

二〇一八年二月　　堀江里美

著者略歴

ダン・スレーター（Dan Slater）

『ウォール・ストリート・ジャーナル』の元記者で、『ニューヨーク・タイムズ』、『ニューヨーカー』、『ワシントン・ポスト』、『ボストン・グローブ』、『GQ』など、さまざまな雑誌や新聞に寄稿している。本書『ウルフ・ボーイズ』は、出会い系サイトと現代の恋愛について取材したノンフィクションの *Love in the Time of Algorithms: What Technology Does to Meeting and Mating* に続く二作目。コルゲート大学、ブルックリン・ロースクール出身。ニューイングランド在住。

訳者略歴

堀江里美（ほりえ・さとみ）

1981年東京生まれ。早稲田大学第一文学部卒業。訳書に、デイヴ・カリン『コロンバイン銃乱射事件の真実』、リチャード・プライス『黄金の街』、ジェラルド・ニコシアほか『ガールズ・オン・ザ・ロード』、ゼイディ・スミス『美について』、エマ・クライン『ザ・ガールズ』などがある。

ウルフ・ボーイズ
二人のアメリカ人少年とメキシコで最も危険な麻薬カルテル

2018 年 3 月 1 日　第 1 刷印刷
2018 年 3 月 7 日　第 1 刷発行

著者　ダン・スレーター
訳者　堀江里美
発行者　清水一人
発行所　青土社
〒 101-0051 東京都千代田区神田神保町 1-29　市瀬ビル 4 階
電話　03-3291-9831（編集）　03-3294-7829（営業）
振替　00190-7-192955

装丁　岩瀬 聡
印刷・製本　ディグ

ISBN978-4-7917-7050-2　Printed in Japan